Knaur.

Knaur.

Im Knaur Taschenbuch Verlag sind bereits folgende Bücher des Autors erschienen:

Engelspapst
Engelsfluch
Engelsfürst
Im Schatten von Notre Dame
Sonnenkreis
Die Farbe Blau
Teufelszahl

Über den Autor:

Jörg Kastner, geboren 1962 in Minden an der Weser, hat nach erfolgreichem Jurastudium aus der Liebe zum Schreiben einen Beruf gemacht. Genau Recherche und die Kunst, unwiderstehlich spannend zu erzählen, zeichnen seine Romane aus. Bislang in zwölf Sprachen übersetzt, sind seine Bücher auch im Ausland sehr erfolgreich. Jörg Kastner lebt mit seiner Frau, der Schriftstellerin Corinna Kastner, in Hannover.

Mehr über den Autor können Sie auf seiner Webseite erfahren: www.kastners-welten.de

Jörg Kastner

Das wahre Kreuz

ROMAN

Nach den Aufzeichnungen des
Zeichners Bastien Topart
über seine Erlebnisse
während der Ägyptenexpedition
des Generals Napoleon Bonaparte

Knaur Taschenbuch Verlag

Besuchen Sie uns im Internet:
www.knaur.de

Vollständige Taschenbuchausgabe Juli 2008
Knaur Taschenbuch.

Redaktion: Susanne Walbaum
Die Abbildungen zu Beginn der Romanteile sind folgendem
Band entnommen: Detlef Wanzlik, Napoleon im Land der Pyramiden,
Hamburg 2002
Umschlaggestaltung: ZERO Werbeagentur, München
Umschlagabbildungen: Bridgeman Art Library / Corbis
Satz: Adobe InDesign im Verlag
Druck und Bindung: CPI – Clausen & Bosse, Leck
Printed in Germany
ISBN 978-3-426-63956-6

2 4 5 3 1

Für Mitch und Ari und all die anderen wundervollen Jungs und Mädels und für ihre wundervolle Mami.

Mit besonderem Dank an Yousreya Pölkner.

0
100
200 km
N
W
O
S
ÄGYPTEN
U
Mittelländisches
Rosetta
Damiette
Abul
Alexandria
Me
Maraba
Kamanije
Damanhur
Masura
Chobrakit
Tania
Sa
Thal der
Natron Seen
Wardan
Belb
Heliop
Embabeh
Gizeh
Cairo
FAYUM
Kerun See
Medine
Beni-Suêf
Sédiman
Nil
Meldoui
Josephs Kanal
Libysche Wüste
Kl. Oase
ÄGYPT

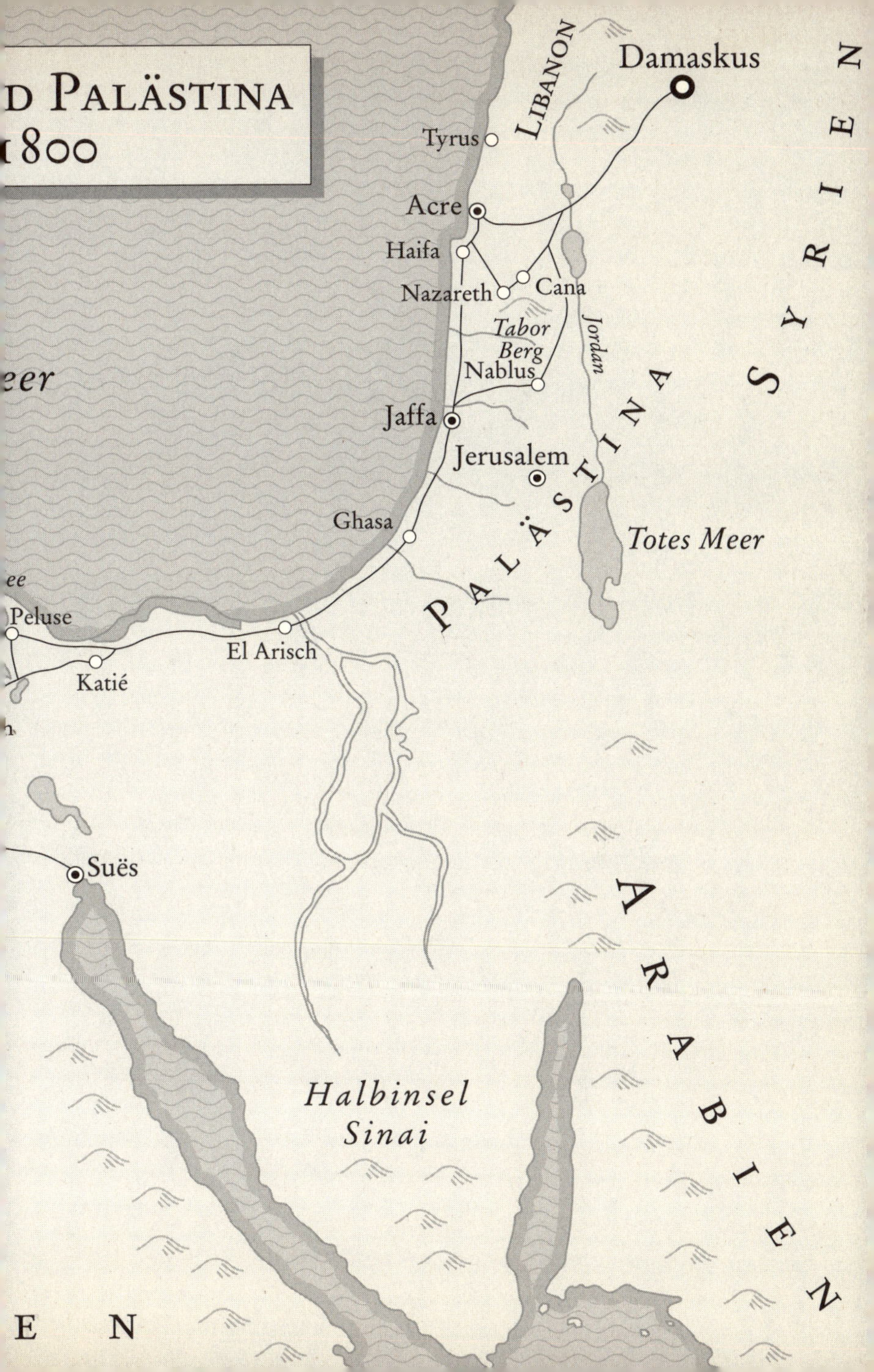

d Palästina
800
Damaskus
Libanon
Syrien
Tyrus
Acre
Haifa
Nazareth
Cana
Tabor Berg
Jordan
Nablus
Jaffa
Jerusalem
Palästina
Ghasa
Totes Meer
Peluse
El Arisch
Katié
Suës
Arabien
Halbinsel Sinai
E N

»Das Wort ›unmöglich‹ gibt es nur
im Wörterbuch von Narren.«
Napoleon Bonaparte

Anmerkung zu den Zeitangaben

Diese Geschichte spielt zu einer Zeit, als in Frankreich der Republikanische Kalender, auch Revolutionskalender genannt, gültig war. Dieser wurde im September 1793 eingeführt und bis 1805 benutzt. Hintergrund war die Zurückdrängung des kirchlichen Einflusses im republikanischen Frankreich; sie sollte durch die Abwendung vom christlich geprägten Gregorianischen Kalender dokumentiert werden. Man ersetzte nicht nur die althergebrachten Monatsnamen durch poetisch klingende neue wie Vendémaire (Weinlesemonat) oder Floréal (Blütemonat), sondern die gesamte Einteilung der Zeit wurde verändert. So dauerte die Woche zehn Tage. Der Umstand, dass es nur alle zehn Tage einen freien Tag (den sogenannten Dekadentag) gab, förderte nicht gerade die Beliebtheit der neuen Zeitrechnung unter der arbeitenden Bevölkerung. Zum Jahresende 1805 zog ein Edikt Kaiser Napoleons einen Schlußstrich unter die Angelegenheit.

Im Folgenden richten sich um des leichteren Verständnisses willen alle Zeitangaben nach dem Gregorianischen Kalender.

Prolog

Ich bin kein Verräter und kein Dieb, jedenfalls nicht in meinen Augen, nicht in denen der Abnaa Al Salieb und, dessen bin ich gewiß, auch nicht vor Gott. Was ich tat, geschah in bester Absicht, vor mehr als sechshundert Jahren genauso wie heute. Die Stimme des Herrn leitete mich. Solange es Menschen gibt, die in die Häuser, Städte und Länder anderer eindringen, um ihnen fremde Gesetze, fremde Ansichten und einen fremden Glauben aufzuzwingen, kann das Kreuz Jesu zu einer mächtigen, Tod und Verderben bringenden Waffe werden. Deshalb beschloß ich, es vor der Welt zu verbergen. Ich schreibe meine Geschichte nieder, damit die Nachwelt versteht, was ich tat und was mich antrieb, damals, als ich in das geheimnisvolle, aber auch gefährliche Morgenland kam. Als ich, der einfache Zeichner Bastien Topart, vor vielen Jahren zum ersten Mal den Fuß auf ägyptischen Boden setzte, ahnte ich nicht, welche Abenteuer mich erwarteten. Hätte jemand es mir sagen wollen, ich hätte ihn ausgelacht. Und hätte ich es nicht am eigenen Leibe erfahren, ich würde es auch heute nicht glauben. Wer also Zweifel hegt an meinen Worten, kann sich meines Verständnisses sicher sein. Aber es hat sich so zugetragen, wie ich es schildere, in jenen stürmischen Jahren nach der Französischen Revolution.

Ende des 18. Jahrhunderts hatte das revolutionäre Frankreich seine Stellung in Europa weitgehend gefestigt. Der sogenannte Erste Koalitionskrieg war beendet, Frankreichs Feinde waren besiegt oder hatten Frieden geschlossen. Bis auf die Engländer, die, geschützt durch ihre mächtige Flotte, unangreifbar auf ihrer Insel saßen.
Da faßte der junge General Bonaparte, der binnen weniger Jahre vom einfachen Artillerieoffizier zu einem der mächtigsten Männer Frankreichs aufgestiegen war, im Jahr 1798 einen verwegenen Plan. Er wollte England schwächen, indem er den englischen Handel im Nahen Osten und in Indien störte. Beginnen wollte er diesen Feldzug in Ägypten.
Mit fast vierzigtausend Soldaten stach er in See. Bei ihm waren aber auch Landvermesser, Kartographen, Ingenieure, Archäologen, Mineralogen, Architekten, Chemiker, Botaniker, Astronomen, Maler, Komponisten, Schriftsteller, Zeichner. Und einer von ihnen war ich …

Teil I

1. KAPITEL

Der Tempel

Die Bestie, halb Löwe und halb Adler, starrte uns aus großen, dunklen Augen an. Wie zum Sprung bereit, jede Sehne in dem gewaltigen Leib gespannt, kauerte sie vor der Felswand, vier- oder fünfmal so groß wie ein Mensch. Die Schwingen waren halb ausgebreitet, als sollten sie dem Sprung zusätzliche Kraft verleihen. Ein Löwe mit Flügeln wäre schon seltsam genug gewesen, aber das Ungewöhnlichste war der Kopf: Er trug fast menschliche Züge, und gerade das wirkte unheimlich.

Alt und erhaben, wachsam und furchteinflößend zugleich war das geflügelte Untier, das über den brüchigen Säulen thronte. Wie viele Jahrhunderte, Jahrtausende vielleicht, es diesen seltsamen Ort schon beschützte, wußte ich nicht, aber es schien von seiner abschreckenden Wirkung nichts eingebüßt zu haben. Abul, unser einheimischer Führer, hielt den Kopf gesenkt und wagte es kaum, zu der mächtigen Gestalt hinüberzusehen. Der knochige Alte, den wir in Kairo angeheuert hatten, schien froh darüber zu sein, daß er mit der Aufsicht über unsere Tiere und unsere Ausrüstung betraut und somit nicht verpflichtet war, sich dem monströsen Wesen zu nähern.

Mein Onkel trat schmunzelnd an mich heran. »Der alte Abul fühlt sich hier nicht besonders wohl.«

»Sie scheint das zu amüsieren, Onkel«, sagte ich, ohne in meiner Arbeit innezuhalten. Mein Bleistift wanderte über den großen Bogen Papier und schuf ein getreues Abbild des alten Tempels.

Mein Onkel nickte nachdenklich. »Abuls Furcht dürfte ein gutes Zeichen sein. Schon der Wirt in Kairo, der mir von diesem Tempel erzählt hat, erwähnte einen alten Aberglauben, demzufolge es tödlich enden kann, den Tempel zu betreten. Ich bin äußerst gespannt, was wir darin finden. Und du, Bastien, wirst unsere Entdeckung mit deiner Zeichenkunst für das Institut festhalten.«

Er meinte das Institut von Ägypten, das General Bonaparte nach der Einnahme Kairos gegründet hatte, um dieses alte, fremde Land, in das unsere ruhmreiche Revolutionsarmee vorgedrungen war, wissenschaftlich zu erfassen. Mitnichten war Napoleon Bonaparte jener blindwütige Eroberer, als den seine Feinde jenseits der Grenzen Frankreichs ihn so oft hinstellten. Sein Interesse an der Wissenschaft war groß, sehr groß, sonst hätte er wohl kaum einen ganzen Troß an Gelehrten der verschiedensten Fachrichtungen, an Ingenieuren, Architekten, Schriftstellern und Zeichnern mitgenommen, die ihm helfen sollten, das geheimnisvolle Reich der Pharaonen in ein erforschtes, deshalb aber nicht minder faszinierendes Land zu verwandeln. Das Institut, dem seit seiner Gründung auch mein Onkel, der renommierte Archäologe Jean Cordelier, angehörte, sollte sowohl der Wissenschaft als auch der praktischen Verbesserung des Allgemeinzustands von Armee und Bevölkerung dienen.

Wie ernst Bonaparte die Sache nahm, zeigte er dadurch, daß er den angesehenen Geometer und Mathematiker Gaspard Monge zum Präsidenten und sich selbst zum Vizepräsidenten des Instituts ernannte. Mein Onkel hatte mir erzählt, daß Bonaparte an den Sitzungen teilnahm, sooft er nur konnte, und schon so manchen Disput mit großem Eifer geführt hatte.

Ich selbst, Bastien Topart aus einem kleinen Dorf bei Pontoise, hatte keine wissenschaftlichen Meriten vorzuweisen und war mit meinen dreiundzwanzig Jahren eigentlich in dem Alter, in dem ich meinen Armeedienst hätte ableisten müssen. Da mir aber eine Kopfverletzung, die ich mir als Kind zugezogen hatte, hin und wieder in Form heftiger Schmerzen zu schaffen machte, war ich, obwohl von großer und durchaus kräftiger Statur, für untauglich befunden worden. Als Soldat wäre ich somit nicht mit nach Ägypten genommen worden und wohl auch nicht als unbekannter Zeichner. Zwar wurden auch Zeichner gebraucht, um die Wunder dieses fernen Landes festzuhalten, aber es gab erfolgreichere Kollegen, die man eher als mich gefragt hätte. Onkel Jean hatte seinen Einfluß bei dem Chemiker Berthollet geltend gemacht, der zusammen mit General Caffarelli die Gelehrten und Künstler für die Expedition auswählte. Auf diese Weise war ich an Bord eines der Segler der französischen Flotte gelangt, die im Mai des ereignisreichen Jahres 1798 in Toulon aufgebrochen war, um die englische Vormachtstellung in Nordafrika und Vorderasien zu brechen.

Ein düsteres Gefühl beschlich mich beim Gedanken an die Flotte, mit deren Hilfe Bonaparte erst die Insel Malta erobert und dann seine Armee nach Ägypten gebracht hatte. Inzwischen lagen die stolzen Schiffe auf dem Grund der Bucht von Abukir, wohin sie von dem einarmigen Teufel Nelson geschickt worden waren.

Ein lauter Ruf erlöste mich von meinen düsteren Betrachtungen: »Hierher, die Herren! Das sieht aus wie ein Eingang!«

Der da rief, war Sergeant Kalfan, ein Veteran vieler Schlachten, der die Soldaten in unserer Begleitung, die so fleißig nach einem Zugang zu dem alten Tempel suchten, befehligte. Er stand genau unter der steinernen Bestie und winkte uns, gleich einem mechanischen Apparat, unentwegt zu.

»Schauen wir nach, was der gute Sergeant entdeckt hat«, schlug Onkel Jean vor. »Wenn es sich wirklich um einen Eingang in den Tempel handelt, hat er sich eine Extraration Schnaps verdient.«

»Dafür würde Kalfan uns sogar einen Eingang graben«, erwiderte ich lachend, klemmte den Zeichenblock unter den Arm und folgte meinem Onkel.

Je näher wir dem Tempel kamen, desto mächtiger wirkte der geflügelte Löwe auf mich, aber die freudige Erregung darüber, daß wir bald das Innere des uralten Bauwerks zu Gesicht bekommen würden, ließ keinen Raum für irgendwelche beklemmenden Gedanken. Einmal blickte ich zurück, sah weit hinter uns Abul warnend gestikulieren und lachte innerlich über den abergläubischen alten Narren aus dem Morgenland, nicht ahnend, daß er, der sich in vorsichtiger Entfernung zu dem Tempel hielt, der einzige Kluge unter uns war.

»Hier, Professor Cordelier«, sagte Kalfan, als wir ihn erreichten, und zeigte auf den Boden. »Der Eingang ist fast zugeschüttet, deshalb haben wir ihn nicht gleich entdeckt. Aber wir werden ihn bald freigeschaufelt haben.«

»Ein Eingang, der in den Boden, in die Tiefe führt«, murmelte ich, »seltsam. Beinahe wie ein Einlaß in die Unterwelt.«

»Vielleicht soll es genau das sein«, sagte Onkel Jean. »Wir wissen noch zu wenig über die Erbauer dieser Stätte und können nur Mutmaßungen anstellen. Aber vielleicht sind wir schon klüger, wenn wir das Bauwerk von innen gesehen haben. Rufen Sie Ihre Leute, und legen Sie den Eingang frei, Sergeant. Zur Belohnung soll heute abend eine Flasche Wacholderschnaps geleert werden. Wie sagte doch Montaigne? Wenigstens ein Rausch im Monat stärkt den Magen, fördert den Schlaf und mildert die Anspannungen.«

Der Sergeant grinste über das ganze runde Bauerngesicht, und die Spitzen seines mächtigen Schnurrbarts zitterten vor freudiger Erregung. »Diesem Bürger Montaigne würde ich gern die Hand schütteln. Er ist gewiß ein sehr kluger Mann!«

Von der Aussicht auf eine Sonderration Schnaps beflügelt, schwangen Kalfan und seine sieben Kameraden ihre Schaufeln und Hacken mit wahrer Inbrunst, und keine Stunde später hatten sie verwitterte Stufen freigelegt, die in eine finstere Tiefe führten. Onkel Jean ließ einige der mitgebrachten Fakkeln entzünden, und vorsichtig, uns Schritt für Schritt vortastend, stiegen wir hinunter. Oben blieben nur Abul und zwei Soldaten zurück.

Abgestandene Luft schlug uns entgegen, ganz so, als sei der Eingang schon seit Jahrhunderten verschüttet, als sei schon lange nicht ein winziges Lüftchen mehr in das alte Bauwerk gelangt. Unter unseren schweren Stiefeln knirschte der Sand, während wir tiefer und tiefer hinabstiegen. Die Wände links und rechts der Treppe waren glatt und schmucklos, so daß mein Block hier leer geblieben wäre, selbst wenn ich die nötige Muße zum Zeichnen gehabt hätte.

Unten mündete die Treppe in einen langen, gewundenen Gang, dessen Decke durch etliche Säulen gestützt wurde. Diese waren, im Gegensatz zu den Wänden, mit zahlreichen jener geheimnisvollen Zeichen verziert, wie die alten Ägypter sie überall dort hinterlassen haben, wo man auf Überreste ihrer untergegangenen Kultur stößt.

Onkel Jean hatte mein Zögern bemerkt und legte mir eine Hand auf die Schulter. »Geduld, Bastien. Du wirst ausreichend Gelegenheit haben, dies alles zu verewigen. Zweifellos sind wir auf eine bedeutende Kultstätte gestoßen, die wir in aller gebotenen Ausführlichkeit erforschen werden. Aber fürs erste wollen wir einfach weitergehen und sehen, welche Wunder diese unterirdische Welt vor uns verbirgt.«

Also gingen wir, eskortiert von den Soldaten, weiter, beherrscht von einem seltsamen Zwiespalt der Gefühle. Forscherdrang und Wißbegier spornten uns zur Eile an, wohingegen das Staunen angesichts der alten Baukunst, der wir auf Schritt und Tritt begegneten, uns immer wieder zum Anhalten und zum näheren Betrachten verführen wollte. Mehrmals gerieten wir an Abzweigungen, die wir einstweilen ignorierten, wuchs doch mit jedem weiteren Schritt die Neugier auf das, was uns am Ende des Weges erwartete.

Wir hatten gerade die dritte oder vierte Abzweigung hinter uns gelassen, als wir seltsame Laute durch das Gewölbe hallen hörten: Stimmen, Schritte und dann einen langgezogenen Schrei – es klang wie der Schrei einer Frau in Todesangst.

Wir erstarrten, und wahrscheinlich spukten durch jeden Kopf ähnliche Gedanken. Waren die Warnungen vor diesem Ort mehr gewesen als der Ausdruck nebulösen Aberglaubens? Lebten hier unten diejenigen fort, die das alles vor Jahrhunderten erbaut hatten und deren Körper längst zu Staub hätten zerfallen sein müssen? Ein kalter Schauer lief mir über den Rücken, und ich klammerte mich an meinem Zeichenblock fest, als könne er mich vor Geistern und Dämonen beschützen.

Sergeant Kalfan fand als erster seine Sprache wieder und deutete zu der Abzweigung. »Das kam aus diesem Gang.«

Täuschte ich mich, oder schwang in der rauhen Stimme des kampferprobten Mannes ein leises Zittern mit?

Wieder hörten wir etwas. Kurze Rufe, die männlichen Kehlen entstammten, dann den spitzen Schrei einer Frau. Verstehen konnten wir nichts. War das überhaupt unsere Sprache? Gehörten die Stimmen in unsere Zeit, oder überdauerten in diesem unterirdischen Tempel Laute, die eigentlich längst hätten verklungen sein müssen?

»Sehen wir nach!« sagte Onkel Jean in einem Ton, der zwar Verwirrung verriet, aber kein Zaudern.

Kalfan nickte. »Sie und Ihr Neffe sollten die Fackeln tragen, Professor, damit meine Männer im Notfall ungehindert ihre Waffen einsetzen können.«

So geschah es. Mein Onkel nahm eine Fackel an sich und ich deren gleich zwei, nachdem ich meinen Zeichenblock, der mir in der gegenwärtigen Lage wenig nützen konnte, auf dem Boden abgelegt hatte. Wir drangen in die Abzweigung ein, und es war beruhigend, Kalfan und seine Grenadiere, die Bajonette aufgepflanzt, bei uns zu wissen.

Die fremden Stimmen, die hin und wieder zu uns herübertönten, wurden lauter, aber noch immer verstanden wir nicht, was vor sich ging. Schließlich ging der Gang, der weniger breit war als der vorherige, in eine Biegung über, und dahinter eröffnete sich ein großer Raum, der von mehreren in eisernen Wandhaltern steckenden Fackeln erhellt wurde. Was wir dort sahen, mutete an wie eine Szene aus einem Schauspiel, dessen Verfasser seiner überbordenden, durchaus morbiden Phantasie freien Lauf gelassen hatte.

In der Mitte des Raums, zu dem es noch einen zweiten Zugang gab, erhob sich ein massiger steinerner Block, der mich an den Altar der Klosterkirche von St. Jacques erinnerte und damit an jene Zeit, bevor die Revolution Klöster und Kirchen in Frankreich hinweggefegt hatte. Darauf lag rücklings eine junge Frau, mit Stricken gefesselt, das helle Gewand zerfetzt und mit leuchtenden Flecken frischen Blutes besudelt. Sie mußte diejenige sein, deren angsterfüllte Schreie wir vernommen hatten.

Als wir den Raum betraten, hob sie den Kopf und blickte uns erstaunt und zugleich wie mit neu erwachter Hoffnung entgegen.

Obwohl ihr das lange Haar, das im flackernden Licht der Fackeln kupfern leuchtete, wirr und zerzaust ins Gesicht hing, sah ich von ihrem Antlitz doch genug, um augenblicklich ihrer Schönheit zu verfallen. Die Angst, die ihre Züge zeichnete, konnte daran nichts, aber auch gar nichts ändern. Es waren ebenmäßige Züge mit hohen Wangenknochen und einer leicht gebogenen, vielleicht eine Spur zu großen Nase, die dem Gesicht einen starken Ausdruck verlieh. Der Blick aus den großen, orientalisch geschnittenen Augen blieb einen langen Moment auf mir haften, und ich meinte darin den flehentlichen Wunsch zu lesen, ich möge ihr gegen ihre Peiniger beistehen. Und dazu war ich seit der Sekunde, in der ich ihrer ansichtig geworden war, fest entschlossen.

Ihre Peiniger, das waren zehn oder zwölf Männer in seltsamen Gewändern. Sie trugen fast knöchellange, ärmellose, weitgeschnittene Mäntel, deren rechten Hälfte schwarz war und die linke weiß. Auf der schwarzen Seite prangte im Brustbereich ein weißes, auf der weißen ein rotes Kreuz. Sie erinnerten mich an mittelalterliche Ritter, deren Abbildungen ich früher in der Klosterbibliothek so oft betrachtet hatte. Dieser Eindruck wurde verstärkt durch die Kettenhemden, die Arme, Kopf und Nacken bedeckten. Die Füße steckten in schweren Stiefeln.

Seit unserer Ankunft in Ägypten hatte ich unzählige exotische Gewandungen gesehen, nicht zuletzt an den Kriegern dieses Landes. Aber Männer wie diese erblickte ich zum ersten Mal; das waren keine Mameluckenreiter und keine Be-

duinenkrieger. An das Mittelalter ließ auch ihre Bewaffnung denken. Ich sah Schwerter, Schilde und Streitäxte, konnte aber keine einzige Feuerwaffe entdecken. Die unten spitz zulaufenden Schilde ähnelten in ihrer farblichen Zweiteilung den Mänteln und waren ebenfalls mit dem weißen und dem roten Kreuz verziert.
Während ich das alles in Sekundenbruchteilen wahrnahm, riß einer der Männer sein breites Schwert aus der lederbespannten Scheide und rief: »Auf sie, Brüder! Macht sie nieder!«
Diesmal verstand ich. Der Mann sprach französisch. Und die Männer, die er Brüder genannt hatte, ebenso.
Sie erhoben ihre Waffen und stürmten auf uns zu. Ich stand noch immer wie gebannt da, als sei ich in einem grotesken Traum gefangen.
»Feuer!« hörte ich Sergeant Kalfan neben mir rufen, und schon erfüllten Pulverrauch, der meine Augen tränen ließ, und das Gebell der Musketen den Raum.
Drei oder vier der Angreifer gingen zu Boden, aber zum Nachladen blieb keine Zeit. Der Feind hatte uns erreicht. Schwerter, Streitäxte und Schilde trafen auf Gewehrkolben, Bajonette und Infanteriesäbel.
Kalfan mußte es mit zwei Gegnern zugleich aufnehmen. Dem ersten, der die Streitaxt bereits zum Schlag erhoben hatte, zerschmetterte der wackere Sergeant mit dem Gewehrkolben den Kiefer. Trotz des allgemeinen Kampfgetümmels vernahm ich das Splittern des Knochens deutlich.
Ein zweiter Angreifer ließ sein Schwert auf Kalfan niederfahren. Im letzten Augenblick duckte sich der Sergeant, so daß ihm nur der Zweispitz mit dem roten Federbusch vom Kopf gerissen wurde. Er drehte seine Muskete um und rammte seinem Gegenüber die Bajonettspitze in den Leib. Einen anderen Gegner hätte dieser Stoß das Leben gekostet, aber

das Kettenhemd milderte die Wucht, und der Mann im schwarz-weißen Waffenrock wich lediglich taumelnd zurück. Kalfan, das Gewehr mit dem aufgepflanzten Bajonett zum erneuten Stoß erhoben, setzte ihm nach.
Wie der Kampf weiterging, konnte ich nicht verfolgen. Ein anderer Ritter – eine treffendere Bezeichnung für unsere seltsamen Gegner wollte mir nicht einfallen – drang mit schlagbereitem Schwert auf meinen Onkel ein und versperrte mir die Sicht.
Zum Glück war Onkel Jean nicht die schwächliche Gestalt, für die ein Gelehrter oft gehalten wird. Im Gegenteil, er war groß und von kräftiger Statur. Als wir noch im Kloster lebten, hatte ich eines Tages mit angesehen, wie er einem Mitbruder half, den Stamm eines gefällten Apfelbaums aus dem Boden zu ziehen. Ein eingespannter Esel hatte sich erfolglos daran versucht, aber mein Onkel hatte es mit der bloßen Kraft seiner Hände vollbracht. Auch nun, mit seinen zweiundfünfzig Jahren, befand er sich noch im Vollbesitz seiner Kräfte, wovon ich mich überzeugen konnte.
Er schleuderte dem Angreifer seine Fackel entgegen. Überrascht hielt der Ritter inne, wohl nur zwei oder drei Sekunden, aber die Zeit reichte Onkel Jean, um mit beiden Händen den rechten Unterarm des anderen zu packen. Mein Onkel rang mit ihm um den Besitz des Schwertes, und keiner wollte nachgeben. Schließlich sanken beide ineinander verschlungen zu Boden, wo das Gerangel weiterging.
Ich wollte Onkel Jean gerade beispringen, als ein mit Schwert und Schild ausstaffierter Ritter auf mich zustürmte.In seinem wettergegerbten Gesicht las ich wilde, tödliche Entschlossenheit.
Meine einzigen Waffen waren die beiden Fackeln in meinen Händen, und ich setzte sie ein. Die eine warf ich dem Ritter

entgegen, so wie es mein Onkel zuvor getan hatte. Der Ritter wich aus, setzte aber seinen Angriff fort.
Schon blitzte die Schwertklinge vor mir auf, und im Geiste sah ich bereits meinen abgetrennten Kopf über den Boden rollen. Ich riß die zweite Fackel hoch und rammte sie dem Gegner mitten ins Gesicht. Er schrie schmerzerfüllt auf und ließ Schwert und Schild fallen, um die Hände schützend vor sich zu halten. Dabei riß er mir, wohl mehr aus Zufall, die Fackel aus der Hand. Der widerliche Geruch verbrannten Fleisches verursachte mir Übelkeit.
Als der Ritter die Hände sinken ließ, war dort, wo eben noch sein Gesicht gewesen war, eine gräßlich entstellte Fratze, die mich haßerfüllt anblickte. Welche unvorstellbaren Qualen mußte er in diesem Augenblick erdulden!
»Du erbärmlicher Hund!« preßte er mit vor Schmerz und Zorn bebender Stimme hervor. »Ich werde dich töten, so langsam, daß du dir wünschen wirst, deine Mutter hätte dich niemals geboren!«
Und schon schossen seine kettengeschützten Hände vor und schlossen sich um meinen Hals, bevor ich auch nur Anstalten machen konnte, dem Angriff auszuweichen. Ich wollte mich losreißen, wollte mit meinen Händen die seinen von mir lösen, aber es gelang mir nicht. Vielleicht war der Fremde von Natur aus stärker als ich, vielleicht auch verliehen ihm Schmerz und Zorn übermenschliche Kräfte. Fest und fester drückten seine Hände zu, und in meinem Hals war ein Stechen wie von tausend Nadeln. Ich ging in die Knie und rang würgend um Atem. Vor meinen Augen begann es zu flimmern, und ich spürte, wie die Lebenskraft aus mir wich.
Da tauchte Onkel Jean neben dem Ritter auf, mit beiden Händen ein erbeutetes Schwert umklammernd. Offenkundig hatte er seinen Gegner besiegt und entwaffnet. Mein Onkel

erfaßte sofort, wie es um mich stand, und schlug hastig und unkontrolliert zu. Das Schwert traf meinen Peiniger mit der flachen Seite an der Brust und schleuderte ihn von mir fort. Ich sog die so dringend benötigte Luft ein und beobachtete, wie mein Onkel das Schwert zu einem neuerlichen Schlag hob.

Ein faustgroßer Gegenstand fiel dicht neben Onkel Jean zu Boden und zerplatzte mit einem dumpfen Laut. Augenblicklich verbreitete sich grauschwarzer Rauch, der noch stärker in den Augen brannte als zuvor der Pulverrauch der Musketen. Der Qualm verbarg den Ritter mit dem verbrannten Gesicht vor mir und wohl auch vor Onkel Jean, der die tränenden Augen zusammenkniff.

Sergeant Kalfan tauchte neben meinem Onkel auf und sagte hustend: »Die Kerle haben Rauchbomben geworfen, wollen sich offenbar durch den anderen Eingang zurückziehen. Wir sollten sie nicht daran hindern, wissen wir doch nicht, ob sie irgendwo in diesem unterirdischen Gemäuer noch Verstärkung haben. Wir sollten zusehen, daß wir an die frische Luft kommen!«

»Sie haben recht, Sergeant«, keuchte Onkel Jean und wich vor dem Rauch zurück.

Ich aber, der ich mich leidlich erholt hatte, erhob mich schwankend und drang durch den Rauch zu dem steinernen Altar vor, auf dem noch immer die gefesselte Frau lag. Halb ängstlich, halb erwartungsvoll starrte sie mich an. Ich wollte ihr etwas Beruhigendes zurufen, doch aus meiner geschundenen Kehle drang nur ein kraftloses Krächzen.

Aus einer Rocktasche zog ich mein Klappmesser, das mit seiner kleinen Klinge als Waffe nicht viel taugen mochte. Aber es war scharf genug, um die Fesseln der Unbekannten zu lösen. Der Sergeant erschien neben mir und zog seinen

Säbel, um mir zu helfen. Dann hob er die Frau hoch, legte sie über eine seiner breiten Schultern, und wir verließen den raucherfüllten Raum.

Auch der Gang, durch den wir uns zurückzogen, war nicht frei von dem beißenden Rauch. Wir konnten erst wieder richtig durchatmen, als wir den größeren Gang erreichten. Hier stellte ich fest, daß wir zwar vollzählig, aber allesamt lädiert waren; keiner von uns war ohne Blessuren aus dem Kampf hervorgegangen. Einer der Grenadiere war so schwer verwundet, daß er von einem Kameraden gestützt werden mußte.Ein anderer hielt eine Fackel, die er wohl aus einer Wandhalterung in dem Altarraum genommen hatte – unsere einzige Lichtquelle.

Ich entdeckte meinen Zeichenblock und nahm ihn auf, bevor ich den anderen folgte. Eilig strebten wir der Treppe zu, über die wir diesen unterirdischen Ort betreten hatten. Während ich mit weichen Knien die hohen Stufen erklomm, erschien mir das nahende Tageslicht wie ein Leuchtfeuer in stürmischer Nacht.

2. KAPITEL

Ourida

Wir taumelten unterhalb des steinernen Untiers ins Freie, wo uns die beiden Soldaten, die wir als Wachen zurückgelassen hatten, sofort mit Fragen bestürmten. Sergeant Kalfan klärte sie in kurzen Worten auf und befahl ihnen, den Tempeleingang schärfstens zu bewachen, mußten wir doch mit Verfolgern rechnen.

Wir anderen ließen uns ein Stück entfernt nieder, um zu neuen Kräften zu gelangen. Die Grenadiere öffneten ihre Wasserflaschen und boten auch meinem Onkel und mir an, daraus zu trinken. Ich nahm die dargebotene Flasche dankbar entgegen und wandte mich der unbekannten Frau zu, die ganz in meiner Nähe hockte und zu Boden starrte. Nur hin und wieder gestattete sie sich einen raschen Blick zum Tempeleingang. Fürchtete auch sie, die Männer in den schwarzweißen Mänteln könnten uns folgen?

»Trinken Sie, Mademoiselle«, sagte ich mit einem Krächzen in der Stimme, das ich auf die Mißhandlung meines Halses durch den Ritter zurückführte. »Das Wasser wird Ihnen guttun.«

Die Frau blickte auf, um erst mich und dann die Feldflasche anzuschauen. Aber sie traf keine Anstalten, meiner Aufforderung zu folgen. Selbstverständlich mußte ich damit rechnen, daß sie der französischen Sprache nicht mächtig war, doch meine Geste konnte sie kaum mißverstanden haben. Traute sie mir nicht? Vielleicht glaubte sie, ich wolle sie vergiften. Also trank ich zuerst und wischte mir mit einer übertriebenen Geste über den Mund, als hätte ich soeben den köstlichsten Wein zu mir genommen und nicht abgestandenes, viel zu warmes Wasser. Dann bot ich ihr die Flasche erneut an.

Täuschte ich mich, oder huschte der Anflug eines Lächelns über das ebenmäßige Gesicht, dessen Anblick allein mich für die Strapazen in dem unterirdischen Tempel entschädigte? Schnell blickte sie wieder ernst drein, fast unbeteiligt. Doch sie griff zu der Feldflasche und trank.

Als sie die Flasche absetzte, sprach mein Onkel sie an, erst auf französisch, dann auf arabisch. Er fragte sie, wer sie sei und was die Szene in dem Altarraum zu bedeuten hatte. Aber sie reagierte nicht.

»Stumm wie ein Fisch«, brummte Kalfan.

»Nicht immer«, sagte Onkel Jean. »Dort unten haben wir ihre Schreie gehört. Vielleicht will sie uns einfach nicht verstehen.«

Die schweigsame Schöne an meiner Seite hatte mich bereits so für sich eingenommen, daß ich mich bemüßigt fühlte, ihr zur Seite zu stehen. »Unser eilig gelerntes Arabisch ist nicht das allerbeste, Onkel. Mag sein, sie versteht uns wirklich nicht. Die Menschen hier sprechen allerlei seltsame Dialekte, und manchmal glaube ich, sie konnen sich nicht einmal untereinander so richtig verständigen. Vielleicht sollte Abul einmal mit ihr reden.«

»Ein guter Vorschlag, Bastien«, sagte mein Onkel. »Bist du so gut und holst ihn her?«

»Gern«, erwiderte ich und erhob mich sogleich. »Wenn ich nur wüßte, wo er steckt.«

Ich fragte die beiden Wachtposten vor dem Tempeleingang.
»Der alte Ziegenbart hat sich dort zwischen den Dünen bei den Packeseln verkrochen«, erhielt ich zur Antwort. »Scheint heilfroh zu sein, daß er sich nicht in der Nähe des Tempels aufhalten muß.«
Als ich auf die Dünen zuschritt, hörte ich das durchdringende Geschrei der Esel, das uns auf unserem Weg von Kairo bis hierher begleitet und manchmal an den Rand der Verzweiflung getrieben hatte. Alarmiert beschleunigte ich meine Schritte – und kam gerade noch rechtzeitig, um zu sehen, wie unser Führer in wilder Hast auf einem Esel davonritt. Der Araber schlug mit einem krummen Stock auf den Esel ein, um ihn zur Eile anzutreiben, was das Tier mit dem weithin hallenden, wehklagenden Geschrei quittierte.
Durch den Lärm angelockt, waren mein Onkel und der Sergeant mir gefolgt. Als sie neben mir standen, war Abul schon zu einer winzigen Gestalt geschrumpft, die jeden Moment in der von den Hufen des Esels aufgewirbelten Staubwolke verschwinden würde.
»Soviel also zu meiner Idee, daß Abul uns helfen könnte«, sagte ich. »Wenn er so weitermacht, bleibt der Esel erst in Kairo wieder stehen.«
»Genau da wird er hinwollen«, brummte Onkel Jean.
Kalfan stieß einen derben Soldatenfluch aus. »Sollte mich nicht wundern, wenn der Alte mit den Kerlen im Tempel unter einer Decke steckt. Jetzt, wo wir den Kampf gewonnen haben, macht er sich lieber aus dem Staub.«
Mein Onkel schüttelte leicht den Kopf. »Ich glaube, es ist die nackte Angst, die ihn von hier wegtreibt. Er hatte schon vorher gehörigen Respekt vor dem Tempel. Als er uns, verwundet und in Begleitung dieser fremden Frau, zurückkommen sah, hat die Angst ihn schlicht übermannt.«

Kalfan strich über seinen Schnurrbart und blickte skeptisch drein. »Wenn er solche Angst vor diesem Ort hat, warum hat er uns dann hergeführt?«
»Deshalb«, sagte Onkel Jean und vollführte mit Daumen und Zeigefinger die Bewegung des Geldzählens. »Aus dem Grund, aus dem die meisten Dinge auf dieser Welt geschehen.«
»Hätte er genauer gewußt, was für Gestalten in dem Tempel ihr Unwesen treiben, wäre er wohl schon vorher geflohen«, pflichtete ich meinem Onkel bei.
»Bald sind wir wieder in Kairo, und dann werden wir ihn selbst nach dem Grund fragen«, meinte Onkel Jean.
Ich blickte ihn erstaunt an. »Sie wollen die Expedition abbrechen, Onkel?«
»Was bleibt mir übrig? Die meisten von uns sind verwundet, ein Mann sogar schwer. Es ist kein Arzt unter uns. Außerdem müssen wir damit rechnen, daß unsere seltsamen Freunde aus dem Tempel uns neuerlich auf den Leib rücken. Immerhin haben wir etwas mit uns genommen, an dem sie ein großes Interesse haben.«
Er sah zu der Stelle hinüber, wo die Frau scheinbar teilnahmslos auf dem Boden hockte, den Blick auf den Tempeleingang gerichtet.
Kalfan kratzte sich am Kopf, um den er nach dem Verlust seines Hutes ein schweißfleckiges Tuch als Sonnenschutz gebunden hatte. »Was waren das nur für Gestalten, Professor? Von einem Stamm mit solcher Kleidung habe ich noch nicht gehört.«
»Mir kamen sie vor wie mittelalterliche Ritter«, warf ich ein.
»Daran habe ich auch gedacht«, sagte mein Onkel. »Vielleicht können wir das ebenfalls in Kairo klären. Jetzt sollten wir uns aber um unseren Abmarsch kümmern. Ich halte es nicht für ratsam, die Nacht in der Nähe des Tempels zu verbringen.

Möglicherweise wagen unsere Gegner nicht nur einen zweiten Angriff, sondern kehren auch noch mit Verstärkung zurück.«

Der Sergeant schirmte seine Augen mit der flachen Hand ab und ließ seinen Blick über den alten Tempelbau und den schroffen Berg dahinter schweifen. »Schon wahr, irgendwo da hinten könnten sich weitere Feinde verborgen halten.«

»Auf jeden Fall gibt es mehr als einen Eingang zu dem Tempel«, fuhr Onkel Jean fort. »Der, den wir freigelegt haben, ist schon lange nicht mehr benutzt worden. Die Frau dort und die Männer, von denen sie drangsaliert wurde, müssen auf andere Weise in den Tempel gelangt sein. Auf demselben Weg könnten die Fremden Verstärkung heranholen. Wir wissen nicht, ob und mit welcher Geschwindigkeit sie dazu in der Lage sind, aber zu unser aller Sicherheit sollten wir mit dem Schlimmsten rechnen und uns deshalb ein anderes Nachtlager suchen, bevor wir den Marsch zurück nach Kairo antreten.«

»Wir könnten auf dem kleinen Felsplateau nächtigen, das wir heute mittag passiert haben«, schlug der Sergeant vor.

»Sitzen wir da nicht wie auf dem Präsentierteller, wenn die Männer uns verfolgen?« zweifelte ich.

»Dafür haben wir von dort nach allen Seiten eine gute Sicht«, widersprach Kalfan. »Mit unseren Gewehren könnten wir uns zwischen den Felsen gut verteidigen. Der Stamm, zu dem die Männer aus dem Tempel gehören, scheint von Feuerwaffen nicht viel zu halten oder sich keine leisten zu können. Das ist ein wichtiger Vorteil für uns.«

»Sie sind der Experte in militärischen Dingen, Sergeant«, sagte mein Onkel. »Ich verlasse mich da ganz auf Ihr Urteil.«

Wir gingen die Düne auf der anderen Seite hinunter und stellten zu unserer Verärgerung fest, daß Abul nicht nur einen

Esel, sondern auch zwei Wasserschläuche mitgenommen hatte. Das sollte für seinen Bedarf mehr als genug sein, bis er Kairo erreichte. Unser Wasservorrat allerdings war dadurch bedenklich geschrumpft.

»Dieser arabische Hurensohn!« platzte es aus Kalfan heraus. »Wir haben einen Schwerverwundeten zu versorgen, und der vermaledeite alte Bock klaut uns das lebenswichtige Wasser! Wenn ich den zu fassen kriege, zerquetsche ich ihn wie eine Laus!«

Die zornige Grimasse, die der Sergeant bei diesen Worten schnitt, ließ an der Ernsthaftigkeit seiner Drohung keinen Zweifel zu.

»Den Teil unserer Ausrüstung, den wir für die Ausgrabungen benötigen, lassen wir zurück«, sagte mein Onkel. »So kommen wir schneller vorwärts, und die Esel müssen sich weniger anstrengen. Wir werden ohnehin hierher zurückkehren.«

»Und wenn diese … Ritter oder was auch immer dann noch hier sind?« fragte ich.

Onkel Jean setzte eine grimmige Miene auf. »Dann sind wir vorbereitet und haben mehr Soldaten an unserer Seite als heute.«

Als wir zu den anderen zurückkehrten, wurde der Verwundete, ein rotgesichtiger Bauernsohn namens Gaspard, von seinen Kameraden versorgt. Sie versuchten, die tiefe Wunde, die wohl eine Schwertklinge in seine rechte Seite geschlagen hatte, zu reinigen. Aber die groben Soldatenhände setzten dem armen Gaspard gehörig zu, das verrieten sein schmerzverzerrtes Gesicht und die dumpfen Laute, die er stoßweise hervorbrachte.

Da regte sich die Frau, die selbst einige kleinere Verletzungen davongetragen hatte, nahm einem der Soldaten den feuchten Lappen aus der Hand und fuhr fort, die Wunde zu reinigen.

Ihre Berührungen waren ungleich sanfter, und sofort entspannte sich der Verwundete. Am Ende legte sie ihm einen Verband an, und es war offensichtlich, daß sie das nicht zum ersten Mal tat.
»Danke«, sagte Gaspard, und die Frau schenkte ihm ein Lächeln.
Mir war ein silberner Anhänger aufgefallen, den sie an einer feingliedrigen, ebenfalls silbernen Kette um den Hals trug. Ich beugte mich vor und hielt den Anhänger fest, bevor sie es verhindern konnte. Er hatte eine runde Form, war ungefähr handtellergroß und wies eine Gravur aus arabischen Schriftzeichen auf. Links und rechts davon war jeweils eine Rose eingraviert.
Aber auch ohne diese Rosen hätte das Arabischstudium, das ich betrieben hatte, seit ich von unserer Expedition nach Ägypten wußte, ausgereicht, um die Schriftzeichen zu entziffern. Dort stand *Ourida,* das arabische Wort für Rose. Onkel Jean, der sich im Arabischen besser auskannte als ich, bestätigte das.
»Ourida«, sagte ich gedehnt und blickte in ihre unergründlichen Augen. »Ist das dein Name?«
Als sie nicht antwortete, wiederholte ich die Frage in meinem gewiß sehr unzulänglichen Arabisch. Doch in den dunklen Augen leuchtete es kurz auf, und sie öffnete die vollen, geschwungenen Lippen.
»Ourida.«
Mehr als dieses eine Wort sagte sie nicht. Aber ich schloß daraus, daß es tatsächlich ihr Name war. Es war ein arabisches Wort, und sie hatte es gesagt, nachdem ich auf arabisch zu ihr gesprochen hatte. War das Arabische also Ouridas Muttersprache? Vieles deutete darauf hin, auch ihre Gesichtszüge und ihre Hautfarbe, die um einiges dunkler war als die meini-

ge, doch in mir blieben Zweifel. Nicht nur im Fackellicht, das den unterirdischen Altarraum erleuchtet hatte, auch hier im hellen Schein der Sonne glänzte ihr Haar wie dunkles Kupfer, was ich bei einheimischen Frauen noch nie gesehen hatte. Ourida blieb ein Rätsel – wie alles, was uns im Tempel widerfahren war.

Nachdem alle Wunden versorgt waren, bereiteten wir unseren Aufbruch vor. Während die Mehrzahl der Esel unsere Ausrüstung und Verpflegung trug, wurden von meinem Onkel zwei als Reittiere für Ourida und Gaspard bestimmt. Der verletzte Grenadier wurde von seinen Kameraden auf dem Eselsrücken festgebunden, damit er unterwegs nicht den Halt verlor und zu Boden stürzte. Schließlich setzte sich unser kleiner Zug in Bewegung, geradewegs nach Nordosten. In jener Richtung lag Kairo, das wir am folgenden Abend zu erreichen hofften.

Zunächst jedoch stießen wir, wie geplant, auf das kleine Felsplateau, das Sergeant Kalfan als unser Nachtlager ausersehen hatte. Wir mußten einen Skorpion verscheuchen, als wir unsere Decken auf dem Boden ausbreiteten, der, sobald die Sonne versunken war, merklich abkühlen würde. Mehr Sorge als Skorpione und die nächtliche Kälte, die in der Wüste einen so großen Kontrast zur am Tag herrschenden Hitze bildet, bereiteten mir allerdings die Ritter aus dem Tempel, die möglicherweise hinter uns her waren. Bisher hatten wir nichts von ihnen bemerkt, und trotz aller Neugier hoffte ich, daß es dabei blieb.

Wir schlugen keine Zelte auf und zündeten kein Feuer an, um unseren Aufenthaltsort nicht ohne Not zu verraten. Unsere Mahlzeit bestand aus kaltem Pökelfleisch, hartem Ziegenkäse und trockenem Brot. Zum Glück steuerte Onkel Jean aus seinen scheinbar unerschöpflichen Vorräten eine Flasche Wein

bei, die unserem kargen Mahl ein wenig von seiner Trostlosigkeit nahm.
Nach dem Essen kümmerte sich Ourida, als sei das eine Selbstverständlichkeit, um Gaspard und wechselte seinen Verband. Ich ging zu ihr und sprach sie an. Sie antwortete nur mit einem langen Blick, den ich nicht zu deuten vermochte. Lag darin Sympathie – oder vollkommene Gleichgültigkeit? Ourida faszinierte mich immer mehr. Das lag nicht allein an ihrer Schönheit, sondern auch an dem Geheimnis, das sie umgab.
Was verband sie mit den Rittern, aus deren Gewalt wir sie gerettet hatten? Gehörten sie demselben Stamm an, demselben Volk? Aber die Männer im Tempel hatten französisch gesprochen, wohingegen Ourida nicht reagierte, wenn man sie in meiner Muttersprache anredete.
Vielleicht verstellte sie sich auch nur. Alles schien möglich, und die Nacht, die sich fast übergangslos über die ägyptische Wüste legte, trug nicht zur Aufklärung des Geheimnisses bei.
Trotz der Erschöpfung, die ich nach diesem Tag spürte, drehte sich das Rad meiner Gedanken noch lange, aber irgendwann nickte ich doch ein. Wirre Traumbilder begleiteten meinen Schlaf.
Ich sah die Ritter aus dem alten Tempel vor mir, aber ich kämpfte nicht gegen sie, sondern an ihrer Seite. Ja, ich war einer von ihnen, trug einen Mantel und ein Kettenhemd. Mit Schwert und Schild verteidigte ich mich gegen eine anstürmende Übermacht wilder orientalischer Krieger, und es schien ein aussichtsloser Kampf zu sein. Meine Muskeln schmerzten, mein Arm wurde schwer, während ich Hieb um Hieb austeilte. Aber für jeden Angreifer, der vor mir fiel, tauchten zwei neue auf, und meinen Mitstreitern erging es

nicht anders. Furcht befiel mich, nicht um mein Leben, sondern um etwas anderes, etwas Großartiges, Wichtiges …
»Das Kreuz!«
Vor mir tauchte ein vertrautes Gesicht auf, das längliche, fast asketisch anmutende Antlitz meines Onkels, das ich in der klaren, mondhellen Nacht deutlich erkannte.
»Junge, was ist mit dir?« fragte er besorgt und packte mich fest an der Schulter.
Der Traum fiel von mir ab, und das Klirren der Waffen verhallte. Die Nacht war still, nur das kurze Kläffen eines einsamen Wüstenfuchses klang zu uns herüber. Aber ich spürte noch immer tiefe Furcht in mir. Schweiß stand auf meiner Stirn, obwohl es bitterkalt war.
»Du hast schlecht geträumt«, stellte Onkel Jean fest, während er mit seinem Taschentuch meine Stirn trocknete. »Aber es ist vorbei, also beruhige dich!«
»Es war so – lebensecht!« stieß ich hervor und hörte selbst die im Traum empfundene Angst in meiner Stimme. »Niemals zuvor habe ich einen Traum so deutlich erlebt. Als sei ich tatsächlich einer der Ritter gewesen.«
»Was hast du geträumt?« fragte mein Onkel sanft.
Ich erzählte ihm alles, konnte aber seine Fragen, wer die Ritter an meiner Seite und wer die Angreifer gewesen seien, nicht beantworten.
»Worum ging es bei dem Kampf?« fragte Onkel Jean weiter.
»Ich glaube, die Ritter wollten etwas vor den Angreifern beschützen. Aber ich kann nicht sagen, was das war.«
»Beim Aufwachen hast du etwas von einem Kreuz gerufen.«
»Habe ich das?« erwiderte ich, denn auch daran konnte ich mich nicht erinnern. »Es tut mir leid, wenn ich Sie und die anderen erschreckt habe, Onkel. Aber der Traum war so ungewöhnlich, beinahe unheimlich.«

Mein Onkel lächelte. »Schon gut, Bastien. Dieses geheimnisvolle Land läßt uns nicht unberührt, und das, was wir in dem Tempel erlebt haben, tut ein übriges. Da braucht es dich nicht wunderzunehmen, wenn deine Sinne überspannt sind. Versuch, noch ein wenig zu schlafen! Die Nacht ist bald vorüber.«

Ich wollte seinen Rat beherzigen und legte mich wieder hin, fand aber keinen Schlaf. Unruhig wälzte ich mich hin und her. Nach einer Weile hatte ich das Gefühl, beobachtet zu werden, und schlug die Augen auf. Für einen kurzen Moment kreuzte mein Blick den der geheimnisvollen Wüstenrose.

Ja, auch Ourida war wach und betrachtete mich offenbar schon eine gewisse Zeit. Jetzt aber schloß sie die Augen rasch, vielleicht in der Annahme, ich hätte ihren Blick nicht bemerkt.

Sollte ich mich geschmeichelt fühlen? Wohl kaum, denn etwas Eigenartiges hatte in ihrem Blick gelegen – Überraschung, vielleicht auch Entsetzen.

3. KAPITEL

In Kairo

Am Nachmittag des übernächsten Tages erreichten wir Kairo, ohne ein weiteres Mal in Gefahr geraten zu sein. Zwar hatten wir am späten Vormittag hinter uns eine Staubwolke bemerkt und schemenhaft auch Reiter erkannt, als wir durch das Fernrohr meines Onkels sahen. Aber die Reiter hatten sich uns nicht genähert. Unmöglich zu sagen, ob es die Ritter aus dem Tempel gewesen waren oder zufällig unseren Weg kreuzende Beduinen.

Das zurückliegende Abenteuer trat in den Hintergrund, sobald uns der Trubel in der großen Stadt am Nil umbrandete. Überall in den Außenbezirken waren französische Soldaten mit Schanzarbeiten beschäftigt. Sie rissen ganze Gebäude ein, um an ihrer Stelle Verteidigungsbollwerke zu errichten oder einfach nur ein freies Schußfeld für die Artillerie zu gewinnen. Zwar hatte unsere Armee das Mameluckenheer in der Schlacht bei den Pyramiden besiegt, aber nach dem Untergang unserer Flotte mußten wir besondere Vorsicht walten lassen. Der umsichtige General Bonaparte stellte sich, wie mein Onkel mir berichtet hatte, darauf ein, daß die Engländer ein Expeditionskorps anlandeten, um Kairo zu erobern.

Die Stadt hatte sich in den zwei Monaten seit unserem Einmarsch stark verändert und deutlich europäische, um nicht zu sagen französische, Züge angenommen. Überall hatten

Restaurants und Kaffeehäuser eröffnet, die sich mit Interieur und Speisekarte dem abendländischen Geschmack anpaßten. Selbst die europäische Mode wurde inzwischen von den Einheimischen – besonders den weiblichen – nachgeahmt, nicht stets zur Freude der Männer, die ihre Frauen nur ungern unverschleiert durch die Straßen flanieren sahen.
Sergeant Kalfan begab sich mit den meisten seiner Soldaten zum Lager seiner Kompanie, weil der heftig fiebernde Gaspard dringend ärztlicher Hilfe bedurfte. Zwei Grenadiere begleiteten meinen Onkel, die noch immer schweigsame Wüstenrose und mich zu unserem von Palmen beschatteten Haus in der Nähe der Al-Hussein-Moschee. Die ursprünglichen Bewohner waren vor dem französischen Einmarsch geflohen, und so hatten Onkel Jean und ich hier Quartier bezogen. Empfangen wurden wir von dem alten Malik, seiner Frau Zeineb und beider Enkelsohn Nafi, unseren Bediensteten.
Malik, der an der Haustür stand, zog den zerbeulten Zweispitz, den er irgendwo aufgelesen hatte und seitdem fast unablässig trug, wohl um uns Franken, wie die Araber uns nannten, seinen Respekt zu erweisen. Maliks Name bedeutete nicht weniger als »König«, und er trug den traurigen Hut wahrhaftig so würdevoll wie eine Krone. Er verbeugte sich in einer Geste, die europäische Höflichkeit nachahmte, aber sehr ungelenk wirkte, und begrüßte uns in dem eigentümlichen Gemisch aus französischen und arabischen Wörtern, das er sich angeeignet hatte.
Nafi, ein vielleicht zwölf- oder dreizehnjähriger Knabe von flinkem Wesen und mit stets wachen Augen, kümmerte sich um unsere Esel, während wir anderen ins Haus gingen. Auf Onkel Jeans Geheiß brachte Zeineb unsere Begleiterin in ein Gästezimmer im rückwärtigen Teil des Hauses. Mein Onkel und ich ließen uns in der Bibliothek nieder und mußten nicht

lange darauf warten, daß Malik uns zwei Karaffen mit Wasser und Wein brachte. Onkel Jean wies ihn an, auch den beiden Grenadieren, die vor dem Haus Wache hielten, eine Erfrischung zu bringen.

Ich lehnte mich in einem der alten Sessel zurück, schloß die Augen und labte mich an der kühlen Mischung aus Wasser und Wein. »Das tut gut nach Tagen in der Wüste, die uns nichts eingebracht haben als Schmutz, Schweiß und Todesgefahr.«

»Das siehst du bei weitem zu düster«, widersprach mein Onkel. »Vergiß nicht den Tempel, den wir entdeckt haben, die liebreizende Ourida und das hier.«

Ich hörte, wie er etwas Schweres auf den Tisch legte, und öffnete die Augen wieder. Es war ein länglicher, in ein großes Tuch eingeschlagener Gegenstand, den er nicht mit unserem übrigen Gepäck Nafi anvertraut, sondern mit ins Haus genommen hatte. Als er das Tuch entfernte, erkannte ich die mittelalterliche Waffe, die er im Tempel erbeutet und mit deren Hilfe er mir das Leben gerettet hatte.

»Das Schwert!« staunte ich. »Ich habe gar nicht mehr daran gedacht, daß Sie es bei sich haben, Onkel.«

Die Finger meines Onkels strichen langsam über die breite Klinge. »Der Beweis dafür, daß wir uns die seltsame Geschichte nicht bloß eingebildet haben. Eine solide Arbeit und aufschlußreich dazu.«

»Wie meinen Sie das?« fragte ich und beugte mich vor, um die Waffe genauer zu betrachten.

»Zweischneidige Schwerter mit nußförmigem Knauf wie dieses wurden im Mittelalter verwendet, im zwölften oder dreizehnten Jahrhundert.«

»So alt ist es?«

»Nein, dazu ist es zu gut erhalten. Aber wer immer es auch

geschmiedet hat, ihm haben zweifellos Schwerter aus der genannten Zeit als Vorbild gedient. Besonders interessant ist das hier!«

Er wies auf ein hell schimmerndes Kreuz, das eine Seite des Knaufs schmückte. Dann drehte er das Schwert um. Auch auf der anderen Knaufseite war ein Kreuz eingraviert, hier allerdings von rötlicher Färbung.

»Ein weißes und ein rotes Kreuz!« stieß ich aufgeregt hervor. »Wie auf den Mänteln dieser Ritter – oder wie man sie bezeichnen soll.«

»Laß uns ruhig von Rittern sprechen, Bastien. Offenbar orientieren sich diese Männer, was ihre Kleidung und Bewaffnung angeht, an den Kreuzrittern, die einst in dieses Land kamen.«

»Aber wozu der Mummenschanz?«

»Ich würde nicht von Mummenschanz sprechen. Dahinter steckt mehr, etwas sehr Gefährliches, wie wir am eigenen Leib erfahren haben. Leider wissen wir zu wenig, um die Frage nach dem Warum auch nur ansatzweise beantworten zu können. Wäre sie nicht so verschlossen, könnte Ourida uns gewiß weiterhelfen.«

Mein Onkel ging zum Bücherregal, zog einen schweren Band hervor und legte ihn neben das Schwert. Es war ein bebildertes Werk über das Mittelalter, in dem ich selbst auch schon gelesen hatte. Zielstrebig schlug Onkel Jean den Teil auf, der sich mit den Kreuzfahrten beschäftigte.

»Hm«, brummte er nach kurzem, konzentriertem Lesen. »Das hilft uns auch nicht weiter. Die Kreuzfahrer trugen die unterschiedlichsten Gewänder, auch die Angehörigen religiöser Ritterorden: weiß mit rotem Kreuz die Templer, weiß mit schwarzem Kreuz die vom Deutschen Orden, weiß mit rotem Kreuz und rotem Schwert die Schwertbrüder, schwarz mit weißem Kreuz die Johanniter. Aber hier steht nichts von schwarz-weißen Mänteln oder von einer Vereinigung, die sowohl das rote als auch das weiße Kreuz zu ihrem Zeichen erhob. Es bleibt ein Rätsel, das ...«

Ein lautes Krachen, unzweifelhaft ein Schuß, schnitt ihm das Wort ab.

»Das kam von vorn!« rief ich, sprang auf und eilte an das Fenster, das zur Straße hinausging.

Onkel Jean trat neben mich, und wir beobachteten einen Aufruhr vor dem Haus, das unserem direkt gegenüberlag. Dort wohnte ein ägyptischer Gelehrter, der sehr zurückgezogen lebte und von dem wir nicht viel mehr wußten als den Namen: Maruf ibn Saad. Ein einziges Mal hatte ich einen flüchtigen Blick auf ihn werfen können, als er durch seinen Garten spazierte: ein hochgewachsener, schlanker, sehr würdevoll wirkender Mann mittleren Alters. Vor seiner Haustür drängten sich zehn bis fünfzehn Personen, die in eine lautstarke Auseinandersetzung verwickelt waren, Ägypter, vermutlich Bedienstete von Maruf ibn Saad, und französische Soldaten in der Uniform der leichten Infanterie.

»Das gefällt mir nicht«, knurrte mein Onkel und war auch schon auf dem Weg nach draußen.

Ich folgte ihm und kam dazu, als Onkel Jean den Anführer der Soldaten, einen schlecht rasierten Korporal in schmutziger Uniform, zur Rede stellte.

»Was soll der Aufstand, Korporal? Wer hat hier geschossen?«

Der Korporal maß meinen Onkel mit einem abschätzenden Blick. »Einer meiner Männer. Er hat sich gegen einen dieser stinkenden Kameltreiber verteidigt, als der handgreiflich werden wollte.«

Jetzt erst bemerkte ich den Ägypter, der blutend am Boden lag. Ich konnte nicht erkennen, ob er noch lebte.

»Was wollen Sie hier?« fragte Onkel Jean.
»Hier soll ein Gelehrter wohnen, der viele Bücher hat. Die wären in der Bibliothek des Instituts von Ägypten besser aufgehoben, haben wir uns gedacht. Schließlich sind wir jetzt die Herren im Land. Außerdem wird das Institut sich im Gegenzug sicher großzügig zeigen.«
»Das glaube ich nicht!« schnarrte mein Onkel. »Ich bin Jean Cordelier, ich gehöre dem Institut von Ägypten an.«
Eine leichte Unsicherheit flackerte in den Augen des Korporals auf.
»Das Institut kauft Bücher, aber es stiehlt sie nicht«, fuhr Onkel Jean fort. »Und wir Franzosen sind nicht in dieses Land gekommen, um die Ägypter zu unterdrücken und auszurauben, sondern um sie von der Mameluckenherrschaft zu befreien. Ihr Verhalten, Korporal, ist mehr als schändlich, geradezu verbrecherisch. Wir leben in Frieden mit den Kairoern, aber Sie und Ihre Männer gefährden diesen Frieden. Wenn Sie nicht augenblicklich von hier verschwinden, werde ich Ihr Verhalten General Bonaparte melden!«
Dem Korporal war deutlich anzusehen, wie es in ihm arbeitete. Die Muskeln zuckten, und die Kiefer mahlten heftig, während er sich die Worte meines Onkels durch den Kopf gehen ließ.
Seine Männer und er würden, wenn sie meinem Onkel gehorchten, um eine fette Beute gebracht werden. Gehorchten sie aber nicht, mochte statt der erhofften Belohnung ein Exekutionskommando auf sie warten.
Ein weiterer Trupp Soldaten eilte herbei, und ich befürchtete schon, der Korporal und seine Bande von Plünderern könnten Verstärkung erhalten. Aber dann erkannte ich unseren wackeren Sergeant Kalfan an der Spitze eines halben Dutzends Grenadiere.

Sie nahmen neben Onkel Jean und mir Aufstellung, und Kalfan fragte: »Worum geht es hier, Professor Cordelier?«
»Nur um ein Mißverständnis, hoffe ich«, sagte mein Onkel energisch und fixierte den Korporal. »Die Kameraden von der leichten Infanterie wollten sich ohnehin gerade verabschieden. Nicht wahr, meine Herren?«
Zögernd antwortete der Korporal: »Jawohl, das wollten wir.«
Kaum hatte er mit seinen Männern das Grundstück verlassen, ließen sich ein paar der Ägypter neben dem am Boden liegenden Mann nieder und drehten ihn so weit herum, daß auch ich sein Gesicht sehen konnte. Er war jung, noch keine zwanzig Jahre alt, und er atmete. Aber über der Brust war sein Gewand rot von Blut.
»Das sieht schlimm aus«, sagte Kalfan, der in seinem langen Soldatenleben schon viele Verwundete gesehen hatte.
Onkel Jean nickte. »Sergeant, schicken Sie sofort einen Boten zu Ihrem Regimentsarzt! Ich bitte ihn, umgehend herzukommen und sich des Verwundeten anzunehmen.«
Kalfan war verblüfft. »Aber, Herr Professor, ich weiß nicht ob er wegen eines … eines …«
»Ein Mensch ist schwer verwundet, und die Schuld daran trägt ein Schandexemplar von einem französischen Soldaten«, erklärte mein Onkel. »Also sollte die Sache auch durch einen französischen Soldaten in Ordnung gebracht werden. Der Bote soll dem Regimentsarzt ausrichten, daß er mir mit seinem baldigen Erscheinen einen großen Gefallen täte!«
»Jawohl«, antwortete Kalfan knapp und schickte einen seiner Soldaten mit der Botschaft zum Regimentsstab.
Unterdessen war in der Haustür ein Mann in einem vornehm bestickten Gewand erschienen, und ich erkannte sofort Maruf ibn Saad.
»Als Herr dieses Hauses bin ich Ihnen für Ihre Hilfe zu Dank

verpflichtet, Monsieur«, sagte er in einem Französisch, das zwar mit einem starken Akzent behaftet, ansonsten aber fehlerlos war. »Mein Name ist Maruf ibn Saad, und mein Haus ist das Ihre, wann immer Sie es wünschen.« Er wandte sich seinen Bediensteten zu und wies sie in seiner Muttersprache an, den Verwundeten vorsichtig ins Haus zu bringen, bevor er sich wieder meinem Onkel zuwandte. »Ich würde Sie gern sofort in mein Haus bitten, aber vielleicht sollten wir erst den Besuch des Arztes abwarten und Ruhe einkehren lassen. Darf ich Sie und Ihren Neffen für morgen vormittag zum Kaffee einladen?«

»Gern«, antwortete Onkel Jean und verbeugte sich. »Aber woher wissen Sie, daß dieser junge Mann mein Neffe ist?«

Der Ägypter lächelte. »Wir sind Nachbarn, oder?«

Nachdem wir uns von Maruf ibn Saad verabschiedet hatten, sagte mein Onkel zu Kalfan: »Sie und Ihre Männer sind gerade im rechten Augenblick aufgetaucht. Wie kommt es, daß Sie so schnell hier waren?«

»Ich dachte, wir sollten dem alten Abul einen Besuch abstatten, bevor es Abend wird.«

»Das ist ein guter Gedanke, Sergeant. Genau das sollten wir tun!«

4. KAPITEL

Der Dolch des Mörders

Abuls Haus stand in einem der westlichen Außenbezirke Kairos, einer alles andere als vornehmen Gegend. Die meisten Gebäude hier erweckten einen halb verfallenen Eindruck. Ihre Bewohner schienen sich kaum um den Erhalt der Behausungen zu kümmern, waren dazu entweder zu arm oder zu träge. Vielleicht hatten sie sich auch einen Ausspruch zu Herzen genommen, der ihrem Propheten Mohammed zugeschrieben wurde: »Was den Wohlstand eines Gläubigen auffrißt, ist das Bauen.«

In so manches Haus hätte ein Europäer keinen Fuß gesetzt, aus Angst, ihm könne jeden Augenblick die Decke auf den Kopf fallen. Und doch lebten in solchen Ruinen ganze Großfamilien und waren sich der Gefahr scheinbar nicht einmal bewußt.

Die Schatten waren bereits sehr lang, als wir die gewundene Gasse erreichten, an deren Ende unser treuloser Führer wohnte. Sergeant Kalfan und zwei Grenadiere begleiteten Onkel Jean und mich. Die übrigen Grenadiere hatten den Befehl erhalten, unser Haus zu bewachen und gleichzeitig ein Auge auf Maruf ibn Saads Anwesen zu haben.

Zahlreiche Augenpaare beobachteten uns neugierig aus Hauseingängen und Fensteröffnungen, während wir, die Fremden aus dem fernen Frankenland, die Gasse durchschritten. Abuls windschiefes Haus erweckte einen verlassenen Eindruck; die Tür war verschlossen. Mein Onkel klopfte mehrmals laut, aber nichts geschah.

»Niemand zu Hause?« fragte ich zweifelnd.

»Ich glaube eher, daß da jemand nicht angetroffen werden will, und das aus gutem Grund«, schnaubte Onkel Jean. »Lassen Sie die Tür aufbrechen, Sergeant!«

Die Haustür war alt und morsch, so daß es voraussichtlich keiner großen Anstrengung bedurfte, sie zu öffnen. Sergeant Kalfan selbst warf sich mit der Schulter dagegen, einmal, zweimal, und schon knirschte es gefährlich.

Bevor der Sergeant einen dritten Anlauf nehmen konnte, hörten wir das Schaben eines Riegels, und quietschend schwang die Tür auf. Wir sahen uns einer alten Frau gegenüber, deren unverschleiertes Gesicht nur aus Falten zu bestehen schien. Sie musterte uns halb ängstlich, halb verärgert. Hierzulande galt es schon als grobe Unhöflichkeit, ungebeten ein fremdes Haus zu betreten, von gewaltsamem Eindringen ganz zu schweigen.

Mein Onkel fragte die Frau nach Abul, erst auf französisch, dann in ihrer Sprache, aber sie würdigte ihn keiner Antwort. Aus dem hinteren Bereich des Hauses drang ein dumpfer Laut an unsere Ohren, wie von einem schweren Gegenstand, der umgefallen war. Die schweigsame Alte war also nicht allein. Wir drängten sie zur Seite und eilten in den rückwärtigen Raum, aus dem das Geräusch gekommen zu sein schien. Onkel Jean schlug den zerschlissenen Vorhang zur Seite, der den Raum vom Rest des Hauses abteilte.

Auf dem Boden lag, in seitlicher Haltung, ein knochiger alter Mann, das Gesicht mit dem spitzen Kinnbart auf den vergilbten Teppich gepreßt, als lausche er einem von unten kommenden Geräusch. Unter ihm breitete sich eine Blutlache aus. Es war Abul.

Kalfan kniete sich neben ihn und drehte ihn herum. Wir sahen, daß sein helles Gewand vor der Brust blutgetränkt war.

»Mausetot, der alte Ziegenbart«, knurrte der Sergeant.

Die Frau trat hinter uns, stieß beim Anblick des Toten einen Schrei aus und schluchzte: *»Ja mussihbe, ja za'al!«* Was soviel hieß wie: »Welch ein Unglück, welch ein Leid!«

Sie warf sich über den Toten und begann hemmungslos zu weinen, wobei sie zwischendurch immer wieder Abuls Namen rief.

»Abul scheint ihr Mann gewesen zu sein«, sagte ich. »Offenbar ist sie von seinem Tod ebenso überrascht wie wir.«

»Er kann auch noch nicht lange tot sein«, sagte Kalfan und erhob sich wieder. »Er ist noch ganz warm. Möchte wissen, wer ...«

Ein Geräusch über uns ließ ihn verstummen. Es waren unverkennbar Schritte auf dem Dach.

»Das muß er sein!« entfuhr es dem Sergeanten, und es war klar, daß er Abuls Mörder meinte. »Ihm nach!«

Vor dem Durchgang zum rückwärtigen Raum stand die Leiter, die auf das Flachdach führte. Ich war als erster oben und blickte mich suchend um. Wäsche flatterte an einer Leine, und in einer Ecke lagen auf einem ausgebreiteten Tuch Früchte zum Trocknen aus, aber ein Mensch war nicht zu sehen. Abuls Mörder mußte über die niedrige Mauer, die das Dach einfaßte, geklettert und hinuntergesprungen sein.

Aber auf welcher Seite des Hauses? Es war schon reichlich dunkel, und in diesem Randbezirk der Stadt hatte sich die von Bonaparte verordnete Straßenbeleuchtung noch nicht durchgesetzt. Die Häuser verwandelten sich zusehends in

nur schemenhaft wahrnehmbare Gebilde, zwischen denen ein einzelner Mensch mit Leichtigkeit untertauchen konnte.
»Den finden wir nicht mehr«, meinte dann auch einer der Grenadiere.
»Wir sollten es wenigstens versuchen«, erwiderte mein Onkel. »Ich glaube nicht, daß Abul zufällig ermordet wurde, von irgendeinem dahergelaufenen Räuber.«
Erstaunt sah ich Onkel Jean an. »Sie meinen, er sollte zum Schweigen gebracht werden?«
»Alles andere würde mich überraschen. Der Mörder kann uns vielleicht sagen, was Abul uns nicht mehr verraten kann. Aber dazu müssen wir ihn erst einmal finden!«
Eilig stiegen wir wieder nach unten und verließen das Haus. Draußen verteilten wir uns in sämtliche Himmelsrichtungen, um nach dem Flüchtigen zu suchen. Angesichts der hereinbrechenden Dunkelheit glaubte ich kaum an einen Erfolg und schlug mehr aus Pflichtbewußtsein aufs Geratewohl einen schmalen Weg ein, der von der Gasse abzweigte. Irgendwann fiel mir ein, daß ich nicht einmal bewaffnet war. Nur das Klappmesser steckte in einer meiner Rocktaschen.
Plötzlich bewegte sich etwas vor mir, und ein Schatten löste sich aus der allgemeinen Dunkelheit. Das karge Mondlicht, das die sich links und rechts von mir erhebenden Häuser durchließen, fiel auf einen orientalisch gekleideten Mann, der mir den Weg versperrte. Er streckte seinen rechten Arm aus, wie um mir die Hand zu reichen. Aber dann sah ich den Dolch und wußte, daß ich den Mörder gefunden hatte.
Ich verwarf den Gedanken, mein Klappmesser hervorzukramen. Das hätte viel zu lange gedauert, und außerdem erschien mir die kleine Klinge im Vergleich zu dem großen Dolch meines Gegenübers geradezu lächerlich.
Der Mörder schien erkannt zu haben, daß ich waffenlos war,

und kam langsam auf mich zu. Ich wich zurück und versuchte, die Panik zu unterdrücken, die in mir hochsteigen wollte. Nicht einmal meinen Onkel und die Grenadiere konnte ich rufen, denn ich vermochte keinen Laut hervorzubringen. Mir war, als befände ich mich wieder in dem unterirdischen Tempel und spürte die kettengeschützten Hände des Ritters an meiner Kehle.

Ein schwacher Lichtstrahl fiel auf die große, kräftige Gestalt vor mir. Ich blickte in ein orientalisch anmutendes Gesicht mit schwarzem Vollbart. Über der scharf gebogenen Nase saßen wachsame Augen, die jede meiner Bewegungen verfolgten. Der Mann war noch jung, höchstens vier oder fünf Jahre älter als ich.

Er schien es nicht eilig damit zu haben, mich zu töten. Es war, als warte er – wie ein Bäcker, der genau weiß, wann er das Brot aus dem Ofen ziehen muß – auf den richtigen Zeitpunkt.

Dieser Zeitpunkt kam schneller, als mir lieb war. Ein Satz des Fremden nach vorn, ein schneller Stoß mit der rechten Hand, und ich sah den Dolch schon in mein Herz eindringen.

Meine Angst und die damit verbundene Unachtsamkeit retteten mich, als ich beim ungelenken Zurückweichen stolperte und rücklings zu Boden fiel. Auch der Mörder stolperte jetzt, und zwar über mich. Er landete unsanft auf meiner linken Schulter, die augenblicklich von einem stechenden Schmerz durchfahren wurde. Der Pfad zwischen den Häusern war nicht breit genug, daß zwei ausgewachsene Männer nebeneinander liegen konnten.

Der Fremde schien sich bei dem Sturz ebenfalls verletzt zu haben, denn er stieß einen Schmerzenslaut aus. Ein seltsam kehliges Geräusch, wie ich es noch nie gehört hatte. Es erinnerte mich an das Knurren eines Raubtiers.

Ich war geistesgegenwärtig genug, die Verwirrung des Mannes auszunutzen, und schwang mich rittlings auf ihn. Wieder stieß er jenes eigenartige Knurren aus, das diesmal klang wie ein Ausdruck unbändiger Wut.
Seine rechte Hand fuhr hoch und wollte den Dolch in meine Brust rammen, aber es gelang mir, sie zu packen und umzudrehen. Wie im Rausch drückte ich die fremde Hand samt Dolch nach unten, ignorierte den Schmerz in meiner Schulter und mobilisierte sämtliche Kraftreserven.
Vielleicht hatte der Mörder sich bei dem Sturz stärker verletzt, als ich angenommen hatte, vielleicht war er auch nur überrascht, jedenfalls gewann ich die Oberhand. Die Klinge fuhr in die Brust des anderen und schnitt tief in das Fleisch.
Er öffnete den Mund, brachte aber keinen Laut heraus. Seine Augen weiteten sich, dann sackte sein Kopf zur Seite, und jeder Widerstand erlahmte. Der schwere Körper unter mir war nur mehr eine leblose Ansammlung von Fleisch und Knochen.
Erstarrt wie erkaltetes Blei, so hockte ich auf ihm, vielleicht einige Minuten, vielleicht auch nur wenige Sekunden lang. Die Lebensgefahr, die mich eben noch in größte Panik versetzt hatte, war vorüber, und doch konnte ich mich nicht rühren. Ich hatte einen Menschen getötet, einen Mörder zwar, der zudem auch mir nach dem Leben getrachtet hatte, aber doch einen Menschen.
Mein Verstand versuchte, das in seiner ganzen Tragweite zu erfassen, und war doch nicht fähig dazu. War nicht Gott allein der Herr über Leben und Tod? Ich erschauerte bei dem Gedanken, daß ich mich in seine Befugnisse eingemischt hatte.
Irgendwann wurde ich gewahr, daß Onkel Jean und die Grenadiere vor mir standen. Waren sie durch den Kampflärm an-

gelockt worden, oder hatte ich nach ihnen gerufen? Ich wußte es nicht.

Ich sah zu, wie sie den Toten hinaus auf die Gasse zogen. Ein Soldat hielt ein brennendes Scheit in der Hand, das er wohl aus einem der Häuser geholt hatte, und gespenstisch flakkerndes Licht fiel auf den Leichnam, dessen Brust ebenso blutverschmiert war wie die von Abul. Immer mehr Schaulustige kamen aus den Häusern, ohne daß wir weiter auf sie achteten.

»Wer war der Mann?« fragte mein Onkel und kniete sich neben den Toten.

Ich schüttelte den Kopf. »Ich weiß es nicht. Er hat kein einziges Wort gesprochen.«

»Das konnte er auch nicht«, sagte Onkel Jean, nachdem er den Leichnam kurz untersucht hatte. »Er hat nämlich keine Zunge.«

»Keine Zunge?« wiederholte ich leise, während ich zu begreifen versuchte, was das zu bedeuten hatte.

Mein Onkel schob die Kiefer des Toten auseinander, und auf sein Geheiß leuchtete der Soldat mit dem Feuerscheit in den offenen Mund. Tatsächlich konnte ich keine Zunge entdekken.

So war das eigenartige Knurren vermutlich der einzige Laut gewesen, den der Mann hatte hervorbringen können. Ein Hauch von Mitleid wollte sich in mir regen, aber dann dachte ich daran, daß unter weniger glücklichen Umständen ich an seiner Stelle dort im Schmutz gelegen hätte.

»Abgeschnitten«, konstatierte Onkel Jean. »Fragt sich nur, ob als Strafe oder als Vorsichtsmaßnahme.«

»Vorsichtsmaßnahme, Onkel? Sie meinen …«

»Ganz recht, Bastien. Ein Mörder ohne Zunge kann seinen Auftraggeber nicht so leicht verraten. Da fragt man sich

eigentlich, weshalb nicht viel mehr Mörder ohne Zunge herumlaufen.«
Sergeant Kalfan mischte sich mit dröhnender Baßstimme ein: »Jedenfalls hat den Kerl sein gerechtes Schicksal ereilt. Der Dolch des Mörders hat den Mörder gerichtet.«
»Ja, der Dolch«, sagte mein Onkel und erhob sich. »Darf ich ihn einmal sehen, Bastien?«
Erst jetzt wurde mir bewußt, daß ich die blutige Waffe noch in der Hand hielt. Froh, sie loszuwerden, reichte ich sie meinem Onkel, der sie eingehend inspizierte.
»Äußerst interessant«, murmelte er schließlich.
»Was, Onkel?«
»Der Dolch mag hierzulande geschmiedet worden sein, aber seine Machart ist abendländisch. Wie das Schwert unserer geheimnisvollen Ritter erinnert er mich an mittelalterliche Waffen. Und dann sieh dir das hier an!«
Ich trat näher und betrachtete den Griff des Dolches, den er mir hinhielt. Wie bei dem Schwert war auch hier auf jeder Seite des Knaufs ein Kreuz eingraviert, einmal von heller und einmal von rötlicher Färbung.

5. KAPITEL

Absolution

Ich stand mit dem Rücken gegen eine Felswand gelehnt, die Hände krampfhaft um den Griff eines großen Schwerts geklammert. Vor mir lag die endlose Wüste, und eine ganze Horde von Gegnern umzingelte mich. Orientalen, die mich böse, ja haßerfüllt, anstarrten. Alle mit demselben düsteren Blick, mehr noch, mit demselben Gesicht!

Nicht nur der Gesichtsausdruck war bei allen gleich, nein, sie glichen einer dem anderen so vollständig, wie man es zuweilen bei Zwillingen sieht. Das Gesicht kam mir vertraut vor. Während ich drohend mein Schwert im Halbkreis schwang, um mir die Feinde vom Leib zu halten, dachte ich darüber nach, woher ich dieses Antlitz kannte. Und dann fiel es mir ein: Es war das Gesicht des Mannes, den ich auf dem schmalen Pfad zwischen Kairos Häusern getötet hatte. Kämpfte ich gegen Geister, die der Tote gesandt hatte, um sich zu rächen? Die Angreifer hielten jeder nur einen Dolch in der Hand, eine lächerliche Waffe im Vergleich zu meinem Schwert. Und doch konnte ihre Überzahl meinen Tod bedeuten, auch wenn ich das Kettenhemd eines Ritters trug. Ich wollte die Feinde zählen, aber es wurden mehr und mehr. Soweit mein Blick reichte, war die Wüste angefüllt mit jenen dunkelhäutigen Männern – oder einem einzigen Mann in vielfacher Ausfertigung. Im Blick eines jeden las ich dieselbe Feindseligkeit, das

Verlangen nach meinem Blut, meinem Leben. Oder war es noch etwas anderes, das sie von mir wollten?
Eine Stimme, flüsternd nur und doch deutlich vernehmbar, sagte eindringlich: »Das Kreuz, du muß es behüten! Rette das Kreuz!«
Zunächst dachte ich, nur ich hätte die Stimme vernommen, aber dann kamen mir Zweifel. Denn meine Feinde setzten sich in Bewegung. Langsam kamen sie auf mich zu. Gegen diese Übermacht konnte es nicht die geringste Hoffnung geben, und doch hatte ich keine Angst um mein Leben, nicht mehr. Seit ich die mahnende Stimme vernommen hatte, gab es für mich nur ein Ziel: Ich mußte das Kreuz beschützen!
Entschlossen hob ich das Schwert und trat den Männern entgegen …

Um mich herum war Dunkelheit, nur schwach erhellt von dem milchigen Mondlicht, das durch das Glas der Gartentür hereinfiel. Kalter Schweiß klebte auf meiner erhitzten Stirn, während ich langsam zu mir fand. Ich hatte geträumt, und wie schon einmal, zwei Nächte zuvor, war ich im Traum ein Ritter gewesen, der sich gegen morgenländische Angreifer verteidigte. Und wieder war der Traum unvorstellbar eindringlich gewesen. Selbst jetzt noch glaubte ich, den Schwertgriff zwischen meinen Fingern zu spüren. Aber ich stand nicht mehr in einer unbekannten Einöde einer Übermacht von Feinden gegenüber. Ich lag in meinem Zimmer in Kairo, in meinem Bett – in Sicherheit.
Wirklich? Zu meiner Rechten nahm ich eine Bewegung wahr und fuhr erschrocken zusammen. Aber es wurde kein Dolch gegen mich erhoben, sondern ein angenehm kühles feuchtes Tuch auf meine Stirn gelegt. Ich stieß einen wohligen Seufzer aus.

Langsam drehte ich den Kopf zur Seite und blickte in ein schönes Gesicht mit hohen Wangenknochen und dunklen Augen, die mich durchdringend ansahen. Selbst in dem blassen Mondlicht leuchtete das lange Haar kupferfarben, und mein Blick fiel auf den silbernen Anhänger mit den beiden Rosen und dem arabischen Schriftzug.

»Ourida.«

Wortlos fuhr Ourida fort, meine Stirn abzutupfen. Offenbar war ich im Schlaf so laut gewesen, daß ich sie geweckt und hergelockt hatte. Es war mir nicht im mindesten peinlich, von ihr umsorgt zu werden. Im Gegenteil, ich ließ mich aufs Kissen zurücksinken und genoß die sanften Berührungen und die Kühle des feuchten Tuches.

Irgendwann legte Ourida ihre flache Hand auf meine Stirn, und ich fühlte mich geborgen bei ihr, wie man es nur bei einem sehr vertrauten Menschen tut. Ich dachte an meine Mutter, deren Bild schon fast aus meinen Erinnerungen verschwunden war. Dabei durchströmte mich jenes seltene Gefühl vollkommenen Glücks, wie wir es sonst nur als Kinder empfinden, in jenem frühen Stadium unseres Lebens, in dem uns die Welt noch ausnahmslos verheißungsvoll erscheint, weil wir den Erwachsenen und ihrer Fähigkeit, uns vor allem Leid zu bewahren, ganz und gar vertrauen.

Beinahe schmerzhaft drang die Helligkeit in meine schlafverklebten Augen, als ich blinzelnd in Richtung Gartentür blickte. Ja, es war bereits Tag, und die Straßen Kairos waren sicher schon zum Leben erwacht. Ich mußte sehr fest – und traumlos – geschlafen haben, nachdem Ourida mich beruhigt hatte.

War sie bei mir geblieben, bis ich in den Schlaf gefunden hatte? Das letzte, woran ich mich erinnerte, waren ihre zarte

Hand auf meiner Stirn und das behagliche Gefühl, das mich dabei durchströmte.
Ich sah mich in meinem Zimmer um und mußte mit leiser Enttäuschung feststellen, daß ich allein war. Andererseits hatte ich kaum erwarten können, daß Ourida die ganze Nacht über bei mir blieb. Aber – war sie überhaupt hiergewesen?
Je länger ich darüber nachdachte, desto unwirklicher erschien mir ihr nächtlicher Besuch. Ich konnte mir einfach nicht vorstellen, weshalb Ourida das hätte tun sollen. Ich war ein Fremder für sie. Zwar hatten wir ihr das Leben gerettet, aber ich wurde den Eindruck nicht los, daß sie sich in diesem Haus wie eine Gefangene fühlte. Je klarer mein frisch erwachter Verstand wurde, desto mehr verfestigte sich in mir die Gewißheit, daß ihre Anwesenheit nicht mehr als ein Traum gewesen war. Was ich sehr bedauerte.
Ich schwang mich aus dem Bett, ging zu der Anrichte neben der Tür und blickte in den ovalen Spiegel. Mein sonst glattes Gesicht war unrasiert, und die sprießenden Bartstoppeln hatten dieselbe dunkle Farbe wie mein Haar, das durch die Bettruhe in Unordnung gebracht war. Manchmal, wenn schöne Damen in der Nähe waren, zog Onkel Jean mich damit auf, was für ein hübscher Bursche ich doch sei und dass die Frauenherzen bei meinem Anblick höher schlagen müßten. Im Augenblick allerdings konnte ich davon nichts erkennen. Obgleich ich die zweite Hälfte der Nacht im tiefen Schlaf verbracht hatte, sah mein Gesicht grau und müde aus.
Ich benetzte es mit dem Wasser aus der Porzellanschüssel, um meine Lebensgeister zu wecken. Dabei fiel mein Blick auf das sorgsam zusammengefaltete Tuch neben der Schüssel. Ich trocknete meine Hände und griff erst dann nach dem Tuch. Es war feucht.
Verwirrt ging ich zur Gartentür und öffnete sie in der Hoff-

nung, die frische Morgenluft könne mir Klarheit verschaffen. Das Flöten eines Graubülbüls, der im Geäst eines großen, schattenspendenen Eukalyptusbaums saß, erschien mir zu dieser frühen Stunde unangemessen munter. Von der Straße, die ich von hier aus nicht einsehen konnte, drangen Stimmen und das Knarren eines Fuhrwerks an mein Ohr, aber in dem friedlichen Garten erschienen mir die Geräusche wie aus einer anderen Welt. Ich folgte dem Gesang des Vogels, setzte mich auf die verwitterte Steinbank, über die sich das Astwerk des Eukalyptusbaums wie ein schützendes Dach wölbte, und sog den belebenden Eukalyptusduft ein.

Der Alptraum kam mir zu Bewußtsein, und ich verglich ihn mit dem, der mich draußen in der Wüste heimgesucht hatte. In der vergangenen Nacht war etwas anders gewesen: Die Angreifer hatten das Gesicht des Mörders gehabt.

Ja, er war ein Mörder gewesen, und trotzdem fühlte ich mich schuldig. Immer wieder sagte ich mir, daß mir nichts anderes übriggeblieben war, als ihn zu töten. Vielleicht hatte ich sogar anderen Menschen das Leben gerettet. Niemand vermochte zu sagen, ob die Ermordung des alten Abul eine einmalige Tat gewesen war. Vielleicht hätte der Mörder erneut zugeschlagen, vielleicht noch viele Male, hätte ich ihn nicht gestellt und gerichtet!

Ich konnte mir das noch so oft sagen, ich wurde die Gewissensbisse nicht los. Einen Menschen zu töten, und mochte er auch noch so schlecht gewesen sein, erschien mir als die größte aller Anmaßungen.

Ich hörte Schritte und blickte auf. Mein Onkel, bereits vollständig angekleidet, trat auf mich zu und begrüßte mich mit einem Lächeln.

»Guten Morgen, Bastien. Noch nicht angezogen? Wir sollten nicht zu spät frühstücken, schließlich sind wir bei unserem

Nachbarn zum Vormittagskaffee eingeladen. Das hast du doch nicht vergessen?«

Daran hatte ich wirklich nicht mehr gedacht, aber in meiner derzeitigen Verfassung beschäftigte es mich auch nicht übermäßig.

Onkel Jean merkte, daß mit mir etwas nicht stimmte, und fragte, ob ich Sorgen hätte. Ich erzählte ihm von meinem Traum, erwähnte aber mit keinem Wort Ouridas Besuch, mochte er nun Wirklichkeit oder Einbildung gewesen sein. Ich wollte nicht, daß mein Onkel dachte, Ourida hätte einen solchen Eindruck auf mich gemacht, daß ich sogar von ihr träumte.

»Wieder dieser Traum, den du schon in der Wüste hattest, das ist in der Tat seltsam«, sagte Onkel Jean. »Was genau hat die Stimme gesagt?«

Ich wiederholte die Worte: »Das Kreuz, du mußt es behüten! Rette das Kreuz!«

»Was für ein Kreuz war damit gemeint?«

»Ich habe nicht die geringste Ahnung, Onkel, aber das ist es auch nicht, was mich beschäftigt.«

»Was dann?«

»Das Gesicht des Mannes, den ich getötet habe. Weshalb sucht es mich im Traum heim? Ist das Gottes Strafe dafür, daß ich gegen das sechste Gebot verstoßen habe?«

Mein Onkel schüttelte den Kopf. »Du hattest keine Wahl, und deshalb war deine Tat gerechtfertigt. Außerdem war dieser Mann kein Christ.«

»Aber er war ein Mensch, und ich fühle mich schuldig.« Ich fiel vor ihm auf die Knie, faltete die Hände wie zum Gebet und blickte flehend zu ihm auf. »Bitte, Vater, erteilen Sie mir Absolution!«

Vater – so hatte ich ihn schon lange nicht mehr genannt.

Stirnrunzelnd sah er mich an und fragte: »Bereust du, was du getan hast?«

»Ja, Vater.«

»Rührt deine Reue aus tiefem Abscheu vor deiner Tat und nicht nur aus der Furcht vor der Strafe des Herrn?«

»Ja, Vater.«

»Bist du festen Willens, in Zukunft kein Menschenleben mehr zu nehmen?«

»Ja, Vater.«

Er legte die rechte Hand auf meine Stirn und sagte feierlich: »Gott, der barmherzige Vater, hat durch den Tod und die Auferstehung seines Sohnes die Welt mit sich versöhnt und den Heiligen Geist gesandt zur Vergebung der Sünden. Durch den Dienst der Kirche schenke er dir Verzeihung und Frieden. So spreche ich dich los von deinen Sünden im Namen des Vaters und des Sohnes und des Heiligen Geistes. Amen.«

Bei den letzten Worten löste er die rechte Hand von meiner Stirn, um vor mir das Kreuz zu schlagen.

»Amen«, wiederholte ich und fühlte mich erleichtert wie früher im Kloster St. Jacques, wenn mein Onkel mir meine Sünden vergeben hatte.

6. KAPITEL

Wüstengeister

Der stets beflissene Malik bediente meinen Onkel und mich am Frühstückstisch. Während ich trotz der empfangenen Absolution kaum Appetit verspürte, ließ Onkel Jean es sich ordentlich schmecken und fand nebenbei noch Zeit, mir aus einem Buch über orientalische Gebräuche vorzulesen, damit wir bei unserem Gastgeber keinen unliebsamen Eindruck hinterließen.

Beiläufig erkundigte ich mich nach unserem eigenen Gast. »Haben Sie Ourida nicht zum Frühstück eingeladen, Onkel?«

Er blickte mich über den Rand der Brille, die er zum Lesen aufgesetzt hatte, an. »Ich halte es für besser, wenn sie sich tüchtig ausschläft. Vielleicht verspürt sie mehr Lust zu einer Unterhaltung, wenn sie ausgeruht ist. Ich habe Zeineb angewiesen, ihr später ein Frühstück zu bereiten.«

Bevor wir zu unserem Besuch aufbrachen, bat mein Onkel mich, ein großes, schweres Päckchen zu tragen, während er selbst zwei kleinere Päckchen an sich nahm. Gleich drei Gastgeschenke fand ich etwas übertrieben, aber schon bald sollte ich meinen Irrtum erkennen: Nur das kleinste Päckchen enthielt ein Geschenk.

Maruf ibn Saads Haus war größer als unseres, und wir konnten es noch nicht einmal ganz sehen. Der rückwärtige Teil

verlor sich in dem weitläufigen, mit Palmen und Obstbäumen reichlich bestückten Garten. Ein betagter Diener öffnete uns, und mein Onkel machte mich auf die spitz zulaufenden Pantoffeln aufmerksam, die sorgsam aufgereiht neben der Tür standen. Ich erinnerte mich an eine diesbezügliche Passage des Buches, aus dem Onkel Jean mir vorgelesen hatte, zog meine Schuhe aus und schlüpfte in ein Paar der kunstvoll bestickten Pantoffeln. Mein Onkel tat es mir nach.
Da erschien auch schon der Herr des Hauses in einem weißen, schmucklosen Gewand, das ihn besonders würdevoll erscheinen ließ, und begrüßte uns mit dem landestypischen »*Es-salâm 'aleikum* – Friede sei mit euch!«
Onkel Jean gab, ohne zu zögern, die entsprechende Antwort: »*We 'aleikum es salâm!*«
Lächelnd breitete Maruf ibn Saad die Arme aus und sagte auf französisch: »Willkommen in meinem Haus, meine Freunde. Mögen dieser Tag und alle anderen euch wohlgesinnt sein!«
Mein Onkel dankte für die Einladung und erkundigte sich nach dem verletzten Diener. »Konnte der Arzt ihm helfen?«
»Ja, Hassan wird überleben, auch wenn es lange dauern wird, bis er wieder ganz gesund ist. Aber ohne Ihren Hakim, Ihren Arzt, wäre er wohl gestorben. Ich danke Ihnen für Ihre Hilfsbereitschaft, Herr Professor.«
»Wir haben zu danken, daß Sie uns so freundlich empfangen. Das haben wir Ihnen als kleines Geschenk mitgebracht, Maruf ibn Saad.«
Der Ägypter nahm das kleine Päckchen an sich, das mein Onkel ihm reichte. »Bei uns werden Gastgeschenke häufig erst dann ausgepackt, wenn der Gast sich wieder verabschiedet hat. Der Gast soll nicht beschämt werden, falls dem Beschenkten die Gabe nicht gefällt. Aber ich bin sicher, daß dies hier nicht der Fall sein wird. Deshalb erlaube ich mir, das

Päckchen hier und jetzt zu öffnen.« In seinen braunen Augen blitzte es schalkhaft. »Außerdem bin ich sehr neugierig.«
Er schlug das Tuch auseinander, und ein kleiner, länglicher Holzkasten kam zum Vorschein. Vorsichtig nahm er den Deckel ab. In dem mit dunklem Samt ausgeschlagenen Kasten lag eine metallisch blitzende Feder, die er vorsichtig zur Hand nahm.
»Eine Schreibfeder, sehr schön!«
»Die kann ein Gelehrter immer gut gebrauchen, dachte ich«, sagte mein Onkel. »Es ist eine Arbeit des Hauses Harrison in Birmingham, dem es erstmals gelungen ist, eine stählerne Schreibfeder von hoher Qualität herzustellen.«
»Sie haben eine gute Wahl getroffen, Professor Cordelier.« Der Ägypter legte die Feder zurück in ihr Samtbett und setzte den Deckel wieder auf den Kasten. »Aber schickt es sich für einen Franzosen, das Erzeugnis einer englischen Fabrik zu verschenken? Wie steht es da mit dem Patriotismus – eingedenk der Tatsache, daß Frankreich mit England im Krieg liegt?«
Der ironische Unterton war nicht zu überhören, und in demselben Ton fiel Onkel Jeans Antwort aus: »Selbst General Bonaparte würde sich nicht scheuen, seine ganze Armee mit englischen Kanonen auszustatten, könnte er dadurch gewährleisten, daß die Engländer besiegt werden. Wir Europäer haben ein Sprichwort dafür: Der Zweck heiligt die Mittel.«
»Das eben macht die Europäer so gefährlich«, erwiderte unser Gastgeber. Er lächelte noch immer, aber ich glaubte, aus seinen Worten großen Ernst und große Sorge herauszuhören.
Er führte uns in einen geräumigen Salon, in dem es kein Mobiliar nach europäischen Maßstäben gab. Vielmehr waren in einem großen Rund auf dem mit dicken Teppichen ausgeleg-

ten Boden Polster und Kissen verteilt, auf denen wir uns nach orientalischem Brauch mit gekreuzten Beinen niederließen. Eine unauffällige Geste meines Onkels erinnerte mich daran, daß es nach morgenländischer Sitte unfein war, dem Gastgeber die Fußsohlen zu zeigen. Durch die halbgeöffneten Fenster hörten wir die Vögel singen, die Maruf ibn Saads Garten offenbar zahlreich bevölkerten.
Ein kurzes Händeklatschen des Hausherrn, und mehrere Bedienstete eilten herbei, um uns mit Kaffee und süßen Leckereien zu versorgen. Sie zogen sich schnell wieder zurück. Nur eine junge Frau, die mir sofort aufgefallen war, blieb, um uns zu bedienen. Ihr unverschleiertes Antlitz war von großer Schönheit, und unvermittelt verglich ich es mit den beeindruckenden Zügen Ouridas. Diese Frau war nicht minder anziehend, aber sie war es auf andere Weise. Während Ourida stets von einer geheimnisvollen Aura umgeben war, erblickte ich hier reine, jugendliche Anmut, keine Spur von der Vorsicht und Verschlossenheit Ouridas.
Nachdem die Frau unsere Tassen mit dampfendem Kaffee gefüllt hatte, sagte Maruf ibn Saad: »Danke, Aflah. Wenn du magst, gieß dir auch Kaffee ein und setz dich zu uns.«
Sie ließ sich tatsächlich an seiner Seite nieder, wobei mein Onkel und ich unser Erstaunen nicht verbergen konnten. Hierzulande war es vollkommen unüblich, daß eine Frau – noch dazu eine Dienerin – sich dem Hausherrn zugesellte, wenn dieser Fremde empfing.
»Sie sind verwundert, und das zu Recht«, sagte der Ägypter, als er sich uns wieder zuwandte. »Ich nehme es mit vielen unserer Gebräuche nicht so genau. Meine Beschäftigung mit Ihrer Kultur und deren Sitten hat mich zu der Einsicht geführt, daß es hier wie da vernünftige und unvernünftige Bräuche gibt, und ich nehme mir die Freiheit, mir das Beste aus

beiden Kulturen herauszusuchen. Deshalb habe ich meine Tochter sehr viel freier erzogen, als die meisten Väter in Kairo es tun würden. Aflah ist es gewöhnt, zu denken und zu handeln wie ein Mann.«

»Ihre ... Tochter?« stammelte ich und starrte Aflah an, wie es sich weder gegenüber einer jungen Frau aus dem Morgenland noch gegenüber einer aus dem Abendland schickt.

»Manchmal zu meines Vaters Leidwesen«, ergriff Aflah das Wort. Die helle, klare Stimme harmonierte vollkommen mit ihrer Erscheinung. »Er hatte sich einen Sohn gewünscht, wurde aber mit einer Tochter geschlagen.«

»Und jetzt bin ich mit beidem geschlagen«, lachte ihr Vater. »Aflah hat die Bildung und die Durchsetzungskraft eines jungen Mannes, aber wenn ihr das nicht weiterhilft, kann sie sich sehr schnell in ein schnurrendes Kätzchen verwandeln, dem ein weiches Vaterherz auch die größte Bitte nicht abschlagen kann.«

Ich verglich die beiden miteinander und schalt mich einen Narren, daß ich in Aflah nicht gleich die Tochter unseres Gastgebers erkannt hatte. Sie war ebenso feingliedrig wie er und hatte seine erhabene Ausstrahlung, ja, selbst die wachen Augen ihres Vaters hatte sie geerbt. Und sie sprach noch besser Französisch als er, nahezu akzentfrei.

Als ich eine diesbezügliche Bemerkung machte, veränderte sich etwas in Aflahs bisher so unbeschwerter Miene. Auf einmal wirkte sie sehr ernst, geradezu sorgenvoll. Ich hatte ihr ein Kompliment machen wollen, mußte mich jetzt aber fragen, ob sie meine Worte als Beleidigung aufgefaßt hatte.

»In diesen Tagen ist es überaus nützlich, die Sprache der Franzosen zu sprechen«, sagte sie mit einem sarkastischen Unterton. »Schließlich hat die französische Armee unser Land erobert und hält unsere Stadt besetzt. Wer nicht Fran-

zösisch spricht, wird leicht zum Opfer französischer Plünderer und kann sich nicht einmal mit dem Arzt verständigen, den die Franzosen ihm vielleicht gnadenhalber schicken, nachdem sie ihn um ein Haar ermordet haben!«
»*Uskut!* – Schweig!« fuhr Maruf ibn Saad seine Tochter an, bevor er, jetzt wieder auf französisch, sagte: »Bitte verzeihen Sie Aflah die unbedachten Worte. Was mit Hassan geschehen ist, hat sie sehr mitgenommen. Hassan und sie sind zusammen aufgewachsen, und er ist für sie mehr ein Bruder als ein Diener.«
Mein Onkel machte eine beschwichtigende Geste. »Wir fühlen uns nicht beleidigt. Nach dem gestrigen Vorfall verstehe ich die Erregung Ihrer Tochter nur zu gut. Vielleicht sollten mein Neffe und ich unseren Besuch auf ein andermal verschieben.«
»Nein, nein, Sie sind meine Gäste, also bleiben Sie bitte!« beeilte sich Maruf ibn Saad zu sagen, bevor wir uns erheben konnten. »Meine Tochter wird sich auf der Stelle bei Ihnen entschuldigen.«
»Das ist nicht nötig«, erwiderte Onkel Jean. »Wie gesagt, wir fühlen uns nicht angegriffen. Wenn Aflahs Zorn sich gelegt hat, wird sie erkennen, daß unsere Anwesenheit viel Gutes für sie und ihr Volk mit sich bringt.«
Die junge Ägypterin sah meinen Onkel herausfordernd an. »So, wirklich?«
Onkel Jean ging auf den bitteren Spott in ihrem Ton nicht ein. »Ja, wirklich«, sagte er. »General Bonaparte hat Ägypten von der Jahrhunderte währenden Herrschaft der Mamelucken befreit. Französische Soldaten haben ihr Blut gegeben, damit die Ägypter wieder über sich selbst bestimmen können.«
»Und ich dachte, die Franzosen seien in unser Land gekom-

men, um von hier aus die Vorherrschaft Englands in Indien zu brechen«, entgegnete Aflah.

»Das eine bringt das andere mit sich. Aber ich gebe zu, daß die große Politik schwer zu durchschauen ist, vermengen sich in ihr doch vielfältige Motive. Sprechen wir also von Kairo. Niemand kann leugnen, daß sich seit unserer Ankunft für die Menschen hier einiges zum Besseren gewandt hat.«

»Zum Beispiel?«

»General Bonaparte hat in Kairo, wie auch in anderen Provinzen Ägyptens, einen Diwan aus Einheimischen eingerichtet, die die Verwaltung der Stadt in die Hand nehmen sollen. Die nächtliche Straßenbeleuchtung wurde eingeführt, um die Sicherheit der Menschen zu erhöhen. Durch die Anordnung, die Straßen zu fegen und zu besprengen sowie sie von Abfällen reinzuhalten, ist die allgemeine Gesundheit verbessert worden. Und das sind nur ein paar der neuen Maßnahmen zur Verbesserung des alltäglichen Lebens.«

»Dafür erheben die Franzosen immer neue Kriegssteuern. Eine Last, unter denen gerade die Ärmeren ächzen.«

»Krieg kostet nun einmal Geld, das ist schon immer so gewesen. Wenn unsere Armee die Mamelucken aus Ägypten vertreiben soll, braucht sie Waffen, Pferde, Munition, Pulver, Kleidung und Verpflegung.«

»Aber wir Ägypter haben euch Franzosen um nichts gebeten!«

Das sagte sie sehr ruhig, aber es erschien mir wie eine Kanonenkugel, die mitten ins Ziel trifft. Ich konnte mir nicht helfen, mir gefiel die selbstbewußte Art, in der sie ihre Position verteidigte, obwohl ich als Franzose mich eigentlich hätte angegriffen fühlen müssen. Meine Achtung vor ihrer Haltung überwog eindeutig meine Wut über den Inhalt ihrer Einlassungen. Und letztlich sagte sie nichts als die Wahrheit. Gewiß, seit wir in Kairo einmarschiert waren, hatte sich hier einiges zum Besseren verändert. Aber wir nahmen den Menschen auch ihr Geld ab, um unsere Truppen auszurüsten. Im tiefsten Innern war ich mir selbst nicht sicher, ob Bonaparte die Einheimischen nicht nur deshalb so gut behandelte, weil er sie bei Laune halten wollte. Aflah hatte das vielleicht klarer erkannt als ich, und ich bewunderte ihre Klugheit nicht minder als ihre Schönheit.

Maruf ibn Saad machte eine gebieterische Handbewegung und blickte Aflah streng an. »Wir haben uns lange genug über dieses Thema unterhalten. Unsere Gäste werden hoffentlich nichts dagegen haben, wenn meine Tochter uns jetzt verläßt, um sich ihren häuslichen Pflichten zuzuwenden.«

Aflah verabschiedete sich knapp und verließ den Salon, wobei sie ihrem Vater einen wütenden Blick zuwarf. Mir erschien auch die Wut auf ihrem Gesicht außerordentlich liebreizend, und ich bedauerte sehr, daß sie uns verließ.

Unser Gastgeber stieß einen Seufzer aus. »Zuweilen frage ich mich, ob ich Aflah nicht zu viele Freiheiten gewährt habe, als ich ihr vieles von dem erlaubte, was sonst nur einem Mann gestattet ist. Sie ist und bleibt nun mal eine Frau, *wallâhi* – bei Gott.«

»Ihre Empfindungen sind wohl weniger eine Frage des Geschlechts als vielmehr eine des Alters«, entgegnete mein Onkel. »Wenn man jung ist, sieht man das Weiße besonders weiß und das Schwarze besonders schwarz, wobei man vergißt, daß die meisten Dinge eher grau sind. In der Jugend erregt sich der Mensch über den Zustand der Welt, im Alter durchschaut er die Wahrheit hinter den Dingen und wünscht sich doch so manches Mal den Zustand jugendlichen Überschwangs zurück, weil die Welt nur mit den Augen der Jugend einfach und überschaubar erscheint.«

»Das sind weise Worte, Herr Professor. Ich freue mich, daß Sie meiner Tochter nichts nachtragen. Aber wenden wir uns etwas anderem zu. Wie kann ich Ihnen zu Diensten sein?«

Mein Onkel blickte irritiert drein. »Was meinen Sie, Maruf ibn Saad?«

Der Ägypter wies auf die beiden Päckchen, die neben uns lagen. »Sie haben da etwas mitgebracht, dafür muß es einen Grund geben. Da Sie Archäologe sind, dachte ich, Sie wollten mich bei der Bestimmung eines Fundes um Rat fragen.«

»So ist es tatsächlich, wobei es sich um zwei ganz besondere Fundstücke handelt.«

Mein Onkel schlug die Tücher auseinander. In einem lag der Dolch des Mörders, die Klinge mit dem Blut ihres ursprünglichen Besitzers verklebt, in dem anderen das Schwert aus dem Tempel.

»Nehmen Sie die Waffen ruhig zur Hand und betrachten Sie sie aus der Nähe«, ermunterte er unseren Gastgeber, der sogleich seine Hände nach dem Schwert ausstreckte. »Dieses Schwert haben wir vor wenigen Tagen in der Wüste erbeutet, ungefähr zwei Tagesmärsche von Kairo entfernt. Bei einer Tempelruine wurden wir von Männern angegriffen, die wie mittelalterliche Kreuzritter gekleidet waren und die auch mit den Waffen von Kreuzrittern kämpften. Waffen wie dieses Schwert. Gestern abend wurde der Mann, der uns zu dem Tempel geführt hat, ermordet, mit diesem Dolch. Das Blut, das daran klebt, ist allerdings auch das des Mörders. Mein wackerer Neffe Bastien hat ihn gestellt und seiner gerechten Strafe zugeführt.«

Erstaunt blickte der Ägypter meinen Onkel an. »Das ist eine Geschichte, wie die Kameltreiber sie abends am Feuer erzählen!«

Onkel Jean lächelte. »Ehrlich gesagt, ich hätte die Geschichte auch nicht geglaubt, hätte ich sie nicht selbst erlebt.«

»Entschuldigung, Professor Cordelier, ich halte Sie natürlich weder für einen Lügner noch für einen Aufschneider. Aber Männer in der Tracht von Kreuzrittern? Das hat es in diesem Land – zum Glück – seit Jahrhunderten nicht gegeben. In welcher Sprache verständigten sie sich?«

»Die Ritter in der Wüste sprachen ein etwas seltsam klingendes Französisch, jedenfalls einige von ihnen.«

»Inwiefern seltsam?«

»Altertümlich, als entstamme auch die Sprache dem Mittelalter.«

»Und der Mörder Ihres Führers? Hat er nichts mehr gesagt, bevor er starb?«

»Er hätte auch nichts sagen können, wenn er am Leben geblieben wäre, denn ihm war die Zunge abgeschnitten worden. Übrigens kam er uns nicht wie ein Franzose vor, eher wie ein Einheimischer.«

»Warum vermuten Sie einen Zusammenhang zwischen dem Mord an dem Führer und dem Angriff dieser Ritter gegen Sie?«

»Beide Waffen sind nach mittelalterlicher Art gefertigt. Und beide sind am Knauf mit zwei Kreuzen verziert, einem hellen und einem roten, hier, sehen Sie!« Mein Onkel zeigte dem Ägypter die Kreuze und erzählte von den Mänteln der Ritter, die ebenfalls mit einem weißen und einem roten Kreuz geschmückt gewesen waren. »Für mich steht außer Frage, daß der Mörder uns nach Kairo gefolgt ist oder aber hier gedungen wurde. Entweder sollte er unseren Führer Abul dafür bestrafen, daß er uns den Weg zu dem Tempel gezeigt hatte, oder er sollte etwas herausfinden.«

»Was?«

Nach kurzem Zögern antwortete Onkel Jean: »Vielleicht den Aufenthaltsort der Wüstenrose.«
»Eine Wüstenrose? Sie sprechen wahrhaftig in Rätseln.«
»Sie werden es gleich verstehen«, sagte mein Onkel und erzählte von der schweigsamen Frau mit dem Kupferhaar, die wir aus dem Tempel gerettet hatten.
»Ich glaube Ihnen, auch wenn Sie mit dieser Geschichte ohne weiteres als Märchenerzähler auftreten könnten. Die Frau hat seit ihrer Rettung nicht gesprochen?«
»Nur das Wort Ourida, ihren Namen, wie wir vermuten.«
Nachdenklich blickte Maruf ibn Saad ins Leere und sagte dann: »Ich erinnere mich an einen alten Reisebericht, der aufschlußreich sein könnte. Bitte entschuldigen Sie mich einen Augenblick.«
Als er den Raum verlassen hatte, fragte ich meinen Onkel: »War es wirklich klug, ihn in alles einzuweihen?«
»Traust du unserem ägyptischen Freund nicht?«
»Wissen wir denn sicher, daß er unser Freund ist? Ist er es nicht, haben wir unseren Feinden vielleicht gerade das verraten, was Abuls Mörder herausfinden sollte.«
»Du meinst Ouridas Aufenthaltsort.«
Ich nickte.
»Maruf ibn Saad ist nicht dumm, im Gegenteil. Sollte er wirklich mit unseren Feinden verbündet sein, würde ihm nicht lange verborgen bleiben, daß Ourida in seiner unmittelbaren Nachbarschaft wohnt. Insofern habe ich ihm nichts verraten, was er nicht ohnehin leicht herausgefunden hätte. Ist unser Gastgeber aber ein echter Freund, können sein Wissen und seine Beziehungen uns sehr nützlich sein.«
Der Ägypter kehrte mit einem dünnen Buch zurück, das er nun vorsichtig aufschlug. Ich sah arabische Schrift; Wasserflecken hatten etliche Stellen verwischt.

»Das ist der Bericht eines Kaufmanns, der vor ungefähr fünfzig Jahren mit einer Karawane von Kairo nach Medinet gereist ist. Ich habe mich an eine Stelle erinnert, die mir beim ersten Lesen vor langer Zeit aufgefallen ist. Ich hatte es fast vergessen, bis Sie mir von Ihrem Abenteuer mit den Rittern erzählten, Professor. Leider kann man nicht mehr alles entziffern, aber ich will Ihnen die betreffende Stelle, soweit sie erhalten ist, übersetzen.«

»Sehr gern«, sagte Onkel Jean und blickte, wie ich auch, unseren Gastgeber erwartungsvoll an.

»... stellte ich zwei Tage nach unserem Aufbruch fest, daß unser Führer die Karawane einen Bogen einschlagen ließ, obwohl die Wüste vor uns ohne Gefahr war. Hier drohten meiner Kenntnis nach weder Treibsand noch Überfälle von Wüstenräubern. Also stellte ich den Führer zur Rede. Seine Erklärung erschien mir überaus seltsam, sprach er doch von den Geistern der Ungläubigen, der Kreuzfahrer, die auferstanden seien und an diesem Ort ihr Unwesen trieben. Erst wenige Monate zuvor hätten sie eine andere Karawane ...«

Maruf ibn Saad überflog noch ein paar weitere Seiten, bevor er die Aufzeichnungen des Kaufmanns wieder zuschlug. »Mehr wird über die seltsamen Geister der Kreuzfahrer nicht gesagt. Was mit der anderen Karawane geschehen ist, bleibt wegen des Wasserschadens an diesem Buch leider im dunkeln. Aber unser Kaufmann scheint den Wüstengeistern nicht begegnet zu sein, hat er seine Reise doch glücklich vollendet und hinterher diesen Bericht verfaßt.«

»Sehr aufschlußreich«, sagte ich. »Die Richtung der Handelskarawane stimmt mit der unseren auf dem Weg zu dem Tempel überein.«

Mein Onkel warf mir einen vorwurfsvollen Blick zu, und ich erkannte meine Torheit. Gerade hatte ich, der ich noch wenige Minuten zuvor Onkel Jean zur Vorsicht gegenüber unserem Gastgeber ermahnt hatte, verraten, wo der Tempel zu suchen war. Von meinem Onkel hatte Maruf ibn Saad bereits gehört, wie weit es ungefähr bis dahin war, so daß es ihm jetzt möglich war, die grobe Lage zu bestimmen.

»An Wüstengeister glaube ich nicht«, sagte mein Onkel. »Die Ritter, die uns angegriffen haben, waren aus Fleisch und Blut. Aber die Aufzeichnungen des Kaufmanns belegen, daß sie schon länger ihr Unwesen treiben, vielleicht seit dem Mittelalter.«

»Eine interessante Überlegung«, erwiderte Maruf ibn Saad. »Ich werde meine Bibliothek nach weiteren Aufzeichnungen über diese sonderbaren Ritter oder Geister durchsuchen und Ihnen Bescheid geben, sobald ich etwas finde.«

Onkel Jean bedankte sich. »Ich möchte Ihre freundliche Einladung erwidern, Maruf ibn Saad. Wollen Sie meinen Neffen und mich heute nachmittag in die Bibliothek des Instituts begleiten? Vielleicht finden wir dort Schriften, die uns weiterhelfen.«

»Sehr gern«, sagte der Ägypter erfreut.

Wir vereinbarten einen Zeitpunkt für unser nachmittägliches Treffen und verabschiedeten uns. Kaum waren wir aus der Tür des Gelehrten getreten, schraken wir zusammen: Ein Schuß fiel, ganz in der Nähe!

»Das kam aus unserem Garten!« rief ich und rannte los.

Mein Onkel war mir dicht auf den Fersen.

Im Garten sah ich einen der Grenadiere, die unser Haus bewachten, gerade den Ladestock in den Lauf seiner Muskete schieben.

»Was ist geschehen?« fragte ich.

»Jemand hat sich zwischen den Büschen herumgetrieben. Sah so aus, als wollte er von hinten ins Haus einsteigen. Als ich ihn anrief, lief er davon. Meine Kugel hat ihn verfehlt, leider!«

»Sie haben ihn nicht erkannt?« fragte Onkel Jean.

»Nein, Professor. Aber der Kleidung nach war es ein Ägypter.«

Ich wandte mich meinem Onkel zu. »Als Maruf ibn Saad die Schriftrolle holen ging, könnte er einen seiner Diener beauftragt haben, Ourida zu entführen.« Ich schluckte, als ein schrecklicher Gedanke in mir aufkam. »Oder sie zu töten!«

»Vielleicht ist an deinem Verdacht etwas dran, vielleicht war es aber auch nur ein Zufall. Der Fremde im Garten könnte auch ein gewöhnlicher Dieb gewesen sein.«

»Nehmen wir mal an, Maruf ist wirklich unser Feind. Ist es dann klug, ihn mit ins Institut zu nehmen? Er könnte die Gelegenheit nutzen, uns weiter auszuspionieren.«

»Oder wir spionieren ihn aus, Bastien. Wie schreibt doch Racine: Ans Herz drück ich den Feind, doch um ihn zu ersticken.«

7. KAPITEL

Entführt?

Gemeinsam mit Sergeant Kalfan und den anderen herbeilaufenden Wachen durchsuchten wir den Garten, aber kein Fremder hielt sich hier versteckt. Als wir auch den hintersten Winkel erfolglos durchstöbert hatten, keimte ein schrecklicher Verdacht in mir auf.

»Was hast du, Bastien?« fragte mein Onkel. »Du bist auf einmal ganz bleich!«

Ich schaute zum Haus, dessen helles Mauerwerk durch das Grün des Gartens schimmerte. »Was, wenn der Vorfall im Garten nur ein Ablenkungsmanöver war, um die Wachen vom Haus wegzulocken?«

Der Sergeant stieß einen derben Fluch aus. »Wir Dummköpfe, das könnte sein!«

Wir liefen zum Haus, das ruhig – für mein Empfinden zu ruhig – vor uns lag. Sobald wir eintraten, rief mein Onkel nach der Dienerschaft, aber niemand antwortete. Während Kalfan noch seine Männer zur Durchsuchung der Räume einteilte, eilte ich zu Ouridas Zimmer und stieß ohne Umschweife die Tür auf.

»Was ist?« fragte Onkel Jean, der dicht hinter mir stand.

»Leer«, antwortete ich, während ich mich vergebens nach Ourida umsah. Ich entdeckte keinerlei Hinweise auf Gewaltanwendung, kein zerbrochenes Mobiliar, kein Blut, aber

Ourida war nicht mehr hier. »Ich fürchte, wir kommen zu spät.«
»Das darf nicht sein!« entfuhr es meinem Onkel, und er ballte die rechte Hand so fest, daß die Knöchel weiß hervortraten. Er schien außerordentlich erregt und zugleich verbittert, so als sei ihm persönlich ein schweres Schicksal widerfahren.
»Was befürchten Sie?« fragte ich zögernd, ahnte ich die Antwort doch.
»Was soll ich wohl befürchten?« erwiderte er harsch und blickte auf das Bündel in seinen Händen, das den Dolch des stummen Attentäters enthielt. »Du selbst hast dem Mörder doch gegenübergestanden!«
»Aber der Mann ist tot«, sagte ich, und meine Stimme bebte, denn die Erinnerung an die tödliche Konfrontation mit dem Mörder Abuls nahm mich noch immer mit.
»Wer ihn ausgesandt hat, ist in der Lage, weitere Totschläger zu ...«
Der Rest seines Satzes wurde von der Stimme eines Soldaten übertönt, der seine Kameraden zu sich rief.
»Das war draußen bei den Stallungen«, stellte mein Onkel fest und setzte sich sofort in Bewegung.
Nach einem letzten, hoffnungslosen Blick in das leere Zimmer folgte ich ihm. Ich kannte Ourida erst wenige Tage und wußte so gut wie nichts über sie. Dennoch sah ich ihr schönes Gesicht vor mir, ihre großen, dunklen Augen, und ich erinnerte mich an das wohlige Gefühl von Geborgenheit, das mich ergriffen hatte, als sie ihre Hand auf meine Stirn legte. Wie ein Traum kam mir das jetzt vor, und Ourida war nur mehr eine Traumgestalt, die mit dem Erwachen verblaßt und verschwunden war. Doch für mich war sie keine bloße Ausgeburt der Phantasie, ich empfand ihr Verschwinden wie den Verlust eines vertrauten, geliebten Menschen. Es war ein Ge-

fühl wie damals, viele Jahre zuvor, als meine Eltern von mir gegangen waren.
Als ich vor das Haus trat, bemerkte ich eine Menschenansammlung auf der Straße. Der Schuß und der allgemeine Aufruhr hatten zahlreiche Neugierige angelockt, die sich wohl fragten, was die Fremden aus dem Land der Franken hier taten. Ich kümmerte mich nicht weiter um sie, sondern folgte meinem Onkel, der um das Haus herum zu den Stallungen gelaufen war. Vor einem großen Schuppen, in dem Werkzeug und Geräte für die Haus- und Gartenarbeit aufbewahrt wurden, standen Kalfan und seine Männer. Unter dem sichelförmigen Schnauzbart des Sergeanten entdeckte ich zu meinem Befremden ein breites Grinsen.
Onkel Jean runzelte die Stirn. »Was gibt es so Erheiterndes, Sergeant?«
Kalfan wies ins Innere des Schuppens, dessen Tür weit offenstand. »Sehen Sie selbst, Professor. Wenn das kein Anblick für die Götter ist!«
Ich drängte mich neben meinen Onkel und blickte in den schummrigen Raum. In der hintersten Ecke, nur mit Mühe auszumachen hinter einem verwitterten Bottich und einer Ansammlung von Harken, kauerten Malik, Zeineb und Nafi. Die beiden Alten hielten ihren Enkelsohn dicht an sich gepreßt. Ob sie ihn beschützen oder aber als Schutzschild benutzen wollten, war nicht ersichtlich. Der unvermeidliche Zweispitz saß auf Maliks grauem Kopf, war aber so weit zur Seite gerutscht, daß es wie ein Wunder anmutete, daß er sich überhaupt auf dem Haupt des Dieners hielt. Malik und seine Frau blickten verängstigt zu uns auf. Nafi dagegen schien sich nicht recht wohl zu fühlen. Mit einer plötzlichen Bewegung schüttelte er die Hände seiner Großeltern ab und sprang auf, als wollte er Abstand von ihnen gewinnen.

»Sind sie ... sind sie fort?« erkundigte sich Malik in seinem einzigartigen Kauderwelsch aus arabischen und französischen Wörtern, und unüberhörbar schwang große Angst in jeder Silbe mit.
»Wer?« fragte Onkel Jean.
Maliks Augen weiteten sich. »Die Schurken, die Räuber, die Mörder!«
»Im Haus ist niemand.«
Die Winkel von Maliks fast zahnlosem Mund glitten nach oben. »*Ja Allâh, ia nabi, ia suruhr!* – O Allâh, o Prophet, o Freude! So sind wir gerettet? Hab Dank, Herr, daß du und die Frankensoldaten die schändlichen Eindringlinge vertrieben habt!«
»Wie viele waren es?«
»Ich kenne ihre Zahl nicht, Herr.«
»Was wollten sie?«
»Ich habe nicht mit ihnen gesprochen.«
Mein Onkel erhob ungeduldig die Stimme. »Wie sahen die Fremden aus? Waren sie bewaffnet?«
»Woher soll ich das wissen, Herr?«
»Sie müssen doch etwas gesagt oder getan haben, das dich und die Deinen zur Flucht veranlaßt hat!«
»Wir haben den Schuß gehört, draußen im Garten, Herr. Da hielten wir es für das klügste, uns hier zu verstecken. Nur Allâh kennt die Zahl der Eindringlinge und weiß um die Verworfenheit ihrer Absichten.«
»Nur Allâh?«
Mein Onkel trat in den Schuppen, packte Malik an den weiten Falten seines Gewands, zog ihn hoch und schüttelte ihn so heftig, daß der Zweispitz endlich zu Boden fiel. Sofort griff Zeineb nach dem zerbeulten Stück und fuhr säubernd mit der Hand darüber.

»Soll das heißen, du hast von den Eindringlingen, von denen du da faselst, gar nichts gesehen oder gehört?«
»Ich habe den Schuß gehört, Herr.«
»Aber du hast niemanden ins Haus kommen sehen?«
»Nein, Herr, das nicht.«
»Warum hast du dich dann hier verkrochen?«
»Aus Vorsicht, Herr, und aus Sorge um meinen Enkel und mein Weib.«
»Und wie steht es mit der Sorge um das Haus, das dir anvertraut ist?«
Malik warf einen schüchternen Blick zu Sergeant Kalfan und seinen Grenadieren. »Das Haus wußte ich bei den Frankensoldaten in guten Händen.«
»Unseren Gast vielleicht auch?«
»Wie meinst du das, Herr?«
»Hast du dich auch um die Frau gekümmert, die ich deiner Obhut anvertraut habe?«
Der alte Ägypter wand sich wie eine Schlange, ohne jedoch dem festen Griff meines Onkels zu entkommen. »N-nein, dazu blieb keine Zeit. Aber ich wußte sie doch unter dem sicheren Schutz der Frankensoldaten.«
»Einem Schutz, der dir für dich und deine Familie nicht sicher genug erschien«, knurrte Onkel Jean und ließ den Diener los. Der taumelte rückwärts und war so wacklig auf den Beinen, daß er hingefallen wäre, hätte ihn nicht die Rückwand des Schuppens gestützt.
Im Gesicht meines Onkels arbeitete es, und ich las in seinen scharfen Zügen Wut und Besorgnis. Letztere beherrschte auch mich. Allem Anschein nach hatten unsere geheimnisvollen Feinde Ourida vor unserer Nase entführt, ohne daß wir davon das Geringste mitbekommen hatten. Ich dachte an die Szenerie im unterirdischen Tempel, daran, daß die ver-

meintlichen Ritter Ourida fast auf dem Altar geopfert hatten. Wollten sie jetzt vollenden, was ihnen drei Tage zuvor durch unser Eingreifen verwehrt worden war?
Bei dem Gedanken geriet mein Blut in Wallung, und die Angst um Ourida ließ mich nach Atem ringen, so als würde mit ihrem Tod auch ich mein Leben aushauchen. Seltsam, aber genau so fühlte ich es. Die Frau aus der Wüste, deren Herkunft und Geschichte niemand von uns kannte, die nicht mit uns sprach und nicht zu erkennen gab, was sie von uns hielt, war mir sonderbar lieb und vertraut geworden. Wie ein Mensch, den ich lange vermißt und endlich wiedergefunden hatte – und den ich um nichts in der Welt ein zweites Mal verlieren wollte.
Meine Erregung war Onkel Jean nicht entgangen, das verriet sein fragender Blick. Also erzählte ich ihm von meinem Verdacht, daß die Entführer Ourida zu dem Tempel zurückbringen könnten, um das über sie verhängte Urteil zu vollstrecken.
Mein Onkel nickte leicht. »Das wäre nicht das Schlechteste, was ihr widerfahren könnte.«
»Was sagen Sie?« rief ich empört und wohl reichlich laut, zu laut, wie ich an den überraschten Gesichtern der Soldaten erkannte. »Wünschen Sie Ourida den Tod?«
»Unsinn, Bastien. Aber dann wüßten wir, wo wir sie finden. Wenn man sie aber an einen uns unbekannten Ort bringt, dürfen wir kaum hoffen, ihr beistehen zu können.« Er wandte sich an Kalfan: »Sergeant, schicken Sie einen Boten zu General Bonaparte, der ihn von dem Vorfall in Kenntnis setzt. Lassen Sie dem General ausrichten, ich hielte es für das beste, sofort einen Trupp Kavallerie zu dem Wüstentempel zu entsenden.«
Während der Sergeant bereits einem seiner Männer die Aufgabe übertrug, wunderte ich mich, daß mein Onkel sich mit

der Sache an die höchste Instanz wandte. Doch es war zweifellos eine gute Entscheidung. Wenn Bonaparte dem Rat meines Onkels folgte, würden innerhalb kürzester Zeit Soldaten zum Tempel reiten – ein anderer Offizier hätte erst die Erlaubnis seines Vorgesetzten abwarten müssen. So konnte ich nur hoffen, daß Bonaparte die Angelegenheit als dringlich genug ansah.

Als Kalfan seinen Männern befahl, noch einmal Haus und Grundstück gründlich zu durchkämmen, suchte ich niedergeschlagen mein Zimmer auf. Ich setzte mich aufs Bett und versuchte, meine wirren Gedanken zu ordnen. Vergebens bemühte ich mich, hinter den Ereignissen der vergangenen Tage einen Sinn zu erkennen. Ich fühlte mich wie in einem nicht enden wollenden Fiebertraum gefangen.

Während der Überfahrt nach Ägypten hatten alle an Bord unseres Schiffs in einer Weise von dem fremden, geheimnisvollen Land gesprochen, die Neugier auf den Zauber des Morgenlands und auf unbekannte Abenteuer erkennen ließ. Ich selbst konnte mich davon nicht ausnehmen. Aber an Abenteuer wie jene, die jetzt über mich hereingebrochen waren, hatte ich in meinen kühnsten Träumen nicht gedacht.

Ein Geräusch hinter mir ließ mich herumfahren, und ich erschrak, als sich eine Gestalt vor mir aufrichtete, die unter dem Bett versteckt gelegen haben musste. Mein Erschrecken verwandelte sich in Sekundenschnelle in Erleichterung. Vor mir stand Ourida!

Wie war das möglich? Ich rieb mit dem Handrücken über meine Augen, um sicherzugehen, daß ich nicht das Opfer eines Trugbilds wurde, einer Selbsttäuschung, die mir vorgaukelte, was ich verloren glaubte. Aber Ourida verschwand nicht, war keine Fata Morgana, sondern ein Wesen aus Fleisch und Blut. Ihr Haar war etwas durcheinandergeraten, und

Unsicherheit, vielleicht sogar eine gewisse Furcht, flackerte in ihren Augen.
Mir wurde klar, daß sie sich in mein Zimmer geflüchtet hatte, nachdem der Schuß im Garten gefallen war. Hatte sie aus purem Zufall mein Zimmer als Versteck gewählt? Aber das war jetzt zweitranging. Wichtig war in diesem Augenblick nur, daß sie lebte und augenscheinlich unverletzt war.
Ich ging um das Bett und schloß sie in die Arme, was sie geschehen ließ, ohne sich auch nur ansatzweise zu sträuben. Sie legte ihre Wange an meine Schulter, wie um dort auszuruhen, und ich genoß den süßen Duft, den ihr Haar und ihre Haut verströmten. Ihr warmer, weicher Leib in meinen Armen tat mir gut, alle Anspannung und Sorge wichen von mir. Eine beglückende Geborgenheit ergriff von mir Besitz. Nur selten hatte ich so etwas gespürt. Vielleicht als kleines Kind, wenn ich abends bei meinen Eltern saß. Später war hin und wieder eine ähnliche Empfindung über mich gekommen, wenn Onkel Jean mir nahe war und ich in ihm einen Ersatz für den Vater zu erblicken glaubte, den ich so früh verloren hatte.
Doch was sich jetzt in mir regte, war noch mehr, reichte noch weiter. Ich fühlte mich wie ein Wanderer, der nach vielen Jahren der Einsamkeit in den trauten Schoß seiner Familie heimgekehrt ist. Ja, Heimkehr, so fühlte es sich am ehesten an. Mit Ourida in meinen Armen fühlte ich mich daheim. Sie schien mir vertraut wie kein anderer Mensch, obwohl ich sie doch erst seit wenigen Tagen kannte. Und, noch seltsamer, ihr schien es ähnlich zu gehen.
Irgendwann hob sie den Kopf und sah mir in die Augen. Dieser Blick berührte mich zutiefst, erschütterte mich fast, und doch vermochte ich ihn nicht zu deuten. War Zuneigung der vorherrschende Ausdruck, oder war es etwas ganz anderes? Fast erschien mir ihr Blick wie ein stummer Hilferuf.

Während ich noch darüber nachdachte, wurde ich von einem Schwindelgefühl ergriffen, und das Zimmer begann sich um mich zu drehen. Ich wollte nach einem Bettpfosten greifen, um mich festzuhalten, doch dann hielt ich plötzlich ein Schwert in der Hand, schwer und nach mittelalterlicher Art gefertigt.

Mein Zimmer mitsamt der Einrichtung war verschwunden. Aber Ourida stand noch immer an meiner Seite, wenn sie jetzt auch ein anderes, dunkleres Gewand trug. Und noch immer haftete ihr Blick auf mir. Jetzt erkannte ich den besorgten Ausdruck in ihren dunklen Augen. Nein, es war mehr als Sorge, es war Angst. Ich wollte sie nach dem Grund fragen, aber sie bedeutete mir zu schweigen. Ich verstand, warum. Hufgetrappel und das Wiehern von Pferden drangen an meine Ohren. Und noch ein Geräusch, schwer und metallisch, das Klirren von Waffen und Rüstungen.
Wir standen unter einem sternengeschmückten Nachthimmel im Freien, und ein kalter Windstoß ließ mich frösteln, obwohl ein schweres Kettenhemd meinen Leib bedeckte. Ich wußte, daß von den nahenden Reitern Gefahr drohte, und hob das Schwert, um Ourida und mich zu verteidigen.
»Sie sind in der Überzahl, Liebster. Laß uns von diesem Ort fliehen, solange wir es noch können!«
Ouridas Worte verwirrten mich. Ich hätte nicht sagen können, welcher Sprache sie sich bediente, aber ich hatte sie deutlich verstanden. Plötzlich sprach sie zu mir und nannte mich ihren Liebsten!

Schritte kamen näher, und Rufe drangen undeutlich an mein Ohr. Ich stand nicht länger unter einem Nachthimmel, trug nicht länger Schwert und Rüstung eines Kriegers aus vergangener Zeit. Ich war wieder der Zeichner Bastien Topart in seinem Kairoer Zimmer. Mit einer Hand umklammerte ich einen Bettpfosten, die andere hielt Ourida fest.

Die Tür wurde aufgestoßen, und mein Onkel trat ein. Als sein Blick auf uns fiel, ließ ich Ourida los, aber er mußte gesehen haben, wie vertraut unsere Umarmung war. Selten hatte ich ihn sprachlos erlebt, aber jetzt stand er mit halboffenem Mund vor mir, und sein Blick wanderte zwischen Ourida und mir hin und her.

»Bei allen Heiligen, was hat das zu bedeuten?« entfuhr es ihm schließlich. »Wir suchen das ganze Haus nach Ourida ab. Wir rufen nach dir, und du antwortest nicht. Und jetzt steht ihr beide seelenruhig hier?«

Offenbar waren einige Minuten vergangen, ohne daß es mir bewußt geworden war. Mein seltsamer Ausflug in eine andere Zeit, ein Traum oder was immer es gewesen war, mußte länger gedauert haben, als es mir vorkam.

»Ich habe Ourida hier gefunden«, erklärte ich. »Sie hatte sich unter meinem Bett versteckt.«

»Ourida scheint sich dir recht nahe zu fühlen«, brummte Onkel Jean. »Hat sie etwas gesagt?«

Ich dachte an die seltsame Vision und hörte wieder ihre Worte, aber ich antwortete: »Nein, Onkel, gar nichts.«

War es eine Lüge? In gewisser Hinsicht schon, erwähnte ich doch die Vision mit keinem Wort. Auch das Verschweigen der ganzen Wahrheit ist eine Lüge, hatte ich im Kloster St. Jacques gelernt. Ich fragte mich, warum ich Onkel Jean etwas verheimlichte, und konnte es mir nur mit dem unbestimmten Gefühl erklären, daß ich mein Erlebnis nicht preisgeben durfte, wollte ich Ourida beschützen.

8. KAPITEL

Der Sultan des Feuers

Als Onkel Jean und ich uns am Nachmittag auf den Weg zu Maruf ibn Saad machten, um ihn zu unserem gemeinsamen Besuch in der Bibliothek des Ägyptischen Instituts abzuholen, verließ ich unser Haus mit gemischten Gefühlen.

Mein Onkel bemerkte meinen zweifelnden Blick zurück. »Was hast du, Bastien? Fällt es dir schwer, unseren Gast allein zu lassen?«

»Vielleicht schwebt Ourida wirklich in Gefahr. Auch wenn das heute vormittag ein falscher Alarm gewesen sein sollte, könnten diejenigen, die ihr im Tempel das Leben nehmen wollten, ihren Plan weiterverfolgen. Außerdem wissen wir nicht, auf wen der Soldat im Garten wirklich geschossen hat. Vielleicht war es nur ein harmloser Dieb. Vielleicht war er aber auch ein Spion oder ein Attentäter wie jener, der Abul auf dem Gewissen hat. Ja, Onkel, mir ist tatsächlich nicht wohl bei dem Gedanken, Ourida allein zu lassen.«

»Sie ist nicht allein. Wir haben die Wachen verstärkt, und ein Posten steht direkt vor ihrem Zimmer. Bei uns im Haus ist sie sicher.«

»Hoffen wir es«, murmelte ich.

Unvermittelt begann mein Onkel zu lachen. »Ich glaube, Bastien, du bist verliebt.«

»Verliebt?« Ich schüttelte den Kopf. »Unsinn, Onkel, in wen denn?«
Meine Reaktion fiel wohl nur deshalb so heftig aus, weil Onkel Jean die Wahrheit gesagt hatte. Ourida hatte mich in ihren Bann gezogen. Ihre Schönheit. Das Geheimnis, das sie umgab. Die tödliche Gefahr, in der sie schwebte und vor der sie bei mir Schutz gesucht hatte. Das alles ließ mich für sie entflammen. Aber da war noch mehr. Ich erinnerte mich daran, wie sie einige Stunden zuvor in meinen Armen gelegen hatte. Wie vertraut sie mir erschienen war! Und wenn ich es noch so vehement bestritt, ich hatte eine heftige Zuneigung zu Ourida gefaßt.
Onkel Jean blieb mitten auf der Straße stehen und deutete auf unser Haus. »In wen du verliebt bist, ist nicht schwer zu erraten, mein Junge. Ich kann dich verstehen. Eine geheimnisvolle Schönheit in Gefahr bringt das Herz fast eines jeden Mannes zum Schmelzen.« Eben noch heiter, fuhr er mit einem ernsten Unterton fort: »Aber sei vorsichtig, Bastien. Wir kennen nicht die Hintergründe dessen, was ihr im Tempel angetan werden sollte. Wir wissen nicht, wer sie ist, woher sie kommt, welche Ziele sie verfolgt. Oder hat sie mit dir darüber gesprochen?«
»N-nein«, antwortete ich, vielleicht ein wenig zu hastig. »Du weißt doch, daß Ourida nicht spricht.«
»Es hätte ja sein können, daß sie ihr Schweigen dir gegenüber gebrochen hat. Immerhin scheint sie dir ein gewisses Vertrauen entgegenzubringen. Du würdest es mir doch sagen, wenn du etwas von ihr erfährst, oder?«
»Aber natürlich, Onkel.«
Ich konnte nur hoffen, daß ich bei diesen Worten nicht rot wurde. Mein Gewissen drängte mich, ihm von meinem seltsamen Erlebnis am Vormittag zu berichten. Doch ich schwieg.

Über meine Beweggründe war ich mir selbst nicht recht im klaren. Bis zu diesem Tag war ich meinem Onkel gegenüber stets loyal gewesen. Aber seit ich Ourida kannte, hatte sich etwas in meinem Leben verändert. Ich fühlte mich ihr verpflichtet, ohne daß ich es hätte begründen können. Es schien ein Teil ihres Geheimnisses zu sein. Mehr noch, ich selbst war ein Teil davon. Das glaubte ich zumindest, wenn ich an meine Vision dachte.

Ein schweres, mit Holzbalken beladenes und von zwei Ochsen gezogenes Fuhrwerk rumpelte auf uns zu, und eilig setzten wir unseren Weg fort. Ich war froh darüber, denn ich fürchtete, dem prüfenden Blick meines Onkels nicht mehr lange standhalten zu können.

Der Ochsenkarren, den zwei Soldaten begleiteten, rollte stadtauswärts. Daraus schloß ich, daß die Ladung zur Verstärkung der Schanzen dienen sollte, die General Bonaparte rings um Kairo zum Schutz gegen einen Angriff der Mamelucken oder der Engländer anlegen ließ. Die Einheimischen, die das Ochsengespann führten und die Ladung zu beiden Seiten sicherten, blickten mürrisch drein. War es ihnen bloß lästig, in der Hitze des frühen Nachmittags arbeiten zu müssen? Oder galt ihre Verstimmung den fremden Soldaten, denen sie dienten? Zwar achtete Bonaparte streng darauf, daß alle Ägypter für ihre Dienste angemessen bezahlt wurden und daß man niemanden zur Fronarbeit zwang, aber ich wäre mir seltsam vorgekommen, hätte ich für Fremde arbeiten müssen, die mein Land besetzt hielten. Mir war die Ergebenheit, mit der sich die Bewohner Kairos den französischen Eroberern gefügt hatten, bisweilen unbegreiflich. Was Aflah heute morgen über meine Landsleute gesagt hatte, wies in eine andere Richtung. Ich nahm nicht an, daß sie der einzige Mensch in Kairo war, der solche Ansichten hegte.

Wir bekamen Aflah nicht zu Gesicht, was ich bedauerte. Nicht wegen ihrer Ansichten, sondern weil sie eine hübsche Erscheinung war, selbst – oder erst recht – dann, wenn sie in Wut geriet. Maruf ibn Saad begrüßte uns wie alte Freunde und war innerhalb weniger Minuten bereit, uns zum Ägyptischen Institut zu begleiten. Auf unserem Weg durch die belebten Straßen, wo Händler aller Art laut ihre Waren feilboten, plauderten wir munter in französischer Sprache.
Mit keinem Wort erwähnte Maruf das Verhalten seiner Tochter, und er erkundigte sich auch nicht nach dem Vorfall auf unserem Anwesen, obwohl er zweifelsohne etwas davon mitbekommen haben mußte. Veranlaßte ihn die Höflichkeit, derart zurückhaltend zu sein? Oder mußte er nichts fragen, weil er ohnehin gut unterrichtet war? Noch immer schwelte in mir der Verdacht, er könnte auf die eine oder andere Weise etwas mit dem Vorfall zu tun haben. Aber ich konnte nichts beweisen, es blieb ein bloßer Verdacht.
Als wir die Eingangshalle der Bibliothek betraten, verlangsamten sich Marufs Schritte, und vor der Tür zum Lesesaal blieb er fast stehen.
»Nur keine Scheu«, ermunterte Onkel Jean unseren Gast. »Ein Gelehrter wie Sie ist hier stets willkommen. Die Bibliothek steht jedermann, der sein Wissen zu erweitern sucht, offen.«
»Jedermann?« fragte Maruf. »Gilt das auch für den einfachen Soldaten oder den gemeinen Diener?«
»Selbstverständlich«, antwortete ich. »In Frankreich ist das Volk für die Gleichheit aller auf die Straße gegangen und hat sein Blut vergossen für Freiheit, Gleichheit und Brüderlichkeit. Jedermann hat das Recht, zu lesen und zu lernen.«
»Das ist lobens- und bewundernswert«, seufzte der Gelehrte. »Aber Sie haben mein Verhalten falsch gedeutet. Ich habe

meine Schritte nicht aus Scheu verlangsamt, sondern aus Ehrfurcht vor den versammelten Gedanken so vieler kluger Männer, deren wir gleich teilhaftig werden. Ich habe ein stilles Gebet zu Allâh gesandt zum Dank dafür, daß er mich durch Sie, meine Freunde, hergeführt hat.«

Wir betraten den großen Lesesaal, in dem nicht sonderlich viel Betrieb herrschte. Die meisten Stühle an dem langgestreckten Tisch waren leer. Nur eine Handvoll französischer Gelehrter und zwei oder drei Offiziere widmeten sich schweigsam ihrer Lektüre. Sie schauten zu uns auf, ein wenig länger vielleicht als sonst, weil ein Ägypter hier wohl willkommen, aber doch kein alltäglicher Anblick war. Mein Onkel war ein bekannter Mann, und ein paar der Besucher nickten ihm zu, was er lächelnd erwiderte. Wir setzten uns, wobei Onkel Jean und ich Maruf in die Mitte nahmen. Man sah, daß er es nicht gewohnt war, auf einem Stuhl zu sitzen.

Mein Onkel wandte sich in dem hier üblichen Flüsterton an ihn. »Gibt es ein bestimmtes Buch oder ein besonderes Wissensgebiet, das Sie interessiert, mein Freund?«

»Sind hier Bücher über die Kreuzritter zu finden?«

»Eine ausgezeichnete Idee. Die gibt es ganz sicher.«

Maruf blickte sich forschend um. »Dann müssen wir sie suchen.«

»Das wird nicht nötig sein«, entgegnete Onkel Jean mit einem kleinen Lächeln. »Es gibt Angestellte, die das für uns erledigen. Sie kennen sich bestens aus.«

Er winkte einen der Bediensteten heran, um ihm unseren Wunsch vorzutragen.

Der Mann verschwand zwischen den langen Reihen hoher Regale und kehrte schon wenige Minuten später mit einem Stapel Bücher zurück, den er mit elegantem Schwung vor uns auf den Tisch legte. Gleich darauf begann er nach weiteren

Büchern über die christlichen Kreuzfahrer im Heiligen Land zu suchen.

Maruf sah ihm nach und nickte anerkennend. »Die Franzosen haben ihr Bibliothekswesen gut organisiert, wie alles, was sie tun. So fällt es leicht, sich Wissen anzueignen.«

»Wissen ist Macht«, erwiderte Onkel Jean. »Das hat allerdings kein Franzose gesagt, sondern ein Engländer.«

Wir steckten unsere Nasen in die Bücher. Ich las die französische Übersetzung einer Abhandlung über die Geschichte der Kreuzzüge, verfaßt von einem niederländischen Gelehrten im Jahr 1669. Er berichtete über den ersten Kreuzzug normannischer und lothringischer Ritter, die im Jahr 1099 den Ungläubigen die Stadt Jerusalem entrissen, aus der daraufhin ein christliches Königreich wurde. Dann ging er über zum zweiten Kreuzzug in der Mitte des zwölften Jahrhunderts, ausgelöst durch den Verlust Edessas an die Seldschuken; insgesamt ein Feldzug, in dem sich die christlichen Heere wenig ruhmreich schlugen. Erfolgreicher erschien da der dritte Kreuzzug, der im Jahr 1187 zur Rückeroberung des an den ägyptischen Sultan Saladin gefallenen Jerusalem führte, gefolgt von der Einnahme Akkons anno 1191 durch den englischen König Richard Löwenherz und den französischen König Philipp II. August.

Vor meinen Augen verschwammen die Buchstaben und wichen Bildern, die mir wie Illustrationen des eben Gelesenen erschienen und gleichzeitig so plastisch vor mir standen, als hätte ich die Szenen leibhaftig miterlebt. Ich hörte das Klirren der Waffen, das Wiehern der Pferde und das Knarren des Sattelzeugs. Ich spürte den heißen Atem der Wüste im Gesicht, fühlte den feinen Sand, für den Kleidung kein Hindernis war und der wie eine zweite Haut auf mir klebte. Ich ritt mit meinen Brüdern in den Kampf für unseren gütigen, allmächtigen Gott und seinen Sohn Jesus Christus. Vor uns füllte eine lange Reihe Ungläubiger den Horizont, Berittene und Fußkämpfer, Bogenschützen und Männer mit Steinschleudern. Ihre dunklen, sonnenverbrannten, bärtigen Gesichter wirkten fest entschlossen, ganz so wie unsere. Wir hoben unsere Schwerter, trieben die Pferde an und preschten auf die feindlichen Reihen zu …

Ich schüttelte den Kopf und fuhr mir über die Augen, um die Bilder einer Schlacht loszuwerden, die sich viele Jahrhunderte zuvor zugetragen hatte und die mir doch auf eigentümliche Weise gegenwärtig erschien. Die Walstatt verblaßte. Ich saß wieder – oder noch immer – an unserem Tisch in der Bibliothek. Statt langer Reihen bis an die Zähne bewaffneter Krieger umgaben mich nicht enden wollende Regale voller Bücher. Die Wüstenschlacht schien nur ein Trugbild gewesen zu sein, aber allmählich fragte ich mich, was Einbildung und was Wirklichkeit war. War ich in Wahrheit ein Kreuzritter, der all dies hier nur träumte?

Onkel Jean bedachte mich mit einem besorgten Blick. »Was ist los mit dir, Bastien? Du atmest so schwer, und deine Wangen sind gerötet. Geht es dir nicht gut?«

»Nur eine kurze Atemnot«, beschwichtigte ich.

»Willst du nach draußen gehen an die frische Luft?«

»Danke, nicht nötig, es geht schon wieder.«

Ich beugte mich über mein Buch und versuchte, mich auf die Lektüre zu konzentrieren. Der vierte, der fünfte, der sechste und der siebte Kreuzzug lagen noch vor mir. Bislang hatte ich nicht den geringsten Hinweis auf die geheimnisvollen Ritter mit dem Doppelkreuz entdeckt. Ziemlich entmutigt blätterte ich weiter und war froh, als ich durch eine allgemeine Unruhe abgelenkt wurde.

Die Bibliotheksbesucher auf der mir gegenüberliegenden

Tischseite blickten einer nach dem anderen erstaunt auf. Offenbar war in der Tür, die sich in meinem Rücken befand, jemand erschienen, den sie interessanter fanden als die Bücher, in denen sie lasen. Ich wandte den Kopf und erblickte den Auslöser der Unruhe.

Ein kleiner, drahtiger Mann in ausgebleichter Generalsuniform stand in der Tür und ließ seinen Blick durch den Lesesaal schweifen. Die leicht gebeugte Haltung und die ausgeprägte, zur Spitze hin gebogene Nase verstärkten noch den Eindruck eines Raubvogels, der sein Jagdrevier nach Beute absucht. Eine dicke dunkle Locke fiel in die Stirn und verlieh dem Gesicht einen Hauch jugendlicher Unbekümmertheit, der im Widerspruch zu den ansonsten strengen Zügen stand. Obwohl der Offizier jung genannt werden konnte – er hatte sein dreißigstes Lebensjahr noch nicht vollendet –, verriet der Ausdruck von Abgeklärtheit in seinen leicht zusammengekniffenen Augen, daß er schon einiges erlebt hatte, mehr als mancher andere Mann in seinem ganzen Leben.

Alle Besucher der Bibliothek erhoben sich von ihren Plätzen und näherten sich dem Eintretenden, um ihn zu begrüßen. Auch Onkel Jean, Maruf ibn Saad und ich standen auf und warteten geduldig, bis wir an der Reihe waren, mit Napoleon Bonaparte zu sprechen. Meinem Onkel gegenüber schlug der Oberbefehlshaber unserer Armee einen besonders freundlichen Ton an. Sie hatten einander kennengelernt, als Bonaparte Anfang des Jahres in die Akademie der Wissenschaften aufgenommen worden war. Mich begrüßte er knapp, aber höflich, und dann ruhte sein Blick forschend auf Maruf.

»Ein Ägypter in unserer Bibliothek, das freut mich sehr«, sagte er schließlich in jenem kantigen Tonfall, dem man anhörte, daß der gebürtige Korse die französische Sprache erst in späten Jahren richtig erlernt hatte. »Ich hoffe, bald noch viel mehr von Ihren Landsleuten hier zu sehen. Wenn die Kulturen des Morgen- und des Abendlandes sich einander öffnen und gegegenseitig befruchten, kann etwas Neues, Großes daraus entstehen.«

Maruf verneigte sich und sagte mit kaum mehr Akzent in seinem Französisch als Bonaparte: »Es ist mir eine Ehre, den berühmten Sultan des Feuers kennenzulernen. Um so mehr, als er nicht nur ein unschlagbarer Feldherr ist, sondern auch ein Förderer der Wissenschaften.«

Sultan des Feuers – diesen Namen hatten die um blumige Wendungen nie verlegenenen Orientalen Bonaparte gegeben. Und dieser schien sich, wie ich seinem Lächeln entnahm, über die Bezeichnung zu freuen.

Mein Onkel richtete wieder das Wort an Bonaparte: »Bürger General, darf ich Ihnen meinen Nachbarn Maruf ibn Saad vorstellen? Er hat meinen Neffen und mich heute in die Bibliothek begleitet.«

»Heute und hoffentlich noch an vielen anderen Tagen«, sagte Bonaparte, zu Maruf gewandt. »Die Bibliothek des Instituts von Ägypten steht Ihnen zur Verfügung, wann immer Sie es wünschen. Fühlen Sie sich hier wie in Ihrer eigenen, die gewiß auch gut sortiert ist.«

Maruf nickte. »Das ist wahr, aber woher weiß der Sultan des Feuers das?«

»Natürlich ist mir der Name Maruf ibn Saad bekannt. Sie zählen zu den bedeutendsten Gelehrten dieses Landes. Übrigens werden Sie Ihre berühmte Abhandlung über die Bedeutung der Mathematik für die anderen Wissenschaften hier vergeblich suchen. Ich habe sie schon vor geraumer Zeit ausgeliehen und lese sie jetzt zum dritten Mal. Wir müssen uns bei nächster Gelegenheit unbedingt darüber unterhalten!«

Der Ägypter verbeugte sich leicht. »Sehr gern.«

Bonaparte wandte sich an Onkel Jean. »Bürger Cordelier, haben Sie etwas Zeit für mich?«

»Immer, das wissen Sie doch, Bürger General«, erwiderte mein Onkel und begleitete Bonaparte hinaus.

Alle anderen setzten sich wieder, um ihre Lektüre fortzusetzen. Mir aber fiel es nun noch schwerer als zuvor, mich auf mein Buch über die Kreuzzüge zu konzentrieren. Ich hatte Bonaparte nicht zum ersten Mal gesehen, und doch hatte er tiefen Eindruck auf mich gemacht. Vielleicht, weil er mir so nahe gewesen war.

Obwohl nur einige Jahre älter als ich, hatte er bereits mehr erreicht als die meisten anderen Menschen auf diesem Planeten. Vom armen Militärschüler, der sein Studium nur dank eines Stipendiums absolvieren konnte, war er innerhalb weniger Jahre zu einem der mächtigsten Männer Frankreichs aufgestiegen. In Gedanken ging ich die bedeutendsten Stationen seiner Karriere durch.

Im Jahr 1793 hatte er sich als Artillerieoffizier bei der Belagerung Toulons hervorgetan und sich dadurch die Beförderung zum Brigadegeneral verdient. Zwei Jahre später war er maßgeblich an der Niederschlagung des Pariser Royalistenaufstands beteiligt gewesen, was ihm die Ernennung zum kommandierenden General der Heimatarmee eingetragen hatte. 1796 hatte er den Oberbefehl über die Italienarmee übernommen, die er zu solch glorreichen Siegen über die Österreicher und ihre Verbündeten führte, daß ganz Frankreich – soweit es sich nicht der royalistischen Sache verschrieben hatte – Heldengesänge auf ihn anstimmte. Nach der Neuordnung Mittelitaliens, bei der er sich auf den Feldern der Politik und der Diplomatie als ebenso geschickt erwiesen hatte, wie er es als General war, hatte niemand ihm den Wunsch abschlagen können, eine Armee nach Ägypten zu führen.

Daß die Franzosen an der englischen Küste landeten, hatte sich als undurchführbar erwiesen, deshalb wollte Bonaparte die Engländer in ihren Kolonien schlagen. Das Direktorium in Paris hatte seinem Plan begeistert zugestimmt. Allerdings munkelte man, das Direktorium sei froh gewesen, den immer mächtiger werdenden Korsen möglichst weit weg schicken zu können. Hier in Ägypten stellte Bonaparte seine Fähigkeiten als Feldherr und als Staatsmann erneut unter Beweis. Auch wenn er dem ägyptischen Diwan, den er eingesetzt hatte, zahlreiche Verwaltungsaufgaben übertragen hatte, regierte doch in Wahrheit er das besetzte Land, war hier so einflußreich, wie es das Direktorium in Frankreich war.
In Bonaparte vereinigte sich ein genialer Verstand mit Wagemut und Eifer. Das Glück des Tüchtigen war ihm hold, und sein Charisma riß nahezu jeden mit, an der Verwirklichung seiner Pläne zu arbeiten, mochten sie noch so hochfliegend erscheinen. Auch in dem Moment, als er den Lesesaal betrat, hatte ich es gespürt. Obwohl von kleiner Gestalt, zog er alle Blicke auf sich und bildete den Mittelpunkt jeder Gesellschaft. Die Soldaten liebten ihn und jubelten ihm zu, wenn er ihre Reihen abschritt oder an ihnen vorüberritt. Sie hatten nicht vergessen, daß er aus ärmlichen Verhältnissen stammte und daher viel mit ihnen gemeinsam hatte. Blieb nur zu hoffen, daß die große Macht, über die er verfügte, ihn die Sorgen und Bedürfnisse der einfachen Leute nicht vergessen ließ.
»Der Sultan des Feuers ist ein bemerkenswerter Mann, klein an Gestalt, aber groß an Verstand und Tatkraft. Gebe Allâh, daß in ihm auch die Liebe zu den vielen tausend Menschen, für die er verantwortlich ist, groß sein möge!«
Maruf ibn Saads Worte rissen mich aus meinen Gedanken, und ich starrte ihn verblüfft an.
»Sie haben ausgesprochen, was auch mich just in diesem Mo-

ment beschäftigte«, gestand ich. »Fast so, als hätten Sie meine Gedanken gelesen.«

»Das habe ich auch, jedenfalls in gewisser Hinsicht. Sie haben mehrmals zu der Tür gesehen, durch die Ihr Onkel mit dem Sultan des Feuers gegangen ist. Ihr Blick war nachdenklich, aber auch voller Bewunderung. In Anbetracht der vorausgegangenen Begegnung war es nicht sehr schwer, ihre Gedanken zu *lesen*, wie Sie es ausdrückten.«

Ich setzte ein entschuldigendes Lächeln auf. »Zugegeben, meine Gedanken drehen sich derzeit mehr um den General als um die Kreuzzüge von Männern, die schon seit Jahrhunderten zu Staub zerfallen sind.«

»Staub ist zuweilen gefährlicher als Schwerter und Kanonen. Er dringt durch jede Ritze wie der Wüstensand im Sturm, setzt sich überall fest und läßt sich nur schwer wieder entfernen. Mit den Ereignissen der Vergangenheit verhält es sich ähnlich. Auf den ersten Blick sind sie vergessen, dabei haften sie unsichtbar an allem, auch an uns, und sind so Teil unseres Lebens.«

»Was wollen Sie damit sagen, Maruf ibn Saad?«

Er machte eine wegwerfende Handbewegung und betrachtete den Bücherstapel vor uns. »Nichts weiter. Es war nur so ein Gedanke, der mir angesichts der vielen alten Schriften in den Sinn kam. Vielleicht sollten wir uns eine Pause gönnen, um unseren Geist zu erfrischen.«

Freudig stimmte ich zu, und wir gingen hinaus in den Innenhof, der von Palmen und Mangobäumen beschattet wurde. Eine Schwalbe mit roter Brust floh vor uns in den blauen Himmel, als wir zu dem kleinen Teich gingen und uns dort auf einer Steinbank niederließen. Ein Katzenwels trübte das Wasser, indem er so heftig im Schlamm wühlte, als wollte er sich schnellstmöglich zum Nil durchgraben.

»Dem Fisch scheint es hier nicht zu gefallen«, scherzte ich. »Entweder will er sich im Schlamm verstecken, oder er versucht, sein wäßriges Gefängnis zu verlassen.«

»Dann geht es ihm nicht anders als vielen Menschen in dieser Stadt«, erwiderte Maruf ibn Saad unerwartet ernst. »Auch wenn die Franzosen sich alles in allem bemühen, uns gerecht zu behandeln, gibt es doch viele, die sich gegen die fremde Herrschaft sträuben und sie lieber heute als morgen abschütteln würden.«

»Den Eindruck habe ich nicht. Natürlich gibt es immer einzelne Unzufriedene, aber im allgemeinen scheinen die Ägypter sich überraschend schnell an uns gewöhnt zu haben.«

»Das Schnelle ist nicht immer auch das Tiefgreifende, im Gegenteil. Die Sache mit den französischen Soldaten vor meinem Haus und die ablehnende Haltung meiner Tochter sollten Ihnen warnende Beispiele sein, Monsieur Topart. Und heute vormittag, nachdem Sie und Ihr Onkel mich verlassen hatten, gab es auf Ihrem Anwesen Tumult. Ich habe sogar einen Schuß gehört. Ist da etwas Ernstes vorgefallen?«

Er brachte die Frage beiläufig an, aber ich schluckte eine unbedachte Antwort lieber hinunter. Ich wollte nichts verraten, was Ourida betraf.

Der Verdacht, daß Maruf selbst hinter dem Ganzen steckte, keimte erneut in mir auf. Wollte er jetzt durch eine unverfänglich erscheinende Plauderei das in Erfahrung bringen, was sein Spion einige Stunden zuvor nicht herausgefunden hatte?

»Wir wissen selbst nicht genau, was geschehen ist«, sagte ich vage und log damit noch nicht einmal. »Ein Soldat hat auf eine Gestalt geschossen, die er im Garten gesehen hat. Vielleicht war es ein Dieb, vielleicht hat der Soldat sich aber auch getäuscht.«

»Wie ich hörte, haben die Soldaten Ihr Haus gründlich durchsucht.«
»Nach dem Vorfall mit dem Attentäter, mit dem ich ein tödliches Duell auszustehen hatte, hielten wir es für besser, Vorsicht walten zu lassen.«
»Gewiß, das war sehr vernünftig.«
Ich hatte den Eindruck, daß er mir nicht glaubte, und war froh, als ich meinen Onkel mit eiligen Schritten auf uns zukommen sah.
Er breitete entschuldigend die Arme aus. »Maruf ibn Saad, es tut mir sehr leid, aber mein Neffe und ich werden von dringenden Geschäften fortgerufen. Lassen Sie sich dadurch aber bitte nicht stören, die Bibliothek steht Ihnen, wie General Bonaparte gesagt hat, zur Verfügung.«
»Dann werde ich mich gleich wieder in die Bücher vergraben«, antwortete der Ägypter und erhob sich. »Möge Allâh Sie beide auf Ihrem Weg begleiten! Wir sehen uns sicher bald wieder.«
Als er uns verlassen hatte, stand auch ich auf. »Was haben wir denn plötzlich für dringende Geschäfte, Onkel?«
»Wir müssen einiges für den Abend vorbereiten. Ein hoher Gast hat sich zum Essen angemeldet.«
»Ein hoher Gast?«
»Bonaparte.«
»Aber ... wieso kommt er zu uns?«
»Er will unbedingt Ourida kennenlernen.«

9. KAPITEL

Bonapartes Spion

Der Rest des Nachmittags verging in solcher Geschäftigkeit, daß ich mir keine großen Gedanken darüber machen konnte, weshalb General Bonaparte sich für Ourida interessierte. Offenbar hatte Onkel Jean ihm unser Abenteuer im unterirdischen Tempel derart anschaulich geschildert, daß der General nun darauf brannte, Ourida kennenzulernen. Während mein Onkel auf dem kürzesten Weg heimwärts strebte, um dort alles für den abendlichen Empfang vorzubereiten, erfüllte ich die Aufträge, die er mir erteilt hatte.

Zunächst galt es, einen europäischen Gastwirt zu finden, der bereit war, am Abend für uns zu kochen, denn wir mochten uns nicht auf die eher einfachen und sehr dem morgenländischen Geschmack verhafteten Kochkünste der alten Zeineb verlassen. Es gab durchaus einige europäische Gasthäuser in der Stadt, denn Bonaparte förderte die Eröffnung solcher Etablissements ebenso wie die von Schauspielbühnen, Kaffee- und Konzerthäusern, um seinen fern der Heimat weilenden Soldaten Zerstreuung zu bieten. Doch meine Suche gestaltete sich schwieriger als erwartet, da kaum ein Wirt sein Geschäft am Abend im Stich lassen wollte. Seit die französische Armee in Kairo einmarschiert war, konnte man hier mit europäischer Kochkunst viel Geld verdienen, und die Einnahmen eines einzigen Abends waren durchaus beachtlich.

Dennoch hätte vermutlich jeder es als Ehre betrachtet, für Bonaparte zu kochen, aber mein Onkel hatte mich beschworen, nicht preiszugeben, wer unser Gast war. So mußte ich vage von einer hochstehenden Persönlichkeit sprechen, die es zu bewirten galt.
Nach langem Suchen fand ich schließlich einen österreichischen Wirt, der sein Gasthaus gemeinsam mit seinem Bruder betrieb, dem er die Geschäfte für den Abend zu überlassen bereit war. Allerdings mußte ich dazu meinen Geldbeutel beträchtlich erleichtern. Blieb mir nur zu hoffen, daß der General etwas für die österreichische Küche übrig hatte. Da zwischen Frankreich und Österreich im Vorjahr der Frieden von Campo Formio geschlossen worden war, hatten die beiden Brüder, im Gegensatz zu vielen anderen Angehörigen Frankreich nicht freundlich gesinnter Staaten, Kairo nicht verlassen. Ihr Gasthaus aufzugeben wäre für sie wohl zu schmerzlich gewesen.
Anschließend suchte ich ein Tuchwarengeschäft auf, um für Ourida neue Kleider zu kaufen. Zeineb hatte ihr ein paar abgetragene Fetzen überlassen, aber die erschienen uns für einen Anlaß wie diesen zu wenig repräsentativ. Ich war nicht eben erfahren darin, Kleider für eine Frau zu kaufen; das gehört zu den Dingen, auf die man in einer Klosterschule nicht vorbereitet wird. Die Fülle der verschiedenen Schnitte und Stoffe verwirrte mich mehr, als mir bei meiner Entscheidung zu helfen. Fast wünschte ich, Ourida wäre mitgekommen, um selbst eine Auswahl zu treffen. Aber außerhalb unseres Hauses war sie in zu großer Gefahr, solange wir nicht wußten, ob in Kairo noch weitere Meuchelmörder ihr Unwesen trieben.
Doch es half mir, an Ourida zu denken. Ich stellte mir vor, welche Kleider sie wohl anziehen würde, und entschied mich

schließlich für einige schlichte, aber elegante Modelle. Einen Hang zum Pompösen, zum Herausgeputzten konnte ich mir bei Ourida beim besten Willen nicht vorstellen. Der einzige Schmuck, den sie trug, war die Silberkette mit dem Rosenanhänger. Ihre natürliche Schönheit bedurfte keines äußerlichen Aufwandes. Ich erwarb zwei Kleider europäischen und drei orientalischen Zuschnitts, und danach sah es in meinem Geldbeutel noch trauriger aus.

Zurück in unserem Haus, wo die Diener emsig mit Putzen und Fegen beschäftigt waren, wollte ich mich sogleich vergewissern, ob ich die richtige Wahl getroffen hatte. Sorgsam darauf bedacht, das Kleiderpaket nicht fallen zu lassen, klopfte ich an Ouridas Tür. Sie öffnete und blickte mich erstaunt an.

»Etwas zum Anziehen für Sie, Mademoiselle«, sagte ich ungelenk. »Wir erwarten heute abend einen hohen Gast und dachten, Sie möchten für diese Gelegenheit vielleicht etwas Neues haben.« Ich streifte das dunkle, abgewetzte Kleid von Zeineb, das Ourida trug, mit einem kurzen Blick. »Die Kleider unserer Dienerin haben ihre besten Tage längst hinter sich.«

Ob sie mich verstanden hatte, war nicht ersichtlich. Jedenfalls trat sie einen Schritt zur Seite und ließ mich ein. Täuschte ich mich, oder lag ein kleines Lächeln auf ihrem Gesicht? Ich bildete mir nur zu gern ein, daß sie sich freute, mich zu sehen. Aber vermutlich war sie eher über meinen ungelenken Auftritt amüsiert. Dazu mußte sie nicht einmal meine Sprache verstehen.

Ich legte die Kleider auf dem Bett ab und drehte mich zu Ourida um. »Ziehen Sie davon einfach das an, welches Ihnen am besten gefällt. Mein Onkel und ich erwarten Sie dann zum Abendessen.«

Sie gab mit keiner Regung zu erkennen, ob sie mich verstanden hatte. Nun, ich konnte schlecht erwarten, daß sie in meiner Anwesenheit begann, die Kleider der Reihe nach anzuprobieren. Also verließ ich sie, um mich selbst für den Abend herzurichten.

Als ich gerade fertig war, vernahm ich Sergeant Kalfans lautes Organ an der Haustür. Offenbar war er beauftragt worden, die Wachmannschaft vor unserem Haus an diesem Abend zu verstärken, und verlangte nun den Grund zu wissen. Aber mein Onkel weihte auch ihn nicht ein.

Um so größer war Kalfans Erstaunen, als endlich Bonaparte in Begleitung nur weniger Männer die Straße entlanggeritten kam und vor unserem Anwesen hielt. Außer einer berittenen Wache waren bloß die Generäle Berthier und Lannes bei ihm. Sie folgten ihrem Oberbefehlshaber zum Haus, wo Onkel Jean und ich sie begrüßten. Bonaparte trug eine feinere Uniform als am Nachmittag, hatte aber kaum einen Orden angelegt.

Mit einer knappen Handbewegung unterbrach er die umständliche Begrüßungsrede meines Onkels. »Lassen Sie uns besser ins Haus gehen, lieber Cordelier. Nehmen Sie es nicht als Unhöflichkeit, aber nach einem langen Tag grollt mein Magen lauter als der Donner unserer Geschütze damals vor Toulon.«

Onkel Jean nahm ihm das keineswegs übel. Bonaparte war für seine direkte Art bekannt. Er nannte Dinge beim Namen, die andere nur umständlich zu umschreiben wagten. Und genauso, hatte ich mir sagen lassen, verhielt er sich auch in der Schlacht. Wo andere Generäle noch zauderten, faßte er blitzschnell seine Entschlüsse und konnte seine Gegner auf diese Weise regelrecht überrumpeln.

Als er unser Haus betrat, erforschte sein stets aufmerksamer

Blick die Einrichtung; nichts schien ihm zu entgehen. »Schön haben Sie es hier, Cordelier. Ein Glück für uns, daß viele uns weniger wohlgesinnte Europäer Kairo vor unserer Ankunft fluchtartig verlassen haben. Ohne ihre Häuser und ihr Mobiliar bliebe uns so mancher Luxus versagt.«

Wir setzten uns an den gedeckten Tisch im Salon, aber ein Stuhl blieb leer.

Bonaparte heftete seinen Blick auf diesen Stuhl. »Ich vermisse den Gast, den Sie in Ihrem Haus beherbergen, Professor. Die junge Dame, von der Sie mir so wunderliche Dinge berichtet haben, wird doch nicht unpäßlich sein?«

»Ich glaube nicht, General. Vermutlich ist sie einfach noch nicht fertig. Ich werde gleich nach ihr schicken.«

Rasch erhob ich mich. »Bemühen Sie sich nicht, Onkel, ich erledige das.«

Ich begab mich zu Ouridas Zimmer, und sie öffnete mir, wie schon am Nachmittag, nach kurzem Anklopfen. Einen Moment lang hatte ich befürchtet, sie würde die neuen Kleider verschmähen, aber dem war nicht so. Sie trug tatsächlich eins der Gewänder, für die ich meinen Geldbeutel so strapaziert hatte: ein blaßblaues, mit gelber Stickerei verziertes Kleid orientalischen Zuschnitts, dem allerdings auch ein gewisser abendländischer Einfluß anzumerken war.

»Möchten Sie mich zum Abendessen begleiten, Mademoiselle?« fragte ich und spürte zugleich das Absurde der Situation. Wir befanden uns mitten in Kairo, fern der Heimat und ihren Sitten. Vor mir stand eine Frau unbekannter Herkunft, die vermutlich keins meiner Worte verstand. Ich aber verhielt mich, wie es sich in einem Pariser Salon geschickt hätte.

Auch wenn Ourida meine Sprache nicht verstand, wußte sie doch, was ich wollte, und kam mit mir zu meinem Onkel und unseren Gästen, die sich bei ihrem Eintreten allesamt erhoben. Auf den Gesichtern der drei Generäle sah ich nicht nur Neugier, sondern auch Erstaunen, vielleicht gar Bewunderung. Ouridas Schönheit und ihre – wie mir schien – majestätische Erscheinung verfehlten ihre Wirkung auch bei ihnen nicht.

Bonaparte umrundete den Tisch, blieb vor ihr stehen und küßte ihr die Hand. »Mademoiselle, ich bin entzückt. Allein schon um Ihrer Bekanntschaft willen hat es sich gelohnt, heute abend hierherzukommen.«

In mir begann es zu brodeln. Hegte er Ourida gegenüber irgendwelche Absichten? Es war allgemein bekannt, daß er kein Frauenverächter war. Da seine Gemahlin Josephine ebensowenig als Kostverächterin galt und man munkelte, die in Paris Zurückgebliebene setze ihrem Angetrauten fortwährend Hörner auf, fand niemand das Gebaren Bonapartes anstößig. Es gab Gerüchte, denen zufolge in den Uniformen einiger der Soldaten, die ständig um ihn waren, junge Frauen steckten.

Zum Glück traten in diesem Augenblick unser österreichischer Koch und Zeineb ein, um uns eine Muschelsuppe zu kredenzen. Wir nahmen Platz, wobei Ourida zwischen Bonaparte und meinem Onkel saß. Obgleich es lächerlich war, sorgte ich mich wegen dieser Sitzordnung, weil ich mich nicht in der Lage sah, Ourida im Notfall beizustehen.

Während der Suppe erörterten Bonaparte und mein Onkel einige Fragen, die unser Wüstenabenteuer betrafen. Ich konnte der Unterhaltung nicht recht folgen, weil der neben mir sitzende Berthier mich in ein eigenes Gespräch über den Tempel verwickelte. Bonapartes Stabschef schien sich sehr für das Bauwerk zu interessieren.

Nachdem als zweiter Gang eine Fischtorte serviert worden war, versuchte Bonaparte mehrfach, Ourida in das Gespräch einzubeziehen, indem er einfache, kurze Fragen an sie richtete. Sie aber sah ihn nur verständnislos an. Als er partout nicht aufgeben wollte, richtete sich ihr hilfesuchender Blick auf mich. Gern sprang ich in die Bresche und beantwortete, so gut ich konnte, die Fragen, die eigentlich ihr gegolten hatten. Bonaparte nahm das mit einem Stirnrunzeln zur Kenntnis.

»Auf jeden Fall«, sagte er während des dritten Ganges, gebratenem Fisch in Rahm, »sollten wir jenen Tempel genauer erkunden. Ob die Vorgänge dort eine Gefahr für uns darstellen, läßt sich zum gegenwärtigen Zeitpunkt schwer sagen. Aber wer gemeine Mörder in diese Stadt schickt, kann nicht ungefährlich sein. Was auch immer das Geheimnis des verborgenen Tempels ist, wir sollten es lüften! Eine Aufgabe für Sie, Professor Cordelier. Diesmal werde ich Ihnen eine ganze Kompanie Grenadiere mitgeben, damit Sie nicht noch einmal fürchten müssen, Ihr Leben an diese seltsamen Ritter zu verlieren.«

Onkel Jean zeigte sich angesichts der Aufgabe höchst erfreut, aber ich konnte seine Gefühle nicht teilen. Für mich stand fest, daß ich an der Expedition teilnehmen würde. Doch sosehr ich auch darauf brannte, das Geheimnis des Tempels zu ergründen, schwerer wog für mich der Umstand, daß ich Ourida verlassen sollte. Allein die Vorstellung, nicht mehr in ihrer Nähe sein zu können, schmerzte mich. Die Aussicht, ihr nicht beistehen zu können, falls sie in Gefahr geriet, erfüllte mich mit Sorge und Angst.

Zuletzt wurde eine opulente, mit Konfitüre überzogene Mehlspeise gereicht. Nach dem Mahl zog Ourida sich in ihr Zimmer zurück, während wir Herren in der Bibliothek einen Kognak tranken.

Kaum hatten wir einen Trinkspruch auf den heißersehnten

Sieg über die Engländer ausgebracht, nahm Bonaparte mich beiseite und führte mich hinaus in den Flur, wo wir allein waren. Ein ungutes Gefühl beschlich mich. Hatte der General bemerkt, wie wütend ich ihn angestarrt hatte, als er Ourida Avancen machte? Hatte ich meine Erleichterung und meinen stillen Triumph, als Ourida sich ihm gegenüber gleichgültig zeigte, nicht gut genug verborgen?
Unter seinem Blick fühlte ich mich wie festgenagelt.
»Mir ist aufgefallen, daß zwischen Ihnen, Bastien, und der ebenso schönen wie mysteriösen Wüstenrose eine besondere Verbindung besteht.«
»Wie meinen Sie das, General? Wir kennen einander kaum, und ich kann mich mit ihr ebensowenig unterhalten wie Sie.«
»Und doch ist da etwas zwischen Ihnen beiden! Das Mädchen hat Zutrauen zu Ihnen gefaßt. Fühlt es sich in die Enge getrieben, sucht es Halt bei Ihnen. Dieses Vertrauensverhältnis kann uns sehr dienlich sein. Möchten Sie mir helfen, Bastien?«
»Sehr gern, ich weiß nur nicht, wie.«
Bonaparte schnupperte an seinem Glas, ohne jedoch von dem Kognak zu trinken. »Sicherlich würden Sie Ihren Onkel gern zu jenem Tempel begleiten, um bei den Grabungsarbeiten dabeizusein und sie mit dem Zeichenstift zu dokumentieren.«
»Selbstverständlich«, sagte ich, bemüht, meine Abneigung dagegen, Kairo und damit Ourida zu verlassen, zu verbergen.
»Trotzdem möchte ich Sie bitten, in Kairo zu bleiben und sich um Ourida zu kümmern. Sie müssen möglichst viel Zeit mit ihr verbringen und ihr Sprachunterricht erteilen. Auf diese Weise kommen wir vielleicht hinter ihr Geheimnis.«
»Wie Sie befehlen, Bürger General«, entgegnete ich, jetzt in

überschwenglicher Stimmung, die ich jedoch ebenfalls vor Bonaparte verheimlichte.
»Ich wußte, daß ich mich auf Sie verlassen kann. Und wenn Sie etwas über den Tempel oder die Ritter dort in Erfahrung bringen, scheuen Sie sich nicht, sich direkt an mich zu wenden.«
»Natürlich. Aber es wird schwer sein, glaube ich.«
Bonaparte lächelte verschwörerisch. »Ein aufgeweckter junger Mann wie Sie wird schon einen Weg finden. Bringen Sie Ourida unsere Sprache bei, unterhalten Sie sich mit ihr über harmlose Dinge, und dann stellen Sie ihr mittenhinein eine Frage über den Tempel!«
Meine gute Laune verflog schlagartig. Ich fühlte mich miserabel bei dem Gedanken an das, was Bonaparte von mir verlangte. Schlecht und gemein gegen Ourida. In erster Linie würde ich nicht Sprachlehrer sein, sondern Bonapartes Spion!

10. KAPITEL

Hinter dem Schleier

Zwei Tage nach General Bonapartes Besuch in unserem Haus rückte mein Onkel an der Spitze seiner Expeditionskolonne aus Kairo ab. Ich blickte der Staubwolke, die von Dutzenden Soldatenstiefeln aufgewirbelt wurde, mit gemischten Gefühlen nach. Gern wäre ich mit Onkel Jean gegangen, aber ebenso gern blieb ich zurück – bei Ourida.
Allerdings, Bonapartes Auftrag erfüllte mich mit wenig Freude. Ich tröstete mich mit der Überlegung, daß ich nichts ausspionieren konnte, solange Ourida nicht sprach. Mit diesen zwiespältigen Gedanken begann ich meine erste Unterrichtsstunde, die ich draußen im Garten abhielt. Der Vormittag und der späte Nachmittag schienen mir am besten geeignet, da die Mittagshitze der Aufmerksamkeit nicht eben förderlich war.
Anfangs glaubte ich, Ourida würde nichts lernen – nichts lernen wollen. Zweifellos war sie intelligent, vielleicht zu intelligent, um sich aushorchen zu lassen. Möglicherweise sprach sie mit niemandem, um sich selbst zu schützen. Trug sie ein Geheimnis mit sich herum, das den Tod bringen konnte, dem sie im Tempel nur um Haaresbreite entronnen war?
Meine düsteren Gedanken verflogen, je länger ich mit ihr zusammen war. Sie lernte, anfangs nur langsam, aber sie lernte! Zunächst einfache Wörter wie Garten, Himmel oder Baum,

wie Zimmer, Bett oder Tisch. Nicht lange, und ich konnte mich mit ihr über die alltäglichen Verrichtungen in unserem Haus verständigen, wozu zweifellos beitrug, daß sie sich inzwischen recht gut eingelebt hatte. Der Unterricht bereitete uns beiden, wie mir schien, zunehmend Freude, und die Tage eilten in einer gelösten, fast heiteren Stimmung dahin.

Ein abruptes Ende fand diese Gelöstheit an jenem Nachmittag, an dem ich Kairos Geschäftsviertel aufsuchte, um einige Rechnungen zu begleichen und bei den Lieferanten neue Bestellungen aufzugeben. Als ich das Ladenlokal eines Weinhändlers aus der Gascogne verließ, stieß ich mit einer Einheimischen zusammen, die den Schleier trug. Eine Sitte, von der immer mehr Frauen sich verabschiedet hatten, seit wir Franzosen in Kairo lebten. Bei dem Zusammenprall ließ die Frau ihren Obstkorb fallen, und die Früchte rollten durch den Dreck. Sofort ließ ich mich auf die Knie nieder, um ihr beim Aufsammeln zu helfen. Da verrutschte der Schleier, und ich erstarrte in der Bewegung. Das junge Gesicht mit den braunen Augen war mir wohl bekannt, nur der verschlossene, beinahe feindselige Blick befremdete mich. Ich hatte diese Züge viel offener in Erinnerung.

»Aflah!« brachte ich schließlich erstaunt hervor.

Maruf ibn Saads Tochter zog ohne ein Wort den Schleier wieder vor ihr Antlitz und fuhr mit dem Einsammeln der Früchte fort. »Warum sprechen Sie nicht mit mir? Und warum tragen Sie den Schleier?«

Ohne mich anzusehen und ohne ihre Arbeit zu unterbrechen, sagte sie: »Uns Frauen, die wir der Lehre Mohammeds folgen, ist es nicht erlaubt, mit Fremden zu sprechen. Wir tun gut daran, unser Gesicht zu verhüllen, damit Fremde weder begehrliche Blicke auf uns werfen noch das Wort an uns richten.«

Sie sprach eintönig, ganz so, als hätte sie die Sätze auswendig gelernt.

»Aber ich bin kein Fremder. Ich war im Haus Ihres Vaters zu Gast. Wir haben uns unterhalten, und damals haben Sie Ihr Gesicht nicht verhüllt, weder vor mir noch vor meinem Onkel.«

»Heute weiß ich, daß es ein Fehler war. Sie mögen Gast im Haus meines Vaters gewesen sein, aber Sie sind dennoch ein Fremder für mich und werden es immer bleiben. Sie kommen aus einem fremden Land, in dem eine fremde Religion herrscht. Mehr noch, in dem man den Gläubigen ihre Lehre schlechtredet und die Gotteshäuser schließt. Ihre Brüder sind in mein Land gekommen und haben meine Brüder und Schwestern gnadenlos getötet. Wie können wir einander da anderes sein als Fremde?«

»Jedes Volk tötet, wenn es sich im Krieg befindet, Aflah, auch das Ihre.«

»Nicht wir haben diesen Krieg begonnen, sondern ihr wart das. Ihr seid über das Meer zu uns gekommen und habt Krieg und Tod, Verwüstung und Verderben in unsere Städte und Dörfer gebracht. Ihr kämpft nicht nur gegen Soldaten, ihr raubt und plündert, und wer sich euch in den Weg stellt, wird getötet!«

Je länger sie sprach, desto leidenschaftlicher wurde ihr Ton; es war eine einzige Anklage.

Ein schlimmer Verdacht stieg in mir auf. »Sprechen Sie von dem Diener, von …«

»Hassan.« Aflah sprach den Namen aus, nach dem ich vergeblich suchte. »Er ist tot, ermordet von den glorreichen französischen Soldaten!«

»Aber der Arzt ist doch bei ihm gewesen. Es hieß, Hassan sei auf dem Weg der Genesung.«

»Zwei Tage später hat sich sein Zustand ohne Vorwarnung verschlechtert. Bevor wir noch Hilfe herbeirufen konnten, war er gestorben.«

»Das tut mir leid, ganz aufrichtig.«

Das konnte nur ein schwacher Trost sein. Ich bezweifelte, daß mein Beileid ihr etwas bedeutete. Sie ließ es mit keinem Wort, mit keiner Geste erkennen.

Mir fiel ein, was Aflahs Vater meinem Onkel und mir erzählt hatte: Aflah und Hassan waren zusammen aufgewachsen, und der junge Diener war für sie beinahe ein Bruder gewesen. Beinahe nur? Mir schien, sie trauerte um ihn wie um einen leiblichen Bruder.

Die weltoffene Aflah hatte sich vollkommen verwandelt. Gewiß, schon vorher war sie auf die Franzosen nicht sonderlich gut zu sprechen gewesen, wie Onkel Jean und ich bei unserem Besuch erfahren hatten, aber die damalige Ablehnung schien sich in blanken Haß verwandelt zu haben.

Ich hoffte inständig, daß dies ein vorübergehender Zustand sein möge, hervorgerufen durch den Schock über Hassans Verlust. Es wäre zu traurig gewesen, die kluge und selbstgewisse Aflah an den Haß und die Verbitterung zu verlieren.

Als sie die letzte Frucht eingesammelt hatte und sich erhob, um ihren Weg fortzusetzen, versuchte ich es noch einmal: »So sollten wir nicht voneinander scheiden, Aflah! Ich weiß, daß Hassan großes Unrecht widerfahren ist. Ich schäme mich dafür, daß französische Soldaten das getan haben. Aber es ist nicht mehr zu ändern. In jedem Volk und jeder Religionsgemeinschaft gibt es gute und schlechte Menschen. Wenn die guten für die Taten der bösen verantwortlich gemacht werden, haben die bösen Grund zu triumphieren. Wir sollten ganz in Ruhe miteinander sprechen. Heute mag nicht der Tag dazu sein, aber ich hoffe, wir finden bald eine Gelegenheit!«

»Ihre Worte ehren Sie, aber sie ändern nichts daran, daß wir verschiedenen Welten angehören. Warten Sie nicht auf einen Tag, der niemals kommen wird!«

Mit diesen Worten wandte sie sich ab und entfernte sich eiligen Schrittes. Mir war, als hätte ich eine Begegnung mit einem Geist hinter mir. Mit einem Geist, der einmal eine hübsche, aufgeschlossene Frau gewesen war.

11. KAPITEL

Der Verräter

Das Zusammentreffen mit Aflah hatte mich derart mitgenommen, daß ich später beim Sprachunterricht nur mit halbem Herzen bei der Sache war.

Immer wieder wanderten meine Gedanken zu der jungen Frau, die nur einen Steinwurf entfernt wohnte und mir nun doch unendlich weit weg erschien, so als gehöre sie einer anderen Welt an – in etwa so hatte sie es ausgedrückt. Ich war unaufmerksam, nahm Ouridas Antworten nicht richtig wahr und mußte mehrmals nachfragen. Wäre ich der Schüler und sie die Lehrerin gewesen, hätte ich einen dicken Tadel eingeheimst.

Ourida aber beugte sich mit besorgter Miene vor und fragte: »Du krank? Du Fieber?«

Was sollte ich antworten? Wie sollte ich ihr angesichts ihres begrenzten französischen Sprachschatzes verdeutlichen, was in mir vorging? Außerdem war es mir nicht angenehm, mit ihr über Aflah zu sprechen. Ich war Aflah nur zweimal begegnet, und doch hatte sie mich tief beeindruckt. Wie sollte ich Ourida erklären, was ich für Aflah empfand, wenn ich mir selbst darüber nicht im klaren war?

»Du Fieber?« wiederholte Ourida und legte ihre flache Hand auf meine Stirn.

Auch ohne Fieber genoß ich die Berührung und schloß die

Augen. Ihre Hand war angenehm kühl und beruhigend zugleich.
Ich erinnerte mich an die Nacht, in der ich den Attentäter getötet hatte. Auch da hatte ich später Ouridas Hand auf meiner Stirn gespürt und mir gewünscht, die Berührung möge niemals aufhören.
Ihre Haut auf meiner fühlte sich an, als hätte ich etwas wiedergefunden, das ich vor vielen Jahren einmal besessen hatte – vor vielen hundert Jahren …

»Sie sind in der Überzahl, Liebster. Laß uns von diesem Ort fliehen, solange wir es noch können!«
Ourida, jetzt in einem dunklen Gewand, stand neben mir und blickte mich flehend an. Um uns war es Nacht, und ein kalter Wind spielte mit unseren Kleidern und unserem Haar. Besorgt lauschte ich den sich nähernden Geräuschen, dem Hufgetrappel, dem Wiehern von Pferden und dem Klirren von Waffen oder Rüstungen. Es konnte nur noch wenige Minuten dauern, dann hatte der Feind uns erreicht.
Ich wandte den Kopf und blickte zu dem Braunen, der sorglos von einer spärlichen Grasnarbe zehrte. Wir hatten nur noch dieses eine Pferd, nachdem Ouridas Falbe in ein Fuchsloch getreten war und sich das Bein gebrochen hatte. Ein Glück nur, daß Ourida nichts geschehen war.
Ich hatte den Falben mit meinem Schwert getötet – um sein Leiden zu verkürzen, aber auch, damit seine Schmerzenslaute uns nicht verrieten. Und nun hatten uns die Verfolger doch gefunden!
»Ein einzelnes Pferd kann uns beide nicht schnell genug forttragen«, sagte ich. »Du mußt allein reiten und das Kreuz in Sicherheit bringen!«
»Warum ich? Mein Pferd ist gestürzt, nicht das deine.«

»Aber ich kann unsere Verfolger mit meinem Schwert eine Weile aufhalten und dir einen vielleicht entscheidenden Vorsprung verschaffen.«

Ich sah, wie es in ihr arbeitete. Aber sosehr sie auch hin und her überlegte, es gab keine andere Lösung.

Sie ergriff meine Linke, drückte sie fest und sagte mit erstickter Stimme: »Du sollst nicht sterben!«

»Ich will nicht sterben. Aber ich habe geschworen, das Kreuz mit meinem Leben zu verteidigen. Du weißt, daß es keine andere Möglichkeit gibt. Je länger du zögerst, desto größer die Gefahr, daß unsere Verfolger finden, wonach sie suchen. Ich werde versuchen, es lebend zu überstehen. Aber du mußt reiten, jetzt!«

Sie nickte stumm, und Tränen rannen über ihr Gesicht. Ein letzter Kuß, dann wandte sie sich ab und lief zu dem Braunen. Sie stieg aufs Pferd, vergewisserte sich, daß der Lederbeutel mit dem wertvollen Inhalt gut am Sattel festgezurrt war, und ritt in die Nacht hinaus, ohne sich noch einmal umzusehen.

Mir war kalt, aber nicht wegen des Nachtwindes. Die Kälte kam aus meinem Herzen.

Ich hob den schweren Schild vom Boden auf und wartete auf die Feinde. Bald übertönte ihr Hufschlag den von Ouridas Pferd, und dann sah ich auch schon ihre Umrisse vor dem von blassem Mondlicht erhellten Nachthimmel. Keine Sarazenen, sondern Ritter aus dem Abendland, sieben oder acht. Sie sprengten herbei, und schnell war ich eingekreist. Es gab keine Möglichkeit zu entkommen. Deutlich sah ich ihre Umhänge und die Schilde mit dem doppelten Kreuz.

Ihr Anführer brachte seinen Rappen dicht vor mir zum Stehen. Er hieß Gilbert, und die Narben in seinem Gesicht zeugten von vielen überstandenen Kämpfen. Einst hatten wir

Seite an Seite gegen die Sarazenen gefochten, doch jetzt standen wir einander als Gegner gegenüber.
»Die Jagd hat ein Ende, Roland!«
Roland!
Der Name verwirrte mich, bis ich begriff, daß es mein eigener war. Nicht Bastien hieß ich, sondern Roland.
»Steh nicht da wie versteinert!« fuhr Gilbert fort. »Noch ist Zeit, zur richtigen Seite zu wechseln. Sag uns, wo das Kreuz ist, Roland!«
»In Sicherheit«, erwiderte ich, was eine Zornesfalte auf Gilberts Stirn hervorrief.
Ein anderer Ritter zeigte mit der Schwertspitze nach rechts. »Da vorn liegt ein totes Pferd. Von dem anderen Tier und von der Frau ist nichts zu sehen. Sie ist vermutlich allein weitergeritten, um das Kreuz in ein neues Versteck zu bringen.«
»Ja, vermutlich«, sagte Gilbert düster. »Aber das wird ihnen nichts nützen. Wir werden die Frau und das Kreuz finden. Unser ehemaliger Waffenbruder Roland wird uns verraten, wo sie sind.«
Ich schüttelte den Kopf. »Eher sterbe ich.«
»Wie du willst.« Gilbert trieb den Rappen an. »Dann stirb, Verräter!«
Ich wich dem heranstürmenden Pferd aus und fing Gilberts Schwerthieb mit dem Schild ab. Die Wucht des Schlages ließ meinen Arm erzittern, aber ich hielt stand.
Ein zweiter Reiter näherte sich von rechts. Ich wirbelte herum, tauchte unter seiner herabsausenden Klinge weg und bohrte die meine in seine Seite. Mit solcher Kraft, daß sein Kettenhemd zersplitterte. Der Mann stöhnte auf und fiel zur Seite, stürzte aber nicht gänzlich zu Boden. Sein linker Fuß hatte sich im Steigbügel verfangen, und das davonstürmende Pferd zog ihn mit sich fort.

Ein kräftiger Schlag traf mich im Rücken und zwang mich auf die Knie. Dadurch entging ich einem weiteren Hieb, der meinem Kopf gegolten hatte. Noch im Knien riß ich mein Schwert hoch und bohrte es in den Leib eines Pferdes. Das Tier überschlug sich unter lautem Gewieher und begrub seinen Reiter unter sich.
Als ich aufstehen wollte, ritt mich einer meiner Feinde über den Haufen. Die Hufe trafen mich mit einer Gewalt, daß ich glaubte, mein Schädel würde zerspringen. Stöhnend blieb ich am Boden liegen und sah zu, wie die Ritter abstiegen.
Sie umringten mich, und Gilbert sagte: »Noch einmal fordere ich dich auf zu sprechen, Roland. Sag uns, wo das Kreuz ist, und wir wollen deinen Verrat vergessen!«
»Ich bin kein Verräter«, erwiderte ich, wobei ich Blut spuckte. »Ich tue nur, was getan werden muß!«
»Nichts anderes tun wir.«
Bei diesen Worten hob Gilbert sein Schwert und ließ es auf mich niederfahren. Die anderen taten es ihm nach. Klinge um Klinge schnitt in mein Fleisch und in mein Leben.

Nicht am Boden lag ich, sondern in Ouridas Armen, in unserem Garten in Kairo. Über uns spielte ein sanfter Abendwind mit den Ästen des großen Eukalyptusbaumes. Nur allmählich wurde mir bewußt, daß ich nicht länger vom Tod bedroht war. Daß ich wieder der Zeichner Bastien war und nicht Ritter Roland – der Verräter!
Ourida strich mit zarten Bewegungen über meinen Kopf, wie um die bösen Geister der Erinnerung zu vertreiben. Mein Atem beruhigte sich. Das Band zwischen uns schien mir stärker denn je. In Ouridas Augen las ich Mitgefühl und Verständnis. O ja, sie wußte, was ich eben geträumt – erlebt – hatte.

Wir teilten ein Schicksal, eine Vergangenheit, verborgen unter dem Schleier der Jahrhunderte. Im Augenblick aber wollte ich von diesem Mysterium nichts wissen. Es genügte mir, Ourida nahe zu sein. Der Frau, die damals in der Wüste fortgeritten war und von der ich geglaubt hatte, ich würde sie nie wiedersehen. Der Frau, die ich liebte!

Ich richtete mich auf und näherte mein Gesicht dem ihren. Obwohl keine Tränen zu sehen waren, machte sie den Eindruck, als habe sie kürzlich geweint. Hatte sie die Ereignisse aus ferner Vergangenheit mit ebensolcher Heftigkeit erlebt wie ich?

Als ich sanft ihren Kopf zu mir heranzog und meine Lippen mit den ihren vereinigte, ließ sie es geschehen. Unser Kuß war anfangs weniger von Leidenschaft geprägt als von dem Glück, endlich wieder zusammenzusein. Ich hielt Ourida fest, als wollte ich sie nie mehr loslassen. Und je länger wir uns küßten, desto stärker regte sich die Leidenschaft. In uns beiden, das fühlte ich.

Ich hob Ourida auf und trug sie in mein Zimmer, wo ich sie vorsichtig aufs Bett legte. Jeder Gedanke an Aflah war verflogen. Hatte es für mich je eine andere Frau gegeben als Ourida?

Sie lag auf dem Bett und blickte mich an, ohne jede Furcht, eher von Erwartung beseelt. Und von Verlangen. Ich kniete mich neben sie und öffnete die Verschlüsse ihres Kleides, entblößte erst die Schultern, dann ihre kleinen, festen Brüste, deren Anblick meinen Mund trocken werden ließ.

Wir sahen nichts Anstößiges in dem, was wir taten. Wir waren zwei Liebende, die Jahrhunderte auf diesen Augenblick gewartet hatten. Das einzig Verwerfliche, ein Verrat am Schicksal, wäre gewesen, uns nicht einander hinzugeben.

Ich entledigte mich meiner Kleider und ließ mich neben ihr

nieder. Langsam fuhr meine rechte Hand über ihre Schultern, ihren Hals und ihre Brüste. Ourida erschauerte. Wieder küßte ich sie, lang und innig, während ich meinen Leib gegen ihren drückte.

Als sie mich sanft von sich wegschob, wurde ich unsicher. Aber sie wollte sich nur ganz entkleiden, dann zog sie mich wieder zu sich heran und spreizte die Beine, um mich in ihrem Schoß zu empfangen. Eine Welle des Glücks erfaßte mich, als wir miteinander verschmolzen. Glück, wie ich es lange nicht empfunden hatte – in diesem Leben nicht.

Lärm riß mich am nächsten Morgen aus dem Schlaf, sehr früh, wie ich am niedrigen Stand der Sonne erkannte. Neben mir lag Ourida, auch sie war eben erst erwacht. Wir lauschten beide und hörten Stimmen, einen heftigen Disput. Irgend etwas war nicht in Ordnung.

Da klopfte jemand an meine Zimmertür, laut und doch seltsam zögernd. »Herr, bist du wach?«

Das war Malik mit seinem eigentümlichen Sprachengemisch.

»Jetzt schon«, antwortete ich unwirsch. »Was gibt es?«

»Soldaten sind hier, Herr, und wollen Sie sprechen.«

»Hat das nicht Zeit bis nach dem Frühstück?«

»Ein Offizier ist dabei, Herr. Er sagt, der Sultan des Feuers schickt ihn und es ist dringend.«

»Führ ihn in den Salon und sag ihm, ich komme gleich.«

»Ja, Herr.«

Ich stieg in meine Kleider und kämmte mir hastig das nach allen Seiten abstehende Haar, während ich zu Ourida sagte: »Du ziehst dich besser an und gehst in dein Zimmer. Ich habe eine böse Vorahnung.«

Sie nickte und kam meiner Aufforderung nach. Ich wußte nicht, ob sie meine Worte verstanden hatte oder nur aufgrund der Situation begriff, was ich meinte. In der Nacht hatten wir nicht miteinander gesprochen. Wir waren nicht dazu gekommen.

Als ich den Salon betrat, erkannte ich, daß der Offizier, von dem Malik gesprochen hatte, kein anderer war als der junge General Lannes, der zu Bonapartes engsten Vertrauten gehörte und den ich bei dem gemeinsamen Abendessen hier in diesem Salon etwas näher kennengelernt hatte.

Lannes, ein stattlicher Mann mit wallendem dunklen Haar, hatte sich in Italien überaus tapfer geschlagen und mehrere Verwundungen davongetragen. Er hatte als erster Soldat unserer Armee den Po überquert und sich bei der Erstürmung der Vororte Mantuas hervorgetan. Einer jener vielen Offiziere in Bonapartes Armee, die durch Tapferkeit und das Beherrschen der Kriegskunst vom einfachen Soldaten bis in höchste Ränge aufgestiegen waren.

Ich begrüßte ihn, ohne meine Verärgerung über die frühe Störung zu zeigen, und bot ihm eine Stärkung an.

»Danke, Bürger Topart, ich habe längst gefrühstückt«, entgegnete er steif. »Ein Soldat ist stets bestrebt, vor der Sonne wach zu sein.«

Ich überging die Überheblichkeit und den Tadel, die in seinen Worten lagen, und fragte höflich. »Was führt Sie zu mir, Bürger General?«

»Ein Befehl von General Bonaparte. Sie sollen sich sofort bereitmachen, um sich der Expedition Ihres Onkels anzuschließen. Eine Eskorte wird Sie in einer Stunde abholen und zu dem Wüstentempel begleiten.«

Verwirrt hielt ich mich an einer Stuhllehne fest. »Wieso? General Bonaparte hat mich beauftragt, Ourida unsere Sprache beizubringen.«

Lannes' Kopf ruckte vor, wie um mich ganz genau zu beob-

achten. »Und? Haben Sie in dieser Sache Fortschritte zu melden?«
»Nun ja, man darf keine Wunder erwarten bei jemandem, der ganz neu anfängt. So gesehen hat Ourida beträchtliche Fortschritte gemacht. Aber natürlich wird es seine Zeit dauern, bis sie sich in unserer Sprache richtig verständlich machen kann.«
»Eben aus diesem Grund hat General Bonaparte beschlossen, ab sofort einen erfahrenen Sprachlehrer mit dem Unterricht zu betrauen. Ich werde sie zu diesem Zweck in seinen Palast bringen, wo sie von nun an wohnen wird. Dort wird sie auch sicherer sein als hier.«
»Warum sollte sie hier nicht mehr sicher sein?«
Lannes räusperte sich. »Wie soll ich es sagen? Es ist in der Stadt zu einigen kleineren Unruhen gekommen. Nichts Bedeutendes. Überall, wo fremde Soldaten Quartier beziehen, regt sich ein gewisses Maß an Widerstand. Bonaparte führt zur Zeit Gespräche mit dem hiesigen Diwan, um zu klären, wie die Bevölkerung zu beruhigen ist. Bis die Unruhen beigelegt sind, ist Bonapartes Palast zweifellos der sicherste Ort in Kairo.«
In mir herrschte innerer Aufruhr. Gerade jetzt, da Ourida und ich zueinandergefunden – uns wiedergefunden – hatten, sollte ich sie gehen lassen? Alles in mir sträubte sich dagegen, und gab es keine Möglichkeit, Bonapartes Befehl zu umgehen. Oder gab es doch eine?
Ich straffte meine Gestalt und sagte mit fester Stimme: »Ich möchte mit General Bonaparte persönlich sprechen!«
»Bedauere, aber er ist zu beschäftigt. Deshalb hat er ja mich geschickt. Sie können sicher sein, daß ich absolut in seinem Sinn handele.«
Vermutlich tat Lannes das, aber das machte die Sache nicht

angenehmer. Vielleicht hätte ich mich darüber freuen sollen, daß Ourida bei Bonaparte in Sicherheit sein würde. Aber würde sie auch *vor* ihm sicher sein? Ich dachte daran, wie er ihr bei unserem Abendessen Avancen gemacht hatte, und mußte mir eingestehen, daß mich nicht nur die Sorge um Ourida antrieb, sondern auch Eifersucht.
»Warum schickt General Bonaparte mich zu dem Tempel?«
»Damit Sie Ihrem Beruf nachgehen, Bürger Topart. Sie sind doch Zeichner, oder? Bonaparte wünscht, daß Sie den Tempel, innen wie außen, in allen Einzelheiten festhalten. Er meint, das könne von großer Wichtigkeit sein.«
Zumindest würde mich das einige Zeit von Kairo und damit von Ourida fernhalten. Im stillen mutmaßte ich, daß es Bonaparte in Wahrheit darum ging.
Aber was hatte seinen Sinneswandel ausgelöst? Gab es im Haus noch einen Spion außer mir, der ich diese Aufgabe so sträflich vernachlässigt hatte? Jemanden, der Bonaparte von dem berichtet hatte, was in der vergangenen Nacht zwischen Ourida und mir gewesen war? Mir blieb nichts anders übrig als zu spekulieren.
Ich ließ General Lannes im Salon zurück und suchte Ouridas Zimmer auf, wo ich sie in möglichst einfachen Worten von der neuen Wendung der Dinge unterrichtete. Ihr Blick hing an meinen Lippen, als könne sie mir folgen.
Als ich geendet hatte, kam sie zu mir, legte ihre Hände an meine Wangen und sagte in einem Französisch, das weitaus besser war als Maliks Sprachsalat: »Sorge dich nicht, Liebster! Diesmal werden wir uns wiedersehen!«

12. KAPITEL

Das Geheimnis des Tempels

Ein unheimliches Gefühl beschlich mich, als ich am Abend des nächsten Tages wieder dort stand, wo unser Abenteuer begonnen hatte. Rings um den oberirdischen Teil des Tempels hatten die Soldaten, die meinen Onkel begleiteten, ihr Lager aufgeschlagen und erfüllten diesen alten Ort mit der Geschäftigkeit der Grabungsarbeiten. Das mächtige Untier aus Stein aber hockte unbeeindruckt über ihren Köpfen, als nehme es die Existenz solch unbedeutender Kreaturen gar nicht zur Kenntnis.

Doch nicht das geflügelte Fabelwesen jagte mir trotz der Wüstenglut einen Schauer über den Rücken, es war die Erinnerung an das, was in dem unterirdischen Altarraum geschehen war.

Ich konnte es nicht länger für einen Zufall halten, daß wir jenen Raum ausgerechnet in dem Augenblick betreten hatten, als Ourida in höchster Gefahr schwebte. Nein, gewiß hatte das Schicksal, das Ourida und mich Jahrhunderte zuvor getrennt hatte, uns hier zusammengeführt, mit einer Absicht, die für mich so dunkel war wie das Innere des Tempels, wenn man es nicht mit Fackeln ausleuchtete.

Ourida hatte gesagt, diesmal würden wir uns wiedersehen.

Daran klammerte ich mich, das war meine Hoffnung. Aber unter welchen Umständen würde dieses Wiedersehen stattfinden? Und würden wir dann für immer vereint sein, oder würde am Ende wieder eine Trennung stehen wie damals, vor Hunderten von Jahren, in jener kalten Wüstennacht?
Wieder und wieder hatte ich überlegt, was die Vision zu bedeuten hatte. Der Mann an Ouridas Seite war ich gewesen und doch auch wieder nicht. Er hatte anders ausgesehen, hatte rötliches und nicht dunkles Haar gehabt. Aber ich hatte durch seine Augen gesehen und mit seinen Ohren gehört, hatte seine Gedanken gedacht und gefühlt, was er fühlte.
Wenn ich daran dachte, empfand ich abwechselnd Neugier und Angst. Die Neugier drängte mich, mehr darüber herauszufinden, warum ich in Ouridas Nähe diese Visionen hatte. Die Angst aber warnte mich, ließ mich befürchten, mein Leben als Bastien Topart zu verlieren und ein anderer zu werden.
Die Ankunft im Lager befreite mich, zumindest vorübergehend, von den quälenden Gedanken. Sobald die Soldaten uns bemerkten, kamen sie uns unter lautem Gejohle entgegen. Für sie war unser Erscheinen eine willkommene Abwechslung im täglichen Einerlei. Sie hofften auf Nachrichten aus Kairo, auf Klatsch und Tratsch und gewiß auch auf die Ankündigung, daß sie diesen unwirtlichen Ort bald würden verlassen können.
Das Dutzend Husaren, das mich begleitet hatte, stieg, selbst reichlich ermattet, von den erschöpften Pferden. Während des langen Rittes hatten die Männer ihre pelzbesetzten Jakken ausgezogen und die schwarzen Mützen abgesetzt. Statt dessen hatten sie sich zum Schutz gegen die Sonne weiße Tücher über den Kopf gebunden. Trotzdem waren sie, wie ich selbst auch, vollkommen verschmutzt und verdreckt.

Ihre Kameraden aus dem Lager sahen nicht minder verwegen aus. Keiner von ihnen trug seine vollständige Uniform, viele hatten zur Arbeit den Oberkörper entblößt. Ich fragte mich, ob ihre dunkle Haut von der Sonne gefärbt oder einfach nur schmutzig war. Wahrscheinlich beides.
Auch ich rutschte dankbar aus dem Sattel, froh, von der Pein im Gesäß erlöst zu sein. Anders als die Husaren, die allesamt begnadete Reiter waren, fühlte ich mich auf dem Pferderükken nicht eben zu Hause. Zu Beginn unserer Reise hatte mir das noch nicht viel ausgemacht. Aber im Lauf des zweiten Tages war der Schmerz mit jeder Stunde quälender geworden. Als ich mit staksigem Gang auf das Zeltlager zuschritt, erntete ich Gelächter und ein paar spöttische Rufe aus den rauhen Kehlen der Veteranen.
Zwischen den Soldaten erblickte ich die vertraute Gestalt meines Onkels, der mich mit seinen kräftigen Armen an sich drückte wie ein Bär sein Junges. Solche Gesten waren für ihn eher ungewöhnlich, und gerührt schloß ich, daß er mich wirklich vermißt hatte. Er führte mich in sein Zelt, das in der Mitte des Lagers stand, und tischte Wasser und Wein, Brot, Käse und kalten Braten auf.
»Nicht so feudal wie das Essen, das der Österreicher neulich für uns zubereitet hat«, sagte er und setzte sich zu mir. »Aber ich hoffe, es mundet dir trotzdem.«
»Das Essen schon, besonders das Wasser«, erwiderte ich und nahm einen kräftigen Schluck, »aber nicht die Erinnerung an jenen Abend.«
Die eben noch heiteren Züge meines Onkels verdüsterten sich. »Was stört dich an dem Abend?«
»Es ist nicht der Abend, der mich stört, sondern unser Gast, Bonaparte«, erklärte ich und berichtete, wieso ich überhaupt gekommen war.

Onkel Jean rieb sich das bartstoppelige Kinn. »Das ist in der Tat seltsam. Hast du Bonaparte irgendwie verärgert?«
Ich dachte an die Nacht mit Ourida, beschloß aber, sie nicht zu erwähnen. Mein Onkel wäre sicher wenig erfreut gewesen. Als ehemaliger Mann der Kirche hatte er strenge Vorstellungen von Anstand und Moral.
»Ich wüßte nicht, wie ich Bonaparte verärgert haben sollte. Seit jenem Abendessen habe ich ihn weder gesehen noch von ihm gehört. Bis gestern morgen überraschend General Lannes auftauchte und erklärte, Ourida solle in Bonapartes Palast von einem geübten Sprachlehrer unterrichtet werden.«
Auch daß Ourida, wie ich bei unserem Abschied festgestellt hatte, das Französische viel besser beherrschte als geglaubt, verschwieg ich. Ich hätte es nicht erklären können, ohne meinem Onkel von der mysteriösen Erinnerung an eine vergangene Zeit zu erzählen. Doch bevor ich das tat, wollte ich mehr darüber in Erfahrung bringen. Tief in mir saß noch immer jene unbestimmte, aber pochende Angst, ich könne Ourida in Gefahr bringen, wenn ich das Geheimnis preisgab.
»Vielleicht hättest du Bonaparte über Ouridas Fortschritte unterrichten sollen«, mutmaßte Onkel Jean. »Dann wäre er wohl davon ausgegangen, daß du deine Sache gut und richtig machst. So aber fühlte er sich von dir im unklaren gelassen. Ich nehme an, das ist der Grund, warum er einen anderen mit Ouridas Sprachunterricht betraut hat.«
»Gebe Gott, daß es der wahre Grund ist!« seufzte ich.
»Wieso? Was befürchtest du?«
»Bonaparte ist dafür bekannt, daß er seinen Appetit auf das weibliche Geschlecht ohne Rücksicht auf andere zu stillen pflegt.«
Mein Onkel lächelte wissend. »Mein Sohn, ich glaube wirklich, du hast dich in Ourida verliebt. Nein, nein, leugne es

nicht, auch wenn ich mich damals für das Kloster entschieden habe, weiß ich doch einiges über die Gefühle von Mann und Frau. Ich kann verstehen, daß Ourida, schutzbedürftig und geheimnisvoll, dir außerordentlich anziehend erscheint, aber vergiß nicht, daß wir sehr wenig über sie wissen, zu wenig, als daß du dir ernsthafte Hoffnungen machen solltest. Sieh nur zu, daß du nicht zu einem verliebten Narren wirst!«

»Aber Onkel!« wehrte ich ab und errötete.

»Schon gut«, lachte er, »das sollen in dieser Angelegenheit alle Belehrungen gewesen sein. Ich kann dir deine Gefühle nicht untersagen, niemand kann das, aber du solltest gleichwohl deinen Verstand benutzen. Im übrigen denke ich, was Bonaparte angeht, brauchst du dir keine Sorgen zu machen.« Er zeigte nach draußen, in Richtung Tempeleingang. »Ich glaube, er ist mehr an diesem alten Heiligtum und seinem Geheimnis interessiert als daran, deine Wüstenrose zu pflücken. Übrigens, wir haben bei der Erkundung des unterirdischen Tempels beachtliche Fortschritte gemacht. Gleich morgen früh kannst du, bewaffnet mit Block und Stift, an die Arbeit gehen. Das wird dir helfen, nicht unentwegt an Ourida zu denken.«

Onkel Jean war ein kluger Mann. Als ich am nächsten Morgen den Bleistift über das Papier führte, um die wundersame Architektur des Tempels festzuhalten, nahm mich die Arbeit gefangen, so wie ich es von früher gewohnt war. Zwar verschwand die brennende Sorge um Ourida nicht, aber sie trat doch in den Hintergrund, und zuweilen war ich ganz unbeschwert.

Was auch daran lag, daß mein Onkel und seine Helfer wirklich Staunenswertes entdeckt hatten. Der Tempel schien in jüngster Zeit als Wohnort, zumindest als eine temporäre Zuflucht genutzt worden zu sein. Einige der unterirdischen Räumlichkeiten waren zum Wohnen und Schlafen hergerichtet, und in einer Kammer fanden sich Lebensmittel. In den besagten Räumen deuteten Blutspuren auf einen heftigen Kampf hin.

Als mein Onkel mir das zeigte, sagte er: »Meiner Ansicht nach haben die Ritter mit dem doppelten Kreuz die Menschen, die hier Zuflucht gesucht hatten, überfallen und massakriert. Ourida müssen sie sich aus einem besonderen Grund bis zuletzt aufgehoben haben.«

»Massakriert?« Mich schauderte bei der Vorstellung. »Haben Sie die Leichen gefunden?«

»Seltsamerweise nicht. Jemand muß sie fortgeschafft haben.«

»Aber wer? Und wer waren die Menschen, die hier, unter der Wüste, Schutz suchten?«

Onkel Jean legte mir eine Hand auf die Schulter. »Wenn wir das wüßten, Bastien, wären wir ein gutes Stück weiter. Auf irgendeine ominöse Weise muß ihr Schicksal mit dem der Ritter verbunden sein. Ach, habe ich dir schon berichtet, daß wir einen zweiten Eingang entdeckt haben? Es ist der, durch den Ritter hereingekommen sind und durch den sie den Tempel auch wieder verlassen haben.«

Er führte mich einen langen, nur durch den Schein seiner Fackel beleuchteten Gang hinunter, um mir den zweiten Eingang zu zeigen. Irgendwann stiegen wir über mehrere hohe Stufen nach oben, und Tageslicht blendete uns. Ich muß gestehen, daß ich, im Gegensatz zu meinem Onkel, vollkommen die Orientierung verloren hatte.

Dorniges Buschwerk hatte den Eingang einst verborgen, jetzt war es mit Äxten und Messern entfernt worden. Wir fanden uns unter freiem Himmel wieder. Der Eingang, unscheinbar zwischen den Felsen, ließ von außen nicht erkennen, daß hier ein geheimer Tempel lag. Vergebens suchte ich nach einem Ungeheuer aus Stein wie dem Flügelwesen auf der anderen Seite.

»Merkwürdig«, sagte ich. »Hier hat man sich alle Mühe gegeben, den Eingang vor fremden Augen zu verbergen. Der andere Eingang aber ist weithin sichtbar.«

»Ich denke, der Eingang, durch den wir den Tempel betreten haben, ist erst nach der ursprünglichen Anlage gebaut worden, vermutlich etliche Jahrhunderte später. Vielleicht war die Höhle zunächst gar kein Tempel, sondern ein Fluchtort, das Versteck einer reichen Familie oder Fürstendynastie. Als die Stätte viel später entdeckt wurde, hat man ihre Entstehung wohl göttlichem Einfluß zugeschrieben und dann den Eingang mit dem geflügelten Raubtier errichtet.«

Er deutete auf den felsigen Hügel, der jenen Eingang und unser Lager vor unseren Augen verbarg.

Ich blickte wieder auf die unscheinbare Öffnung zwischen den Felsen. »Und Sie glauben, Onkel, daß die Ritter hier hereingekommen sind?«

»Da bin ich mir sicher. Wir haben Hufspuren gefunden – und Blutflecke, die wohl von Verwundeten stammen.«

»Oder von den Leichen, die von hier fortgeschafft worden sind«, sagte ich.

»Auch das ist möglich. Wir fangen erst an mit der Erforschung dieses Ortes, mag er nun ein Tempel oder ein Versteck gewesen sein.«

»Vielleicht beides«, murmelte ich. »Vielleicht das Versteck für etwas Heiliges.«

In Onkel Jeans Augen blitzte es auf. »Wie kommst du darauf?«

Ich dachte an meine Erinnerung, meine Vision. An das Kreuz, dem Gilbert und seine Männer nachjagten und das Ourida vor ihnen in Sicherheit gebracht hatte. Das Kreuz! Ich wußte, daß ihm eine große Bedeutung zukam. Menschen waren dafür gestorben. Ich selbst – oder der Ritter Roland, wenn man so wollte – hatte mein Leben dafür gegeben. Und doch wollte mir nicht einfallen, welche Bewandtnis es damit hatte.

Meinem Onkel gegenüber verschwieg ich, was mich beschäftigte, wenn auch schlechten Gewissens; statt dessen sagte ich:

»Es war nur so ein Gedanke. Der Raum, in dem die Ritter Ourida töten wollten, erschien mir so sakral. Das Ganze hatte etwas von einer religiösen Zeremonie an sich. Einer abscheulichen Zeremonie, bei der ein Mensch geopfert werden sollte, und doch ...«

Onkel Jean nickte bedächtig. »Ich verstehe, was du meinst, Bastien. Und du hast recht, was dort geschehen sollte, war mehr als ein bloßer Mord. Für mich hatte es den Anschein, als wollten die Ritter sich von einem Dämon befreien.«

»Ourida ein Dämon? Das ist nicht Ihr Ernst!«

»Was wissen wir schon von ihr?« seufzte er, und ich spürte seinen Blick geradezu körperlich. Es war, als wollte er auf diese Weise in mein Innerstes eindringen und meine Gedanken, meine Seele erforschen.

Früher, in St. Jacques, als ich noch ein Junge war, hätte ich diesem Blick nicht standhalten können. Ich wäre vor Vater Jean auf die Knie gefallen und hätte ihm all meine Sünden gebeichtet, hätte ihm jedes noch so kleine Geheimnis offenbart. Aber inzwischen war ich erwachsen, ein Mann.

Gewiß, ich schätzte ihn und fühlte mich ihm verpflichtet, weil ich ohne ihn wohl in der Gosse gelandet wäre. Aber ich fühlte mich auch mit Ourida eng verbunden. Ein Band, das auf mysteriöse Weise seit Jahrhunderten bestand. Deshalb blieb ich bei meinem Schweigen. Zugleich fragte ich mich, ob mein Onkel seinerseits nicht mehr wußte, als er mir gegenüber offenbarte. Sein forschender Blick schien genau das zu sagen.

Ich stürzte mich wieder in die Arbeit, weil ich im Augenblick nichts weiter tun konnte. Und weil sie mir vielleicht, so hoffte ich insgeheim, neue Erkenntnisse verschaffen würde, nicht nur über den Tempel, sondern auch über Ourida und mich. So entstanden in den folgenden Tagen nicht nur Skizzen von verschiedenen Räumen und einzelnen, herausragenden Ornamenten, sondern auch ein vollständiger Plan der unterirdischen Anlage.

Als ich ihn vollendet hatte, war ich zunächst sehr zufrieden mit meiner Arbeit. Doch je länger ich den Plan betrachtete, desto mehr störte mich etwas daran. Ich brütete und brütete, kam aber nicht dahinter, was es war.

Um meinen Kopf mit etwas frischer Luft freizupusten, ging ich durch das abendliche Lager, wobei ich Sergeant Kalfan wiedersah. Er schien mich gar nicht zu bemerken. Gedankenverloren hockte er auf einem klapprigen Schemel, der jeden Augenblick unter seinem Gewicht zuammenzubrechen drohte, und starrte, in der rechten Hand eine Schere, auf einen halbblinden Spiegel, der vor ihm an einer Zeltstange hing. Als ich ihn ansprach, zuckte er zusammen und wandte sich mit grimmigem Gesicht zu mir um.

Als er mich erkannte, hellte sich seine Miene auf. »Ach, Sie sind's, Bürger Topart. Ich dachte schon, so ein Trottel von Kamerad wollte mich erschrecken. Fast wäre es schiefgegangen.«

»Was denn?«

Er deutete auf seinen gewaltigen Schnauzbart. »Mein Bart, ich muß ihn stutzen, aber sehr sorgfältig. Ein ungleichmäßig gestutzter Bart wirkt nicht imposant, sondern lächerlich. Das ganze Geheimnis liegt in der Symmetrie.«

Kalfan hatte das letzte Wort kaum ausgesprochen, da kam mir auch schon die Erleuchtung. »Sergeant, Sie sind ein Genie!«
»Wieso?«
»Erzähle ich Ihnen später. Ich habe zu tun!«
Aufgeregt holte ich meinen Plan und lief damit zum Zelt meines Onkels, der sich gerade den Schmutz und Schweiß des Tages vom Leib wusch.
»Du hast es aber eilig«, sagte er, während er sich mit einem großen Handtuch abtrocknete. »Was gibt es? Haben die Engländer Kairo erobert?«
»Nein, eher eine gute Nachricht. Hier, sehen Sie, Onkel!«
Ich hielt ihm den Plan unter die Nase.
»Den kenne ich doch schon.«
»Ja, aber das Geheimnis, das er verbirgt, kennen Sie nicht. Ich habe lange darüber gebrütet, bis Sergeant Kalfan mich auf die Lösung gebracht hat.«
»Kalfan? Auf die Lösung?«
»Das tut jetzt nichts zur Sache. Der Plan ist wichtig. Irgendwie erschien er mir unvollständig, obwohl ich doch sämtliche Räume erfaßt habe. Jetzt weiß ich, warum. Es gibt noch einen Raum, den wir bislang nicht gefunden haben.«
Onkel Jean sah mich an, als halte er mich für geistesgestört.
»Wie kommst du darauf?«
»Das ganze Geheimnis liegt in der Symmetrie«, wiederholte ich die Worte des Sergeanten. »Sehen Sie sich den Plan noch einmal genau an, Onkel. Alle Räume sind beiderseits einer Achse angeordnet, wobei jeder ein genau passendes Gegenstück hat, gleich einem Spiegelbild.« Mein Zeigefinger stieß auf den Plan hinunter. »Dieser Raum aber hat kein Gegenstück! Wenn man unten durch die Anlage wandert, fällt es einem nicht auf, aber dieser Plan offenbart das Geheimnis.

Nun frage ich Sie, weshalb ist das so? Wo sich die unbekannten Erbauer der Anlage doch solche Mühe gegeben haben, alles genau symmetrisch zu halten!«

Er studierte den Plan, als sähe er ihn zum ersten Mal. »Du hast recht, Bastien, wahrlich, du hast recht. Dort muß es einen verborgenen Raum geben!«

Eilig zog er sich an und rief die Soldaten zusammen, die über die Störung ihrer Abendruhe wenig erfreut waren. Aber da wir unter der Erde ohnehin auf Fackeln und Lampen angewiesen waren, spielte es keine Rolle, zu welcher Tageszeit wir hinabstiegen.

Nachdem er eine Sonderration Schnaps versprochen hatte, konnte Onkel Jean einen freiwilligen Arbeitstrupp zusammenstellen. Mit Schaufeln und Hacken bewaffnet, drangen die Männer in den Tempel ein.

Allen voran gingen mein Onkel und ich, so voller Ungeduld und Neugier, daß wir am liebsten gerannt wären. Dank meines Plans gelangten wir schnell zu der Stelle, wo wir den geheimen Raum vermuteten. Ich hob eine Laterne, um für besseres Licht zu sorgen. Nichts, nur nacktes Felsgestein, wie es schien. Wir suchten nach einem verborgenen Mechanismus, einer Geheimtür, ohne Erfolg.

Mutlos ließ ich die Laterne sinken und lehnte mich rücklings gegen die Wand auf der anderen Seite. »Vielleicht war es doch keine so gute Idee, das mit der Symmetrie. Inzwischen bin ich mir nicht mehr sicher, ob es hier einen Raum gibt.«

Unverständlicherweise leuchteten die Augen meines Onkels auf. »Die Wand!«

»Was meinen Sie?« fragte ich leise.

»Die Wand, an der du lehnst, ist viel rauher als die gegenüber. Die sieht aus wie künstlich geglättet. Als wäre ein Loch in den Fels geschlagen und dann wieder verschlossen worden.«

Er wandte sich an die Männer mit den Hacken. »Schlagt mir ein Loch in diese Wand!«

Die Soldaten führten den Befehl aus, und das stumpfe Geräusch ihrer auf Stein treffenden Werkzeuge erfüllte den Gang. Staub wirbelte auf, ließ uns husten und trieb uns Tränen in die Augen. Aber dann hatten sie tatsächlich ein Loch in den Fels geschlagen. Ein Loch, das schnell größer wurde.

Mein Onkel hatte recht. Diese Mauer war von Menschen errichtet worden. Dahinter lag der Eingang zu dem verborgenen Raum.

Ich trat hinter Onkel Jean durch die Öffnung und hob erneut meine Laterne. Wir blickten uns neugierig um. Vor uns sowie links und rechts erhoben sich schwere hölzerne Bücherschränke, die bis zur Decke reichten. In den offenen Fächern lagen und standen Bücher, von kleinen, handlichen Bänden bis hin zu schweren Folianten.

»Eine Bibliothek«, entfuhr es mir.

Mein Onkel warf einen Blick auf den Mauerdurchbruch. »Aber keine öffentliche.«

Er zog ein Lederetui aus der Rocktasche und entnahm ihm seine Brille. Nachdem er sie aufgesetzt hatte, griff er wahllos ein Buch heraus und schlug es auf. Unmöglich zu sagen, wie lange es schon hier gestanden hatte. Aber es befand sich in einem guten Zustand.

Ich beugte mich zu meinem Onkel hinüber. »Arabische Schrift, nicht wahr?«

»Auf den ersten Blick sieht es so aus. Von rechts nach links geschrieben und mit dem Großbuchstaben jeweils am Ende des Wortes, will mir scheinen. Aber obwohl ich mich mit der arabischen Schrift beschäftigt habe, kann ich nichts davon lesen.«

»Wie ist das möglich?«

»Vielleicht handelt es sich um eine bisher unbekannte Abart der arabischen Schrift, vielleicht aber auch um eine Verschlüsselung. Wir brauchen einen Experten, am besten Professor Ladoux vom Ägyptischen Institut. Eigentlich müßte er derzeit in Kairo sein.«
»Dann werde ich gleich morgen dorthin aufbrechen, um ihn zu holen«, schlug ich vor.
»Ein einfacher Bote würde es auch tun.«
»Wenn Sie mich schicken und mir einen entsprechenden Brief an General Bonaparte mitgeben, wird das sicher mehr Gewicht haben.«
Onkel Jeans Mund verzog sich zu einem Grinsen. »Und bei dieser Gelegenheit könntest du auch die schöne Ourida wiedersehen, oder? Nun gut, du hast dir eine Belohnung verdient. Ohne dich und deinen wachen Verstand hätten wir diese Bibliothek wohl niemals entdeckt. Also reitest du morgen früh mit einer Husareneskorte nach Kairo!«
Glücklich begab ich mich an diesem Abend zur Ruhe. Noch lange ließ die Aussicht auf das Wiedersehen mit Ourida mich nicht zur Ruhe kommen. Als ich endlich doch einschlief, träumte ich von ihr. Wir sprachen kein Wort, sondern sahen einander nur an und umarmten uns. Würde es am übernächsten Tag genauso sein?

13. KAPITEL

Der tödliche Wind

Das Zeltlager am Wüstentempel bot nur wenige der Annehmlichkeiten, die wir Kinder der Zivilisation so sehr schätzen, aber am späten Nachmittag des folgenden Tages wünschte ich mir sehnlichst, wieder dort zu sein – oder bereits in Kairo, das noch etwa eine Tagesreise entfernt war. Einen Brief meines Onkels an General Bonaparte und eine Liste dringend benötigter Dinge im Gepäck, war ich bei Sonnenaufgang in Richtung Kairo aufgebrochen, begleitet von jenen zwölf Husaren, die schon auf dem Hinweg meine Eskorte gebildet hatten. Wir waren ein gutes Stück vorangekommen und hatten während der heißen Mittagsstunden, ganz nach dem Vorbild der Einheimischen, eine Rast eingelegt. Als wir unseren Weg am Nachmittag fortsetzten, warteten wir vergebens auf ein Absinken der Temperaturen. Im Gegenteil, ein heißer, von Süden kommender Wind schien immer mehr Hitze über das Land zu bringen. Stärker und stärker werdend, nahm uns der Wind fast die Luft zum Atmen.

Der kleine, wendige Leutnant, der meine Eskorte befehligte, ein gewisser Ernest Dumont aus dem Elsässischen, hielt seinen Braunen an, richtete sich im Sattel auf, schirmte seine Augen mit der Rechten ab und blickte sich um. »Verfluchter Wüstendreck, weit und breit nichts in Sicht, was uns Schutz bieten könnte!«

Ich lenkte meinen Schimmel an seine Seite. »Glauben Sie, es wird so schlimm?«
»Schlimmer, Bürger Topart. Ich wette einen Monatssold darauf, daß wir hier das Vorspiel zu einem ausgewachsenen Sandsturm erleben. Chamsin nennen die Leute ihn hier, und sie sprechen den Namen nur im Flüsterton aus. Wir täten gut daran, uns möglichst rasch einen Unterschlupf zu suchen. Geben wir unseren Pferden die Sporen, solange wir es noch können!«
Er hatte so laut gesprochen, daß auch die übrigen Männer ihn verstanden hatten. Allen schien die Gefahr, in der wir schwebten, bewußt; ich las es auf ihren versteinerten Gesichtern.
Wir ritten weiter, so schnell der Geröllboden es erlaubte. Obwohl es mir kaum möglich schien, stieg die Hitze noch an, und im Süden begann der Himmel sich zu verfinstern. Angst erfaßte mich, und ich begriff, warum die Einheimischen einen solchen Respekt vor dem Chamsin hegten, den sie auch den tödlichen Wind nannten.
Dumont, der sich unentwegt umgesehen hatte, deutete nach links. »Da ist eine Senke, nicht der beste Unterschlupf, aber einen besseren werden wir in der Eile nicht finden. Also dort hinüber, Kameraden!«
Noch einmal spornten wir die Tiere an. Am Rande der Senke saßen wir ab, weil es zu gefährlich war, über das lose Geröll nach unten zu reiten. Statt dessen führten wir die Pferde am Zügel. Unwillkürlich hielten wir die Köpfe gesenkt, um uns gegen den glühendheißen Wüstenwind zu schützen. Er trieb mehr und mehr Sandkörner vor sich her, die schmerzhaft in unsere Gesichter schnitten.
War ich der erste, der die fremden Gestalten bemerkte? Sie kamen aus Südosten und schienen mit dem Wind zu reiten. Waren es französische Soldaten oder Beduinen? Ich kniff die

Augen zusammen, um besser sehen zu können. Weite Mäntel flatterten im Wind, schwarz auf der rechten Seite und weiß auf der linken.
»Alarm!« brüllte ich. »Wir werden angegriffen!«
Dabei faßte ich Leutnant Dumont am Arm und deutete in die Richtung, aus der nicht nur der tödliche Wind kam, sondern auch die Ritter mit dem doppelten Kreuz. Er begriff rasch, wandte sich an seine Leute und rief ihnen ein paar knappe Befehle zu.
Zwei Husaren führten die Pferde tiefer in die Senke hinein, die übrigen Männer gingen neben Dumont und mir in Dekkung und brachten ihre Karabiner in Anschlag.
Dumont starrte den Rittern entgegen und knurrte: »Sie kommen mit diesem verdammten Wind, als hätten sie ihn eigens zu diesem Zweck herbeigezaubert. Möchte wissen, wie lange sie uns schon folgen.«
»Vielleicht sind sie gar nicht hinter uns her, sondern reiten nur zufällig in unsere Richtung«, sagte ich vage.
Der Husarenleutnant schüttelte entschieden den Kopf. »Einen Jahressold darauf, daß Sie sich irren!«
Er sollte recht behalten. Die Ritter wurden immer schneller, je näher sie der Senke kamen, und legten ihre wimpelgeschmückten Lanzen zum Angriff an. Die Visiere waren geschlossen, und statt ihrer Augen sah man nur schmale Schlitze, als seien sie keine Menschen, sondern gesichtslose Geister.
Ich erinnerte mich an jene Wüstennacht in ferner Vergangenheit. Sollte ich nun ein zweites Mal durch ihre Klingen sterben? Hatte Ourida gemeint, daß wir uns im Jenseits wiedersehen würden?
»Feuer!« rief Dumont, als die Ritter uns fast erreicht hatten, aber nur die wenigsten Karabiner verschossen ihre todbrin-

genden Kugeln. Der feine Sand, den der Sturm aufwirbelte, war in die Waffen eingedrungen und hatte sie unbrauchbar gemacht. Das zeigte sich auch, als die Husaren nach ihren Pistolen griffen. Wieder lösten sich nur vereinzelte Schüsse, und kein einziger Ritter stürzte vom Pferd. Der Chamsin schien sie mit einer schützenden Mauer zu umgeben.

Jetzt waren sie heran! Ihre Lanzen und Schwerter kreuzten sich unter lautem Klirren mit den gekrümmten Säbelklingen der Husaren. Mehrere von Dumonts Männern wurden von der Wucht des Angriffs umgerissen, aber ich sah auch zwei oder drei Ritter auf dem abschüssigen Boden der Senke straucheln.

Dicht hinter mir knickte ein Pferd ein und warf seinen Reiter im hohen Bogen aus dem Sattel. Ich wandte mich um und griff nach der Lanze, die er verloren hatte, als sei es das Selbstverständlichste der Welt. Wurde der Zeichner Bastien Topart in diesem Augenblick wieder zu Ritter Roland? Der Wimpel unter der Lanzenspitze flatterte aufgeregt im Wüstenwind, und ich erblickte auf der einen Seite das rote und auf der anderen das schwarze Kreuz.

Der gestürzte Ritter erhob sich schwanked. Seinen Schild mit dem doppelten Kreuz hatte er beim Sturz verloren, und er suchte gar nicht erst danach. Vielmehr zog er sein gewaltiges Schwert und kam auf mich zu. Doch er schien noch unsicher auf den Beinen, und diese Unsicherheit galt es auszunutzen.

Eine Stimme tief in mir ermahnte mich, daß es falsch sei, anderen nach dem Leben zu trachten. Als Onkel Jean mir Absolution erteilte, hatte ich geschworen, nie wieder einen Menschen zu töten. Aber mein eigenes Leben war in Gefahr, und zudem war ich in diesem Augenblick ein anderer. Der, der ich einmal gewesen war, hatte die Oberhand gewonnen. Der Ritter in mir war stärker als der Klosterschüler.

Mit einem wütenden Schrei stürmte ich los und rammte meinem Gegenüber die Lanzenspitze in die Magengegend, mit solcher Macht, daß sein Kettenhemd ihn nicht zu schützen vermochte. Die Lanze brach dicht unterhalb der Spitze ab, und ich hielt nur noch einen Holzschaft mit zersplittertem Ende in Händen.
Der Ritter ging in die Knie und starrte auf die Lanzenspitze in seinem Körper. Der Wimpel, der noch daran hing, färbte sich rot. Als ich das sah, fühlte ich mich seltam erleichtert. Vielleicht, weil dies der Beweis dafür war, daß ich es nicht mit Geistern zu tun hatte, sondern mit Sterblichen, mit Menschen.
Der Mann ließ das Schwert fallen und umfaßte mit beiden Händen das blutige Holzstück, das aus seinem Leib ragte wie ein abgebrochener Riesenstachel. Er wollte es herausziehen, erwischte aber nur den Wimpel, der sogleich vom Sturmwind davongeweht wurde. Dann fiel er vornüber, zuckte noch zwei-, dreimal heftig und lag endlich still.
Ich zweifelte nicht daran, daß er tot war. Wieder hatte ich einen Menschen getötet, aber meine Erschütterung darüber währte nur wenige Sekunden. Würde die Reue später kommen, oder war ich wirklich ein anderer geworden? Eine Frage, die in diesem Moment nicht zu beantworten war und die ich deshalb verdrängte.
Als ich das Schwert des Getöteten aufgehoben hatte und mich umwandte, bot sich mir ein schrecklicher Anblick. Die meisten Husaren waren gefallen. Ihre zusammengekrümmten Leichname in den farbenfrohen Uniformen lagen wie Fremdkörper in der eintönigen Wüstenei. Sie waren dazu ausgebildet worden, Europas Wälder und Hügel zu durchstreifen, den Feind auszukundschaften, seinen Nachschub zu behindern und Nachzügler oder Spähtrupps in Scharmützel zu

verwickeln. Die Ritter und der Chamsin waren Feinde, denen sie nichts entgegenzusetzen hatten.
Den Rittern dagegen schien der Sandsturm nicht viel anhaben zu können. Vielleicht, schoß es mir durch den Kopf, hatten sie Jahrhunderte Zeit, sich an ihn zu gewöhnen.
Nicht weit von mir erblickte ich Leutnant Dumont. Er verteidigte sich mit dem Säbel gegen einen Ritter, der ihn mit Schwert und Schild angriff. Dumont, der aus mehreren Wunden blutete, wich allmählich zurück. Lange würde er sich des Feindes nicht mehr erwehren können. Ich wollte ihm zu Hilfe eilen, doch ein Ritter auf einem rabenschwarzen Pferd war schneller als ich und trennte mit einem kräftigen Schwerthieb den Kopf des Leutnants vom Rumpf.
Mir stockte der Atem, als ich sah, wie Dumonts Haupt den abschüssigen Boden der Senke hinabrollte. Der Leib, obwohl ohne Kopf, hielt noch den Säbel in der Hand und schien die Waffe zu seinem letzten Streich heben zu wollen, brach dann aber kraftlos zusammen.
Der Ritter auf dem schwarzen Pferd hatte mich erspäht, hielt auf mich zu und schwang sein blutiges Schwert. Ein zweiter Ritter, ebenfalls zu Pferd, sprengte von links auf mich zu, die Lanze zum Stoß angelegt. Gegen einen hätte ich mich vielleicht verteidigen können, aber nicht gegen beide zugleich. Ich machte auf dem Absatz kehrt und lief in die Senke hinein.
Auf ebenem, festem Boden hätten die Reiter mich innerhalb kürzester Zeit eingeholt. Auf dem steinigen Untergrund aber mußten sie höllisch achtgeben, wollten sie nicht ihre Pferde verlieren. Deshalb konnte ich den Abstand zu ihnen eine ganze Weile halten, während es um mich herum immer schwärzer wurde. Ich bekam kaum noch Luft. Meine Augen, die Nase und der Mund waren mit Sand verklebt. Ich spuck-

te, hustete und keuchte, aber ich lief weiter, beseelt von der vielleicht wahnwitzigen Hoffnung, die Dunkelheit des Sturms könnte mich vor meinen Verfolgern verbergen.

Dann aber stolperte ich über einen großen Stein und fiel zu Boden. Als ich wieder aufstand, war der Ritter mit der Lanze schon heran und stieß zu. Der Lanzenspitze konnte ich im letzten Moment ausweichen, aber der Schaft streifte meinen Kopf, und ein heftiger, übelkeiterregender Schmerz durchfuhr mich. Ich stand noch aufrecht, doch meine Glieder schienen wie gelähmt, und das erbeutete Schwert entglitt meiner kraftlosen Hand.

Der zweite Verfolger preschte heran und hob seine Waffe, an der noch Dumonts Blut klebte, zum tödlichen Hieb. Er trug keinen Helm mehr. Entweder hatte er ihn verloren, oder er hatte ihn abgestreift, um besser sehen zu können. Ich blickte in ein hageres, narbiges, mitleidloses Antlitz – das Gesicht meines Henkers.

Oder doch nicht? Plötzlich strauchelte er und fiel neben mir aus dem Sattel. In seinem linken Auge steckte ein gefiederter Pfeil.

Ich sah mich nach dem Lanzenreiter um, der gerade sein Pferd wendete. Aber noch bevor er mich erreichen konnte, waren andere Reiter bei ihm, ebenfalls in wehende Gewänder gekleidet und, wie es schien, mit Schwertern und Lanzen bewaffnet. Ein heftiger Kampf entspann sich, dessen Ende ich nicht mitbekam. Der stechende Schmerz kehrte zurück, und mir wurde schwarz vor Augen. Ich sank zu Boden.

Als ich wieder zu mir kam, wütete noch immer der Chamsin. Ich kauerte am Boden und sah mehrere Reiter in weiten Mänteln auf mich zuhalten. Ich wollte mich erheben, doch meine Glieder versagten mir den Dienst. Mir blieb nichts anderes übrig, als die Reiter zu erwarten.

Teil 2

14. KAPITEL

Abbé Jean

Ich befand mich in einem seltsamen Zustand, irgendwo zwischen Schlafen und Wachen, zwischen Traum und Wirklichkeit. Hatte mein Geist sich verdunkelt, war er verschmolzen mit dem düsteren Himmel des Chamsins?

Nur als schemenhafte Umrisse nahm ich die Gestalten wahr, die mich umringten. Ihre Gewänder flatterten im Wind wie die Fahnen einer Gespensterarmee. Aber sosehr ich mich auch anstrengte, ihre Gesichter vermochte ich nicht zu erkennen. Sie blieben undeutlich, aufgetaucht aus einer anderen Welt und dazu bestimmt, wieder dorthin zurückzukehren.

Sie griffen nach mir und wickelten mich in ein Tuch, das wohl das Peitschen des Sandsturms etwas lindern sollte. Dann hoben sie mich hoch, auf ein Pferd, und banden mich fest. Anders hätte ich mich auch nicht im Sattel halten können. Jemand faßte mein Pferd am Zügel. Wir verließen die Senke, ohne daß ich Weg oder Richtung erkannt hätte. Um mich her war nichts als Wind, Sand, Dunkelheit und Sturmgeheul.

Irgendwann ließ der Sturm nach, aber der Himmel hellte sich nicht auf. Hatte der Chamsin die Wüste mit immerwährender Finsternis überzogen?

Erst als meine Begleiter von den Pferden stiegen und ein Lager aufschlugen, begriff ich, daß es längst Nacht geworden war. Der Sturm hatte sich gelegt, und ich konnte wieder frei atmen. Die nächtliche Kühle, die an die Stelle der Gluthitze getreten war, erwies sich als Wohltat. Zwar sagte mir eine innere Stimme, daß es bald bitterkalt werden würde, aber ich scherte mich nicht darum. Im Augenblick genoß ich es einfach, die kühle, saubere Luft tief in mich einzusaugen.

Die Übelkeit aber blieb. Um mich herum drehte sich alles, und sobald ich versuchte, einen Punkt oder eine Gestalt zu fixieren, verschwammen die Konturen und lösten sich vor meinen Augen auf wie ein Schiff, das in eine Nebelbank fährt und mit ihr verschmilzt.

Ich schlief, und wenn ich erwachte, kam ich trotzdem nicht zu klarem Bewußtsein. Wenn mich nicht die Dunkelheit des Schlafes umhüllte, lag ein dichter grauer Schleier über allem. Meine Verbindung zur Welt der lebenden, denkenden, sprechenden Menschen schien wie durch einen Schwerthieb gekappt.

Dann wieder spürte ich, daß jemand sich meiner annahm, mich wusch, mir den Schweiß von der Stirn wischte, mir Flüssigkeit einflößte. Zarte Hände berührten meine Stirn und mein Gesicht, und ich flüsterte einen Namen.

»Ourida!«

Ich riß die Augen auf, um die Geliebte zu sehen, aber auch vor ihrem Gesicht hingen Nebelschwaden, auch ihre Gestalt drohte im grauen Nichts zu verschwinden. Ich griff nach der Hand, die mich streichelte, und hielt sie fest. Wenigstens sie war wirklich da – und nicht nur Bestandteil eines Fiebertraums.

Phasen dieses verschwommenen Wachseins wechselten mit solchen tiefen, festen Schlafes. Und als ich das nächste Mal erwachte, fühlte ich mich erholt. Helles Licht durchflutete den Raum, und über mir war jemand, der meinen Hinterkopf stützte und mir gleichzeitig aus einem Becher zu trinken gab, angenehm kühles Wasser. Wieder wollte ich Ouridas Namen sagen, aber meine Kehle war so ausgedörrt, daß ich nur ein Krächzen hervorbrachte.

Die Nebelschleier lichteten sich ein wenig, und ich erkannte, daß ich mich getäuscht hatte. An meinem Lager hockte sehr wohl eine Frau, aber ihr Gesicht war viel zu voll, das war nicht Ourida.

Dieser mitfühlende Blick, das gütige Lächeln, war das nicht …

»Mutter!«

Ich streckte die Arme aus, um meine Mutter an mich zu ziehen. Dabei stieß ich so heftig gegen ihren rechten Arm, daß sie das Wasser verschüttete. Sie verschwand kurz und kehrte mit einem Lappen wieder, um das Verschüttete aufzuwischen. Ich sah langes graues Haar und begriff, daß die Frau nicht meine Mutter war.

Meine Mutter hatte niemals graues Haar gehabt, denn sie war viel zu früh gestorben. Damals, als der Schwarze Tod in unser Dorf gekommen war und ein Haus nach dem anderen heimgesucht hatte. Erst war mein Vater an der Pest gestorben und kurz darauf auch meine Mutter, die ihn aufopferungsvoll gepflegt hatte. Nur mich hatte die Krankheit verschont, als sei ich Knirps von nicht einmal sechs Jahren es nicht wert, daß sie sich mit mir befaßte. Das alles lag so weit zurück, daß die Gesichter meiner Eltern mit den Jahren verblaßt waren.

Als ich mein zeichnerisches Talent entdeckte, versuchte ich, ihre Bilder mit dem Bleistift festzuhalten, doch es wollte mir nicht gelingen. Meine Erinnerungen wurden von Gefühlen überlagert, von Sehnsucht, Trauer, Schmerz. Wieder und wieder versuchte ich, das Gesicht meines Vaters oder meiner Mutter zu zeichnen, doch jedesmal war ich am Ende enttäuscht. Mein Bleistift konnte nicht ändern, was das Schicksal längst entschieden hatte: Meine Eltern waren von mir gegangen!

Aber mein Bleistift half mir, mich durchzuschlagen. Ich konnte tatsächlich das eine oder andere Bild gegen etwas zu essen und ein Nachtquartier eintauschen. Und wenn mir das nicht gelang, bestahl ich die, die mir verweigerten, was doch jedem Menschen zustand.
Mit der Zeit wurde ich dreister und bestahl auch diejenigen, die mir etwas für meine Bilder gegeben hatten. Ich gewöhnte mich ans Betteln, Stehlen und Lügen, und bald kannte ich nichts anderes mehr. Bis ich eines Tages in einem kleinen Ort, nahe dem Kloster St. Jacques, beim Stehlen erwischt wurde …

Nur ein Stück Käse und etwas Brot. Ich hatte es schon fast vertilgt, da kam der Bauer, bei dem ich mich bedient hatte, in die Scheune, wo ich mir ein gemütliches Plätzchen eingerichtet hatte. Ich wollte aufstehen und weglaufen, aber er war schneller und hielt mich fest. Er zerrte mich hinaus auf den Hof und lud mit lautem Geschrei alle ein, meiner Bestrafung beizuwohnen. Zwei Knechte hielten mich gepackt, während er auf mich einschlug, wieder und wieder. Mein Kopf flog von einer Seite zur anderen, und ich sah mein eigenes Blut spritzen. Mein Schädel schmerzte fürchterlich, so als wolle er jeden Moment platzen.
Meine Rettung war ein Reiter, der auf den Hof gesprengt kam und mit lauter Stimme Einhalt gebot, ein großer, dunkel gekleideter Mann, nicht dick, aber offenkundig von kräftiger Statur. Alle auf dem Hof schienen ihm einen natürlichen Respekt entgegenzubringen. Der Bauer hielt inne und sah den Reiter abwartend an.
»Was hat das zu bedeuten, Martin?« fragte dieser in scharfem Ton und zeigte auf mich.
Der Bauer hob die Faust, an der mein Blut klebte, und schüt-

telte sie, aber nicht gegen den Reiter, sondern gegen mich. »Er ist ein Dieb! Er stiehlt unser Brot und unseren Käse. Wir arbeiten hart von morgens bis abends. Der da macht es sich leicht und nimmt sich einfach, wofür er keinen Finger gerührt hat!«

»Er ist noch ein Junge, ein Kind«, sagte der Reiter mit ruhiger, aber fester Stimme.

Martin hob trotzig den Kopf. »Wer alt genug ist, um zu stehlen, ist auch alt genug, die verdiente Strafe entgegenzunehmen!«

»Der Junge sieht mir nicht gerade wohlgenährt aus.« Der Reiter richtete sich im Sattel auf und musterte die Umstehenden einen nach dem anderen. »Im Gegensatz zu einigen von euch. Er stiehlt nicht um des Stehlens willen, sondern weil er Hunger hat!«

Eine rundliche Frau, wohl die Bäuerin, trat an Martins Seite. »Wir alle haben Hunger, Abbé.«

Ein Abbé war er also, ein Abt. Vermutlich der des Klosters St. Jacques.

Er schaute die Bäuerin an. »Du sprichst wahr, Marie, alle Menschen haben Hunger, und alle müssen essen. Auch dieser Junge.«

»Dann soll er für sein Essen arbeiten!« grollte Martin.

»Dagegen ist grundsätzlich nichts einzuwenden«, sagte der Abt. »Aber seht euch das dürre Kerlchen doch einmal an! Welcher Bauer würde ihn schon als Knecht einstellen?«

Einige in der Runde nickten und brummelten zustimmend.

Martin aber blieb störrisch. »Ist das meine Schuld? Soll er ordentlich essen und Kräfte sammeln, dann findet er auch eine Stellung!«

»Das ist ein Teufelskreis, Martin«, belehrte ihn der Abt. »Er soll essen, um zu arbeiten. Aber wenn er essen soll, muß er

sich das erst durch Arbeit verdienen. Wie soll der Junge diesen Kreis durchbrechen außer durch Stehlen?«
Der Bauer schüttelte den Kopf. »Daß Sie, unser Abbé, einen Dieb in Schutz nehmen, verstehe ich nicht. Diebstahl ist eine Sünde, sagt der Herr.«
»Ja, aber der Herr predigt auch die Nächstenliebe. Der heilige Martin, dein Namensvetter, mußte sich seinen Mantel nicht stehlen lassen, weil er ihn freiwillig teilte.«
»Der war auch reicher als ich«, murrte Martin und wich dem fordernden Blick des Geistlichen aus. »Wenn sich herumspricht, daß man auf meinem Hof essen kann, ohne dafür zu arbeiten oder zu bezahlen, fressen mir die Strauchdiebe und Rumtreiber bald die Haare vom Kopf!«
»Dann soll es sich nicht herumsprechen«, entgegnete der Abt und stieg aus dem Sattel.
Eine Magd hielt den Zügel fest, als er auf uns zukam. Er griff in eine seiner Manteltaschen und drückte Martin etwas in die Hand. Ich meinte, ein paar schimmernde Münzen zu erspähen.
»Das sollte mehr als genug sein für etwas Käse und Brot«, sagte er und sah Martin abwartend an.
Der warf einen kurzen Blick auf die Münzen, bevor er sie blitzschnell in seiner Hosentasche verschwinden ließ. »Und was soll jetzt mit dem da werden?«
»Ich nehme ihn mit ins Kloster.« Der Abt wandte sich an die beiden Knechte, die mich noch immer festhielten. »Laßt ihn gehen!«
Als der Bauer ihnen ein Zeichen gab, leisteten sie der Aufforderung Folge. Ich war durch die Schläge derart mitgenommen, daß ich zu Boden sackte. Die Erde war kühl, und ich empfand die Berührung als sehr angenehm.
Der Abt hob mich vorsichtig auf die Füße und betrachtete

mein zerschundenes Gesicht. In seinem eigenen arbeitete es sichtlich, und ich glaubte, darin eine Mischung aus Mitleid und Wut zu lesen. Dann fiel sein Blick auf etwas, das am Boden lag. Zusammengefaltete Blätter, die aus meiner Tasche geglitten waren. Er hob sie auf.

»Gehört das dir?«

Ich nickte schwach.

Er schien überrascht. »Du kannst schreiben?«

Jetzt schüttelte ich den Kopf.

Neugierig faltete er das erste Blatt auseinander, eine Zeichnung des Klosters, die ich aus der Ferne angefertigt hatte.

»Das ist gut!« Er betrachtete die Zeichnung eingehend. »Du hast das Kloster getreu getroffen, und doch ist es kein bloßes Abbild der Wirklichkeit. Du hast Talent, Junge! Bei wem hast du das gelernt?«

Ich sah ihn verständnislos an. Ich zeichnete, wann immer ich etwas Papier fand. Einfach so. Ich hatte noch nie davon gehört, daß man es lernen konnte.

»Ein Naturtalent also, das wird ja immer besser. Was mag erst dabei herauskommen, wenn dieses Juwel geschliffen wird?«

Der Abt sprach zu sich selbst, und das war auch gut so, denn ich verstand seine Worte nicht. Immerhin begriff ich, daß er mich lobte, und das erfüllte mich mit Stolz. Es war das erste Lob, das ich seit dem Tod meiner Eltern zu hören bekam, seit mehr als zwei Jahren.

Er schaute sich auch die übrigen Zeichnungen an. Eine zeigte eine gewundene Landstraße, die zu dem nicht weit entfernten Dorf Lamure führte, die anderen beiden waren Porträts meiner Eltern, die besten, die ich je angefertigt hatte. Und doch waren es nur unvollkommene Abbilder, und je länger ich sie betrachtete, desto weniger erkannte ich darauf Vater und Mutter wieder.

»Sind das deine Eltern?«
Ich nickte.
»Wo sind sie?«
Ich legte den Kopf in den Nacken.
»Im Himmel? Was ist mit ihnen geschehen?«
»Die Pest«, sagte ich nur und wischte mir das Blut, das dabei aus meinem Mund sickerte, mit dem schmutzigen Ärmel vom Kinn.
Das Wort »Pest« reichte aus, um alle Umstehenden zusammenzucken zu lassen. Unwillkürlich erweiterten sie den Kreis und gingen auf Abstand zu mir, auch der Bauer und sein Weib.
»Also gut, Abbé, nehmt ihn mit, in Gottes Namen!« Jetzt drängte Martin regelrecht. »Wir wollen ihn hier nicht mehr sehen!«
»Ich werde sie für dich aufbewahren«, sagte der Abt und schob meine Zeichnungen in seinen Mantel. »Nun komm mit mir!«
Wir gingen zu seinem Pferd, und er half mir hinauf. Erst war mir unheimlich auf dem großen Tier, aber sobald der Abt hinter mir saß, verflog alle Angst. Ich fühlte mich in sicheren Händen, ganz so wie früher, wenn mein Vater bei mir gewesen war.
Als wir ein Stück von dem Hof entfernt waren, ließ der Abt das Pferd anhalten und fragte: »Wie heißt du, Junge?«
»Bastien. Bastien Topart.«
»Ich bin Abbé Jean. Ich möchte dir sagen, daß du nicht mehr stehlen mußt, Bastien. An dem Ort, zu dem ich dich bringe, wird gut für dich gesorgt werden. Das verspreche ich dir, wenn du mir versprichst, das Stehlen seinzulassen. Bist du damit einverstanden?«
»Ja.«

Er hielt mir seine kräftige Hand hin, die mir geradezu riesig erschien. »Dann laß uns einen Pakt schließen, Bastien!«
Ich legte meine kleine Hand in seine. Ein Pakt, das klang wichtig. Und der Abt schloß ihn mit mir, der ich bis eben noch ein Strauchdieb gewesen war; einer, von dem niemand etwas wissen wollte. Wieder empfand ich Stolz, war voller Glück und Dankbarkeit.
Wir ritten zum Kloster St. Jacques, wo der Abt mich einem seiner Brüder übergab, der sich um meine Verletzungen kümmern sollte. Es war der Bruder Infirmarius, der immer im Kloster die Kranken behandelte. Er reinigte meine Wunden, was weh tat. Obwohl ich mir vorgenommen hatte, tapfer zu sein, weil ich Abbé Jean nicht enttäuschen wollte, zuckte ich mehrmals zusammen, und ein oder zwei Schmerzenslaute kamen über meine Lippen.
Ich blickte den Abt an und murmelte eine Entschuldigung.
Der Bruder Infirmarius unterbrach seine Arbeit und sah mich verwundert an. »Was hast du, Junge? Warum entschuldigst du dich?«
»Weil ich gestöhnt habe«, antwortete ich leise und senkte den Blick. »Ich wollte mich nicht beklagen.«
»Nicht beklagen?« Der Bruder Infirmarius stieß ein heiseres Lachen aus. »Das wäre komisch, wenn es nicht so traurig wäre. Bei solchen Wunden würde manch ausgewachsener Mann lauthals jammern. Und dieser Junge hat ein schlechtes Gewissen, weil er zweimal leise stöhnt?«
»Er hat eine harte Zeit hinter sich«, sagte der Abt, »und ist darüber selbst hart geworden. Du hättest sehen müssen, wie dieser tumbe Martin auf ihn eingeprügelt hat. Ein Wunder, daß der Kopf noch auf seinen Schultern sitzt.«
Der Bruder Infirmarius nickte. »Ganz recht, Abbé. Das sieht alles andere als gut aus.«

Ein besorgter Ausdruck trat auf das lange, schmale Gesicht des Abtes. »Wird er bleibende Schäden davontragen?«
»Zum jetzigen Zeitpunkt ist das schwer zu sagen. Vielleicht wird er noch lange unter Kopfschmerzen leiden, möglicherweise sein Leben lang. Ich kann nicht ausschließen, daß auch die Schädeldecke etwas abbekommen hat. Der Kleine sollte aufpassen, daß er mit dem Kopf nicht gegen Wände rennt. Jede heftige Erschütterung könnte üble Folgen haben.«
Wieder wurde der Abt wütend, wie ich es schon auf dem Bauernhof gesehen hatte. Vielleicht noch heftiger. Er ballte beide Hände, bis die Knöchel weiß hervortraten.
»Diese Bauern mögen fleißig sein und in ihrer beschränkten Art auch gottesfürchtig, aber sie sind entsetzlich dumm, und ihre Roheit stellt alles andere in den Schatten. Das einfache Volk ist zum Arbeiten geboren, aber von allem anderen ist es überfordert. Gebe Gott, daß es in diesem Land niemals eine Stimme haben wird!«
»Amen, Bruder Abbé«, schloß der Infirmarius sich an. »Da sei Gott vor und auch unser guter König Ludwig!«

Der Bruder Infirmarius pflegte mich über Tage und Wochen, bis meine Wunden verheilt waren. Aber was er vorausgesagt hatte, trat ein: Noch lange litt ich unter starken Kopfschmerzen. Und wenn ich, auch in späteren Jahren, aus Unachtsamkeit mit dem Kopf irgendwo hart anstieß, rächte sich das häufig mit einem rasenden Schmerz und mit Übelkeit. Oft konnte ich für einige Zeit nicht richtig sehen, und manchmal befiel mich schweres Fieber.
Abgesehen davon lebte ich mich im Kloster St. Jacques gut ein. Durch meine Begabung wurde ich zum Liebling der Mönche, die ich mal mit ernsthaften und dann wieder mit komischen Zeichnungen erfreute.

Besondere Vorteile verschaffte mir das beim Bruder Hospitarius, der für das leibliche Wohl der Klosterbrüder und ihrer Schützlinge sorgte. Er mochte Zeichnungen von Frauen im Evakostüm, wie er mir unter dem Mantel der Verschwiegenheit anvertraute. Wann immer ich ihm eine solche Zeichnung brachte, durfte ich mich auf eine Extraportion honigsüßer Mehlspeisen freuen.
Bis zu dem Tag, da Abbé Jean uns genau in dem Augenblick ertappte, als ich dem Hospitarius eine neue Zeichnung überreichte. Letzterer wurde mit so vielen Strafdiensten eingedeckt, daß er kaum noch zum Schlafen kam.
Ich mußte eine Standpauke über mich ergehen lassen, nach der ich mir kleiner vorkam als eine Ameise. Aber ich verstand Abbé Jeans Ärger. Er hatte mich gerettet, sorgte für meine Unterkunft und mein Auskommen und ließ mich sogar in der Klosterschule unterrichten – und ich enttäuschte ihn so. Ich schwor mir, das sollte nie wieder vorkommen.
Bis auf diesen Zwischenfall waren die Jahre im Kloster St. Jacques eine glückliche Zeit für mich. Die Mönche unterrichteten in ihrer Schule die Söhne aus besseren Kreisen, aber ebenso einige begabte arme Jungen, und zu letzteren zählte auch ich.
Abbé Jean vermittelte mir stets das Gefühl, ich sei sein besonderer Schützling. Nach Möglichkeit verbrachte er jeden Tag ein wenig Zeit mit mir, um sich mit mir über den Unterricht zu unterhalten, über Fragen der Theologie oder der Geschichte. Besonders lag ihm stets die Archäologie am Herzen, die er mit Inbrunst studierte. Außerdem ermunterte er mich, mit dem Zeichnen fortzufahren, und sorgte dafür, daß ich immer genügend Stifte und Papier zur Verfügung hatte.
Die Idylle, als die mir St. Jacques erschien, wurde durch die Revolution erschüttert. Eine Zeitlang glaubten Abbé Jean

und seine Brüder, die abgeschlossene Welt des Klosters würde von den radikalen Umwälzungen verschont bleiben, die Frankreich erschütterten, aber dann wurde auf Geheiß Talleyrands die Einziehung der Kirchengüter zur Deckung der Staatsschulden beschlossen. Ein Kloster nach dem anderen wurde geschlossen und verlor seinen gesamten Besitz, und schließlich traf es auch St. Jacques.

So wurde aus Abbé Jean der angesehene Archäologe Jean Cordelier, der sich erstaunlich schnell mit den neuen Verhältnissen arrangierte. Ich blieb bei ihm als sein Schüler und Schützling, war ich für ihn doch der Sohn, den er als Abt nicht haben durfte. Wenn er mich jemandem vorstellte, nannte er mich der Einfachheit halber seinen Neffen, und irgendwann sagte ich, auch wenn wir beide allein waren, Onkel zu ihm.

15. KAPITEL

Jussuf und sein Gast

Die Vergangenheit verblaßte und mit ihr meine Kindheit, die ich ein zweites Mal durchlebt hatte. Erst unterschwellig, dann immer deutlicher nahm ich wahr, daß ich an einem mir fremden Ort lag, krank, hilflos, und daß jemand für mich sorgte, mich wusch, mir zu trinken und zu essen gab. Verschiedene Gesichter tauchten vor mir auf, meist nur schemenhaft. Traumbilder? Eine alte Frau mit Runzeln und grauem Haar, das in zwei langen Zöpfen herunterhing. Dann ein anderes Gesicht, noch sehr jung, ein Kind, mit großen, neugierigen Augen. Und das Gesicht eines Mannes, schmal und ausdrucksvoll.

»Onkel?« fragte ich, als ich es wieder vor mir sah. »Onkel Jean?«

Ich kämpfte gegen den Schwindel an, der mich erfassen und das Gesicht erneut verschwimmen lassen wollte. Das Gesicht schien hin und her zu schwingen wie ein riesiges Pendel, und mit jeder Bewegung verblaßten seine Konturen. Ich schloß die Augen und atmete tief und gleichmäßig, bis ich mich etwas besser fühlte. Dann öffnete ich die Augen wieder.

Das Gesicht war immer noch da, und jetzt pendelte es nicht mehr. Je länger ich es betrachtete, desto deutlicher wurde es, und ich erkannte meinen Irrtum. Das war nicht mein Onkel. Der Mann, der mich aus dunklen Augen ansah, war mir unbekannt. Ich hielt ihn für einen Ägypter, vielleicht vierzig oder fünfundvierzig Jahre alt. Sein einst wohl pechschwarzes Haar wurde von ersten grauen Strähnen durchzogen; der Bart um Mund und Kinn war bereits mehr grau als schwarz. Sein Gesicht sah aus wie gegerbt von Sonne und Wind, ganz so, als könne er sich ungeschützt einem Chamsin entgegenstellen, ohne Schaden zu nehmen.

Der Chamsin!

Die Erinnerung an den tödlichen Wind kehrte zurück und an den Angriff der Kreuzritter, bei dem Leutnant Dumont und seine Husaren ihr Leben gelassen hatten. Davon ging ich zumindest aus. Als Dumont starb, hatte ich keinen seiner Männer mehr kämpfen sehen.

Unwillkürlich richtete ich mich auf. Mein Blick suchte die Kleidung des Bärtigen nach dem doppelten Kreuz ab. Er trug nichts dergleichen, sondern ein Gewand aus weißer Wolle, das durch einen schwarzen Gürtel zusammengehalten wurde. Erleichtert ließ ich den Kopf zurück aufs Kissen sinken.

»Sei unbesorgt, Musâfir, du bist bei Freunden«, sagte der Bärtige mit einer Stimme, deren tiefes, sanftes Timbre etwas Beruhigendes hatte. »Von uns droht dir keine Gefahr.«

Ich fand es verwirrend, daß er französisch gesprochen, bei der Anrede aber ein arabisches Wort benutzt hatte: *Musâfir* – Gast. Sagt ein Muslim das zu einem Fremden, gewährt er ihm das Gastrecht, das den Orientalen heilig ist. Ein Muslim, der dieses Gastrecht bricht, hat bei den Seinen für alle Zeit das Gesicht verloren. Der Mann, mein Gastgeber, mußte das Wort ganz bewußt benutzt haben, denn dadurch stellte er mich unter seinen persönlichen Schutz.

Ich sah mich um und nahm zum ersten Mal wahr, daß ich in einem Zelt lag, einem Beduinenzelt, wie ich vermutete. Mein Lager war durch einen mit Stickerei verzierten Vorhang vom

Rest abgeteilt. Aber der Vorhang war nicht ganz zugezogen, und so konnte ich erkennen, daß es sich um ein sehr großes Zelt handelte.

Je länger ich über meine Lage nachdachte, desto ruhiger wurde ich. Offensichtlich war ich in meinem hilflosen Zustand den Menschen hier, wer immer sie waren, ausgeliefert. Hätten sie mir etwas antun wollen, wäre dazu mehr als genug Gelegenheit gewesen. Statt dessen kümmerten sie sich um mich und pflegten mich. Ich war tatsächlich ihr Gast, ihr Musâfir.

Unbewußt mußte ich das arabische Wort laut ausgesprochen haben, denn der Mann neben mir nickte. »Du verstehst unsere Sprache. Dann weißt du, daß du von uns nichts zu befürchten hast.«

Ich brauchte drei oder vier Anläufe, um zu antworten; meine Stimme war wie eingerostet. »Ich verstehe ein paar Brocken von deiner Sprache, Saiyid, aber ich spreche sie längst nicht so gut wie du die meinige.«

Saiyid ist eine höfliche Anrede und bedeutet soviel wie unser Monsieur.

Der Beduine schmunzelte. »Nenn mich einfach Jussuf.«

Ich nickte, was ich jedoch sogleich bereute, denn es fühlte sich an, als hätte mir jemand eine Stricknadel in den Kopf gestoßen.

»Hast du noch immer Schmerzen, Musâfir?«

»Wie ich gerade festgestellt habe, ja.«

»Der Hakim, der dich untersucht hat, sagt, dein Kopf muß schon früher eine Verletzung abbekommen haben, sonst hätte es dich nicht so sehr mitnehmen dürfen.«

»Euer Hakim ist ein kluger Mann. Den schlimmen Kopf habe ich schon seit meiner Kindheit.«

Ich dachte an den Bauern Martin und die Schläge, die er mir

versetzt hatte. Während der ersten Monate im Kloster hatte ich mir oft ausgemalt, wie ich als Erwachsener auf den Hof zurückkehren und ihn töten würde, aber inzwischen empfand ich keinen Haß mehr auf ihn.
Plötzlich fiel mir ein, daß ich mich meinem Gastgeber noch nicht vorgestellt hatte. Also nannte ich meinen Namen.
Ein gequältes Lächeln trat auf Jussufs Gesicht. »Ich komme mit deiner Sprache zwar einigermaßen zurecht, aber die Worte sind doch für meine Zunge nicht einfach zu formen. Sei nicht gekränkt, aber dein Name erscheint mir wie ein mehrfach verschlungener Knoten. Wenn du erlaubst, werde ich dich weiterhin Musâfir nennen.«
»Ich habe nichts dagegen, dem Namen hängt nichts Ehrenrühriges an.«
»Im Gegenteil, er bezeugt die Achtung, die wir dir entgegenbringen.«
»Du sagst ›wir‹, Jussuf, aber wer seid ihr? Wo bin ich eigentlich?«
Abwehrend hob er die Hände. »Nicht so viele Fragen auf einmal, Musâfir. Der Hakim hat gesagt, daß wir dich schonen sollen. Wenn du aus dem langen, heilenden Schlaf erwachst, darfst du nicht zu sehr in Anspruch genommen werden.«
»Hat das auch der Hakim gesagt?«
»Ja. Und er will gerufen werden, sobald du zu dir kommst. Das werde ich jetzt gleich tun. Vielleicht solltest du in der Zwischenzeit etwas essen. Oder hast du keinen Hunger?«
Ich legte eine Hand auf meinen Bauch. »Doch, großen sogar. Da drin fühlt es sich reichlich leer an.«
Jussuf lachte, und das Aufblitzen seiner weißen Zähne bildete einen starken Kontrast zu seiner dunklen Haut. »Dann werde ich Muna sagen, sie soll dir etwas von ihrer Hammelsuppe bringen.«

Kurz nachdem er gegangen war, erschien die Frau mit den grauen Zöpfen an meinem Lager. Ihr runzliges Gesicht ließ auf ein hohes Alter schließen. Ihre Gestalt war gekrümmt, ihr Gang aber fest und sicher. Sie brachte einen tönernen Topf, in dem ein klobiger Holzlöffel steckte, und ließ sich neben meinem Lager nieder, ohne ein Wort zu sagen. Ihre knotige Rechte nahm den Löffel und fütterte mich wie ein kleines Kind. Ich ließ es geschehen, obwohl ich Arme und Hände bewegen konnte. Solange der Hakim, der Arzt, mich nicht untersucht hatte, wollte ich mich nicht zu sehr anstrengen. Die Suppe war heiß und kräftig, mit viel Fleisch und Gemüse, das ich nicht kannte, mir aber gleichwohl schmecken ließ.

Irgendwann kehrte Jussuf zurück, in Begleitung eines Mannes, unter dessen weißem Turban ebenso weißes Haar hervorlugte. Die Spitze seines weißen Kinnbartes reichte ihm bis auf die Brust. Das musste der Hakim sein, zumal er eine Tasche bei sich trug, die mich an die erinnerte, die europäische Ärzte benutzten.

»Genug jetzt mit der Suppe«, sagte er auf arabisch.

Muna, die mir gerade einen weiteren Löffel in den Mund schieben wollte, hielt inne und bedachte den Störenfried mit einem abweisenden Blick.

»Musâfir ist hungrig, Hakim«, erklärte Jussuf. »Das hat er mir selbst gesagt.«

»Das glaube ich, aber er sollte sich nicht gleich so vollstopfen. Wie ich Muna kenne, schwimmt ein ganzer Hammel in dem Topf. Das Fleisch könnte dem Kranken schwer im Magen liegen, wenn er zuviel auf einmal davon ißt.«

Er hatte arabisch gesprochen, weshalb ich nicht jedes Wort verstand, aber seine Gesten waren eindeutig.

Ein Wink von Jussuf, und Muna erhob sich, nicht ohne mir den bereits gefüllten Löffel noch schnell in den Mund ge-

schoben zu haben. Im Hinausgehen murmelte sie etwas Unverständliches vor sich hin. Dem Stirnrunzeln des Hakims konnte ich entnehmen, daß ihre Worte ihm gegolten hatten und nicht eben freundlich gewesen waren.
Während ich noch auf einem dicken Fleischbrocken herumkaute, begann er mich zu untersuchen. Er mochte nicht nach europäischen Maßstäben ausgebildet sein, aber er machte seine Sache sehr gründlich. Behutsam tastete er meinen Kopf ab und schien sich genau zu merken, an welchen Stellen die Berührungen mir Schmerzen bereiteten. Anschließend untersuchte er meine Augen, blickte tief in meine Pupillen und ließ mich in verschiedene Richtungen schauen. Seine Anweisungen gab er dabei in meiner Sprache. Daß das Französische in einem Beduinenlager so verbreitet war, fand ich erstaunlich. Als ich eine entsprechende Frage stellte, erwiderte der Hakim: »Du hast gewiß viele Fragen, Musâfir. Aber die Antworten würden zu neuen Fragen führen und so weiter und so weiter. Du bist noch geschwächt, und das Gespräch wäre dem Schmerz in deinem Kopf förderlicher als deiner Genesung. Stell deine Fragen, wenn es dir besser geht. Jetzt solltest du noch etwas schlafen. Trink das, es wird dir guttun.«
Er füllte etwas Flüssigkeit aus einer kleinen, bauchigen Flasche in einen Becher und reichte ihn mir. Der bräunliche Saft schmeckte süß, nach Honig und Gewürzen. Ich leerte den Becher, und schon bald wurde ich schläfrig.
Die Gestalten Jussufs und des Hakims verschwammen, und ich sah eine grüne Landschaft vor mir. Auf einem sanft geschwungenen Hügel erhob sich eine wohlvertraute Ansammlung von Gebäuden, das Kloster St. Jacques. Selig tauchte ich in die glücklichsten Jahre meiner Kindheit ein.

16. KAPITEL

Rabja und ihr Freund

Ein Kindergesicht, ganz dicht vor mir, blickte mich neugierig an. Gehörte es einem der Jungen, die mit mir die Schule von St. Jacques besuchten? Ich fuhr mir über die Augen, und allmählich klärten sich mein Blick und meine Gedanken. St. Jacques war nur ein Traum gewesen, ein Ausflug in eine längst vergangene Zeit. Ich lag in dem Beduinenzelt. Dennoch blickte ich in ein kindliches Gesicht, das mich unentwegt anstarrte – das Gesicht eines Mädchens. Es war dasselbe Gesicht, das ich schon früher schemenhaft wahrgenommen hatte. Das Beduinenkind mochte acht Jahre zählen, war also in etwa so alt wie ich zu dem Zeitpunkt, als Onkel Jean mich ins Kloster holte.

Jetzt erst bemerkte ich, daß die kleinen Hände des Mädchens sich in meinem Arm verkrallt hatten und heftig an mir zogen. Vermutlich war ich davon aufgewacht.

»Wer bist du?« erkundigte ich mich. »Was willst du?«

Der verständnislose Blick des Kindes überraschte mich zunächst, doch dann begriff ich: Das Französische mochte unter den Menschen hier erstaunlich weit verbreitet sein, dem Kind aber sagten meine Worte nichts.

Ich kramte ein paar Brocken Arabisch zusammen und fragte: »*Ismuki?* – Wie heißt du?«

»Rabja«, antwortete das Mädchen.

Rabja war ein selten gebrauchtes arabisches Wort für Mädchen, wenn ich mich richtig entsann, ein passender Name für das Kind mit dem unschuldigen Gesicht, wie ich fand.
Ich fragte weiter: »*Mâ sha'nuki, Rabja?* – Was möchtest du, Rabja?«
Die Antwort fiel länger aus, aber ich verstand nur so viel, daß ich ihr helfen sollte. Wobei?
»*Ma fihimtisch*«, seufzte ich. »Ich verstehe dich nicht.«
Rabja zog immer heftiger an meinem Arm, zerrte geradezu daran. Ich sollte mit ihr kommen, so viel war klar. Ihr flehender Blick rührte mich, also beschloß ich, ihr zu helfen.
Doch kaum hatte ich mich erhoben, bereute ich meinen Entschluß. Die Zeltbahnen um mich herum wackelten und begannen sich mit schwindelerregender Geschwindigkeit um mich zu drehen. Ich kannte diesen Zustand, auch wenn es selten so heftig gewesen war. Die Versuchung, mich wieder hinzulegen und die Augen zu schließen, war groß, aber ich widerstand ihr. Ich konnte nicht ewig in diesem Zelt liegen und vor mich hin dösen.
Um der Sache Herr zu werden, fixierte ich einen bestimmten Punkt: mein Kopfkissen. Das war eine erprobte Methode, gegen das Schwindelgefühl anzukämpfen. Erst drehte das Kissen sich, aber dann wurden die Bewegungen langsamer, und irgendwann lag es still vor mir. Ich hatte es geschafft! Mir war noch immer übel, und ich fühlte mich wacklig auf den Beinen, aber wenigstens stand ich wieder aufrecht!
Langsam folgte ich Rabja, die mich nach draußen zog, durch das menschenleere Beduinenzelt. Es gab mehrere abgetrennte Bereiche wie den meinen, wohl zum Schlafen und vermutlich auch, um Männer und Frauen voneinander zu trennen. Ich staunte über die Größe des Zeltes, das es durchaus mit einem kleinen Haus aufnehmen konnte, und nahm an, daß Jussuf

der Herr des Ganzen war. Er mußte ein wohlhabender Mann sein, vielleicht der Scheik seines Stammes.
Greller Sonnenschein blendete mich, als wir nach draußen traten. Ich war das Tageslicht nicht mehr gewöhnt. Unwillkürlich schloß ich die Augen für einen Moment, doch dann versuchte ich, mir einen Überblick zu verschaffen.
Das Lager befand sich in einem langgestreckten Tal. Die schroffen Felswände, die es umgaben, bildeten einen natürlichen Schutzwall. Jussufs Zelt schien etwa in der Mitte zu stehen. Von hier aus konnte ich nicht überblicken, wie groß das Lager war. Auf jeden Fall bestand es aus mehreren Dutzend Zelten.
Im Tal mußte es Wasser geben, das schloß ich aus der üppigen Vegetation. Dattelpalmen, Orangen- und Granatapfelbäume spendeten reichlich Schatten, in dem Büsche und Gräser gediehen. An den Rändern des Zeltdorfes weideten Pferde, Kamele, Ziegen und Schafe, beaufsichtigt von halbwüchsigen Jungen.
Ich hatte nicht viel Zeit, mich umzusehen, denn schon zerrte Rabja wieder an meinem Ärmel. Jetzt erst fiel mir auf, wie schmutzig und abgerissen meine Kleidung war.
Rabja zeigte eifrig auf das Dach von Jussufs Zelt und wiederholte mehrmals ein und dasselbe Wort. Ich verstand das Wort nicht, aber ich entdeckte, was sie meinte.
Auf dem Dach lag ein aus Stoff- und Fellresten geformter Ball. Sie mußte ihn beim Spielen so hoch geworfen haben, daß er ihr aufs Zeltdach gefallen war. Aber wie ihn herunterholen? Zu akrobatischen Leistungen fühlte ich mich ganz und gar nicht in der Lage.
»Warte hier«, sagte ich und ging zurück in den Vorraum des Zeltes. Nach kurzem Ausschauhalten fand ich eine Ecke, in der überzählige Zeltstangen lagerten, genau das, was ich

suchte. Ich nahm eine der Stangen mit nach draußen und stieß mit ihrem einen Ende wieder und wieder von unten gegen das Zeltdach. Schließlich wackelte der Ball, setzte sich gnädig in Bewegung, rollte zum Rand des Daches und fiel Rabja vor die Füße.

Sie hob ihn auf und strahlte mich an. »*Shukran!* – Danke!«

»Gern geschehen, Rabja. Jetzt kannst du wieder mit deinen Freunden spielen.«

Sie rührte sich nicht vom Fleck, sondern hielt mir den Ball entgegen. »Spiel du mit mir, Musâfir!«

Eigentlich war ich nicht zum Ballspielen aufgelegt, aber das kleine Mädchen mit den großen Augen rührte mich. Also ließ ich mich auf ihren Vorschlag ein, und wir warfen einander den Ball zu. Mich packte dabei leichter Schwindel, weshalb ich mich beim Fangen nicht sonderlich geschickt anstellte. Rabja verstand wohl nicht, daß ich nicht tolpatschig, sondern schwach war; sie freute sich einfach darüber, daß sie besser fing als ich.

Ich nahm es ihr nicht übel, im Gegenteil, ich mochte ihr glucksendes Lachen. Als sie mich um Hilfe bat, hatte sie sehr ernst ausgesehen, fast traurig. Sie jetzt so heiter zu erleben bereitete mir großes Vergnügen, und ich beneidete ihre Eltern um die Tochter. Zum ersten Mal in meinem Leben kam mir so etwas in den Sinn. Ich fragte mich, ob ich auch einmal Kinder haben würde und mit welcher Frau.

Natürlich dachte ich an Ourida, und meine Gedanken wanderten nach Kairo, wo ich sie einem ungewissen Schicksal überlassen hatte. Hätten der Sandsturm und der Überfall der Kreuzritter mich nicht aufgehalten, ich wäre längst in der Stadt am Nil gewesen.

Vermutlich wäre Ourida auch dann noch mehr oder minder freiwillig in General Bonapartes Palast zu Gast gewesen, aber zumindest hätte ich gewußt, wie es ihr ging, hätte sie vielleicht sogar sehen können. Statt dessen hielt ich mich in einem Beduinenlager auf, in einem mir unbekannten Tal, und spielte mit einem kleinen Mädchen Ball!

Die Grübelei lenkte mich ab. Der Ball kam geradewegs auf mich zugeflogen, aber ich sah ihn nicht und hob nicht einmal ansatzweise die Hände, um ihn zu fangen. Er prallte gegen meine Brust, fiel zu Boden und rollte ein Stück an der Außenwand des Zeltes entlang.

Ich folgte ihm und hob ihn auf, da hörte ich hinter mir eine sonore Stimme: »*Bism illâhi!* – Um Gottes willen! Was soll das bedeuten, Musâfir? Wenn der Hakim das sieht, läßt er ein Donnerwetter auf mich niedergehen, wie ich keins mehr erlebt habe, seit ich ein Kind war. Ich habe ihm versprochen, gut auf dich achtzugeben. Und was tust du?«

»Ich spiele mit Rabja Ball«, antwortete ich Jussuf und warf dem Mädchen sein Spielzeug zu. »Sie schien lieber mit mir spielen zu wollen als mit ihren Freunden.«

Jussufs Miene, eben nur von gespielter Entrüstung gezeichnet, verfinsterte sich. »Das ist kein Wunder, denn Rabja hat keine Freunde.«

»Keine Freunde?« wiederholte ich fassungslos und starrte das Mädchen an, dessen unschuldiges Gesicht mein Herz so rührte. »Das verstehe ich nicht. Hat sie sich mit ihnen zerstritten?«

»Nein, es ist nicht Rabjas Schuld. Es ist die Schuld ihres Vaters.«

»Wie kann man einem kleinen Kind die Schuld des Vaters anlasten?«

»Sagt nicht auch die Heilige Schrift der Christen, daß die Schuld der Väter übergehen soll auf die Söhne bis ins siebte Glied?«

»So ähnlich steht es geschrieben, das ist wahr. Aber man darf das nicht verallgemeinern.«

Jussuf machte eine Armbewegung, mit der er das ganze Lager zu umschließen schien. »Meinem Stamm, der in diesem einsamen Tal Zuflucht gefunden hat, geht es nicht um die Heilige Schrift der Christen, sondern um seine Brüder und Schwestern, die grausam niedergemetzelt wurden.«

»Niedergemetzelt? Wo? Und von wem?«

Jussufs Blick lag fragend auf mir. »Bist du nicht in der unterirdischen Zufluchtsstätte gewesen? Hast du nicht die Spuren des Kampfes gesehen?«

Ich erinnerte mich daran, wie mein Onkel mir wenige Tage zuvor die Räume im Wüstentempel gezeigt hatte, wo getrocknetes, aber noch verhältnismäßig frisches Blut von einer Tragödie zeugte. Einer Tragödie, die uns rätselhaft erschienen war. Jetzt spürte ich, daß die Lösung des Rätsels zum Greifen nahe war.

»Du hast es gesehen, Musâfir, das kannst du nicht verhehlen«, fuhr Jussuf fort. »Ich habe es auch gesehen. Und ich habe die Toten gesehen, Männer, Frauen und Kinder. Die Kreuzritter haben unter ihnen gewütet wie Bestien, haben ihren über Jahrhunderte aufgestauten Zorn an ihnen ausgelassen. Es hat ihnen nicht genügt, ihren Opfern das Leben zu nehmen. Sie haben die Toten geschändet, bis kein Leichnam mehr unversehrt war, bis nur noch ein blutiger Haufen aus zerstückelten Leibern, abgetrennten Köpfen und Gliedern übrig war. Wie können Menschen anderen Menschen so etwas antun?« Er hob die Arme, blickte in den Himmel und stieß hervor: »*Allâh bjarif!* – Gott weiß es!«

»Wir haben das Blut gesehen, aber keine Leichen«, sagte ich und war in Anbetracht dessen, was Jussuf da schilderte, froh darüber.

»Wir waren gewarnt worden; Rabjas Vater hatte den Kreuzrittern das Geheimnis der unterirdischen Zuflucht verraten. Aber meine Krieger und ich kamen zu spät. Wir konnten nur noch die Toten bergen, um sie würdig zu bestatten.«
Ich warf einen kurzen Blick auf Rabja, die unbeteiligt neben uns stand, da sie unserem auf französisch geführten Gespräch nicht folgen konnte. »Dieser Verrat. Wieso hat Rabjas Vater das getan?«
»Unser Stamm, die Abnaa Al Salieb, kämpfen seit Jahrhunderten gegen die Kreuzritter. Manchmal, will mir scheinen, vergessen einige, wofür wir kämpfen, und ein Kampf nur um des Kampfes willen kann ermüdend sein. Ich kann es nur vermuten, aber vielleicht war Rabjas Vater müde. Ich weiß nicht, was unsere Feinde ihm versprochen haben, ob Geld und Ruhm oder ein Ende des Kampfes. Er wird es uns nicht mehr sagen können.«
»Ist er …«
»Tot. Ja, Musâfir, das ist er. Unter den Leichen waren auch die seine, die seiner Frau und die seines Sohns. Das ist der Lohn, den er von den Kreuzrittern erhalten hat.«
»Und Rabja?«
Jussuf sah zu dem Mädchen, und seine Züge entspannten sich. »Die Toten haben sie beschützt. Sie lag unter einem Berg aus zerstückelten Leichen, und die Kreuzritter haben sie übersehen. Rabja war vollkommen unverletzt, jedenfalls äußerlich. So sind es zwei, die dem Tod entronnen sind.«
»Zwei, wer noch?«
»Aber, Musâfir, willst du nicht offen sein? Du selbst bist doch einer von denen gewesen, die Ourida gerettet haben. Dafür gebührt dir mein Dank, unser aller Dank!«
»Also gehört Ourida zu euch.«
Jussuf nickte. »Und darüber solltest du froh sein. Es war ihr

Wunsch, daß wir auf dich achtgeben. Nur deshalb konnten wir eingreifen, bevor die Kreuzritter auch dich töteten.«
»Wärt ihr etwas früher gekommen, hätten auch meine Begleiter überlebt.«
»Wir kamen, so schnell es uns möglich war. Der Chamsin hat seine eigenen Gesetze.«
Was Jussuf mir da eröffnet hatte, war erhellend und verwirrend zugleich. Ich dachte eine Weile darüber nach, und plötzlich schlug mein Herz schneller.
»Du hast gesagt, Ourida hätte euch gebeten, mich zu retten. Ist sie hier, im Lager?«
»Nein, sie ist noch in Kairo. Aber sie hat mir ihren Wunsch übermittelt.«
»Wie?«
Jussuf lächelte wie ein Schulmeister, der sich über die Wißbegier des Zöglings freut und zugleich weiß, daß dessen Möglichkeiten, ihn zu begreifen, begrenzt sind. »Ihr Europäer habt allerlei Mittel und Wege ersonnen, um Botschaften zu übermitteln, mit Kurieren, mit Postschiffen und jetzt sogar mit einer Einrichtung, die ihr Telegraphie nennt. Ihr seid so mit neuen Erfindungen und Apparaten beschäftigt, daß ihr eure inneren Fähigkeiten vergeßt.« Er deutete auf seine Stirn. »Der Mensch ist auch ohne Hilfsmittel in der Lage, Botschaften derer zu empfangen, denen er sich verbunden fühlt.«
Ich muß gestehen, daß ich ihn nicht ganz verstand, aber mir erschienen auch andere Dinge wichtiger. Was konnte er mir über Ourida sagen? Ich bestürmte ihn mit Fragen.
»Mir ist klar, daß Fragen in dir bohren wie Würmer in altem Holz, Musâfir, aber jetzt ist nicht der richtige Zeitpunkt dafür. Laß uns morgen in aller Ruhe miteinander sprechen, dann bist du hoffentlich auch schon kräftiger. Einstweilen möchte ich dich bitten, dich etwas um Rabja zu kümmern. Ich habe

sie in meinem Zelt aufgenommen, aber ich fürchte, die alte Muna und ich sind für sie nicht die beste Gesellschaft. Du könntest Rabja etwas von deiner Sprache beibringen. Wir Abnaa Al Salieb haben erkannt, daß die meisten Kriege aus Unverständnis entstehen, aus Angst vor dem Unbekannten, dem Fremden. Wer Angst hat, will sich schützen und greift den an, den er fürchtet, selbst wenn er von ihm gar nichts zu befürchten hat. Deshalb sind wir bestrebt, andere Sprachen und andere Sitten zu lernen. Unterrichte Rabja, wenn du magst.«

»Das will ich gern tun, aber vorher möchte ich dir wenigstens ein paar Fragen stellen, Jussuf. Du mußt verstehen, daß ich ...«

Er hob die rechte Hand, ganz kurz nur, aber in der Geste lag etwas Gebieterisches, und ich verschluckte den Rest meines Satzes.

»Ich verstehe dich, und doch muß ich dir die Bitte abschlagen. Sei mir nicht gram, Musâfir; morgen ist der Tag für deine Fragen, heute braucht Rabja einen Freund.«

»Dann füge ich mich deinem Wunsch, Jussuf«, seufzte ich. »Oder soll ich sagen, deinem Befehl?«

Er lächelte hintergründig. »Wo einer die Wünsche des anderen achtet, bedarf es keiner Befehle.«

Damit ließ er Rabja und mich allein und verschwand in seinem Zelt.

Ich nahm die Kleine bei der Hand und ging mit ihr zu einem großen Stein, auf dem wir beide Platz fanden. Eine gewaltige Palme schirmte uns gegen die Nachmittagssonne ab. Wind spielte in den Palmwedeln, und auch die Schatten am Boden bewegten sich. Aber da war noch etwas, ein graubraunes Tier, eine Eidechse, die wir wohl aufgescheucht hatten und die sich mit flinken Bewegungen unter den großen Stein zurückzog.

»Eidechse« war das erste französische Wort, das ich Rabja beibrachte. »Stein«, »Zelt« und einige weitere folgten. Rabja stellte sich durchaus geschickt an, wenn ihre Aussprache auch noch sehr zu wünschen übrigließ, und ich hoffte, daß es nicht nur lehrreiche, sondern auch unbeschwerte Stunden für sie waren.

Ich selbst mußte immer wieder an den unterirdischen Tempel – die Zuflucht – denken. Vor meinem inneren Auge waren die Räume angefüllt mit grausam zugerichteten Leichen. Zuweilen, wenn ich Rabja ansah, erschauerte ich, denn mir war, als blickten mich mit den Augen des Mädchens die vielen Toten an.

17. KAPITEL

Die Abnaa Al Salieb

Die Bilder der Toten im Wüstentempel verfolgten mich bis in den Schlaf; im Traum hörte ich sogar ihre Schreie. Oder waren es die Todeslaute der tapferen Husaren, die im Kampf gegen die Kreuzritter gefallen waren? Mein Traum warf die Laute, die Bilder, die Orte wild durcheinander, aber immer spielte der Tod eine Rolle. Als ich erwachte, fühlte ich mich beklommen und niedergeschlagen. Eine düstere Ahnung ergriff mich: Das Sterben hatte noch lange kein Ende gefunden!

Zum Frühstück brachte Muna mir einen frischen, noch warmen Brotfladen und eine Schale mit einem süßlich schmekkenden Brei. Dazu trank ich Ziegenmilch, die ebenfalls noch warm war. Ich war hungrig und ließ es mir schmecken. Während ich herzhaft kaute, fiel mein Blick auf einen Kleiderstapel neben meinem Lager, der gestern abend noch nicht dagelegen hatte. Zweifellos waren die Kleider für mich bestimmt, und dafür war ich angesichts des erbarmungswürdigen Zustands meiner eigenen Garderobe dankbar.

Ich wusch mich und zog die Sachen an, die mich, jedenfalls äußerlich, in einen Beduinen verwandelten: weiße Baumwollhosen, ein langes, ebenfalls weißes Hemd und ein hell-dunkel gestreiftes Obergewand. Dann entdeckte ich noch ein helles Tuch, das ich nach Beduinenart zum Schutz gegen die Sonne über den Kopf legte und mit Bändern aus Kamelhaar befestigte.

Kaum war ich fertig, trat Jussuf ein und wünschte mir einen guten Tag. »Fühlst du dich kräftig genug für einen Gang durch unser Lager, Musâfir? Dabei können wir uns unterhalten. Ich habe nicht vergessen, daß viele Fragen in dir brennen.«

Nur zu gern schloß ich mich ihm an. Vor dem Zelt stellte ich mit Erstaunen fest, daß die Sonne bereits hoch am Himmel stand. Obwohl unruhig, war mein Schlaf doch von langer Dauer gewesen.

Jussuf erriet meine Gedanken. »Du mußt dich für dein spätes Erwachen nicht schämen. Lange zu schlafen tut dir gut, denn es läßt dich wieder zu Kräften kommen. Deshalb gibt der Hakim dir auch diesen Trank.«

»Welchen Trank?«

»Den er dir selbst verabreicht hat. Du hast ihn auch schon vorher eingeflößt bekommen, und Muna mischt abends etwas davon in dein Essen. Er fördert den Schlaf, beflügelt allerdings auch die Träume. Die deinen scheinen vergangene Nacht sehr wild gewesen zu sein.«

»Ich habe vom Tod geträumt«, erwiderte ich und erzählte von dem, was mich im Traum heimgesucht hatte.

»Du bist kein Mann des Krieges, auch wenn du mit dem Sultan des Feuers und seiner Armee in unser Land gekommen bist. Der gewaltsame Tod so vieler Menschen erschreckt dich. Die Abnaa Al Salieb dagegen sind daran gewöhnt, schon seit Jahrhunderten. Wir sind Krieger, die für den Frieden kämpfen. Doch auch uns fügt der Tod Schmerz zu, und das wird sich niemals ändern. Was in der unterirdischen Zuflucht geschehen ist, lastet schwer auf unseren Gemütern. Ich glaube nicht, daß das jemals vergehen wird.«

»Vielleicht wollte Rabjas Vater tatsächlich den Krieg beenden, als er seine Leute verriet.«
»Gut möglich. Was dabei herausgekommen ist, beweist, daß man den Kreuzrittern nicht trauen kann. Heute genauso wenig wie damals, als sie zum ersten Mal in unser Land gekommen sind.«
»Diese Ritter, wer sind sie? Die Kreuzfahrten sind seit Jahrhunderten Vergangenheit. Warum kleiden und bewaffnen diese Männer sich wie die Kreuzritter im Mittelalter?«
»Weil sie die direkten Nachfahren der damaligen Kreuzritter sind. Ihr Kreuzzug ist eben nicht beendet. Und solange sie das verlorene Kreuz nicht gefunden haben, durchstreifen sie unser Land wie ruhelose Geister, aber doch aus Fleich und Blut. Du selbst hast es erlebt, erst in der Zuflucht und dann in der Wüste, als sie mit dem Chamsin über euch herfielen.«
Sofort stand mir das Massaker in der Wüste wieder vor Augen. Vergebens versuchte ich mich zu erinnern, wann das gewesen war. Im Lager der Abnaa Al Salieb hatte ich jedes Zeitgefühl verloren. Also fragte ich Jussuf.
»Vor fünf Tagen kam der Chamsin. Er brachte deinen Begleitern den Tod, aber auch denen, die euch angriffen.«
»Vor fünf Tagen?« wiederholte ich ungläubig.
»Ja. Du hast lange in einem tiefen Schlaf gelegen, bevor dein wacher Verstand zum ersten Mal wieder die Herrschaft über dich erlangt hat. Dafür ist zum Teil deine Verletzung und zum Teil der Trank des Hakims verantwortlich.« Jussuf sah mich prüfend an. »Wie geht es dir jetzt, Musâfir?«
»Viel besser als bei meinem ersten Erwachen. Von Tag zu Tag werde ich kräftiger. Ich sollte bald nach Kairo aufbrechen. Man wird mich längst vermissen.«
»Wir werden dich sicher nach Kairo bringen, wenn es soweit ist. Die Reise durch die Wüste ist kräftezehrend und gefähr-

lich, das weißt du selbst. Du solltest unser Lager erst verlassen, wenn der Hakim es gutheißt.«

Wir gelangten an einen Bach, den Orangenbäume und Büsche verschiedener Größe säumten. Ein paar Frauen knieten hier, um Wäsche zu waschen. Um sie herum tummelten sich ihre kleinen Kinder im Wasser. Neugierige Blicke trafen uns und galten wohl besonders mir, dem Gast.

»Die Abnaa Al Salieb haben einen schönen Ort zum Leben gefunden«, sagte ich. »Ich hoffe, daß sie in nicht allzu ferner Zukunft auch ihren Frieden finden.«

Jussuf hockte sich hin und schöpfte mit der hohlen Hand etwas Wasser aus dem Bach, um es genußvoll zu trinken. »Der Frieden ist ein seltenes und kostbares Gut. Dasselbe gilt für das Wasser, jedenfalls in unserem Land. Oasen wie dieses Tal sind selten. Lange haben wir hier unbehelligt gelebt, aber jetzt ist der Friede an diesem Ort nicht mehr sicher. Wir treffen alle Vorkehrungen für den Aufbruch, und schon in wenigen Tagen wird das Tal wieder so verlassen daliegen wie vor unserer Ankunft.«

»Aber wieso? Habt ihr einen besseren Ort gefunden?«

»Nein, und der wird auch schwer zu finden sein. Ein Ort, der auch nur annähernd so gute Bedingungen bietet wie dieser – genügend Platz für unser Lager und zugleich gut versteckt –, würde uns schon genügen. Ich habe in alle Himmelsrichtungen Kundschafter ausgesandt, um nach einem solchen Ort zu suchen. Sobald er gefunden ist, werden wir von hier fortziehen. Du fragst nach dem Grund? Denk an den Verrat, den Rabjas Vater geübt hat! Vielleicht hat er den Kreuzrittern auch von diesem Lager erzählt. Selbst wenn sie nicht die genaue Lage kennen, könnten sie aufgrund seiner Angaben die ungefähre Richtung vermuten. Nein, es ist zu gefährlich, wir können nicht noch länger hierbleiben.«

Wir gelangten an einen großen, freien Platz, wo Männer sich im Kampf übten. Mir fiel auf, daß niemand hier Feuerwaffen benutzte, und ich fragte Jussuf nach dem Grund.
»Die Feuerwaffen der Europäer mögen mächtig sein, aber hier draußen in der Wüste können wir uns nicht auf sie verlassen. Du hast es erfahren, als der Sandsturm die Waffen deiner Gefährten unbrauchbar machte. Außerdem sind Pulver und Munition hier nur schwer zu bekommen. Deshalb verlassen wir uns auf die Waffen, mit denen schon unsere Väter, Großväter und Urgroßväter kämpften.«
Staunend beobachtete ich die Beduinenkrieger, mehr als hundert an der Zahl, die sich vor meinen Augen im Waffengang übten.
Berittene Bogenschützen, die ihr Pferd nur durch den Druck ihrer Schenkel und die Verlagerung des Körpergewichts lenkten, schossen im vollen Galopp ihre Pfeile ab. Als Zielscheibe diente eine runde Holztafel, die auf einer Stange befestigt war.
Mit einem trockenen Klacken, das eins wurde mit dem Hufschlag der Pferde, traf ein Pfeil nach dem anderen auf die Scheibe. Nicht ein einziger Schuß ging fehl. Ich dachte an den Kreuzritter in der Wüste, den ein Pfeil ins Auge getroffen hatte, und kam zu dem Schluß, daß das alles andere als ein Glückstreffer gewesen war.
Auch im Kampf Mann gegen Mann übten sich die Beduinen, und das, ohne sich zu schonen. Die Klingen von Krummsäbeln, Dolchen, Streitäxten und Lanzen blitzten im Sonnenlicht, und manch ein Krieger entging dem Stoß oder Hieb seines Gegenübers nur um Haaresbreite.
»Das sieht gefährlich aus«, bemerkte ich.
»Eben darum halten wir unsere Waffenübungen auf diese Weise ab«, erwiderte Jussuf. »Ein guter Krieger muß sich der

Gefahr, in der er sich befindet, jeden Augenblick bewußt sein. Nur das Wissen darum, daß auch ein winziger Moment der Unachtsamkeit den Tod bringen kann, lässt einen Mann stets achtsam sein.«

Wie um seine Worte zu unterstreichen, ereignete sich vor unseren Augen ein Unfall. Ein mit Säbel und Schild bewaffneter Mann kämpfte gegen einen anderen, der Streitaxt und Dolch in Händen hielt. Ich sah noch, wie der mit dem Säbel den linken Arm mit dem Rundschild zur Abwehr eines Axthiebes hochriß, aber er war zu langsam. Die Axtklinge schrammte mit einem langgezogenen Geräusch, das mir durch Mark und Bein ging, am Schild entlang und streifte den Kopf des Säbelkämpfers. Der heulte auf, ließ den Säbel fallen und preßte die rechte Hand gegen die linke Kopfhälfte. Blut schoß über seine Hand und seinen Arm.

Jussuf trat auf ihn zu und fragte streng: »Was fällt dir ein, Murad? Warum läßt du einfach deinen Säbel fallen und brichst den Kampf ab?«

Der blutende Beduine blickte Jussuf mit schmerzverzerrtem Gesicht an. »Aber, Scheik Jussuf, Gasim hat mir das Ohr abgeschlagen!«

Jetzt erst bemerkte ich das blutige, knorpelige Stück Fleisch, das zu seinen Füßen im Dreck lag.

Jussuf aber würdigte das abgeschlagene Ohr keines Blickes. »Du jammerst wie ein Weib! Willst du dich in der Schlacht auch so anstellen? Glaubst du, so ein Hund von Kreuzritter verschont dich, wenn du ihm deinen Säbel vor die Füße wirfst? Du warst nicht dabei, als wir unsere toten Brüder und Schwestern aus der Zuflucht geborgen haben. Sonst wüßtest du, daß die Kreuzritter auch vor Wehrlosen nicht haltmachen. Du hättest jetzt nicht nur dein Ohr verloren, sondern auch Arme, Beine und Kopf!«

»Wir sind doch nicht in der Schlacht«, verteidigte sich Murad. »Gasim hätte vorsichtiger sein müssen!«

»Falsch!« fuhr Jussuf ihm über den Mund. »An dir wäre es gewesen, größere Vorsicht an den Tag zu legen. Du warst zu langsam, als du deinen Schild gehoben hast. Zur Strafe hast du dein Ohr eingebüßt. Sei froh, es hätte dich auch schlimmer treffen können. Ihr alle wißt, daß unsere Übungen genauso stattzufinden haben wie jeder ernste Kampf. Mehr noch, sie *sind* ein ernster Kampf. Gasim hat sich vollkommen richtig verhalten. Jetzt geh zum Hakim und laß deine Wunde verbinden! Aber vergiß nicht, deinen Säbel mitzunehmen!«

Beschämt wandte Murad sich ab und bückte sich, um nach der Waffe zu greifen. Das Blut, das noch immer aus der Wunde strömte, färbte sein weißes Hemd rot.

Da Jussuf und Murad auf arabisch miteinander gesprochen hatten, war mir nicht jeder Satz verständlich gewesen, aber ich hatte doch erfaßt, was vor sich ging.

Als Jussuf zu mir zurückkehrte, sagte ich: »Du bist sehr streng mit Murad gewesen. Ich habe ihn kämpfen sehen, er ist gewiß kein schlechter Krieger.«

»Niemand hier ist ein schlechter Krieger, weil alle Männer sich von Kindheit an im Waffengebrauch üben. Aber es genügt für einen Ibn Al Salieb nicht, kein schlechter Krieger zu sein. Nur ein sehr guter Krieger wird überleben. Deshalb war ich streng zu Murad. Er mag ein Ohr verloren haben. Wenn er sich das eine Lehre sein läßt, kann ihm das schon in der nächsten Schlacht das Leben retten.«

»Du rechnest mit einer baldigen Schlacht?«

»*Musch'arif* – ich weiß es nicht«, antwortete er und fuhr in meiner Sprache fort: »Wir müssen jederzeit bereit sein. Deshalb ist es die Pflicht eines jeden Stammeskriegers, sich einmal am Tag in den Waffen zu üben, sofern ihn nicht andere dringende Aufgaben oder eine Krankheit davon abhalten.«

»Besteht diese Pflicht auch für dich, Scheik?«

Er lächelte dünn. »Ich habe meine heutigen Übungen bereits hinter mir.«

Der Vorfall mit Murads Ohr hatte die anderen Krieger nur kurz von ihren Übungen abgehalten, sie waren schon wieder bei der Sache. Schlachtrufe, Waffenklirren, Pferdewiehern und das Trommeln der Hufe klangen noch an unser Ohr, als wir diesen Teil des Lagers hinter uns ließen.

Jussuf führte mich zu einer der zerklüfteten Felswände, wobei wir eine ausgedehnte Grasfläche überquerten, auf der zwei vielleicht zwölfjährige Jungen eine Ziegenherde hüteten. Immer wieder warfen sie sehnsüchtige Blicke in Richtung des Übungsplatzes, der ihnen wohl weitaus verlockender erschien als die Weide.

»Noch sind sie Kinder, aber sie brennen darauf, Männer zu sein, Krieger«, stellte Jussuf fest.

»Das muß dich mit Stolz erfüllen.«

»Mit Stolz und mit Trauer«, erwiderte er zu meiner Verwunderung.

»Warum mit Trauer?«

»Alle Männer unseres Stammes, die nicht alt sind oder gebrechlich oder, wie der Hakim, mit besonderen Fähigkeiten und Kenntnissen ausgestattet, sind Krieger. Und jeder Krieger ist ein Held, nicht nur weil er die Seinen beschützt, sondern weil er eine wichtige Aufgabe erfüllt. Darauf bin ich stolz. Aber ein Mann, ein Krieger, zu werden bedeutet auch, das zu verlieren, was das Kind ausmacht, die Unschuld.«

Je näher wir der Felswand kamen, desto gewaltiger erschien sie mir, und ich machte eine entsprechende Bemerkung.

»Diese Felsen sind wahrhaftig ein Glücksfall, und etwas Ähnliches werden wir so leicht nicht wieder finden. Sie bilden ein fast unüberwindliches Hindernis. Ein paar aufmerksame Wachtposten genügen, um das Lager hier und auf der gegenüberliegenden Seite zu verteidigen. Für einen Angriff bleiben nur die beiden schmalen Seiten, die unsere Krieger entsprechend sichern.«

Jussuf blieb stehen und entnahm einer Tasche an seinem Gürtel einen kleinen Gegenstand, der im hellen Licht blitzte. Es war ein Spiegel, mit dem er, wie es aussah, in Richtung des Felsens Lichtsignale gab. Kurz darauf blitzte es auch an mehreren Stellen auf dem Berg auf.

»Die Posten melden, daß alles ruhig ist«, erklärte er und steckte den Spiegel wieder ein.

Ich mußte lachen, und er sah mich irritiert an.

»Ihr benutzt die Telegraphie also auch«, sagte ich.

Jetzt grinste der Scheik. »Du hast einen scharfen Verstand, Musâfir!«

»Mein Verstand ist noch ziemlich umnebelt. Vielleicht könnten ein paar Erklärungen das ändern.«

Jussuf zeigte auf ein paar dicht beieinanderstehende Dattelpalmen. »Setzen wir uns in den Schatten, damit du in Ruhe fragen kannst.«

Er breitete seinen gestreiften Überwurf aus, und wir nahmen Platz. Ich bemerkte ein kleines Rinnsal, das mit leisem Glukkern zwischen den Bäumen hindurchfloß und vermutlich in den Bach mündete, an dem die Frauen der Abnaa Al Salieb ihre Wäsche wuschen.

»Wasser, um unseren Durst zu stillen«, sagte Jussuf.

»Es kommt aus den Felsen, nicht wahr?«

»Wie gesagt, du hast einen scharfen Verstand, Musâfir. Die Felsen schützen uns vor unseren Feinden, verbergen das Lager vor den Blicken Fremder und machen dieses Tal frucht-

bar.« Wehmütig fügte er hinzu: »Ein Ort, wie geschaffen, um hier zu leben. Im Frieden noch besser als im Krieg.«
»Und doch bist du stolz, Scheik eines Stammes von Kriegern zu sein?«
»Es ist unsere Bestimmung. Allâh hat es so gewollt.«
»Vielleicht behaupten eure Feinde, die Kreuzritter, von sich dasselbe.«
»Das werden sie wohl tun.«
»Und wer hat recht?«
»Der, der am Ende siegt.«
»Also entscheidet nicht der Wille Gottes, sondern das Kriegsglück?«
»Falsch. Das Kriegsglück wird mit dem sein, der Gottes wahren Willen erfüllt. Wir Menschen sind Gottes Werkzeuge, aber wir müssen versuchen, aus eigener Kraft und eigenem Bestreben das zu erreichen, was Gott uns aufgetragen hat.«
Ich bedachte Jussuf mit einem langen, forschenden Blick. »Was hat Gott den Abnaa Al Salieb aufgetragen? Hat es etwas mit dem Namen eures Stammes zu tun – die Söhne des Kreuzes?«
Der Scheik wurde ernst. Er sah mir tief in die Augen. »Du müßtest es wissen, Musâfir. Hast nicht auch du vor vielen Menschenaltern darum gekämpft, das Kreuz in Sicherheit zu bringen? Hast du nicht dein Leben dafür gegeben?«
Seine Augen erschienen mir wie große, dunkle Seen, in die ich eintauchte. Unfähig zu erkennen, was unter der Oberfläche verborgen lag, ließ ich mich ohne Furcht fallen und sank in die Tiefe. Ich vertraute Jussuf, wie ich Ourida vertraute. Etwas zog mich tiefer, immer weiter, in eine längst vergangene Zeit, und ich wollte es, wollte mehr erfahren über den, der ich einmal gewesen war …

18. KAPITEL

Die Hörner von Hattin

Ergriffen lauschten meine Ordensbrüder und ich, der Tempelritter Roland de Giraud, der heiligen Messe, die der Bischof von Akkon und der Bischof von Lydda gemeinsam hielten. Wir knieten im Staub, nahe der Ortschaft Maskana, an der alten Römerstraße nach Tiberias, keinen Tagesmarsch entfernt vom See Genezareth. Hier hatte Jesus Christus, Gottes Sohn, gelebt und gewirkt. Am Nordufer des Sees Genezareth, in dem Fischerdorf Kafarnaum, hatte er Unterkunft im Haus des Petrus gefunden. Es war das Heilige Land, und wir waren hier, um es gegen die Ungläubigen zu verteidigen.

Meine Gedanken wanderten zurück zum Vortag, als die Truppen Saladins unser Heer angegriffen hatten. Fast zwanzigtausend christliche Ritter, leichte Reiter und Fußsoldaten hatten sich hier versammelt, um in einer großen, vielleicht der entscheidenden Schlacht gegen die Ungläubigen anzutreten. Auch Sultan Saladin hatte ein gewaltiges Heer zusammengezogen – wie groß, das wußten wir nicht. Überall im Umland hielten seine Truppen Dörfer und Anhöhen, Straßen und Wasserstellen besetzt.

Ich betete zu Gott dem Herrn, daß er uns den Sieg schenken möge, aber meine Zuversicht war erschüttert. Am Vortag um diese Zeit, in den frühen Morgenstunden, hatte unser Heer sein Lager bei den Quellen von Saffuriya verlassen und war eilends ostwärts gezogen. Die Nachricht vom Fall der Stadt Tiberias hatte uns aufgeschreckt. Nun galt es, den letzten Verteidigern beizustehen, die sich in der Zitadelle verschanzt hatten. Unter ihnen befand sich auch Eschiva, die Gemahlin Raimunds III., des Grafen von Tripolis und Landesherrn von Galiläa.

Aber am späten Vormittag, als wir die Ortschaft Tur'an erreichten, griffen die Ungläubigen auf ihre heimtückische Art unsere Marschkolonnen an. Statt sich der offenen Schlacht zu stellen, schickten sie ihre berittenen Bogenschützen vor, die uns mit einem wahren Hagel von todbringenden Pfeilen überschütteten. Besonders die Nachhut, zu der auch wir Tempelbrüder zählten, hatte unter den Überfällen zu leiden. Rings um mich gingen Männer und Pferde zu Boden, verwundet oder tot. Den Marsch fortzusetzen hätte bedeutet, uns den Überfällen der Bogenschützen schutzlos auszusetzen.

König Guido von Jerusalem, der Oberbefehlshaber unserer gesamten Streitmacht, änderte den Marschplan. Uns gegen die Angriffe der feindlichen Reiter mühsam verteidigend, bewegten wir uns in nordöstlicher Richtung auf die Ortschaft Hattin zu. Dort gab es Quellen, die uns das dringend benötigte Wasser liefern konnten. Und dann, so Guidos Plan, würden wir uns von Hattin aus ostwärts zum See Genezareth durchschlagen, um die Zitadelle von Tiberias zu entsetzen.

Aber der Teufel Saladin erriet unseren Plan und schickte eilig Truppen aus, die die Wasserquellen von Hattin vor uns erreichen sollten. Gleichzeitig griff Emir Muzzafar Al Din Gökböri, der Saladins linken Flügel befehligte, unsere Nachhut so heftig an, daß wir den Vormarsch ein weiteres Mal aufgeben mußten. Unter den Pfeilen der Muslime verendeten so viele

Pferde, daß eine immer größere Zahl von Rittern den Kampf zu Fuß fortführen mußte. Wir Templer, an unserer Seite die Johanniter und viele andere christliche Ritter, kämpften erbittert gegen Gökböris Soldaten. Ich selbst wurde an diesem Tag viermal verwundet, aber ich tötete nicht weniger als fünf Ungläubige zum Wohlgefallen Gottes. Wir kämpften mit schweren Gliedern, staubverklebten Augen und durstigen Kehlen, bis die Nacht gnädig ihr dunkles Tuch über das Schlachtfeld breitete.
Bei dem Ort Maskana hatte König Guido auf Anraten Raimunds ein Lager aufschlagen lassen, und hier versuchten wir, neue Kräfte für den nächsten Tag – und die nächste Schlacht – zu sammeln. Trotz meiner Erschöpfung fand ich lange nicht in den Schlaf. Fremdartige Musik drang an meine Ohren. Wollten die Ungläubigen uns verhöhnen? Feierten sie bereits ihren Sieg? Und da waren noch andere Geräusche: das Stöhnen von Verwundeten, die qualvollen Schreie verletzter Pferde. Ich betete so lange zu unserem Herrgott um einen Sieg, bis der Schlaf endlich doch kam.
Und nun, am frühen Morgen des wohl entscheidenden Schlachttages im Jahre des Herrn 1187, beteten wir alle, das gesamte Heer, gemeinsam mit den Bischöfen von Akkon und Lydda für den Sieg. Am Ende des Gottesdienstes, als im Osten die ersten Strahlen der Sonne aufglühten, hoben die beiden Bischöfe die Reliquie empor, die uns auf unserem Feldzug vorangetragen wurde und die den Bischöfen in Obhut gegeben worden war: das Wahre Kreuz. Gold und Silber, mit denen das Kreuz Jesu belegt war, erstrahlten im Sonnenlicht, und dieses Strahlen erfüllte uns alle mit neuer Zuversicht. Ein Zeichen Gottes, fürwahr!
Gérard de Ridefort, der Großmeister des Templerordens, trat vor und deutete mit ausgestreckter Hand auf das leuchtende

Kreuz. »Meine Brüder, seht das Kreuz, an dem unser Herr Jesus Christus hing, weil seine Feinde ihn zum Tode verurteilt hatten! Jesus ist auferstanden von den Toten, um sein Werk fortzusetzen. Ebensowenig wie er werden wir uns von den Ungläubigen besiegen lassen. Das Kreuz erstrahlt zum Ruhme unseres Herrn und unseres heutigen Sieges. So gehet hin mit dem Segen Gottes und tötet jeden Ungläubigen, der euch unter die Augen kommt!«

Die Marschkolonnen formierten sich, und unser Heer setzte sich wieder in Richtung Hattin in Bewegung, um Saladins Truppen die Wasserquellen zu entreißen. Denn mehr noch als die Schwerter, Lanzen und Pfeile der Feinde mußten wir den Durst fürchten, der Männer und Tiere schwächte und unter der heißen Sonne des Heiligen Landes besonders quälend war. Zu unserer Überraschung kamen wir gut voran, ohne daß der Feind uns in den Weg trat. Vor uns waren immer deutlicher die beiden Hügel zu sehen, die man die Hörner von Hattin nannte.

Udaut d'Alamar, der an meiner Seite ritt, sagte: »Die Ungläubigen sind feige Hunde. Gestern, als wir unvorbereitet waren, haben sie uns ihre Bogenschützen auf den Hals gehetzt. Die offene Schlacht aber meiden sie.«

»Du fällst dein Urteil früh, Bruder Udaut«, erwiderte ich. »Der Tag hat erst begonnen. Saladin versteht sich darauf, den Gegner in Sicherheit zu wiegen und ihn dann anzugreifen, wenn er am wenigsten damit rechnet.«

Udaut schüttelte den Kopf. »Hast du das Wahre Kreuz nicht leuchten sehen, Roland? Heute ist der Herr mit uns!«

»Auch ich hoffe zuversichtlich, daß wir siegen. Aber kein Sieg ohne Kampf. Der gestrige Tag war zu erfolgreich für Saladin, als daß er sich heute einfach zurückziehen würde. Mit der Einnahme von Tiberias hat er viel erreicht. Und er wird

alles daransetzen, seinen Ruhm durch einen Sieg über unser Heer noch zu vergrößern.«
Ein dritter Templer, der hinter uns ritt und unser Gespräch mit angehört hatte, schloß zu uns auf. Er hatte das gleiche pechschwarze Haar wie Udaut, die gleiche große Nase und das gleiche vorspringende Kinn. Unverkennbar waren sie Brüder nicht nur des Ordens, sondern auch des Leibes. Gilbert d'Alamar war fünf Jahre älter als Udaut und nicht so ungestüm, aber im Kampf zeigte er sich genauso hart und unerschrocken. Wir drei hatten schon so manche Schlacht Seite an Seite geschlagen, und aus der Waffenbrüderschaft war eine Freundschaft erwachsen.
»Hör ruhig auf Roland, Bruderherz«, sagte Gilbert. »Er riecht das Blut, das wir heute vergießen werden, genauso wie ich. Die Sarazenen werden es uns nicht leichtmachen, aber um so größer werden am Ende unser Sieg und der Ruhm Gottes sein!«
Während Gilbert noch sprach, sah ich an unserer linken Flanke dichte Rauchsäulen grauschwarz in den Himmel steigen und ihn verdunkeln. Erst schienen es tatsächlich nur einzelne Türme aus Rauch zu sein, aber bald vereinigten sie sich zu einer dicken Mauer, und der Wind trieb den Rauch auf uns zu.
»Da haben wir es«, sagte ich und hustete, weil der Rauch bereits in meiner Kehle kratzte. »Die erste Teufelei der Ungläubigen!«
Gilbert nickte grimmig. »Sie müssen während der Nacht fleißig gewesen sein und Strohballen entlang unserer Marschroute aufgeschichtet haben. Dazu das von der Sonne ausgedörrte Strauchwerk, das hier überall wächst – das brennt wie Zunder.«
»Was kann uns der Rauch schon schaden?« fragte Udaut.

»Wenn er uns die Sicht raubt, raubt er sie auch den Sarazenen.«
Doch wir mußten feststellen, daß der Rauch nicht das Schlimmste war. Die Hitze, die sich über unsere Marschkolonnen legte, wurde bald unerträglich. Sie machte unsere Kehlen noch trockener und verschlimmerte den Durst. Uns aber fehlte das Wasser, ihn zu löschen. Und dann, mit dem schrecklichen Durst, kam der Feind über uns!
Aus dem Rauch lösten sich Gestalten, einzelne erst, dann immer mehr, und ganze Scharen von Sarazenen griffen uns an. Wieder schwirrten von galoppierenden Bogenschützen abgeschossene Pfeile durch die Luft. Dicht vor mir wurde ein Bruder in den Mund getroffen. Er stieß ein gurgelndes Geräusch aus, verdrehte die Augen und fiel vom Pferd. Sofort lief ein anderer Bruder, der in der Schlacht am Vortag sein Tier verloren hatte, herbei und schwang sich in den Sattel.
Gilbert sah seinen Bruder mit funkelnden Augen an. »Da hast du deine *feigen Hunde*, Udaut! Wollen mal sehen, wer von uns am Ende des Tages mehr von ihnen erlegt hat!«
Wir setzten unsere Helme auf und formierten uns unter dem Befehl unseres Großmeisters zum Gegenangriff. Sobald Gérard de Ridefort sein Schwert in Richtung der Sarazenen senkte, ritten wir an, langsam erst, dann immer schneller. Eine lange Reihe gepanzerter Reiter, Brüder des Glaubens und der Waffen, bereit, den Ruhm Gottes mit Schwert und Lanze zu verteidigen.
Unter dem Helm war mir noch heißer als zuvor. Der Schweiß rann in Strömen an meinem Kopf und dann an meinem ganzen Leib entlang. Mein Atem ging immer schwerer, mein Verlangen nach Wasser wuchs ins Unermeßliche, aber ich mußte durchhalten, so wie meine Ordensbrüder auch. Durch den Sehschlitz erfaßte ich nur den vor mir liegenden Teil der

Welt, den Feind. Hatte Saladin seine besten Truppen gegen uns eingesetzt? Auf der Gegenseite sah ich ebenfalls Reiter in gepanzerten Hemden, wenn ihre Rüstung auch nicht so schwer war wie unsere. Durstig und erschöpft, wie ich war, hätte ich gern mit ihnen getauscht.

Wir erreichten die feindliche Vorhut, und ich wählte einen der gepanzerten Reiter aus. Mit zum Stoß angelegter Lanze galoppierte ich auf ihn zu. Auch er richtete seine Lanze auf mich und trieb sein helles Pferd an. Unwillkürlich dachte ich an den Turnierplatz, doch anders als dort war hier ein tödlicher Ausgang gewiß.

Genau im richtigen Augenblick riß ich den linken Arm mit dem Schild hoch und fing den gegnerischen Stoß ab. Ich konnte mich nicht lange darüber freuen, denn die Heftigkeit des Zusammenpralls hatte mich aus dem Sattel geworfen. Hart schlug ich auf dem Boden auf und war für einen Augenblick ohne jede Orientierung. Mein ganzer Leib schmerzte, der Atem stockte mir, und der verrutschte Helm raubte mir jede Sicht. Ich kam auf die Knie und riß mir den Helm vom Kopf. Endlich wieder Luft! Ich tat einen langen Atemzug – und sah, wie mein Gegner, der die zerbrochene Lanze mit dem Schwert vertauscht hatte, abermals auf mich zugaloppierte.

Sofort ließ ich den Helm fallen und überlegte fieberhaft, was ich tun konnte. Meine Lanze und mein Schild lagen ein Stück entfernt. Mein Pferd war weitergelaufen und für mich unerreichbar. Hastig erhob ich mich und zog mein eigenes Schwert. So stand ich da und erwartete den Angriff des Sarazenen. Die Augen in seinem dunklen Gesicht schienen nichts anderes zu kennen als mich. Ich las keinen Haß in ihnen, nur die kalte Absicht, mich zu töten. Und dann überraschte ich ihn, indem ich, wie ein des Lebens Überdrüssiger, geradewegs vor sein

Pferd sprang. Mein Plan war gewagt, gewiß, aber ich vertraute auf die Hilfe Gottes, auf das Leuchten des Wahren Kreuzes!
Das Pferd scheute, sobald ich dicht vor seinen Augen beide Arme hochriß, bäumte sich auf und warf den Reiter ab. Der überschlug sich und verlor den Rundschild. Aber das Schwert hielt er noch immer in der Rechten, als er aufsprang und zu mir herumwirbelte. Ich schlug zuerst zu und führte meine Waffe mit beiden Händen. Unsere Klingen trafen mit lautem, hellem Klang aufeinander, und winzige Funken sprühten in alle Richtungen.
Die Wucht meines Schlages riß dem Sarazenen das Schwert aus der Hand. Ich drehte mich zu ihm hin und schlug erneut zu, während er sich noch nach seiner Waffe bückte. Einem solchen Schlag hielt sein leichter Panzer nicht stand. Meine Klinge schnitt tief in seine linke Seite. Er fiel abermals zu Boden und lag dort rücklings wie ein Käfer, der nicht mehr von allein auf die Beine kommt. Als ich ihm den tödlichen Stoß in die Brust versetzte, mischte sich unter den Schmerz in seinem Gesicht Bedauern. Weil er sterben mußte? Oder weil er mich nicht hatte töten können?
Ich wandte mich von dem Toten ab, packte die Zügel seines Falben und stieg auf. Am Sattel hing ein Wasserschlauch, und ich gönnte mir einen kräftigen Schluck. Saladins Truppen litten keinen Wassermangel. Sie hielten die Quellen von Hattin besetzt und konnten außerdem beliebig viel Wasser vom See Genezareth herbeischaffen.
Jetzt erst hatte ich Gelegenheit, mich umzuschauen. Allzu weit reichte mein Blick jedoch nicht, denn es stand immer noch dichter Rauch über uns. Tote und Verwundete, Krieger und Tiere, wo ich auch hinsah. Wer von meinen Brüdern noch im Sattel saß, hatte sich seines Helms entledigt. Die Hitze

war einfach zu groß, um unter dem eisernen Kokon atmen zu können. Mein Blick begegnete dem eines Ordensbruders mit blutverschmiertem Gesicht. Erst beim zweiten Hinsehen erkannte ich Gilbert d'Alamar. Als er auch mich erkannte, lenkte er sein Pferd zu mir und musterte mich eingehend.

»Gott sei's gedankt, du lebst, Roland. Ich war schon in Sorge um dich, als du dem Signal zum Sammeln nicht gefolgt bist. Aber wie ich sehe, warst du beschäftigt. Ein schönes Pferd hast du da gefunden. Von Pferden verstehen die Sarazenen etwas!«

Ich reichte dem Freund den erbeuteten Wasserschlauch, und er trank gierig.

»Was ist mit deinem Gesicht, Gilbert?«

»Nur Kratzer. Ein paar Narben werden wohl bleiben. Was soll's, wir Templer wollen ja keinem jungen Mädchen den Kopf verdrehen.« Er lachte und gab mir den Schlauch zurück. »Dem Kerl, der mir das beigebracht hat, geht's viel schlechter. Ich habe ihm mit seiner eigenen Axt den Schädel gespalten. Auch ein schönes Beutestück, was?«

Er zeigte mir eine doppelköpfige Streitaxt, an der noch immer Blut klebte. Dann ritten wir zum Sammelpunkt, wo wir auch Udaut trafen, der sich gerade eine Schulterwunde verbinden ließ.

Gilbert hielt sein Pferd neben ihm an und grinste breit. »Haben die *feigen Hunde* dich etwa gebissen, Bruderherz?«

Udaut ließ ein unwilliges Knurren hören, bevor er antwortete. »Sie haben mich gebissen, aber ich habe sie gevierteilt!«

Ich gab auch ihm zu trinken und sah aus den Augenwinkeln unseren Großmeister heranreiten. Mit ernster Miene ließ er den Blick über seine Truppe schweifen, bevor er sich im Sattel aufrichtete, um zu uns zu sprechen.

»Ihr habt tapfer gekämpft, meine Brüder, und den Feind

zurückgeschlagen. Auch wenn es uns nicht gelungen ist, seine Reihen zu durchbrechen, haben wir ihm eine empfindliche Niederlage beigebracht. Dadurch haben unsere Hauptmacht und die Vorhut kostbare Zeit gewonnen. Letztere ist unter Graf Raimunds Befehl zum Angriff gegen Saladins rechten Flügel angetreten, um die Ungläubigen von den Wasserquellen zu vertreiben!«

Ob dieser Nachricht brachen wir in lauten Jubel aus und stimmten Lobrufe auf Raimund III. an.

Doch keine Stunde später überbrachte uns Balian d'Ibelin, Herr von Nablus und Befehlshaber der Nachhut, höchstselbst eine ernüchternde Botschaft: »Graf Raimund ist mit seinen besten Reitern zwar der Durchbruch an Saladins rechtem Flügel gelungen, aber es scheint, als hätte Saladin genau das geplant. Seine Truppen haben die Lücke sofort geschlossen, und der Widerstand gegen Raimunds nachstoßende Einheiten wurde immer heftiger. Raimund und seine Reiter sind von uns abgeschnitten, und derzeit besteht wenig Aussicht, daß wir wieder eine Verbindung herstellen können. Wir selbst sind im Kampf leider auch nicht so glücklich gewesen wie erhofft. Zwar konnten wir die Sarazenen zurückschlagen, aber wir haben sie nicht bezwungen.«

»Dann müssen wir jetzt einen Großangriff wagen«, schlug Gilbert vor. »König Guido muß seine Hauptstreitmacht ins Feld führen und die Entscheidung erzwingen!«

Der Herr von Nablus schüttelte entmutigt den Kopf. »Selbst wenn unser König das wollte, die meisten unserer Fußtruppen würden ihm nicht folgen.«

»Feiglinge!« zischte Udaut mit wutverzerrtem Gesicht.

D'Ibelin warf ihm einen kurzen, mißbilligenden Blick zu, bevor er fortfuhr: »Der bisherige Verlauf der Schlacht hat ihnen den Mut genommen. Sie ziehen sich auf den nördlichen

Hügel zurück. Die alten Wallanlagen auf den Hügeln bieten uns gute Verteidigungsmöglichkeiten, aber uns fehlt das Wasser.« Er sah in die Runde. »In Anbetracht der Lage bleibt uns nichts anderes übrig, als uns ebenfalls zurückzuziehen. Allein können wir Ritter dem Feind nicht lange trotzen. Deshalb hat der König befohlen, daß wir den südlichen Hügel besetzen.«

Nur widerstrebend leisteten wir dem Befehl Folge. Uns hinter Mauern zu verschanzen lag uns nicht, aber wir mußten Gehorsam zeigen. Außerdem stimmte es: Ohne Unterstützung durch die Fußtruppen konnten wir uns im flachen Gelände auf Dauer nicht behaupten. Also wandten wir uns, wenn auch murrend, dem südlichen Horn von Hattin zu.

Ich dachte zurück an die morgendliche Messe, an das leuchtende Kreuz, das uns mit solcher Zuversicht erfüllt hatte. Wir hatten den Tag voller Tatendurst begonnen, und nun fühlte ich mich als Teil einer geschlagenen Armee. Ein blasphemischer Gedanke stieg in mir auf: Besaß das Wahre Kreuz gar nicht die Kraft, die ihm zugeschrieben wurde?

19. KAPITEL

Das Wahre Kreuz

Nur sehr langsam fand ich ins Hier und Jetzt zurück, begriff, daß ich mich nicht bei den Hörnern von Hattin befand, belagert von vielen tausend Feinden, sondern im friedlichen Tal der Abnaa Al Salieb. Neben mir saß, wie auch ich mit dem Rücken gegen den Stamm einer Dattelpalme gelehnt, Jussuf und blickte mich abwartend an.

Ich sagte erst einmal nichts, sondern beugte mich über das Rinnsal zu unseren Füßen, weil mich ein quälender Durst plagte. Als sei es nicht mein Durst, sondern der von Roland de Giraud. Die Schlacht stand mir noch so deutlich vor Augen, als hätte ich nicht nur in die Vergangenheit geschaut; es war, als hätte ich die Strapazen am eigenen Leib gespürt.

Als ich meinen Durst gelöscht hatte, wandte ich mich wieder Jussuf zu. Er hatte etwas Ähnliches mit mir gemacht wie Ourida. Wenn ich mir in ihrem Fall nicht sicher war, ob das absichtlich geschehen war, beim Scheik der Abnaa Al Salieb war ich mir dessen ganz sicher. Ich hatte ihn um Antworten gebeten, und er hatte dazu nicht seinen Mund benutzt, sondern …

Was eigentlich war es, das die Schranken von Zeit und Raum aufhob? Seine Augen, in die ich versunken war? Oder doch eher sein Geist?

Was es auch war, das Vorkommnis beunruhigte mich, obwohl

ich so etwas schon in Ouridas Beisein erlebt hatte. Aber da war der Sprung in die Vergangenheit, wie ich es bei mir nannte, nur kurz gewesen und bei weitem nicht so intensiv.

»Du siehst mitgenommen aus, Musâfir. Ich fürchte, ich habe dir zuviel zugemutet.«

»Eher das Gegenteil«, murmelte ich. »Statt schlauer als vorher bin ich jetzt nur noch verwirrter.«

»Weil du erst einen Teil des Ganzen gesehen hast. Wer einen einzigen Flötenton hört, kennt noch nicht das ganze Lied. Aber mit der Schlacht, die du erlebt hast, begann die Blutfeindschaft zwischen den Kreuzrittern und den Abnaa Al Salieb.«

»Die Schlacht von Hattin«, sagte ich leise und kramte in meiner Erinnerung nach allem, was ich darüber wußte.

1187 war der zwei Jahre zuvor geschlossene und auf vier Jahre angelegte Waffenstillstand zwischen Kreuzfahrern und Muslimen von Sultan Saladin aufgekündigt worden. Die genauen Umstände waren nicht bekannt. Vermutlich entbrannte der Konflikt erneut, weil Renaud de Châtillon, der den Muslimen ablehnend gegenüberstand, anno 1186 eine ihrer Karawanen überfallen hatte. Vielleicht nur, um Beute zu machen. Möglicherweise hatte er aber auch durch den bewaffneten Geleitschutz der Karawane den Waffenstillstand verletzt gesehen.

Jedenfalls kam es im Juli des Jahres 1187 zur zweitägigen Schlacht bei Hattin, an deren Ende die fast vollständige Vernichtung des christlichen Heeres stand. Was um so schwerer wog, als König Guido von Jerusalem den Heerbann ausgerufen und so gut wie jeden verfügbaren Mann zu den Waffen gerufen hatte. In den Städten und befestigten Plätzen waren kaum Verteidiger zurückgeblieben. Nach seinem Sieg bei Hattin mußte Saladin kaum noch mit nennenswertem Wider-

stand rechnen und konnte eine Stadt nach der anderen einnehmen. Auch Jerusalem, wo der aus der Schlacht bei Hattin zurückgekehrte Balian d'Ibelin den Oberbefehl über die Verteidiger erhielt, mußte sich schließlich ergeben.
»Blutig und gnadenlos, wie fast alle Schlachten sind«, faßte Jussuf meine Gedanken in Worte. »An die zwanzigtausend Christen haben dabei ihr Leben verloren oder sind gefangengenommen und als Sklaven verkauft worden. Es war die Strafe dafür, daß sie in ein fremdes Land eingefallen waren.«
Die letzten Worte erregten meinen Widerspruch: »Auch Sultan Saladin war nicht nur ein Freiheitsheld. Die meisten seiner Kriege führte er gegen andere islamische Herrscher.«
»Um die Gläubigen im Kampf gegen die Christen zu einen.«
»Vielleicht. Vielleicht war der Kampf gegen die Christen aber auch nur ein guter Vorwand, um seinen Herrschaftsbereich auszudehnen. Jedenfalls hat sich sein geeintes Reich nicht lange gehalten. Wenige Jahre nach der Schlacht von Hattin starb Saladin, und sein Reich zerfiel.«
»Da hast du recht, Musâfir. Der Krieg verändert die Welt und die Menschen, aber selten bringt er etwas Gutes hervor. Vielleicht nur eins, mit etwas Glück, und auch das nur auf Zeit: den Frieden.«
Ich nickte und fragte: »Die Schlacht bei Hattin, was hat sie hervorgebracht? Warum ist sie so wichtig, daß du mich durch den Strom der Zeit zu ihr zurückgeführt hast?«
»In dieser Schlacht ging etwas verloren, das viele seitdem suchen. Und bei der Suche haben nicht wenige ihr Leben gelassen, gute und schlechte, aufrechte und verblendete. Auch meine Brüder und Schwestern in der Zuflucht sind dieser Suche zum Opfer gefallen.«
Ich dachte an die Szene aus der Vergangenheit zurück, die ich mit Ourida erlebt hatte. Als ich mich Gilbert und seinen

Männern zum Kampf gestellt hatte, um Ourida die Flucht zu ermöglichen. Denn sie mußte es in Sicherheit bringen, das Kreuz!

»Ja, das Kreuz!« Erst als ich Jussufs Stimme hörte, wurde mir bewußt, daß auch ich es laut ausgesprochen hatte. »*Salieb-Yassou* – das Wahre Kreuz, wie ihr Christen es nennt. Das Kreuz, an dem euer Messias gestorben ist und das die christlichen Ritter wiederfanden, als sie auf dem ersten Kreuzzug Jerusalem eroberten. Um genau zu sein, haben sie nicht das ganze Kreuz gefunden, sondern einen Teil davon. Als König Guido sein Heer zusammenrief, bat er den Patriarchen von Jerusalem, ihm das Kreuz als Zeichen des göttlichen Beistands zur Verfügung zu stellen. Die Reliquie war sehr wertvoll. Daß der christliche König sie der Gefahr aussetzte, in Feindeshand zu fallen, zeigt, wie ernst die Lage für die Christen war. Das Wahre Kreuz, so wurde den christlichen Soldaten gesagt, sollte sie unbesiegbar machen.«

»Wenn es diese Kraft besitzt, hat es bei Hattin versagt.«

»Das weiß man nicht sicher«, erwiderte Jussuf zu meiner Überraschung. »Als die Christen sich Saladin ergaben, hatten sie das Kreuz nicht mehr bei sich. Vielleicht hätte es ihnen durch eine unerwartete Wendung doch noch zum Sieg verholfen, hätten sie nur mehr auf seine Kraft vertraut.«

»Nicht mehr bei sich? Aber es heißt doch, das Kreuz sei Saladin in die Hände gefallen! Seitdem gilt es als verschollen.«

»Es ist Saladin in die Hände gefallen, und es ist ihm nicht in die Hände gefallen. Es ist seit diesem Tag verschollen, und es ist auch nicht verschollen.«

»Willst du mich Rätsel lösen lassen, Jussuf?«

»Für viele ist es ein Rätsel, und das ist gut so. Du aber sollst die Wahrheit erfahren. Fühlst du dich stark genug, noch einmal ein vergangenes Leben zu leben?«

In mir war wieder jene leise Furcht, die ich gespürt hatte, als mein Verstand in die Gegenwart zurückgekehrt war. Die Furcht, so sehr mit der Vergangenheit zu verschmelzen, daß ich nicht mehr den Weg zurückfand. Daß mein Leib nicht mehr war als die Hülle eines verwirrten Geistes. Und doch wußte ich, daß ich den eingeschlagenen Weg weitergehen mußte. Es war mein Schicksal, und dem konnte ich mich nicht entziehen.

»Ich bin stark genug«, sagte ich und blickte in Jussufs Augen.

20. KAPITEL

Ein Hilferuf

Das Kreuz! Das Wahre Kreuz ist in Gefahr!«

Das rief uns ein Reiter entgegen, der im rasenden Galopp herangeprescht kam. Er trug den Waffenrock der königlichen Wachen und brachte sein erschöpftes Pferd so spät zum Stehen, daß ich schon fürchtete, er würde Balian d'Ibelin und Gérard de Ridefort über den Haufen reiten.

»Kommt zum Lager des Königs, rasch!« stieß er hervor. »Die Sarazenen haben uns überfallen, und wir können uns nicht mehr lange halten. Der König und die Bischöfe von Akkon und Lydda bitten dich um schnelle Hilfe, Herr von Nablus!«

D'Ibelin wandte sich im Sattel zu uns um. »Ihr habt es gehört, Männer. Das südliche Horn muß warten. Also vorwärts!«

Neuer Kampfgeist erfüllte uns, und wir folgten unseren Anführern, so schnell unsere erschöpften Pferde es zuließen. Eben noch waren wir eine geschlagene Armee gewesen, doch jetzt gab es wieder ein Ziel, für das es zu kämpfen und zu sterben lohnte: das Wahre Kreuz, das uns in so vielen Schlachten den Sieg gebracht hatte. Und ein Gedanke beflügelte mich zusätzlich: Wenn wir das Kreuz Jesu vor den Sarazenen retteten, würde Gott uns aus Dankbarkeit vielleicht – nein, bestimmt – den Sieg zuteil werden lassen!

Unterwegs erfuhren wir von dem Kurier, daß die Sarazenen das königliche Lager in dem Augenblick angegriffen hatten, als König Guido den Befehl gegeben hatte, es auf das südliche Horn zu verlegen. Die dadurch entstehende Unordnung hatte Saladins Kriegern die Sache erleichtert. Der König und die Bischöfe, denen das Wahre Kreuz anvertraut war, wurden in Windeseile von Feinden eingeschlossen. Sie und ihre Truppen fochten einen aussichtslosen Kampf, falls wir nicht rechtzeitig eintrafen.

Wir holten das Letzte aus unseren Tieren heraus – und kamen rechtzeitig. Dort im Sonnenlicht leuchtete das rote Zelt des Königs. Um dieses und um die anderen Zelte hatten sich die Verteidiger geschart, auf die sich eine wütende Meute von Sarazenen, beritten und unberitten, in immer neuen Wellen stürzte. Der Klang unserer Hörner ließ die Angreifer erstarren. Ihre Anführer gaben neue Anweisungen, und ein Großteil von ihnen schwenkte herum, um Front gegen uns zu machen, die größere Gefahr in ihren Augen. Ein Teil der Muslime versuchte allerdings weiter, die Verteidiger des Zeltlagers niederzuringen.

Wieder verschossen die Sarazenen ihre gefährlichen Pfeile, die aus großer Nähe auch einen Kettenpanzer durchschlagen konnten. So erging es dem Boten, der uns herbeigeholt hatte und nun an d'Ibelins Seite ritt; ein Pfeil fuhr in seine Brust und warf ihn aus dem Sattel.

Wer von dem Pfeilhagel verschont wurde, ließ sich nicht beirren. Wir galoppierten stur auf den Feind zu und preschten mitten hinein in den Wall aus Leibern. Mein Schwert fuhr rechts und links hernieder, schlug einem Sarazenen den rechten Arm mit der Waffe und einem anderen gleich das ganze Haupt ab. Blut spritzte mir ins Gesicht, doch ich empfand weder Ekel noch Reue, sondern wollte nur noch mehr Blut

vergießen, so lange, bis an diesem Ort kein Muslim mehr am Leben war.
Ein schneller Blick in die Runde zeigte mir, daß unsere Flügel nicht mit dem Zentrum mithalten konnten. Ich hörte den Herrn von Nablus auf dem linken Flügel die Seinen mit lauten Rufen antreiben, aber die Ritter steckten im Getümmel fest. Denen auf dem rechten Flügel erging es nicht anders, und so lag es an uns in der Mitte, angeführt von Gérard de Ridefort, den Durchbruch zu erzwingen.
Gilbert, Udaut und ich ritten ganz an der Spitze, zusammen mit drei weiteren Rittern, die nicht, wie wir Templer, weiße Mäntel mit einem roten Kreuz trugen, sondern schwarze Mäntel mit weißem Kreuz: Johanniter. Wir sechs schlugen uns durch die feindlichen Reihen, bis das Zelt des Königs nur noch einen Steinwurf von uns entfernt lag. Wir hätten nicht später kommen dürfen. Die Sarazenen hatten die Kette der Verteidiger durchbrochen. Nur noch wenige Christen standen aufrecht und unterstützten den König und die beiden Bischöfe dabei, das Wahre Kreuz zu verteidigen. Blutflecke bedeckten das Kreuz, das der Bischof von Akkon mit einer Hand festhielt. In der anderen hielt er sein Schwert, aber sein Arm war müde.
Als ich einen der Sarazenen auf den Bischof zugaloppieren sah, gab ich meinem Falben die Sporen. Aber der Sarazene erreichte das Wahre Kreuz zuerst. Der Bischof von Akkon hob seinen Schwertarm, doch er war viel zu langsam. Der flinke Sarazene spaltete dem Bischof mit seiner Streitaxt den Kopf und ließ die Waffe dort stecken. Er wollte etwas ganz anderes haben: das Kreuz!
Gleich darauf riß er es an sich, wendete mit bewundernswerter Geschicklichkeit sein braunes Pferd und galoppierte zurück zu den Seinen, die augenblicklich in Jubel ausbrachen.

»Das Wahre Kreuz!« hörte ich den Bischof von Lydda rufen. »Rettet es vor den Ungläubigen!«
Meine Mitstreiter waren in Zweikämpfe verstrickt; ich war der einzige, der dem Sarazenen seine Beute noch abjagen konnte. Mein Pferd war schnell, und ich beugte mich tief über seinen Hals, um es ihm so leicht wie möglich zu machen. Pfeile schwirrten über mich hinweg, aber Gott war auf meiner Seite.
Nach den Stunden des Kampfes fühlte mich ich am Ende meiner Kräfte, aber ich durfte jetzt nicht versagen. Unter Aufbietung aller Reserven richtete ich mich in den Steigbügeln auf und sprang, sobald mein Pferd mit dem des Sarazenen gleichgezogen hatte.
Meine Hände verkrallten sich im Gewand des Gegners, und ich riß ihn mit mir zu Boden. Mein Schwert hatte ich längst verloren. Auch der andere hielt keine Waffe in Händen, nur das Kreuz Jesu.
Ich wollte mich auf ihn wälzen, doch die schwere Rüstung behinderte mich. Der Sarazene dagegen kam leicht auf die Beine, zog einen Dolch aus seinem Gürtel und warf sich auch schon auf mich.
Bevor er mich aber erreichte, fiel der Schatten eines Reiters auf uns, und eine Schwertklinge bohrte sich in seine Brust. Ich sah, wie im Gesicht des Sarazenen der Entschluß zu töten dem Erstaunen über den eigenen Tod wich. Und als er neben mir zusammensackte, war sein Blick bereits gebrochen.
An meiner Seite hielt Udaut d'Alamar sein Pferd an und hob grüßend das blutige Schwert. »Warum kriechst du im Staub herum, Bruder Roland? Hast du etwas verloren?«
»Fast hätte die Christenheit das hier verloren«, antwortete ich, als ich mich mit dem Wahren Kreuz in der Hand erhob. Von Blut und Schmutz bedeckt, war es kaum wiederzuerken-

nen, doch ich fühlte die göttliche Kraft, die von ihm ausging und mich durchströmte, als hätte ich einen kühlen, kräftigenden Trunk zu mir genommen. Andächtig reinigte ich das Kreuz mit meinem zerfetzten Waffenrock.

Ein weiterer Reiter kam herbei, Gilbert d'Alamar. Er hielt die beiden herrenlosen Araberpferde am Zügel und grinste: »Ein Glückstag für dich, Roland. Mein kleiner Bruder ist gerade noch rechtzeitig gekommen. Und jetzt darfst du dir sogar ein Pferd aussuchen.«

Ich entschied mich für das Tier, das ich schon vorher geritten hatte; es hatte mir gute Dienste geleistet. Das andere Pferd nahmen wir mit uns, als wir zu den Zelten ritten. Viele Ritter hatten ihre Tiere verloren, da war jedes herrenlose Pferd willkommen.

Als wir die Zelte erreichten, zügelte ich den Falben und reckte das Wahre Kreuz in die Höhe, so daß es weithin sichtbar war. Jubelschreie brandeten auf, aber diesmal aus den Kehlen der christlichen Kämpfer.

Die Errettung des Kreuzes erfüllte die Unsrigen mit neuem Mut, und es gelang ihnen, die Sarazenen von König Guidos Lager zu vertreiben. Ich stieg aus dem Sattel und trat mit dem Kreuz vor den Bischof von Lydda, der neben seinem gefallenen Amtsbruder kniete und ein Gebet für ihn sprach.

Als er geendet hatte, sagte ich: »Bischöfliche Gnaden, ich möchte Euch das Kreuz Jesu übergeben.«

Er stand auf, nahm das Kreuz mit beiden Händen an sich und bedachte mich mit einem Lächeln, wenn es auch müde war. »Ich habe gesehen, wie du unser heiliges Kreuz zurückerobert hast, mein Sohn. Dafür gebührt dir nicht nur mein Dank, sondern der aller Christen. Sag mir deinen Namen!«

»Roland de Giraud.«

»Und die Namen deiner Waffenbrüder?«

»Gilbert und Udaut d'Alamar.«

»Und jener?«

Der Bischof deutete auf die Johanniter, die gemeinsam mit uns die Reihen der Sarazenen durchbrochen hatten.

»Ich kenne ihre Tapferkeit, aber nicht ihre Namen, Bischöfliche Gnaden.«

Er winkte sie heran und fragte sie selbst. Ihre Namen hatten für mich einen guten Klang, denn es waren die Namen von tapferen Männern: Simon de Lacey, Antoine de Barrault und Ludwig von Kirchheim. Auch Gilbert, Udaut und ich bedankten uns bei ihnen.

König Guido hatte einen Rappen bestiegen und kam zu uns, an seiner Seite Gérard de Ridefort. Beide bluteten aus mehreren kleinen Wunden.

»Wie steht die Schlacht?« fragte der Bischof von Lydda.

»Die Sarazenen sind zurückgeschlagen, einstweilen jedenfalls. Balian d'Ibelin verfolgt sie mit einem Reitertrupp, damit sie nicht so schnell zur Ruhe kommen. Wir sollten das Lager räumen und uns auf das südliche Horn zurückziehen.« Der König senkte die Stimme und fügte hinzu: »Solange wir es noch können.«

21. KAPITEL

Die Hüter des Kreuzes

Tatsächlich zogen wir uns auf das südliche der beiden Hörner von Hattin zurück. D'Ibelin und seine Mitstreiter schafften es nicht, sich uns anzuschließen. Sie hatten sich zu weit von uns entfernt, und Saladins Truppen versperrten ihnen den Weg.

Während auf dem Hügel das Lager neu errichtet wurde, musterte ich unsere Truppe. Es war ein trauriger Anblick. Erschöpfte, durstige, verwundete und – was vielleicht das Schlimmste war – mutlose Männer, soweit mein Auge reichte. Die Hochstimmung, die sie bei der Rückeroberung des Kreuzes erfaßt hatte, war verflogen. Jetzt fragte ein jeder sich, wie es weitergehen würde. Hier oben mochten wir uns eine Weile verteidigen können, aber ohne Wasser war ein Ende absehbar.

Mein Blick wanderte weiter, über die Palmen-, Nußbaum- und Orangenhaine im Osten bis hin zum See Genezareth, der von hier oben deutlich zu erkennen war. Verheißungsvoll lag das blau schimmernde Wasser vor mir, und ich wünschte mir in diesem Augenblick nichts sehnlicher, als jetzt dort hineinzutauchen, von dem Wasser zu trinken, soviel es mir beliebte, und den Schweiß, den Schmutz und das Blut der Schlacht von mir abzuwaschen. So nahe schien der See und war doch unerreichbar. Zwischen mir und ihm lag die Armee Saladins.

Ich gab mir einen Ruck und wandte mich von dem verführerischen Anblick ab, um den Wasserschlauch vom Rücken meines erbeuteten Falben zu nehmen. Das Wasser darin war warm und schal, aber in unserer gegenwärtigen Lage war es kostbarer als ein Sack voller Gold. Nach kurzem Überlegen gab ich auch dem Pferd etwas zu trinken. Es hatte mir treu gedient, und ich würde vielleicht schon bald darauf angewiesen sein, daß es die Strapazen weiterer Kämpfe überstand.

Die Johanniter, die sich auch in ihrem Jerusalemer Hospital der Krankenpflege widmeten, hatten einen Verbandsplatz eingerichtet. Dort traf ich Gilbert und Udaut wieder, und wir ließen unsere Wunden von den Brüdern in den schwarzen Waffenröcken versorgen. Kaum ein Mann auf dem Hügel war unverletzt. Den Johannitern mangelte es an so gut wie allem, besonders natürlich an Wasser.

Ich überließ ihnen meinen kostbaren Schlauch, woraufhin Udaut sagte: »Ich fürchte, das wirst du noch bereuen. In unserer Lage Wasser wegzugeben ist, als gäbe man sein Leben weg.«

»Ja«, seufzte ich und blickte sehnsüchtig zu dem Schlauch, der sich vor meinen Augen leerte. »Aber haben wir nicht geschworen, unser Leben für die Sache Christi hinzugeben?«

Udaut nickte. »Recht hast du, Bruder. Da siehst du, auf welche Gedanken der Durst selbst einen gottesfürchtigen Mann bringen kann.«

Was der Durst noch alles anrichten konnte, sollten wir kurze Zeit später sehen, als Saladins Truppen einen Großangriff auf das nördliche Horn begannen. Jener Hügel war schroffer als der unsrige. Ein Umstand, der im Verein mit den alten Wallanlagen den Verteidigern gute Aussichten bot. Unsere verbliebenen Fußtruppen, die sich dort verschanzt hatten, mußten immerhin noch einige tausend Mann stark sein. Gespannt verfolgten wir den entbrennenden Kampf in der Hoffnung,

Zeugen einer sarazenischen Niederlage zu werden. Statt dessen aber wurde eine Verteidigungsstellung nach der anderen von den Ungläubigen überrannt, und bei jedem neuen Sturmangriff stießen sie auf weniger Gegenwehr.

Fassungslos blickten alle Ritter auf dem südlichen Horn nach Norden. Rufe der Verwunderung und des Unmuts ertönten.

»Es sieht so aus, als liefen unsere Soldaten freiwillig zu den Ungläubigen über!« ereiferte sich Gilbert. »Ja, seht nur, dort links, eine ganze Hundertschaft verläßt kampflos ihre Stellung und wirft ihre Waffen weg! Welch eine Schande!«

»Die Sarazenen geben ihnen zu trinken«, sagte ich. »Sie reichen den Einheiten, die sich ergeben, prall gefüllte Wasserschläuche.«

Mit zornigem Blick verfolgte Gilbert das Treiben auf dem nördlichen Horn. »Wie kann ein Soldat Christi seine Ehre und seine Seele für einen Schluck Wasser verkaufen?«

»Ihr Kampfesmut ist erloschen«, erwiderte ich. »So, wie die Schlacht bisher verlaufen ist, kann ich es sogar verstehen. Sie haben nur zwei Möglichkeiten: Entweder sie bleiben auf dem Hügel, um niedergemetzelt zu werden oder zu verdursten, oder aber sie retten ihr Leben und trinken Wasser, soviel sie wollen. Da fällt es nicht schwer, sich für letzteres zu entscheiden.«

Gilbert drehte sich zu mir um und sah mich an, als hätte ich einen Verrat begangen. »Wie kannst du so reden, Roland? Du bist ein Ritter vom Templerorden!«

»Das bin ich, genauso wie du und dein Bruder Udaut. Wir haben geschworen, unser Leben im Kampf für die Sache Christi zu wagen und, wenn es sein muß, zu opfern. Wir haben es geschworen, und wir haben uns darauf vorbereitet.«

Ich zeigte zum nördlichen Hügel, wo eine Hundertschaft nach der anderen in die Gefangenschaft und, wie ich annahm, anschließend in die Sklaverei ging. »Aber die dort sind keine Ritter, die ihr Leben dem Dienst an Gott und dem Kampf geweiht haben. Sie sind einfache Soldaten, auf die zu Hause vielleicht Frau und Kinder warten. Sie haben noch ein anderes Leben, das sie weiterführen möchten. Selbst wenn sie jetzt verkauft werden, dürfen sie hoffen, eines Tages fliehen zu können oder freigekauft zu werden. Diese Hoffnung bringt sie – zusammen mit sinkendem Mut und unerträglichem Durst – dazu zu tun, was sie tun. Bedenke das, Gilbert, bevor du über sie urteilst!«

Er seufzte schwer. »Du hast recht, Bruder, wir sind die Ritter, nicht sie. An uns ist es, bis zum letzten Atemzug für unseren Herrn im Himmel zu streiten und unser Leben für ihn zu geben. Und wie es jetzt aussieht, wird es noch heute genau dazu kommen.«

Ein berittener Bote des Großmeisters zügelte vor uns sein Pferd und rief: »Gilbert d'Alamar, Udaut d'Alamar, Ronald de Giraud, der Großmeister erwartet euch im Zelt des Königs!«

»Was will er von uns?« fragte Udaut.

»Das hat er mir nicht gesagt. Nur, daß es wichtig ist. Ihr mögt euch beeilen!«

Wir ritten zum neu errichteten Zeltlager, in dessen Mitte rot das königliche Zelt leuchtete. Als wir von den Pferden stiegen, stutzte ich für einen Augenblick.

Gilbert hatte es bemerkt. »Was ist mit dir, Roland?«

»Wo ist das Wahre Kreuz? Sollte es nicht als Zeichen der Zuversicht in Gottes Gnade neben dem Zelt stehen?«

»Vielleicht vertrauen selbst König Guido und der Bischof von Lydda nicht mehr darauf, daß dieser Kampf noch zu gewinnen ist«, knurrte Gilbert. »Hoffen wir, daß sie uns nicht auffordern, uns für einen Schluck Wasser den Sarazenen zu ergeben!«

Im Zelt empfingen uns der König, der Bischof von Lydda, Renaud de Châtillon, unser Großmeister und der Meister des Johanniterordens. Außerdem waren jene drei Johanniter zugegen, die so tapfer an unserer Seite gefochten hatten. Auf einem großen Tisch lag zu meiner Verwunderung das Wahre Kreuz, das ich draußen vermißt hatte.
Der König empfing uns mit einem kurzen Gruß und fragte: »Habt ihr gesehen, was auf dem nördlichen Hügel vor sich geht?« Als wir bejahten, fuhr er fort: »Nach diesem Verrat besteht so gut wie keine Aussicht mehr auf einen Sieg. Wir müssen mit dem Schlimmsten rechnen, damit, daß wir alle unter den Schwertern der Ungläubigen fallen oder von ihnen versklavt werden. Die Schlacht stand unter einem unglücklichen Stern.«
Udaut ergriff das Wort: »Wir sollten hier nicht warten, bis die Sarazenen auch uns angreifen, Herr. Noch ist Leben und Kampfesmut in uns. Laßt uns einen Ausfall wagen mit allen Männern, die uns noch verblieben sind! Nichts fürchten die Sarazenen so sehr wie unsere Reiterangriffe!«
Der König trat zu ihm und legte ihm eine Hand auf die Schulter. »Nichts anderes habe ich von meinen Rittern erwartet, und die sechs tapfersten stehen hier vor mir. Ohne euch wäre das Wahre Kreuz wohl schon in die Hände der Ungläubigen gefallen. Aber das darf nicht geschehen, niemals! Solange wir das Kreuz haben, dürfen wir hoffen, den Feind zu besiegen. Wenn nicht heute, dann an einem anderen Tag, an einem anderen Ort.«
»Wir werden ihn besiegen, heute schon!« rief Udaut, durch Guidos Worte entflammt. »Nur ein Zeichen von Euch, Herr, und wir stürzen uns in die Schlacht!«
»Das weiß ich, und es erfüllt mich mit Stolz. Wir werden versuchen, die feindlichen Reihen zu durchbrechen, um uns nach

Tiberias durchzuschlagen. Aber auch wenn unser Wille stark ist und unser Mut groß, dürfen wir nicht blind sein dafür, daß wir keine großen Aussichten auf einen Sieg haben. Wir müssen damit rechnen, daß wir scheitern. Aus diesem Grund werdet ihr sechs, drei Templer und drei Johanniter, nicht mit in die Schlacht ziehen.«

Wir sechs sahen erst den König und anschließend einander verwirrt an. Guidos Worte hatten wir wohl verstanden, aber der Sinn hinter ihnen erschloß sich uns nicht.

Der Bischof von Lydda bemerkte unsere Verwirrung und sagte: »Meine tapferen Brüder, ihr seid für eine besondere Aufgabe auserwählt. Eine, die wichtiger ist als die Schlacht gegen Saladin und vielleicht auch gefährlicher. Ihr seid zu Hütern des Kreuzes bestimmt!«

»Wir sollen das Kreuz Jesu bewachen?« fragte Udaut mit Blick auf den Tisch und das Wahre Kreuz. »Das ist gewiß eine ehrenvolle Aufgabe, aber wäre unsere Kampfkraft beim Angriff gegen die Sarazenen nicht besser eingesetzt?«

Nun richtete unser Großmeister das Wort an uns: »Ihr sollt das Kreuz nicht einfach nur bewachen, Brüder. Ihr sollt es von hier fortbringen, in Sicherheit, für den Fall, daß wir Saladin unterliegen. Und wenn Gefahr droht, müßt ihr es, wie heute schon einmal, mit eurem Leben verteidigen.«

»Wohin sollen wir es bringen?« fragte ich.

»Zumindest bis zur Zitadelle von Tiberias«, sagte König Guido. »Aber wenn ihr meint, daß die Sache dort schlecht steht, zieht weiter, falls nötig, bis nach Jerusalem!« Nach einer kurzen Pause fügte er hinzu: »Oder noch weiter!«

Einer der Johanniter rief mit sich überschlagender Stimme. »Aber, Herr, glaubt Ihr etwa, daß die Heilige Stadt fallen wird? Das wäre ...«

»Das wäre wohl das Ende meines Königreiches.« Guido

nickte. »Und vielleicht auch das Ende der Christen hier ihm Heiligen Land. Ich habe viel gewagt, als ich fast alle waffenfähigen Männer des Landes bei Saffuriya zusammenrief. Jetzt sieht es ganz so aus, als hätte ich zuviel gewagt. Meine Soldaten sind gefallen oder ergeben sich den Ungläubigen. Wer soll unsere Städte und Festungen verteidigen, wenn Saladin aus dieser Schlacht siegreich hervorgeht und danach unsere Siedlungen angreift?«

»Meint Ihr, das wird er tun?« fragte ich.

»Er wäre ein schlechter Feldherr, wenn er es unterließe. Und er ist kein schlechter Feldherr, wie wir heute gesehen haben.«

Der Johanniter, der eben schon gesprochen hatte, fragte: »Aber wie sollen wir mit dem Kreuz von hier entkommen?«

De Châtillon ging zur einer großen Kiste neben dem Zelteingang und öffnete sie. »Hier haben wir Kleider, die gefangenen oder gefallenen Sarazenen gehörten. Mit ihrer Hilfe werdet ihr euch als Ungläubige ausgeben und euch durch Saladins Linien schleichen, während wir unseren Ausfall wagen. Unser Angriff wird die Sarazenen beschäftigen und eure Aussichten verbessern.«

Die Johanniter, meine beiden Templerbrüder und ich betrachteten den Kleiderhaufen wenig erfreut.

Dem Bischof war das nicht entgangen, und er sagte: »Es ist nicht ehrlos, was wir von euch verlangen. Damit verleugnet ihr euren Glauben und euren Heiland nicht. Im Gegenteil, es ist der größte Dienst, den ihr Gott erweisen könnt, wenn ihr das Kreuz, an dem sein Sohn für unsere Sünden starb, rettet! Seid ihr dazu bereit?«

Wir waren es, auch wenn es uns schwerfiel, nicht mit unseren Brüdern in die Schlacht zu reiten. Aber wir hatten geschworen, immer gehorsam unsere Pflicht zu tun, und das galt um so mehr in dieser Stunde der Not.

»So kniet nieder«, sagte der Bischof, sprach ein Gebet für uns und segnete uns im Namen des Vaters, des Sohnes und des Heiligen Geistes.

Danach zogen wir die Sarazenenkleider an und kamen uns darin äußerst seltsam vor. Wäre die Lage nicht so ernst gewesen, wir wären in lautes Gelächter ausgebrochen. Der Meister der Johanniter reichte uns ein Gefäß mit einer dunklen Salbe, die wir auf Gesicht, Hals und Hände strichen und verrieben. Sie färbte unsere Haut dunkler und ließ uns noch mehr wie Orientalen wirken.

»Und nun zum Kreuz des Herrn«, sagte der Bischof. »Könnt ihr es sehen?«

Wir bejahten.

»Ihr habt recht, und gleichzeitig befindet ihr euch im Irrtum.« Der Bischof legte seine Hände auf das Kreuz vor ihm auf dem Tisch. »Nur ein Teil des Kreuzes Jesu wurde in der Grabeskirche zu Jerusalem gefunden. Diese Hülle ist geschaffen worden, um ihm wieder die Form eines Kreuzes zu verleihen und eine Gestalt zu geben, die Gottes Ruhm und Glanz entspricht. Aber es ist nur eine Hülle, belegt mit Gold und Silber.«

Seine Finger glitten über das Metall, verharrten an bestimmten Stellen und übten dort einen leichten Druck aus. Dann faßte er mit beiden Händen zu und öffnete das Kreuz, indem er einen Teil des Goldbelags im Längsbalken verschob. Verblüfft blickten wir auf eine unterarmlange Öffnung, in der ein samtenes Tuch lag. Dieses Tuch nahm der Bischof hervor, legte es vorsichtig auf den Tisch und schlug es auseinander. Wir starrten auf einen großen Holzsplitter, wie wir ihn unter anderen Umständen wohl achtlos ins Feuer geworfen hätten.

»Dieses Stück Holz ist das Wahre Kreuz Jesu«, erklärte der

Bischof feierlich. »So unscheinbar es euch auch vorkommen mag, es verkörpert all das, wofür unser Heiland gestorben ist. Mehr noch, es verkörpert seine und damit Gottes Macht. Haltet es in Ehren und beschützt es mit eurem Leben!«

Hin- und hergerissen zwischen Verwunderung und Ergriffenheit, versprachen wir es.

Der Bischof schloß die Öffnung in dem großen Kreuz wieder. »Das hier ist nur eine Hülle, deren einziger Wert sich in der Menge an Gold und Silber bemißt, die darin verarbeitet wurde. Aber nur wenige wissen das. Alle anderen halten dies für das Wahre Kreuz, auch die Sarazenen. Mögen sie es nun, da es seines Inhalts entledigt ist, ruhig erobern und sich darüber freuen!«

Gérard de Ridefort reichte ihm eine doppelköpfige Sarazenenstreitaxt. Der Bischof drehte am unteren Ende des Schaftes und löste es vom Rest der Waffe. Der übrige Schaft war hohl. Der Bischof wickelte den Splitter vom Kreuz Jesu wieder in das Tuch, schob das Bündel in den Schaft der Axt und verschloß diesen.

»Wem wollt Ihr das Kreuz anvertrauen, Bischof?« fragte König Guido.

»Mit Eurem Einverständnis dem Mann, der es schon einmal vor den Ungläubigen bewahrt hat, mein König.« Der Bischof schaute mich an. »Roland de Giraud, willst du das Wahre Kreuz an dich nehmen und es hüten wie deinen Augapfel?«

»Ich gelobe es.«

Als ich das sagte, klang meine Stimme rauh. Nicht nur wegen des Wassermangels, der Mund und Hals ausdörrte, sondern auch und besonders wegen der Aufgabe, die mir angetragen wurde.

Der Bischof reichte mir die Streitaxt. »Bewahre dies gut, Roland de Giraud, denn vieles mag davon abhängen! Der

Patriarch von Jerusalem hat das Kreuz meinem Amtsbruder und mir anvertraut. Der Bischof von Akkon ist bei der Verteidigung des Kreuzes gefallen. Er möge dir und deinen Brüdern ein Beispiel sein!«

Ich nahm die Axt entgegen und wartete darauf, daß irgend etwas geschah, daß eine Veränderung mit mir oder mit der Waffe vorging. Daß vielleicht etwas von dem Wahren Kreuz auf mich übersprang und mich mit einer Ahnung der göttlichen Macht erfüllte, die es verkörperte.

War ich ein Narr, so etwas zu erwarten? Nichts geschah, alles blieb, wie es war.

»Ihr sechs kennt eure Aufgabe«, sagte der Bischof. »Erfüllt sie nach besten Kräften und vergeßt nie, ihr seid jetzt die Hüter des Kreuzes!«

22. KAPITEL

Der letzte Angriff

Mit glühenden Augen und einem Stich im Herzen starrten wir dem abrückenden Heer nach. Jeder, der noch ein Pferd besaß und sich aufrecht im Sattel halten konnte, schloß sich ihm an. Jetzt galt es, Saladins Truppen zurückzuwerfen oder diesen Tag des Blutes und der Leiden endgültig verlorenzugeben. Jeder von uns dachte dasselbe: Wie gern wären wir Seite an Seite mit unseren Brüdern geritten, um unsere Kräfte mit denen der Sarazenen zu messen!

Vor dem königlichen Zelt war das Kreuz aufgestellt, das wir bis vor kurzem noch für das Wahre Kreuz gehalten hatten. Unsere Brüder glaubten das weiterhin, und ein jeder entbot dem Kreuz und dem neben ihm stehenden Bischof von Lydda seinen Gruß. Als ich das sah, legte ich eine Hand auf die Streitaxt, die an meinem Waffengurt befestigt war. Mochte das Kreuz Jesu, das in ihr verborgen war, meinen Waffenbrüdern Glück bringen!

Wir standen im Zelt des Königs und beobachteten durch einen kleinen Spalt am Eingang, was draußen vor sich ging. Trupp um Trupp ritt an uns vorbei. Der von den Pferden aufgewirbelte Staub hüllte das Lager ein, und das vielhundertfache Hufgetrappel vereinigte sich mit dem Klang der Hörner zu einer kriegerischen Melodie. Als die Kavalkade an uns vorübergezogen war, bestiegen auch wir unsere Pferde. Es

waren allesamt Tiere, die wir von den Sarazenen erbeutet hatten, und ich ritt weiterhin meinen Falben.
Die wenigen Wachen, die im Lager zurückgeblieben waren, beäugten uns mißtrauisch. Sie wußten, daß wir zu ihnen gehörten und eine geheime Mission zu erfüllen hatten, und doch waren wir ihnen in unserer Verkleidung nicht ganz geheuer. Die verhaßten Sarazenen so offen in ihrem Lager herumspazieren zu sehen war etwas, woran sie sich nur schwer gewöhnen konnten. Was hätten sie wohl gedacht, hätten sie unseren Auftrag gekannt?
Sobald wir aufgesessen waren, schlug der Bischof vor uns das Kreuz. »Gottes Segen mit euch, Brüder!«
Der aufgewirbelte Staub ließ uns husten, als wir unserer Streitmacht in einigem Abstand folgten. Was hätte ich für einen Schluck Wasser gegeben!
Gilbert lachte laut auf. »Vor ein paar Stunden sind wir noch *gegen* die Ungläubigen geritten, jetzt reiten wir *als* Ungläubige! Dieser Tag steckt voller Überraschungen.«
Ich sah zum nördlichen Hügel hinüber. Dort hatten unsere Fußtruppen inzwischen jeden Widerstand eingestellt. Die Märkte würden demnächst ein Überangebot an christlichen Sklaven zu verzeichnen haben.
Die einzigen, die das Heilige Land noch verteidigen konnten, waren die Ritter hier auf dem südlichen Horn von Hattin, und die zogen gerade in eine Schlacht, die ihre letzte werden konnte.
An einer Felskanzel, die einen guten Ausblick auf das Schlachtfeld bot, stiegen wir ab, um das Kampfgeschehen zu beobachten. Es war verabredet, daß wir unseren Versuch, die Reihen zu durchbrechen, erst in der größten Hitze des Gefechts wagen sollten, wenn die Aufmerksamkeit aller – also auch die der Sarazenen – am stärksten beansprucht war.

Am Fuße unseres Hügels sammelten die Ungläubigen, die längst auf den nahenden Feind aufmerksam geworden waren, ihre Truppen. Der kaum noch überraschende Pfeilhagel prasselte auf unsere Ritter herab und lichtete ihre Reihen. Zum Zusehen verbannt, jubelten wir auf, als unsere Angriffsspitze sich in die vorderste Reihe von Saladins Kavallerie bohrte, mit solcher Wucht, daß die Sarazenen zurückgedrängt wurden. Weitere Ritter rückten nach, und die Lücke in der Front der Ungläubigen vergrößerte sich.

»Diesmal schaffen sie es!« rief erregt der Johanniter, der schon im Zelt des Königs mehrmals das Wort ergriffen hatte.

Er war Deutscher, Ludwig von Kirchheim, ein nicht sehr großer, aber breitschultriger Mann. Als wir die fremden Kleider anlegten, hatte er einige Mühe gehabt, sein blondes Lokkenhaar unter einem Turban zu verbergen.

Seine Freude schien berechtigt. Immer weiter wichen die Sarazenen zurück, und ich fragte mich schon, ob es nicht überflüssige Vorsicht gewesen war, uns mit dem Wahren Kreuz fortzuschicken.

»Da ist Saladin!« stieß Udaut plötzlich hervor. »Ich erkenne seine Fahne. Bei der Jungfrau Maria, nicht mehr lange und der Sultan ist in der Gewalt der Unsrigen!«

Doch in diesem Augenblick strömten neue Reiterhorden heran und warfen sich in unsere Flanken. Konnte es wirklich sein, daß Saladin selbst sich als Lockvogel hergab? Wenn es so war, ging sein Plan auf. König Guidos Angriffsspitze, beflügelt von der Aussicht, Saladin gefangenzunehmen, hatte sich gefährlich weit vorgewagt. Jetzt, da seine Flanken bedroht waren, ließ Guido seine Reiter kehrtmachen. Das dabei entstehende Durcheinander kostete vielen guten Christen das Leben. Auch wenn der Kampf noch andauerte, meinte ich den Ausgang zu kennen: Der Sieg gehörte den Sarazenen.

»Zeit zum Aufbruch«, sagte ich bitter. »Ich fürchte, der Höhepunkt der Schlacht ist erreicht.«
»Wenn nicht gar überschritten«, erwiderte Gilbert, als er sich aufs Pferd schwang. »Bringen wir das Wahre Kreuz in Sicherheit!«
Anfangs folgten wir dem Weg ins Tal, den unsere Hauptstreitmacht genommen hatte, aber nach ungefähr der halben Strecke bogen wir nach links auf einen Seitenpfad ab, von dem wir hofften, er möge uns ungesehen an den feindlichen Posten vorbeibringen. Dann aber hörten wir von jenseits einer Biegung fremde Stimmen und Pferde. Wir hielten an und griffen nach unseren Waffen. Ich zögerte, als meine Hand über den Schaft der Streitaxt glitt, und zog statt ihrer das Sarazenenschwert, das an meiner Seite hing. An die zwölf Reiter kamen um die Biegung und sahen uns verblüfft an.
»Zu den Waffen!« schrie ihr Anführer und griff nach seinem Schwert. »Es sind Sarazenen!«
Wir sahen uns doch wahrhaftig christlichen Rittern gegenüber. Sie trugen die Farben de Châttillons und waren wohl von der Schlacht Versprengte.
»Halt, wartet!« rief ich ihnen entgegen. »Wir sind ehrliche Christen und gehören zu euch!«
Der Anführer, der gerade seinen Rappen antreiben wollte, zögerte. »Christen? Ich sprecht zwar wie Christen, aber ihr seht nicht so aus. Wenn ihr Christen seid, warum kleidet ihr euch dann wie die ungläubigen Teufel?«
»Wir sind in besonderer Mission unterwegs«, erklärte ich. »Habt ihr nicht davon gehört? Wenigstens das Losungswort solltet ihr kennen!«
Der Anführer ließ spielerisch sein Schwert durch die Luft fahren und grinste. »Wir kennen das Losungswort. Die Frage ist, ob ihr es kennt!«

Ich sprach laut genug, daß alles es hören konnten: »Der Leib Christi!«
Der Anführer des Trupps nickte und gab seinen Männern ein Zeichen. De Châtillons Reiter bildeten eine Gasse, um uns durchzulassen.
Als ich den Anführer erreichte, packte er meine Zügel und hielt meinen Falben fest. Sein Gesicht war von Erschöpfung gezeichnet, doch aus seiner Stimme glaubte ich einen letzten Rest Hoffnung herauszuhören.
»Welcher Art ist eure Mission? Holt ihr Hilfe für uns herbei?«
»Unsere Mission ist geheim.«
»Wollt ihr uns gar keine Hoffnung machen?«
Ich sah ihn lange an und suchte nach den richtigen Worten. Ihn anzulügen wäre leicht gewesen und erschien mir doch unfaßbar schwer. Sollte ich ihn und seine Gefährten die vielleicht letzten Stunden ihres Lebens mit einer Lüge verbringen lassen? Renaud de Châtillon und seine Männer zählten zu den erbittertsten Feinden Saladins. Auch wenn sie die Schlacht überlebten, hatten sie von den Sarazenen keine Gnade zu erwarten. Sie wußten das.
»Ihr müßt eure Hoffnung im Glauben finden«, sagte ich schließlich. »Nur wenn euer Glaube stark ist, übersteht ihr alle Prüfungen!«
Er ließ meine Zügel los. »Danke, Freund!«
»Wofür bedankst du dich?«
»Dafür, daß du ehrlich bist. Wo euer Weg euch auch hinführen mag, tut uns einen Gefallen.«
»Ja?«
»Wenn ihr euer Ziel erreicht, dann betet für uns!«
»Das werden wir«, versprach ich, bevor wir unseren Weg fortsetzten.

Mir wurde noch schwerer ums Herz als zuvor. Ich kam mir vor wie ein Verräter, wie ein feiger Fahnenflüchtiger, der die Seinen im Stich läßt, um das eigene Leben zu retten.
Gilbert spornte sein Tier an und kam an meine Seite. »Hör auf zu grübeln, Roland! Es bringt dich nicht weiter. Auch ich würde am liebsten umkehren und an der Seite meiner Brüder kämpfen. Aber wir haben eine Pflicht übernommen, die nicht nur unsere Brüder betrifft, sondern die gesamte Christenheit. Denk daran, wenn du das nächste Mal von Zweifeln gepackt wirst!«
Ich lächelte ihm dankbar zu. »Es ist gut, einen Freund zu haben!«
»Zwei«, berichtigte Gilbert und zeigte auf Udaut. »Und vielleicht sogar noch drei mehr. Die Johanniter scheinen aus unserem Holz geschnitzt zu sein. Unsere Aufgabe ist schwer, aber wir sechs können sie erfüllen!«

23. KAPITEL

Die Beduinen

Unsere Verkleidung war gut, aber nicht alle Sarazenenposten fielen auf sie herein. Bevor wir das Gebiet von Hattin verlassen hatten, wurden wir zweimal von Wachtposten angesprochen, die uns zum Glück zahlenmäßig unterlegen waren. Beide Male gelang es uns, die Ungläubigen zu überwältigen und zu töten, ohne daß wir ernsthafte Schäden erlitten. Das Schlimmste war eine Schnittwunde, die Ludwig von Kirchheim sich am rechten Arm zuzog.

Als die Dunkelheit über das Heilige Land hereinbrach, waren die Hörner von Hattin für uns nur noch zwei schemenhafte Erhebungen in der Ferne. Allerdings sahen wir dort zahlreiche Feuer brennen und zweifelten nicht daran, daß es die Freudenfeuer der siegreichen Sarazenen waren.

Wir überlegten, ob wir die Nacht durchreiten sollten, um in ihrem Schutz einen möglichst großen Abstand zu Saladins Heer zu gewinnen. Aber wir waren nach einem Tag des Kämpfens und Reitens am Ende unserer Kräfte, und unseren Pferden ging es nicht besser. Also schlugen wir unser Lager auf, in einer mit Gestrüpp bewachsenen Senke, wo wir vor fremden Blicken weitgehend geschützt waren. Falls jemand im Dunkeln hierherkam, mußte er schon über uns stolpern, um uns zu entdecken.

Ein Feuer entfachten wir aus Sicherheitsgründen nicht, und

so gab es nur getrocknete Datteln und alten, harten Schafskäse zu essen. Wenigstens hatten wir den überwältigten Wachen ihre Wasserschläuche abgenommen, so daß wir unseren ärgsten Durst löschen konnten. Allerdings gingen wir sparsam mit dem kostbaren Naß um, weil wir nicht wußten, wie lange wir mit diesem begrenzten Vorrat auskommen mußten.
Früh am nächsten Morgen setzten wir unseren Weg fort und waren mehrmals gezwungen, die Richtung zu ändern, weil immer wieder muslimische Einheiten vor uns auftauchten. Sie durchstreiften das gesamte Gebiet, und wir konnten von Glück sagen, daß wir sie entdeckten und nicht sie uns.
Auch die Suche nach Wasser gestaltete sich schwierig. In den Ortschaften rings um Hattin, wo wir fündig geworden wären, hatte Saladin mit hoher Wahrscheinlichkeit Truppen stationiert. Schon allein, damit versprengte Christen keinen Unterschlupf fanden. Also konnten wir nur darauf hoffen, auf einen Bach oder ein Wasserloch zu stoßen. Die Hoffnung erfüllte sich nicht. Als wir unser zweites Nachtlager aufschlugen, waren unsere Schläuche fast leer, und wir waren der Stadt Tiberias aufgrund der vielen Richtungsänderungen noch keinen Schritt näher gekommen.
»Wir sollten unseren Plan ändern«, sagte Gilbert, als wir am nächsten Morgen unser karges Frühstück mit den letzten Wasserresten hinunterspülten. »Es hilft uns nichts, uns nach Tiberias durchzuschlagen. Sollte die Zitadelle inzwischen von den Sarazenen erobert worden sein, können wir dort ohnehin keine Hilfe erwarten. Halten die Verteidiger aber noch stand, wird der Ring der Belagerer so eng sein, daß es für uns kaum einen Weg durch ihre Linien geben dürfte. Und selbst wenn uns das gelänge, was wäre damit gewonnen? Es bestünde erneut die Gefahr, daß das Wahre Kreuz den Ungläubigen in die Hände fällt.«

Ich stimmte ihm zu und fragte: »Was schlägst du vor, Gilbert?«
Er zog seinen Dolch und zeichnete mit der Spitze eine grobe Karte des Landes in den Sand. Ein länglicher Ring stellte den See Genezareth dar, an dessen Westufer er ein dickes Kreuz malte: Tiberias. Noch ein Stück weiter westlich ritzte die Dolchspitze ein zweites Kreuz in den Sand.
»Hier ungefähr befinden wir uns«, sagte er. »Zwischen uns und Tiberias sind jede Menge sarazenischer Truppen unterwegs, wie wir in den vergangenen zwei Tagen gemerkt haben.«
Er zog eine lange, fast gerade Linie nach Süden, bis hin zu einem großen, länglichen Gebilde: der Fluß Jordan und das Tote Meer. Ein Stück westlich der Stelle, wo der Jordan ins Tote Meer floß, entstand ein drittes Kreuz: Jerusalem.
»Wir sollten uns strikt südwärts halten, bis der See Genezareth hinter uns liegt«, fuhr Gilbert fort. »Dann könnten wir versuchen, den Jordan zu erreichen und uns am Fluß ein Boot besorgen, das uns mit etwas Glück bis zum Toten Meer bringt, bis nach Jerusalem.«
Udaut verdrehte schwärmerisch die Augen. »Beim Jordan denke ich an Wasser, an viel Wasser. Ich bin für deinen Vorschlag, Bruder!«
Wir alle waren dafür, und beseelt von neuem Mut brachen wir auf.
Wir durchzogen ein karges Gebiet, das von wellenförmigen Erhebungen durchzogen und nur spärlich bewachsen war. Nach einer Wasserstelle hielten wir vergebens Ausschau. In der Mittagszeit errichteten wir aus unseren Waffen und Dekken ein behelfsmäßiges Zelt, das uns ein wenig Schutz vor der größten Hitze gewährte.
Als wir das Zelt am Nachmittag abbrachen und ich meine

Decke hinter dem Sattel verstaute, hörte ich plötzlich einen Schmerzensschrei. Alarmiert fuhr ich herum und sah Ludwig von Kirchheim rückwärts taumeln und mit der rechten Hand seinen linken Arm halten.

»Eine Schlange!« Er blickte mit weit aufgerissenen Augen auf den Boden. »Sie hat mich gebissen!«

Ich war als erster bei ihm und sah eine rötlich-braun gefleckte Schlange mit einer spitzen Erhebung vorn am Kopf, die sich seitlich von dem Johanniter fortbewegte, indem sie in einem schnellen Rhythmus abwechselnd ein Stück des vorderen Leibes und den Schwanz anhob und wieder absetzte. Dieses zügige, fremdartige Dahingleiten erhöhte noch meinen Abscheu vor dem Tier, das Ludwig offenbar versehentlich in seiner Mittagsruhe gestört hatte.

Die Waffe, die ich am schnellsten zur Hand hatte, war die Streitaxt mit dem Wahren Kreuz. Diesmal zögerte ich nicht, sie zu gebrauchen. Mit zwei flinken Sprüngen holte ich die Schlange ein. Ein Schlag mit der Axt, und ihr Kopf flog im hohen Bogen durch die Luft. Der Schlangenleib bewegte sich noch ein Stück weiter, bevor er vor einem spitzen Felsen liegenblieb.

»Recht so, Roland!« rief Udaut. »So hätte Adam schon mit der Schlange im Paradies verfahren sollen!«

»Vielleicht hatte er keine Streitaxt«, sagte ich und betrachtete den Schlangenkopf mit der leicht gebogenen Zuspitzung. »Eine Hornviper, ein sehr giftiges Untier!«

»Aber nicht immer verteilt sie ihr Gift«, sagte einer der Johanniter, Antoine de Barrault, der durch seine feingeschnittenen, fast weiblichen Gesichtszüge auffiel. »Wenn die Hornviper aufgeschreckt wird und sich verteidigt, beißt sie manchmal nur zu, ohne das Blut des Gebissenen mit ihrem Gift zu verseuchen. Vielleicht hat Bruder Ludwig Glück gehabt.«

Es stellte sich heraus, daß Ludwig von Kirchheim kein Glück gehabt hatte. Die Schlange hatte ihn in den Arm gebissen, in der Nähe des Ellbogens, und schon bald zeigte sich eine starke Rötung und Schwellung, die auf eine Vergiftung hindeutete. Die Wunde schmerzte und blutete heftig.
De Barrault, der sich von uns am besten mit Schlangenbissen auskannte, nahm eine der Kordeln, die seine Gewänder zusammenhielten, und band damit den verletzten Arm unterhalb der Schulter ab, damit das Gift nicht zum Herzen vordrang.
Ich ging derweil zum nächsten Gebüsch und suchte ein paar besonders kräftige Äste, die ich abschnitt, um daraus eine Schiene für von Kirchheims Arm anzufertigen. Je ruhiger der Arm lag, desto besser, erklärte de Barrault.
Simon de Lacey, ein sehr kräftiger Mann mit einem runden, fleischigen Gesicht, verfolgte unsere Bemühungen eher skeptisch. »Sollten wir die Wunde nicht aussaugen, damit das Gift herauskommt?«
De Barrault schüttelte den Kopf. »Das schadet dem, der sich daran zu schaffen macht, oft mehr, als es dem Verletzten hilft. Das Gift kann dadurch auch in den Körper des anderen gelangen. Ich habe einmal miterlebt, wie auf diese Weise zwei Männer statt eines qualvoll ums Leben gekommen sind.«
Von Kirchheim, der lang ausgestreckt auf dem Boden lag, den Kopf auf eine zusammengerollte Decke gebettet, fragte stöhnend: »Und was für eine Schlange war das damals, Bruder Antoine?«
De Barrault senkte den Blick und antwortete leise: »Auch eine Hornviper.«
Von Kirchheim schien noch blasser zu werden.
»Ihr müßt mich hier zurücklassen«, sagte er und sah zu der Streitaxt, die wieder an meinem Waffengurt hing. »Unsere

Mission ist wichtiger, Brüder. Bringt das Kreuz Jesu vor den Ungläubigen in Sicherheit!«

»Nein«, entgegnete ich. »Wir wissen nicht, was für Gefahren noch auf uns warten. Wir müssen einander beistehen, wenn wir unseren Auftrag erfüllen wollen. Vielleicht ist die Vergiftung weniger stark, als es im Augenblick aussieht. Etwas Ruhe wird dir guttun, Bruder Ludwig. Wir sollten das Zelt wieder aufbauen, um dich und uns vor der Sonne zu schützen.«

Mein Vorschlag, an diesem Ort zu bleiben, wurde nicht von allen befürwortet. De Lacey wies auf die Dringlichkeit unserer Mission hin und Udaut auf den Umstand, daß wir kein Wasser mehr hatten.

»Das Wasser müssen wir uns eben suchen«, erwiderte ich.

Udaut war nicht überzeugt. »Das können wir auch, wenn wir weiterziehen und Bruder Ludwig mitnehmen.«

»Jeder Transport wird ihm schaden. Ist es nicht so, Bruder Antoine?«

De Barrault nickte. »Doch, Bruder Roland hat recht.«

Nach einigem Hin und Her wurde mein Vorschlag schließlich doch angenommen, und wir machten uns daran, das Zelt neu zu errichten.

Mitten in der Arbeit hielt de Lacey inne und zeigte nach Norden: »Da, wir bekommen Besuch!«

Über eine mit niederem Gestrüpp bewachsene Bodenwelle kamen zwei Kamelreiter auf uns zu, der Kleidung nach Beduinen. Als sie uns erblickten, hielten sie ihre großen Reittiere an.

»Vielleicht können sie uns helfen«, sagte ich hoffnungsvoll, trat einen Schritt vor und winkte ihnen zu.

Die Reiter berieten sich kurz und setzten dann ihren Weg fort. Offenbar erschienen wir ihnen in unserer orientalischen

Gewandung ungefährlich. Es waren zwei Männer mittleren Alters mit hageren, sonnenverbrannten Gesichtern. Am Rande unseres Lagerplatzes hielten sie ihre Kamele abermals an.

»*Es-salâm 'aleikum* – Friede sei mit euch!« grüßte einer der beiden, während er uns forschend anblickte. In der Wüste war es immer geboten, Fremden gegenüber vorsichtig zu sein.

»*We 'aleikum es salâm!* – Und Friede sei mit euch!« antwortete ich und sah ihm an, daß er sogleich in mir den Franken erkannt hatte. Zwar beherrschte ich, wie die meisten meiner Brüder, die arabische Sprache gut genug, um mich mit Einheimischen zu verständigen, aber mein Zungenschlag verriet doch zu deutlich den Abendländer.

»*Wallâhi* – bei Gott, was hat das zu bedeuten?« entfuhr es dem Beduinen. »Du trägst die Kleidung eines Gläubigen und sprichst mit der Zunge eines Ungläubigen!«

»Wir sind Franken und glauben an den Gott der Christen, das ist wahr. Doch wir alle sind Wanderer in der Wüste, einer auf die Hilfe des anderen angewiesen.« Ich zeigte auf von Kirchheim. »Mein Bruder hier ist von einer Schlange gebissen worden. Wir bitten dich und die Deinen um Hilfe und um Wasser, denn unsere Schläuche sind leer.«

Der Beduine ließ seinen Blick über unser kärgliches Lager und meine Gefährten schweifen, bevor seine schmalen, dunklen Augen wieder mich fixierten. »Genießen die Meinen und ich das Gastrecht in eurem Lager?«

»Selbstverständlich, mein Wort darauf.«

»So wollen wir euch helfen. Der Koran gebietet, auch dem Wanderer gegenüber barmherzig zu sein. Wir Söhne der Wüste wissen nur zu gut, daß die Beachtung dieses Gebots über Leben und Tod entscheiden kann.«

Er gab seinem Begleiter eine kurze Anweisung, woraufhin

dieser sein Kamel wendete und in die Richtung zurückritt, aus der sie gekommen waren.
»Mein Bruder Okba reitet zurück, um die Unsrigen herbeizuholen«, erklärte der erste. »Mein Name ist Rassam.«
Ich nannte meinen Taufnamen und die meiner Gefährten, fragte mich aber, ob unsere ungewohnten Namen dem Sohn der Wüste etwas sagten.
Rassam ließ sein Kamel niederknien, stieg ab, nahm seinen Wasserschlauch und gab von Kirchheim etwas zu trinken. Danach ließ er den Schlauch herumgehen, während er sich unseren Kranken genauer ansah.
»Die Schlange hat eurem Bruder einiges von ihrem Gift hinterlassen, aber ihr habt klug an ihm gehandelt. Vielleicht wird er gesund. Sobald die Meinen hier sind, wird meine Tochter sich um ihn kümmern.«
»Wieso deine Tochter?« fragte ich.
»Jeder Mensch versteht sich auf einige Dinge besonders gut. Eine ihrer besonderen Gaben ist es, Kranke zu heilen.«
Nach weniger als einer halben Stunde tauchte Rassams Bruder wieder auf und brachte weitere Beduinen mit, die einige Kamele sowie eine große Herde Ziegen und Schafe mit sich führten. Es war kein großer Stamm, wie ich erwartet hatte, sondern nur eine Gruppe von nicht mehr als zehn oder zwölf Personen. Offenbar mußten die Beduinen sich aufteilen, um in diesem Landstrich genügend Weideplatz für ihre Herden zu finden.
Schnell war ein großes Zeltdach errichtet, viel haltbarer als unsere behelfsmäßige Konstruktion, und eine junge Frau, Rassams Tochter, ließ sich neben von Kirchheim nieder. Sie verbrachte einige Stunden mit dem Kranken, sprach mit ihm, strich ihm über die Stirn und flößte ihm wiederholt ein Getränk aus einer schmalen Lederflasche ein.

Der Abend war längst hereingebrochen, als sie sich vom Krankenbett erhob und uns die gute Nachricht brachte: »Euer Bruder wird noch etwas fiebern, aber er wird sich von dem Schlangenbiß erholen.«

Ihr unverschleiertes Gesicht, sehr ebenmäßig geschnitten, mit hohen Wangenknochen und vollen, sanft geschwungenen Lippen, beeindruckte mich durch seine natürliche Schönheit, die keinerlei künstlicher Hilfsmittel bedurfte, um das Herz eines Mannes zu entflammen.

»Ich danke dir in unser aller Namen«, sagte ich. »Verrätst du mir, wie du heißt, damit ich dich in meine Gebete einschließen kann?«

Erstaunt sah sie mich an. »Ich bin für dich eine Ungläubige, und doch willst du mich in deine Gebete einschließen?«

»Du bist ein guter Mensch, und Gott wird das erkennen.«

»Ich danke dir, Mann mit dem kupfernen Haar.« Sie lächelte, und mir wurde noch wärmer ums Herz. »Mein Name ist Ourida.«

24. KAPITEL

Saladins Rache

Auf eine Einladung Rassams hin versammelten meine Brüder und ich uns – mit Ausnahme des kranken Johanniters – um ein großes Lagerfeuer, an dem auch die Beduinen Platz nahmen. Neben Rassam und seinem etwas jüngeren Bruder Okba waren das ein alter Mann, Okbas Schwiegervater, und zwei jüngere, Okbas Söhne. Rassam hatte, wie ich später erfuhr, keine Söhne, aber drei Töchter, von denen Ourida die älteste war. Zwei weitere Töchter Okbas waren noch im Kindesalter.

Wir hatten Bedenken wegen des weithin sichtbaren Feuers, äußerten sie aber nicht laut, um die Beduinen nicht zu alarmieren. Wenn sie erfuhren, daß wir Soldaten aus König Guidos Heer waren, mochte sich ihre Freundlichkeit leicht ins Gegenteil verkehren. Wir mußten darauf vertrauen, dass womöglich durch dieses Gebiet streifende Soldaten Saladins uns ebenfalls für Beduinen halten würden.

Wohl aßen wir zusammen, eine stark gewürzte Gemüsesuppe und anschließend einen dicken, nahrhaften Gerstenbrei, aber es kam kein rechtes Gespräch in Gang. Die Söhne der Wüste schienen darauf zu warten, daß wir uns erklärten, doch wir verhielten uns abwartend, um uns nicht durch eine unbedachte Äußerung zu verraten.

Nach dem Essen brachten Ourida und ihre Schwestern uns

kleine Gefäße mit einem süßen schwarzen Trank, der eine stark belebende Wirkung besaß, und da endlich sagte Rassam: »Die Schlacht bei den Hörnern von Hattin war lang und grausam. Die Christen haben sich tapfer geschlagen. Sie sind einen ehrenvollen Tod gestorben.«

Gilbert runzelte die Stirn und sah das Oberhaupt der Beduinenfamilie forschend an. »Warum sprichst du von dieser Schlacht?«

Rassam erwiderte den durchdringenden Blick. »Um euch zu sagen, daß ich euch für tapfere Männer halte. Ihr habt die Schlacht überlebt, aber ich sehe euch an, daß ihr nicht vor ihr geflohen seid.«

Meine Brüder und ich wechselten schnelle Blicke, doch keiner schien zu wissen, was zu tun war, jetzt, da offenkundig war, daß Rassam uns durchschaut hatte!

»Du hältst uns für christliche Soldaten?« fragte Gilbert lauernd, während seine Rechte sich vorsichtig zum Griff seines Schwertes vortastete.

»Eure Haltung verrät, daß ihr Krieger seid, die den Tod nicht scheuen. Warum sollten Frankensoldaten sich hier aufhalten und die Kleider von Gläubigen tragen? Die einzige Erklärung ist die, daß ihr zu den wenigen Glücklichen gehört, die dem Massaker von Hattin entkommen sind. Aber keine Angst, wir werden euch nicht verraten.«

»Warum nicht?« erkundigte sich Gilbert, die Waffenhand noch immer in der Nähe des Schwertgriffes.

Hatte Rassam gesehen, daß Gilbert auf dem Sprung war? Falls ja, ließ er es sich nicht anmerken.

Er sagte in aller Ruhe: »Saladin und die Seinen blicken hochmütig auf uns Söhne der Wüste herab. Für sie zählt nur der Gläubige etwas, der in der Stadt wohnt und eine Schule besucht, oder jener, der als Krieger für sie kämpft. Wir aber sind in ihren Augen nutzlos, tragen nichts bei zum Ruhme des Propheten oder des Sultans. Schon oft haben Saladins Soldaten, wenn ihre Vorräte knapp wurden, unsere Brüder überfallen und ihre Herden geraubt. Darum sind viele Söhne der Wüste den Christen enger verbunden als ihren eigenen Glaubensbrüdern.«

Was Rassam sagte, war mir nicht gänzlich neu. Nur hatte ich es noch nie in solcher Deutlichkeit aus dem Munde eines Muslims gehört. Viele Beduinen hatten sich schon christlichen Herren als Kundschafter angedient, weil sie die Sache Saladins nicht als die ihre ansahen. Und für uns war es beruhigend, daß auch Rassam kein Freund des Sultans zu sein schien.

»Haltet ihr mich für einen Lügner?« fragte er.

»N-nein«, antwortete ich überrascht. »Wie kommst du darauf?«

Rassam blickte Gilbert an. »Wer seine Hand an die Waffe legt, hat entweder Angst oder hegt böse Absichten. Da ihr uns das Gastrecht gewährt habt, dürftet ihr keine bösen Absichten gegen uns hegen. Und nach dem, was ich euch eben erzählt habe, dürftet ihr auch keine Angst vor uns haben. Es sei denn, ihr haltet mich für einen Lügner.«

Gilbert nahm die Hand vom Schwert und lächelte dünn. »Verzeih, Rassam. Deine Worte sind aufrichtig, da bin ich sicher, aber das Mißtrauen hat mich übermannt. Wir sind in einem feindlichen Land, und eine Unaufmerksamkeit oder falsche Entscheidung kann schnell den Tod bringen.« Er sah zu dem Krankenlager hinüber, wo Ourida gerade ein feuchtes Tuch auf von Kirchheims Stirn legte. »Unser Bruder hat das heute auf schmerzhafte Weise erfahren und ist nur dank eurer Hilfe mit dem Leben davongekommen. Also vergib mir mein Mißtrauen, Sohn der Wüste!«

Rassam nickte. »Ich verstehe dich, Franke. Du mußt die Deinen beschützen, ganz so, wie ich die Meinen beschützen muß. Die Wüste kann in der Tat ein feindliches Land sein, wenn man sie nicht genau kennt und sich nicht an ihre Regeln hält. Unser tägliches Leben hier ähnelt oft einem Krieg.«

Ich ergriff das Wort. Um das Gespräch in eine andere Richtung zu lenken, aber auch, weil mich die Neugier plagte.

»Weißt du Näheres über den Ausgang der Schlacht bei den Hörnern von Hattin? Wir haben ihn nicht mehr erlebt.«

»Wir sind gestern einem kleinen Trupp von Saladins Reitern begegnet, die uns zum Glück nicht angriffen, sondern friedlich Handel mit uns trieben. Deshalb weiß ich, was sich ereignet hat.«

Was Rassam erzählte, ließ uns den Atem stocken, erfüllte uns mit Abscheu und Entsetzen, mit Trauer und Zorn. Der verzweifelte Angriff aller verbliebenen christlichen Ritter, den wir vor dem Verlassen des südlichen Horns noch beobachtet hatten, war gescheitert. Trotz hoher Verluste hatten unsere Brüder sich noch einmal zu einer Attacke gesammelt, aber auch da war ihnen das Kriegsglück verwehrt geblieben.

Geschlagen und entmutigt waren König Guido und seine Ritter auf den Hügel zurückgekehrt, um sich auf einen Gegenangriff der Sarazenen vorzubereiten. Diesen hatte Saladin mit seinen besten Truppen geführt, und eine Verteidigungsstellung nach der anderen war gefallen. Schließlich, berichtete Rassam, hatten die Muslime das Zelt des Königs erreicht, wo sich ein letztes Häuflein Tapferer gegen ihre Angriffe wehrte.

»Auch diese Christen wurden einer nach dem anderen überwunden«, sagte Rassam, »und das Wahre Kreuz, das neben dem roten Zelt des Königs stand, ist in die Hände der Angreifer gefallen. Ein Reiter Saladins hat es an sich genommen und unter dem Jubel Tausender Kehlen in die Luft gehalten.«

»Was ist weiter mit dem Kreuz geschehen?« fragte ich.
»Es ist zum Zeichen des Sieges Saladin überbracht worden. Gewiß wird der Sultan dieser Trophäe einen Ehrenplatz geben.«
Ich atmete ein wenig auf. So schrecklich es auch war, sich den Bericht über unsere Niederlage anzuhören, so tröstlich war es, daß wir das Wahre Kreuz hatten retten können. Die Sarazenen schienen tatsächlich die äußere Hülle für die Reliquie zu halten.
So bestand keine Gefahr, daß sie nach jenem unscheinbaren Stück Holz suchen würden, das im Schaft meiner Axt verborgen war.
Rassam erzählte weiter, Sultan Saladin habe den gefangenen König Guido und alle christlichen Heerführer, die den Kampf überlebt hatten, in sein Zelt bringen lassen. Guido sei nur mehr ein zitterndes Wrack gewesen und habe sichtlich erleichtert die Schale Wasser angenommen, die Saladin ihm reichte – ein Zeichen, daß Saladin ihm das Gastrecht gewährte und ihm nicht nach dem Leben trachtete.
Als Guido aber das Wasser an Renaud de Châtillon weiterreichte, sei der Sultan in Wut geraten, weil de Châtillon einer seiner ärgsten Feinde und in seinen Augen derjenige war, der den Bruch des Waffenstillstands zu verantworten hatte. Saladin habe ihm das Gastrecht verweigert und ihn vor die Wahl gestellt, seinem Glauben abzuschwören oder sein Leben zu verlieren. De Châtillon habe sich für letzteres entschieden und sei enthauptet worden.
»Einer der Soldaten, die uns davon erzählten, meinte, der Sultan selbst habe das Haupt des Franken vom Rumpf getrennt«, sagte Rassam. »Ich weiß nicht, ob das wahr ist, doch bei all den anderen Enthauptungen wird er wohl kaum eigenhändig das Schwert geführt haben.«

Ich sah den Beduinen erschrocken an. »Bei all den anderen Enthauptungen? Was bedeutet das?«
Rassam legte eine Pause ein und blickte wie abwesend ins Feuer. »Der Krieg ist ein Untier, das, einmal in Raserei verfallen, kaum mehr zu bändigen ist. Selbst wenn die Schlacht geschlagen ist, giert es noch nach Opfern. So hat es auch jene Christen getroffen, die den Orden ihres Gottes angehörten.«
Gilbert beugte sich gespannt vor. »Sprichst du von den Templern und Johannitern?«
»Ja, so heißen sie. Wer von ihnen nicht gefallen war, gehörte als Gefangener demjenigen, der ihn überwunden hatte. Für einen Ordensritter erhofften Saladins Männer sich ein gutes Lösegeld. Saladin aber hat alle gefangenen Ordensritter ihren Bezwingern abgekauft und ausnahmslos hinrichten lassen, weil sie, so sagte er, unversöhnliche Feinde des Islam seien und sich niemals bessern würden.«
Auf den Gesichtern meiner Brüder las ich dieselbe Bestürzung, die auch mich befallen hatte. Hitze wallte in mir auf, und die zuckenden, prasselnden Flammen des Lagerfeuers erschienen mir plötzlich unterträglich. Ich erhob mich und entfernte mich eiligen Schrittes, weg vom Lager, hinaus in die kalte Wüstennacht, bis das Feuer nur noch eine kleine Flamme war.
Von einem niedrigen Hügel aus blickte ich nach Westen, wo ich unter demselben Sternenzelt Hattin wußte und wo meine toten Brüder lagen, enthauptet, gewiß auch ausgeplündert, ihres Lebens und ihrer Ehre beraubt. Die Schauer, die mir über den Rücken liefen, waren nicht der Kälte geschuldet.
Ich zog die doppelköpfige Axt aus dem Gürtel und hielt sie hoch. Hatte der Bischof von Lydda einen Fehler gemacht, als er uns das Wahre Kreuz anvertraute? Hätte das heilige Holz, wäre es in unserem Lager geblieben, uns vielleicht doch noch

den Sieg gebracht? Hätte es zumindest die Templer und Johanniter davor bewahrt, auf derart abscheuliche und sinnlose Weise ihr Leben zu verlieren?

Ich fand keine Antwort auf meine Fragen. Als ich in der Dunkelheit leise Schritte hörte, schob ich die Axt rasch wieder in den Gürtel.

Eine schlanke Gestalt kam den Hügel herauf, und das Mondlicht schien auf die lieblichen Züge von Rassams ältester Tochter.

»Ourida! Was suchst du hier?«

»Dich, Mann mit dem Kupferhaar. Ich möchte dich nicht in deiner Trauer um deine Brüder stören. Aber vielleicht willst du jetzt nicht allein sein.«

»Du weißt, daß auch ich ein Ordensritter bin?

»Ihr alle seid welche, das wissen wir. Nur weil wir einfache Menschen sind, Söhne und Töchter der Wüste, müßt ihr uns nicht für dumm halten!«

»Ich weiß, daß du nicht dumm bist«, beeilte ich mich zu sagen. »Du hast einen wachen Verstand und ein warmes Herz. Es ist gut, daß du bei mir bist!«

Das Mondlicht fiel auf einen silbrig leuchtenden Anhänger, den Ourida an einer Kette um den Hals trug. Er war rund und etwa so groß wie die Fläche einer Hand. Seine Gravur bestand aus arabischen Schriftzeichen, links und rechts davon jeweils eine Rose.

»Was bedeutet diese Schrift?« fragte ich.

»Es ist meine Name, Ourida, die Rose.«

»Der Name paßt gut zu dir. Du besitzt wahrlich die Schönheit einer Rose.«

Meine Worte schienen ihr keine Freude zu bereiten. Sie sah mich ernst an. »Schönheit ist wie ein Wanderer: Sie geht vorüber.«

»Die äußere vielleicht, aber nicht die innere«, erwiderte ich.
»Du sprichst von Dingen, die du kaum kennst.«
Ich sah ihr tief in die Augen und flüsterte: »Manche Dinge kennt man erst kurze Zeit, und doch sind sie einem so vertraut, als sei man sein Leben lang an sie gewöhnt.«

25. KAPITEL

Blut!

Mit jedem Tag, der verging, erholte Ludwig von Kirchheim sich mehr von dem Schlangenbiß. Ourida kümmerte sich um ihn, als sei er ihr Bruder. Wir Ordensritter hatten beschlossen, so lange zu warten, bis der kranke Johanniter wieder im Sattel sitzen konnte. Dann wollten wir unsere Reise so fortsetzen, wie Gilbert es vorgeschlagen hatte. Den Beduinen sagten wir zwar, daß wir uns in Richtung Jerusalem durchschlagen wollten, aber von unserer Mission und dem Wahren Kreuz erzählten wir ihnen nichts.

Wenn ich mit meinen Brüdern zusammensaß, spürte ich eine düstere Stimmung, die trotz von Kirchheims fortschreitender Genesung von ihnen Besitz ergriffen hatte. Rassams Bericht über den schrecklichen Tod unserer Ordensbrüder ging ihnen nicht aus dem Sinn. Ich entnahm es ihren haßerfüllten Reden über die Muslime, hörte es in ihrem Tonfall und sah es in ihren Augen, wenn sie die Beduinen ansahen, die uns doch zweifellos freundlich gesinnt waren und an dem Massaker, das Saladin befohlen hatte, keinerlei Schuld trugen.

Die Veränderung, die mit meinen Brüdern vorging, erschreckte mich und stieß mich ab. Ich betete für sie und hoffte inständig, daß ihr Haß durch die Zeit und Gottes Gnade geheilt werden möge.

Um so mehr genoß ich die Stunden, die ich mit Ourida ver-

brachte. Und sie erschienen mir kostbar, denn unsere Weiterreise an einem der nächsten Tage war beschlossene Sache. Einer von Okbas Söhnen hatte südlich unseres Lagers einen kleinen See entdeckt, um den herum es genügend Weidegrund für die Tiere der Beduinen gab. Okbas Söhnen und Rassams Töchtern oblag es, die Herde zu hüten. Wann immer Ourida diese Aufgabe übernahm, gesellte ich mich zu ihr.
Manchmal sprachen wir über Dinge, von denen ich nicht geglaubt hätte, daß ein einfaches Beduinenmädchen sich mit ihnen beschäftigte: über den Sinn des menschlichen Daseins oder über den Plan, den Gott – oder Allâh – mit der Erschaffung der Welt verfolgt haben mochte. Dann wieder saßen wir einfach nur beieinander, blickten auf den schimmernden See oder hinaus in die Wüste und freuten uns an unserem Beisammensein.
Ich war Tempelritter, und ein Weib an meiner Seite war mir versagt. Vielleicht genoß ich gerade deshalb die Zeit mit Ourida so sehr. Ich wußte, daß ich bald zu meinem anderen Leben zurückkehren würde. Dieser friedliche kleine See mitten in der Wüste, in einem blutig umkämpften Land, würde für mich dann nichts mehr sein als eine Erinnerung. So wie Ourida, die Rose.
Auch an dem Abend, bevor wir aufbrechen wollten, hatte Ourida die Wache über die Herde übernommen, und ich hatte sie begleitet. Als wir am See saßen, wollte ich ihr sagen, wie viel mir ihre Gesellschaft bedeutete, aber während ich noch nach den richtigen Worten suchte, ging eine seltsame Veränderung mit ihr vor sich: Ourida erstarrte und sah nur scheinbar hinaus aufs Wasser; in Wahrheit schien sie in weite Ferne zu blicken, und in ihren Augen lag blankes Entsetzen.
»Blut!« stieß sie hervor. »Ich sehe alles voller Blut!«
»Wovon sprichst du, Ourida? Hier ist kein Blut.«

»Nicht hier, im Lager, bei unseren Zelten.« Sie keuchte schwer, als bekäme sie kaum noch Luft. »Sie liegen alle in ihrem Blut!«

»Wer?« fragte ich, packte sie bei den Schultern, drehte sie herum und schüttelte sie. »Erklär mir, von wem du sprichst!«

»Von meinem Vater und meiner Mutter, von meinen Schwestern, von Okba und seiner Familie. Alle, alle sind sie tot!«

Sie sprang auf und wollte loslaufen, aber ich hielt sie fest.

»Wohin willst du, Ourida?«

»Ins Lager! Laß mich los, ich muß zu ihnen!«

»Du bildest dir etwas ein«, sagte ich beschwichtigend. »Was sollte den Deinen zugestoßen sein? Und wie willst du davon erfahren haben?«

Ihr Blick klärte sich; jetzt sah sie mich an und nicht mehr durch mich hindurch. »Ich habe diese Gabe. Meine Mutter hatte sie schon, ihre Mutter und deren Mutter. Woher sie kommt, weiß ich nicht. Manche Menschen haben Angst davor, und deshalb bleibt meine Famile meistens für sich.« Sie stockte, wiederholte: »Meine Familie!«, und jetzt war es ein Aufschrei.

Ich hielt sie nicht länger für verrückt oder in den Klauen eines plötzlichen Fieberanfalls gefangen. Ob sie die Gabe, von der sie sprach, wirklich besaß, wußte ich nicht. Aber ich erkannte, daß sie irgend etwas gesehen hatte und daß sie von großer Angst gepackt war. Also ergriff ich ihren Arm und lief mit ihr zurück zum Lager.

Das Beduinenlager lag so ruhig vor uns, daß Ouridas Befürchtungen mir doch lächerlich erschienen. Aber je näher wir kamen, desto klarer wurde mir, daß die Stille eine unnatürliche war. Wir hörten kein Kindergeschrei und nicht das Gespräch der Männer am Feuer. Nur die Flammen loderten

wie immer, und der Schein des Lagerfeuers wies uns schon von weitem den Weg durch die Wüstennacht.
Ich ahnte etwas Beunruhigendes, eine Gefahr, und bat Ourida zurückzubleiben. Sie weigerte sich. Die Angst um ihre Familie war stärker als die Sorge um die eigene Sicherheit.
Wir hielten auf das Lager zu und wären fast über etwas Großes gestolpert, das uns im Weg lag. Es war der alte Mann, Okbas Schwiegervater. Er lag auf dem Bauch, das Gesicht zur Seite gedreht, und sein Blick war leer. Die Hände hatte er in den Boden gekrallt wie in einem vergeblichen Versuch, sich am Leben festzuhalten. In seinem Rücken klaffte eine große, blutende Wunde.
Entgegen meiner Erwartung schrie Ourida nicht auf. Im Gegenteil, sie gab keinen einzigen Ton von sich, starrte nur kurz auf den Ermordeten. Dann hetzte sie weiter, zum Feuer, zu den Zelten, so schnell, daß ich kaum mithalten konnte.
Am Lagerfeuer lagen weitere Tote, Okba und seine Söhne – und Ouridas Vater!
Alle bluteten, einige aus mehreren Wunden. Auch beim Anblick ihres Vaters schrie Ourida nicht auf, sagte sie kein Wort. Nur ihr Kopf ruckte herum, und sie sah hinüber zu ihrem Zelt. Ich wußte, daß sie an ihre Mutter und die jüngeren Schwestern dachte.
Aus dem Zelt trat ein Mann mit einem Schwert in der rechten Hand. Als er sich dem Feuer näherte, erkannte ich Udaut. Und sein Schwert war voller Blut!
»Da bist du ja, Bruder Roland. Gut, daß du uns auch das Mädchen gebracht hast. Die anderen Ungläubigen sind alle tot.«
»Aber warum?« stammelte ich.
»Warum? Das fragst du, ein Templer? Sind wir nicht in dieses Land gekommen, um es von der Plage der Ungläubigen zu befreien?«

»Die Beduinen waren nicht unsere Feinde. Sie haben uns geholfen, haben uns Wasser gegeben und für Bruder Ludwig gesorgt!«

»Sie wußten, daß wir Ordensritter sind, und sie wußten, daß wir nach Jerusalem wollen. Sie hätten uns verraten können, auch unabsichtlich. Deshalb haben wir beschlossen, ihnen das Schicksal zuteil werden zu lassen, das auch unsere Brüder bei Hattin erleiden mußten: den Tod ohne Gnade.«

»*Ihr* habt das beschlossen?«

»Wir fünf, ohne dich, Bruder Roland. Wir waren uns deiner nicht sicher. Deine, hm, Zuneigung zu dem Beduinenmädchen hat uns an dir zweifeln lassen. Aber nun, da die Arbeit so gut wie getan ist, wirst du uns sicher wieder ein treuer Gefährte sein. Nur noch das Mädchen ...«

Er machte einen Schritt auf Ourida zu und hob mit beiden Händen sein Schwert.

Ich handelte, ohne nachzudenken, sonst hätten mich vielleicht mein Templereid und die langjährige Kameradschaft, die mich mit Udaut verband, zurückgehalten. Aber meine Angst um Ourida war stärker und drängte jeden Zweifel beiseite. Die doppelköpfige Axt lag in meiner Rechten wie herbeigezaubert.

Mit einem weiten Sprung brachte ich mich zwischen Ourida und Udaut, und noch aus der Bewegung heraus schlug ich zu. Die Axtklinge spaltete Udauts Schädel bis zum Hals, und der Waffengefährte so vieler Schlachten lag tot zu meinen Füßen.

»Mörder!«

Das kam aus dem Eingang des Zeltes, das Okba mit den Seinen bewohnte – bewohnt hatte. Dort stand Gilbert, wie ich selbst bewaffnet mit einer doppelköpfigen Axt, und starrte mich feindselig an.

»Wie konntest du das tun, Roland?« schrie er. »Udaut war dein Freund. Du warst für ihn wie ein leiblicher Bruder!«
Ich sah auch Simon de Lacey und Antoine de Barrault in den Lichtschein des Feuers treten, ebenfalls bewaffnet und ebenfalls mit Feindseligkeit im Blick. Als letzten erkannte ich Ludwig von Kirchheim. Er war unbewaffnet und wirkte seltsam unbeteiligt. Wenn er auch bei dem feigen Morden mitgetan hatte, so schien er der einzige zu sein, den sein Gewissen quälte.
Gilbert zeigte auf mich. »Ergreift den Verräter! Er und das Mädchen dürfen nicht entkommen. Und vor allem brauchen wir seine Axt!«
Während er das noch rief, stürmte er schon auf mich zu und schwang seine Streitaxt. Ich trat ins Lagerfeuer und schleuderte mit dem Fuß die Glut hoch, ihm entgegen. Ich sah, wie er die Arme hochriß, hörte ihn schreien.
Wieder packte ich Ourida und zog sie mit mir fort, zu der Umhegung, in der unsere Pferde standen. De Lacey und de Barrault waren dicht hinter uns. Wir erreichten die Umhegung zuerst, und ich riß einen Teil der Holzstangen beiseite. Uns blieb keine Zeit zum Satteln der Pferde. Ich half Ourida, die mir seltsam willenlos erschien, auf den Rücken eines Schimmels. Ich selbst bestieg meinen Falben, und schon sprengten wir los. Dabei trieb ich die übrigen Pferde vor mir her. Die beiden Johanniter mußten zur Seite springen, um nicht von ihnen überrannt zu werden.
Wir ritten hinaus in die Nacht, wo sich die überzähligen Pferde zerstreuten. Selbst wenn es den anderen gelingen sollte, sie einzufangen, würden sie viel Zeit verlieren. Aber verfolgen würden sie uns, da war ich mir sicher. Nicht nur, weil ich Udaut getötet hatte. Es gab noch einen weiteren, weitaus gewichtigeren Grund: das Wahre Kreuz.

26. KAPITEL

Die Ritter vom Verlorenen Kreuz

Ich stand allein vier Feinden gegenüber. Sie alle trugen, wie ich auch, die Tracht von Ordensrittern. Die Schwerter gezogen, kamen sie auf mich zu, mit gleichmäßigen Bewegungen, wie ein einziger Mann. Auch ich zog mein Schwert und hob es mit beiden Händen zur Verteidigung. Die vier ließen sich dadurch nicht abschrecken, zögerten keinen Augenblick.

Endlich erkannte ich ihre Gesichter, und ich erstarrte vor Entsetzen. Es war ein und dasselbe Antlitz: mein eigenes!

Meine Arme wurden starr, und es war mir unmöglich, das Schwert zu führen – gegen mich selbst!

Ich wandte mich um und lief fort, hinaus in die dunkle Nacht. Noch immer hielt ich das Schwert mit beiden Händen vor mir. Aber die Nacht war keine Nacht und das Schwert kein Schwert mehr. Es hatte sich in ein Kreuz verwandelt, von dem ein überirdisches Leuchten ausging.

Das Licht, hell und warm, vertrieb jede Dunkelheit, auch die tief in mir. Das Entsetzen über die Verfolger mit meinem Gesicht war verschwunden. Statt dessen erfüllten mich Zuversicht und Ruhe. Ein innerer Friede, wie ich ihn in den Stunden tiefsten Gebets nicht gekannt hatte.

Das Licht des Kreuzes war überall, um mich herum und in meinem Innern. Ich fühlte mich behütet und geborgen wie nie zuvor, denn ich wußte, nun war ich auf dem rechten Weg.

»Kupferhaar, geht es dir gut?«
Ich hörte Ouridas Stimme, nahm den Duft ihres Leibes wahr und spürte ihre Hände auf meinen Wangen. Mein Geist kehrte in die Wirklichkeit zurück, Zeit und Ort wurden mir wieder bewußt.
Fünf Tage waren vergangen, seit meine Ordensbrüder und die drei Johanniter Ouridas Familie grausam ermordet hatten. Ich erinnerte mich an unsere Flucht in die Wüste, an die ständige Furcht, von den Verfolgern aufgespürt zu werden. Aber sie waren nicht gekommen, und wir waren weitergezogen, immer darauf bedacht, nicht auf Saladins Truppen zu treffen. So waren wir in ein kleines Dorf gelangt, in dem es keine Soldaten gab. Zum Glück verfügte ich über etwas Gold, und wir hatten Wasserschläuche und Lebensmittel sowie Sättel und Zaumzeug für unsere Pferde gekauft. Dann hatten wir unseren Weg, dessen Ziel wir nicht kannten, fortgesetzt und in einer geräumigen Felshöhle Unterschlupf gefunden.
Ich blickte durch den Höhleneingang nach draußen und sah die Sonne aufgehen. Warmes, hellrotes Licht durchflutete das Heilige Land und erinnerte mich an das Licht des Kreuzes in meinem Traum. Plötzlich stellte ich mir eine Frage, die mir während all meiner Jahre als Tempelritter nicht einmal in den Sinn gekommen war: Wieso mußten Christen und Muslime sich um dieses Land streiten? Bot es nicht genügend Platz für alle, die auf seiner heiligen Erde leben wollten?
»Du mußt ungewöhnlich lebhaft geträumt haben«, sagte Ourida. »Erst schienst du sehr aufgeregt, dein Atem ging schwer,

und du hast gestöhnt wie unter einer großen Last. Dann wurde dein Atem ruhiger, und du hast gelächelt. Sogar die Augen hast du geöffnet, aber du warst trotzdem in deinem Traum gefangen, hast mich weder gesehen noch gehört. Ich hatte große Angst um dich, Kupferhaar.«

Langsam setzte ich mich auf und lehnte Rücken und Kopf gegen die kühle Felswand. »Es war kein Traum wie sonst auch. Es war wirklich und unwirklich zugleich. Als wollte jemand mir den Weg weisen. Vielleicht ist es so ähnlich, wenn du Dinge siehst, die wirklich geschehen.«

Ouridas Gesicht verdüsterte sich, und ich schalt mich einen Narren, daß ich von ihrer Gabe gesprochen hatte. Natürlich mußte sie das an den Verlust ihrer Familie erinnern. Seit wir geflohen waren, hatte sie zu meiner großen Besorgnis kaum ein Wort gesprochen. Am vergangenen Abend war sie mir das erste Mal ein wenig gelöster erschienen, so als begänne sie ganz allmählich, sich mit dem Schrecklichen abzufinden. Und jetzt mußte ich Esel sie wieder daran erinnern!

»Vielleicht war es so etwas Ähnliches«, sagte sie schließlich. »Willst du mir erzählen, was du gesehen – oder erlebt – hast?«

Froh, mich mitteilen zu können, kam ich der Bitte nach und erzählte ihr jede Einzelheit, an die ich mich erinnern konnte. Als ich geendet hatte, wirkte Ourida nachdenklich. »Manches aus deinem Traum erscheint mir verständlich, anderes wiederum überhaupt nicht. Mir kommt es so vor, als ob etwas Wichtiges fehlt.«

Da ich unbedingtes Vertrauen zu ihr hatte, griff ich nach der Streitaxt, die neben mir lag, und hob sie hoch. »Vielleicht ist dies hier der Schlüssel.«

»Die Waffe, mit der du den ... den Mörder getötet hast?«

»Das ist mehr als eine Waffe«, sagte ich und öffnete den Schaft.

Ich nahm das Tuch heraus, legte es auf den Boden und schlug es auseinander. Vor uns lag jenes unscheinbare Stück Holz, das Zeuge der Kreuzigung Jesu gewesen war.

»Dies ist der Grund, weshalb wir sechs die Schlacht von Hattin vor ihrem Ende verlassen haben«, erklärte ich. »Unser König und unser höchster Priester haben uns den Befehl gegeben, dieses Holz in Sicherheit zu bringen.«

»Warum ist es so wertvoll?«

»Es ist das Holz, an dem unser Erlöser sein Leben hingab, bevor sein Vater im Himmel ihn auferstehen ließ.«

»Sprichst du von Isa ibn Mariam?«

»Ja, Ourida, von Jesus, Marias Sohn. Dieses Holz ist das Wahre Kreuz, von dem meine Brüder sich den Sieg erhofften. Vielleicht ist ihnen der Sieg verwehrt geblieben, weil sie den Glauben an die Macht des Kreuzes zu rasch aufgegeben haben.«

Ich nahm das Holz in beide Hände – und war überrascht. Als ich das Wahre Kreuz zum ersten Mal in Händen gehalten hatte, hatte ich vergebens auf ein Zeichen der göttlichen Macht gewartet.

Jetzt aber spürte ich eine starke Kraft, die durch meine Hände und Arme in meinen Leib strömte und ihn mit jener Ruhe und Zuversicht erfüllte, die ich auch am Ende meines Traums empfunden hatte. Es war ein warmes, gutes Gefühl, und ich wünschte mir, es nie mehr missen zu müssen.

Ouridas fragendem Blick entnahm ich, daß ich geistesabwesend gewesen sein mußte. Als sie mir sagte, daß ich, während ich das Holz festhielt, für etliche Minuten starr und unansprechbar gewesen sei, erschrak ich, denn nach meinem Empfinden waren nur Sekunden vergangen. Ich berichtete ihr, was ich gefühlt hatte.

»Das war kein bloßer Traum«, meinte sie. »Gott selbst hat zu dir gesprochen!«

»Du glaubst an Gott?«
»Wir nennen ihn Allâh, ihr nennt ihn Gott. Aber sprechen wir nicht vom selben Schöpfer der Welt?«
»Wenn alle Menschen so denken würden, gäbe es keine Kriege zwischen Christen und Muslimen«, seufzte ich.
»Du selbst denkst auch noch nicht lange so. Aber dein Herz und dein Verstand haben die Wahrheit erkannt. Du hast dich vom Töten abgewendet, und deshalb hat Gott zu dir gesprochen.«
Ich sann über Ouridas Worte nach und über meinen Traum, der sich mir Stück für Stück zu erschließen schien. Die Feinde, die mich bedrohten und mir mit meinem eigenen Antlitz entgegenstarrten, standen für mein bisheriges Leben als Krieger. Aber ich hatte nicht das Schwert zum Schlag erhoben. Ich hatte mich von ihnen abgewendet und war in eine andere Richtung gelaufen, das Kreuz in meinen Händen. So wie ich mich von Gilbert und den anderen abgewendet hatte, vom Morden und Blutvergießen.
»Aber was will Gott von mir?« fragte ich nach einer kleinen Ewigkeit.
Ourida deutete auf das Holz, das ich noch immer umklammert hielt. »In deiner Vision hast du das Kreuz vor den anderen Rittern davongetragen. Vielleicht ist das die Aufgabe, die Gott dir zugedacht hat. Vielleicht sollst du das Wahre Kreuz davor bewahren, daß es wieder in die Hände von Männern fällt, die in seinem Namen Krieg führen und andere Menschen töten.«

Ourida hatte recht mit ihrer Deutung. Zu dieser Erkenntnis gelangte ich während der folgenden Monate, als wir durch das Land zogen, das Saladin Stück für Stück zurückeroberte, bis Balian d'Ibelin ihm schließlich auch Jerusalem übergab.

Wir wandten uns den westlich gelegenen Gebieten zu, immer noch von der Furcht getrieben, Gilbert und die anderen könnten uns verfolgen. Ourida war wie eine Schwester für mich, und nie werde ich den Tag vergessen, an dem ich sie zum ersten Mal seit dem schrecklichen Mord an ihrer Familie wieder lachen sah.

Aus dem Mädchen, das wie eine Schwester für mich war, wurde im Laufe der Jahre meine geliebte Frau. Obwohl sie an Allâh glaubte und ich an Gott. Obwohl ich einst den Schwur eines Tempelritters abgelegt und der Ehe entsagt hatte. Alles hatte sich verändert, auch wir. Wir lebten als Fischer im Mündungsgebiet des Nils. Der englische König Löwenherz kam auf einem neuen Kreuzzug ins Heilige Land und verließ es nach vielen Kämpfen wieder, aber wir blieben davon unbehelligt. Für uns zählten nur unser friedliches Leben und unser erstes Kind.

Ourida trug das Kind erst kurze Zeit in sich, als ich eines Nachts einen Schatten in unserem Haus bemerkte, einen Fremden!

Ich ließ ihn bis an mein Bett herankommen, dann schnellte ich hoch. War ich auch jetzt ein Fischer, verfügte ich doch noch über die Schnelligkeit und Kraft eines Kriegers. Der Fremde fiel unter meinem Ansturm zu Boden und ließ seine Waffe fallen, ein kurzes Schwert. Ich setzte mich rittlings auf ihn und griff gleichzeitig nach dem Schwert.

Da erhellte das hereinfallende Mondlicht das Gesicht des anderen. Es war fein geschnitten, von fast weiblicher Schönheit, ein Gesicht, das mir auch nach all den Jahren noch vertraut war.

»De Barrault!«

Ourida war erwacht. Klug, wie sie war, erfaßte sie die Lage sofort und verhielt sich still.

Antoine de Barrault, mein einstiger Waffenbruder vom Johanniterorden, lächelte, aber es war ein grimmiges Lächeln, und seine Augen funkelten mich haßerfüllt an.
»Roland de Giraud, endlich! Wie lange haben wir dich gesucht!«
»Warum dieser Haß?«
»Das fragst du? Du hast das Kreuz Jesu gestohlen, Roland, das Wahre Kreuz!«
»Nicht gestohlen. Gott hat es mir anvertraut!«
»Anvertraut? Dir?« Er lachte heiser. »Hat dir die Wüstensonne das Gehirn verbrannt? Du, der du mit einer Ungläubigen buhlst, willst ein Auserwählter unseres Herrn sein?«
Ich erkannte, daß es sinnlos war, mich de Barrault erklären zu wollen. Während ich noch darüber nachdachte, was ich nun tun sollte, bemerkte ich, daß er nicht mehr das schwarze Gewand der Johanniter trug. Sein Mantel sah halb wie der eines Johanniters und halb wie der eines Templers aus und war mit zwei Kreuzen geschmückt, dem weißen und dem roten.
»Was ist das für ein Aufzug?«
»Es ist das Gewand unseres Ordens, der Ritter vom Verlorenen Kreuz. Du hast noch nie von uns gehört, wie? Kein Wunder, wir sind nicht viele, und wir wirken im geheimen. Die Schande, das Wahre Kreuz verloren zu haben, hat uns dazu gebracht, den Orden zu gründen. Gilbert d'Alamar ist unser Großmeister. Wir führen keine Kriege gegen die Ungläubigen. Unser Ziel ist es, das Wahre Kreuz für die Christenheit zurückzugewinnen, damit es uns endlich zum Sieg über die Ungläubigen führt. Rache für Hattin!«
»Ihr seid verblendet«, sagte ich, doch ich hatte wenig Hoffnung, daß er mich verstand. »Ihr weiht euer Leben dem Haß und nicht der Liebe.«
De Barrault warf einen anzüglichen Blick auf Ourida. »Der

Liebe hast ja du schon dein Leben geweiht, Roland. Mach ruhig weiter so, aber gib uns das Kreuz Jesu! Wo hast du es versteckt?«

Konnte ich seinen Worten Glauben schenken? Hegten diese Ritter vom Verlorenen Kreuz wirklich keinen Groll gegen Ourida und mich? Auch nicht Gilbert? De Barraults Blick sagte etwas anderes. Aber selbst wenn er die Wahrheit sagte, durfte ich Gott nicht verraten. Ich war fest davon überzeugt, daß Gott mich damit betraut hatte, das Wahre Kreuz zu verbergen und dafür zu sorgen, daß in seinem Namen keine weiteren Untaten begangen wurden.

»Tu es nicht!« rief Ourida. »Verrate nicht das Kreuz! Verrate nicht dich selbst!«

»Sei still, Wüstenhure!« bellte de Barrault und bäumte sich zornig auf.

Gleichzeitig riß er die Hände hoch und traf mich am Kopf. Ich taumelte und fiel von ihm herunter. Flink erhob er sich und zog einen Dolch aus dem Gürtel. Ich sprang auf ihn zu und schwang das Schwert, dessen Klinge ihn in die Seite traf. Der Dolch fiel zu Boden. De Barrault keuchte und preßte beide Hände gegen die stark blutende Wunde, bevor er auf die Knie sackte und tot zur Seite kippte.

Da näherten sich Schritte, und eine helle Stimme rief von draußen: »Bruder Antoine, was ist mit dir? Hast du sie gefunden?«

Ich eilte ans Fenster und sah einen Schatten auf unser Haus zulaufen. Vielleicht hatten unsere Stimmen ihn angelockt, vielleicht war es auch der Lärm des Kampfes gewesen. Jedenfalls zweifelte ich nicht daran, daß es sich um einen weiteren Ritter vom Verlorenen Kreuz handelte. Ich lief hinaus, ihm entgegen, um Ourida und das Ungeborene zu schützen.

Draußen strahlte das Mondlicht heller, und ich sah mich einem sehr jungen Mann gegenüber, dem ich noch nie begegnet war. Auch er trug den schwarz-weißen Waffenrock und zog sein Schwert, sobald er mich erblickte. Er ging behender mit der Klinge um als ich; vielleicht weil er so jung war, vielleicht weil ich seit langem kein Schwert mehr geführt hatte. Aber meine größere Erfahrung machte das mehr als wett. Er fiel auf eine meiner Finten herein und lief an mir vorbei ins Leere. Ein Hieb mit der stumpfen Klinge auf seinen Hinterkopf, und er lag bewußtlos vor mir.

Aus den anderen Häusern traten die Nachbarn, und ich fragte alle, ob sie weitere Frankenkrieger gesehen hätten. Niemand hatte etwas Verdächtiges wahrgenommen. Ein Junge, der am Dorfrand lebte, brachte ein herrenloses Pferd. Es mußte dem jungen Ordensritter gehört haben. De Barraults Brauner war in der Nähe meines Hauses angebunden.

»Warum sind sie nur zu zweit gekommen?« fragte Ourida, als ich sie an mich zog und ihr übers Haar strich.

»Sie müssen eine Spur gefunden haben, die in diese Gegend führt. Da sie aber nicht wußten, wo genau sie suchen sollen, haben sie sich wohl aufgeteilt. Gott war mit uns! Auf diese Weise haben wir noch unser Leben und zwei Pferde!«

Sie nickte. »Du hast recht, wir müssen von hier fort. Ich suche schnell das Nötigste zusammen.«

Während Ourida eilig ein paar Vorräte und Kleider einpackte, streifte ich dem Bewußtlosen das Kettenhemd ab und zog es mir selbst an. Anschließend legte ich seinen Waffengurt um. Auch wenn es mir schwerfiel, nun mußte ich wieder ein Krieger sein.

Schließlich trat Ourida mit zwei Bündeln und einem Ledersack aus dem Haus. Den Sack reichte sie mir. »Da drin ist es.« Ich wußte, wovon sie sprach, und zurrte das Bündel am Sattel meines Braunen fest.

»Kümmert euch um den Bewußtlosen«, sagte ich zu den Nachbarn, von denen einige unsere Freunde geworden waren. »Und wenn seine Gefährten kommen und nach uns fragen, sagt reinen Gewissens, ihr wüßtet nicht, wohin wir geritten sind.«

Der Abschied von unserem Fischerdorf, unseren Nachbarn und unserem Heim war schwer. Aber wir zögerten nicht und ritten, wie schon einmal Jahre zuvor, hinaus in die Nacht.

Wir ritten die halbe Nacht hindurch, bis Ouridas Pferd in den Bau eines Wüstenfuchses trat und stürzte. Besorgt sprang ich aus dem Sattel und eilte zu ihr.

»Bist du verletzt?«

»Nein.«

»Und das Kind?«

Sie strich über ihren Bauch unter dem dunklen Gewand, der noch flach war. »Uns beiden geht es gut, Kupferhaar. Was ist mit dem Pferd?«

Der Falbe wälzte sich am Boden und stieß mitleiderregende Laute aus. Ursache seiner Schmerzen war ein Bruch unterhalb des linken Vorderknies. Dem Tier war nicht zu helfen, uns aber konnten seine verräterischen Schreie schaden. Deshalb nahm ich mein Schwert und erlöste es von seinen Qualen.

Während ich die blutige Klinge an einem Grasstreifen abwischte, warf ich Ourida einen entschuldigenden Blick zu. »Es ist besser so, für das Pferd und für uns.«

Sie lächelte, als kenne sie weder Erschöpfung noch Angst. »Ich weiß.«

Aber ihr Lächeln gefror, als wir vielfachen Hufschlag hörten. Ich schloß die Augen und achtete auf nichts als das ferne Geräusch, lauschte in der Hoffnung, die Reiter würden nicht auf uns zuhalten. Doch das Hufgetrappel wurde lauter, und wir wußten beide, daß die Ritter vom Verlorenen Kreuz uns gefunden hatten.

Ourida sah mich an. »Sie sind in der Überzahl, Liebster. Laß uns von diesem Ort fliehen, solange wir es noch können!«

»Ein Pferd kann uns beide nicht schnell genug forttragen. Du mußt allein reiten und das Kreuz in Sicherheit bringen!«

Dabei dachte ich nicht nur an das Kreuz Jesu, sondern auch an Ourida – und an das Kind, das in ihr heranwuchs.

Sie blickte mir tief in die Augen, jetzt scheinbar wieder vollkommen furchtlos. »Warum ich? Mein Pferd ist gestürzt, nicht das deine.«

»Aber ich kann unsere Verfolger mit meinem Schwert eine Weile aufhalten und dir einen vielleicht entscheidenden Vorsprung verschaffen.«

Sie ergriff meine Linke, drückte sie fest und sagte mit erstickter Stimme: »Du sollst nicht sterben!«

»Ich will nicht sterben. Aber ich habe geschworen, das Kreuz mit meinem Leben zu verteidigen. Du weißt, daß es keine andere Möglichkeit gibt. Je länger du zögerst, desto größer die Gefahr, daß unsere Verfolger finden, wonach sie suchen. Ich werde versuchen, es lebend zu überstehen. Aber du mußt reiten, jetzt!«

Sie nickte stumm, und Tränen rannen ihr übers Gesicht. Ein letzter Kuß, dann wandte sie sich ab und lief zu dem Braunen. Sie stieg aufs Pferd, vergewisserte sich, daß der Lederbeutel mit dem wertvollen Inhalt gut am Sattel festgezurrt war, und ritt in die Nacht hinaus, ohne sich noch einmal umzusehen.

Mir war kalt, aber nicht wegen des Nachtwindes. Die Kälte kam aus meinem Herzen. Ich wußte, genau wie Ourida, daß wir uns nicht wiedersehen würden.

27. KAPITEL

Vergangenheit und Gegenwart

Von einem Augenblick zum anderen wich die kalte Wüstennacht einem warmen Tag, aber ich wehrte mich dagegen. Meine Liebe zu Ourida machte es unerträglich. Jene Zeit und jenen Ort zu verlassen bedeutete, die Geliebte endgültig zu verlieren. Ich spürte noch den Stich, den unser Abschied meinem Herzen versetzt hatte, eben erst, und doch war es sechs Jahrhunderte her. Dabei war mir bewußt, daß die Trennung eine endgültige gewesen war, hatte ich doch schon einmal erlebt, wie jene Nacht endete – mit meinem Tod.

Deutlich sah ich Gilbert d'Alamar und seine Ordensbrüder in ihren schwarz-weißen Mänteln mit dem doppelten Kreuz vor mir. Ich sah mich gegen sie kämpfen, nicht um mein Leben, sondern um einen Vorsprung für Ourida. Ich hörte das Klirren der aufeinandertreffenden Schwerter, die Schreie der Männer, den Hufschlag der Pferde. Und ich spürte die Klingen, die wieder und wieder in meinen Leib fuhren und das Leben aus mir herausschnitten.

Wer konnte schon von sich behaupten, daß er seinen eigenen Tod erlebt hatte und dennoch am Leben war? Ich war nicht sicher, ob das Schicksal mich begünstigte oder quälte. Ouridas Verlust war eine unsagbare Pein, und doch hatte ich auch Glück, hatte ich sie doch nach Jahrhunderten wiedergetroffen, in einem neuen Leben.

So viele Seltsamkeiten, so viele Fragen! In meinem Kopf schwirrte es wie in einem Hornissennest, und Schwindel ergriff von mir Besitz. Aber war das ein Wunder, wenn Vergangenheit und Gegenwart sich auf solche Weise vermischten? Wenn man von dem Vergangenen nicht nur hörte oder las, sondern es *erlebte?*

Mir wurde übel. Ich drehte mich zur Seite und übergab mich.

»War es zuviel für dich, Musâfir?« fragte eine tiefe, sanfte Stimme.

Jussuf, der Scheik der Abnaa Al Salieb, beugte sich besorgt über mich.

Ich riß ein Grasbüschel aus und wischte mir den Mund ab, um ihn anschließend mit etwas Wasser aus dem Rinnsal auszuspülen. Dabei hielt der Scheik mich an den Schultern wie ein Vater, der den kranken Sohn stützt. Ich spürte eine seltsame Vertrautheit zwischen uns, obwohl wir einander erst seit wenigen Tagen kannten. Ich trank noch von dem Wasser, bevor ich mich wieder an den Palmenstamm lehnte.

Jussuf griff nach einem herabgefallenen Palmwedel und fächerte mir damit Luft zu. »Ich mache mir große Vorwürfe. Du bist zu lange in der Vergangenheit gewesen, hast zuviel erlebt für die wenigen Stunden, die wir hier sind. Ich hätte mehr Rücksicht auf deinen geschwächten Zustand nehmen sollen.«

»Es geht schon wieder, nur noch einen Augenblick«, sagte ich und blickte zur Sonne auf.

Sie war ein gutes Stück nach Westen gewandert, und die Palmen warfen lange Schatten. Bald würde der Abend über das Tal der Abnaa Al Salieb hereinbrechen.

Jussuf hatte meinen Blick bemerkt. »Wir sollten jetzt ins Lager zurückkehren und etwas essen. Das wird uns beiden guttun.«
Ich ging darauf gar nicht ein, sondern fragte: »Wie hast du das gemacht, Jussuf? Wie hast du mich in die Vergangenheit versetzt?«
»*Gemacht* habe ich gar nichts. Ich war dir lediglich eine Unterstützung. Alles war in dir und hat nur eine Hilfe gebraucht, einen Antrieb.«
»Ich dachte, du machst etwas mit deinen Augen.«
»Mit meinen Augen?« Er lachte auf. »Ich benutze meine Augen hauptsächlich zum Sehen wie alle anderen Menschen auch. Nein, vonnöten waren meine Augen nicht, aber sie waren eine Hilfe. Du hast in sie hineingesehen wie in einen Spiegel und dabei dich selbst erblickt – oder den, der du einmal warst.«
»Du stellst dein Licht unter den Scheffel, Jussuf. Ohne dich hätte nichts von all dem gesehen. Was ist das für eine Gabe? Woher kommt sie?«
»Hat Ourida dir nicht gesagt, daß es Menschen mit besonderen Gaben gibt? Zu fragen, woher diese Fähigkeiten kommen, hieße, Allâhs Pläne erforschen zu wollen. Wer will sich das anmaßen? Du?«
»Ich will mich nicht an Gottes Stelle setzen. Ich möchte nur verstehen! Warum seid ausgerechnet ihr mit dieser Gabe gesegnet, Ourida und du?«
»Sprichst du von der früheren Ourida oder der jetzigen?«
»Bleibt sich das nicht gleich? Aber gut, sprechen wir von der jetzigen.«
»Auch ihr hat Allâh seine Pläne schwerlich offenbart. Aber wenn du eine irdische Erklärung dafür suchst, daß sowohl Ourida als auch ich diese Gabe besitzen, wirst du dich viel-

leicht mit der Antwort zufriedengeben, daß sie die Tochter meiner Schwester ist.«

»Du bist ... ihr Onkel?«

»Auch so könnte man es ausdrücken«, sagte er und erhob sich lächelnd. »Jetzt aber, Musâfir, sollten wir wirklich ins Lager zurückkehren, damit du dich vor dem Essen noch etwas ausruhen kannst. Heute abend stehe ich dir Rede und Antwort. Aber solange wir nicht ein gutes Stück Hammelfleisch im Magen haben, sage ich nichts mehr!«

Er wollte mir aufhelfen, doch ich kam aus eigener Kraft auf die Beine. Anfangs fühlte ich mich etwas wacklig, aber nach ein paar Schritten ging es. Vermutlich hatte Jussuf recht, und ich brauchte dringend etwas Festes im Magen, wenn ich auch keinen Hunger verspürte. Als wir den ruhigen Platz verließen, an dem ich – zwar nicht leibhaftig, aber doch mit dem Geist – in die Vergangenheit gereist war, beschlich mich leise Wehmut. Mir war, als ließe ich ein Stück von mir selbst zurück.

Als wir auf die Zelte der Abnaa Al Salieb zugingen, tauchte vor meinem geistigen Auge ein anderes, viel kleineres Zeltlager auf: das Lager Rassams, und ich sah wieder die toten Beduinen vor mir liegen. Das schreckliche Bild aus der Vergangenheit überlagerte die friedliche Gegenwart, und ich spürte, wie eine eisige Hand nach meinem Herzen griff. Ganz so, als hätte ich nichts Vergangenes gesehen, sondern Zukünftiges.

»Ist dir nicht wohl?« fragte Jussuf.

»Doch, es geht schon«, sagte ich, weil ich befürchtete, er würde mich sonst schonen wollen und mir an diesem Abend keine weiteren Antworten geben. »Ich bin nur etwas durcheinander. Das ist wohl kein Wunder nach allem, was ich heute erfahren habe.«

Wir setzten unseren Weg fort, und lärmende Kinder kamen

uns entgegen. Sie tobten ausgelassen um uns herum und fanden Gefallen daran, sich von ihrem Scheik necken zu lassen. Seine Unbekümmertheit überraschte mich. Wurde ein Mann mit seiner Gabe, seinem Wissen, von seiner Verantwortung nicht geradezu erdrückt? Vielleicht war genau das die Antwort: Durch seinen unbeschwerten Umgang mit den Kindern schuf er sich ein Gegengewicht zu all den ernsten Dingen, die ihn beschäftigen mussten.

Nach Rabja suchte ich in der Kinderschar vergebens. Ich fand sie in der Nähe von Jussufs Zelt, wo sie unermüdlich ihren Ball in die Luft warf und wieder auffing, als gäbe es auf der Welt nichts außer ihr und diesem Spielzeug. Dabei wirkte sie aber nicht fröhlich, wie ich es von einem spielenden Kind erwartete, sondern ernst und geistesabwesend. War sie in Gedanken bei ihrer Mutter, ihrem Vater? Durchlebte sie noch einmal das Gemetzel, bei dem ihre Eltern ums Leben gekommen waren?

Ich glaubte, mich gut in das Mädchen hineinversetzen zu können. Auch ich hatte meine Eltern früh verloren, und so wie Jussuf sich Rabjas angenommen hatte, hatte sich damals Onkel Jean um mich gekümmert. Die Zeit im Kloster St. Jacques mochte in der Rückschau eine schöne gewesen sein, aber es hatte doch Momente gegeben, in denen ich mit meinem Schicksal und mit Gott haderte.

Onkel Jean hatte sich nach Kräften um mich gekümmert, aber er war nun einmal nicht mein Vater, und die Mönche waren trotz aller Herzlichkeit nicht meine Familie. Manchmal, wenn ich mich unbeobachtet glaubte, hatte ich, den Zeichenblock auf den Knien, dagesessen und einfach nur geweint.

Unsere Schritte rissen Rabja aus ihrer Versunkenheit, und bei unserem Anblick trat sogar ein kleines Lächeln auf ihr

Gesicht. Sie warf mir den Ball zu, aber ich war wohl zu geschwächt. Obwohl es ein einfacher Wurf war, griff ich daneben. Statt meiner hob der Scheik ihn auf und warf ihn wieder zu Rabja, die hochsprang und ihn fing.
»Musâfir fühlt sich nicht recht wohl«, erklärte Jussuf dem Kind. »Er kann erst morgen wieder mit dir Ball spielen.«
Enttäuschung verdüsterte Rabjas Züge.
Ich trat zu ihr, strich ihr übers Haar und sagte auf arabisch: »Wenn du magst, komm mit ins Zelt. Dann üben wir noch ein wenig die Sprache der Franken.«
Sie warf Jussuf einen fragenden Blick zu, und er gewährte ihr die Erlaubnis durch ein Lächeln.
Im Zelt streckte ich mich auf meinem Lager aus und spürte sogleich, wie gut mir das tat. Obwohl ich den Tag über nicht viel mehr getan hatte, als im Schatten der Palmen zu sitzen, empfand ich eine Erschöpfung, als hätte ich die lange Schlacht bei den Hörnern von Hattin und all die folgenden Abenteuer Roland de Girauds leibhaftig durchgestanden.
Ich zwang mich, nicht mehr daran zu denken. Es würde mir helfen, für eine Weile abgelenkt zu sein. Ich drehte mich auf die Seite, stützte mich auf den Ellbogen und sah Rabja an, die meinen Blick mit abwartender Neugier erwiderte. Unvermittelt setzte ich ein Grinsen auf, und auch Rabja, durch mich angesteckt, grinste breit. Dann lachte sie.
»Lachen«, sagte ich. Es war das erste französische Wort, das Rabja an diesem Tag lernen sollte.

28. KAPITEL

Fragen und Antworten

»Wach auf, Musâfir, das Essen kocht bereits über den Feuern. Am liebsten würde ich dich schlafen lassen; es würde dir gut bekommen. Aber ich habe dir für heute abend Antworten versprochen.«

Jussuf war an mein Lager gekommen. Ich hatte tatsächlich tief geschlafen. Als ich jetzt die Augen aufschlug, lag ich immer noch auf der Seite und blickte direkt in Rabjas unschuldiges Gesicht. »Sie hat sich nicht von der Stelle bewegt, obwohl Muna sie mehrmals gerufen hat«, erklärte Jussuf. »Sie wollte über deinen Schlaf wachen. Ich glaube, Musâfir, du hast eine wahre Freundin gefunden.«

»*Samihni* – verzeih, Rabja«, sagte ich und fuhr auf arabisch fort: »Du bist eine sehr geduldige Schülerin, aber du hattest heute einen müden Lehrer.«

Sie grinste, wie ich es ihr vorgemacht hatte. »*Tamahm* – du hast recht.«

Als ich sie verblüfft ansah, lachte sie laut und wiederholte das französische Wort für Lachen.

Ich setzte mich auf und legte meine Hand auf ihren Kopf. »Du bist nicht nur eine geduldige, sondern vor allem eine sehr gute Schülerin.«

Das Mädchen schlug die Augen nieder wie eine junge Frau, die von ihrem Verehrer ein Kompliment erhalten hat.
Jussuf schob den Vorhang zurück, der mein Lager vom Rest des Zeltes abtrennte. »Weil dein Lehrer dich gelobt hat, Rabja, sollst du eine Belohnung erhalten. Lauf zu Muna und sag ihr, sie möchte dir einen süßen Kuchen geben.«
Rabja bedankte sich und eilte davon. Als Jussuf und ich das Zelt verließen, sah ich sie bei Muna am Feuer stehen, wo die Alte kräftig in einem großen Kessel rührte. Muna nannte ihr verschiedene Gewürze, die sie brauchte, und Rabja reichte sie ihr. Ich wünschte von Herzen, das Kind möge zurück ins Leben finden. Ein Anfang schien gemacht.
»Die Abnaa Al Salieb sind das Leben mit dem Tod gewöhnt, die ständige Bedrohung durch den Feind«, sagte der Scheik, für den mein Gesicht ein offenes Buch sein mußte. »Manchmal ist der Feind lange Zeit unsichtbar, Jahre oder Jahrzehnte hindurch, aber wir wissen, daß er da ist. Daß er unerwartet und ohne Erbarmen zuschlägt. Wie an jenem Abend, als Rassam und die Seinen ausgelöscht wurden.«
Ich winkte Rabja noch einmal zu, freute mich über ihr Lächeln und begleitete Jussuf durch das Lager, das am Abend, im Schein der vielen Feuer, fremdartig und behaglich zugleich anmutete. Die Frauen bereiteten das Essen zu, und die Männer fanden sich zusammen, um wichtige Dinge zu besprechen oder sich Geschichten über vergangene Ruhmestaten anzuhören. Das mit anzusehen und mitzuerleben erschien mir als etwas ganz Besonderes.
Wir Franzosen waren in dieses Land gekommen, um es zu erobern und zu erforschen. Doch wo wir uns auch niederließen, zwangen wir den Menschen schnell unsere Lebensweise auf, aus Gewohnheit und um die vertrauten Annehmlichkeiten des täglichen Lebens nicht zu missen. Versuchten wir in

Kairo die einheimische Küche? Nein, wir gingen in europäische Gaststuben, die wie Pilze aus dem Boden schossen. Beeindruckt von dem Elan, mit dem wir ihre Stadt eingenommen und umgestaltet hatten, waren viele der Menschen dort bereit gewesen, sich auf unsere Sitten einzustellen. Wanderte man durch Kairos Straßen, konnte man sich – sofern man von der morgenländischen Architektur absah – fühlen wie auf einer Pariser Flaniermeile.

Trotz der bedauerlichen Umstände, die mich ins Tal der Abnaa Al Salieb geführt hatten, war ich an diesem Abend dankbar dafür, am Leben der Beduinen teilhaben zu dürfen. Hier lernte ich ihr Wesen, ihre Gebräuche und ihre Art zu denken hundertmal besser kennen als auf jeder wissenschaftlichen Expedition.

Wir setzten uns an eins der Feuer, wo man den Scheik ehrerbietig begrüßte und auch mich freundlich willkommen hieß. Ein Mughani, ein Sänger, entlockte seiner zweisaitigen Rebab eine einfache, aber äußerst eingängige Melodie und sang dazu von langen Wanderungen durch die Wüste, von Durst und Entbehrungen, aber auch von dem Glück des freien, ungebundenen Beduinenlebens. Als er geendet hatte, spendeten die anderen ihm Beifall.

Frauen kamen und brachten uns Teller mit den braunen Bohnen, die hierzulande gern und häufig gegessen wurden, mit Hammelfleisch und frischem Brot. Zu trinken gab es klares Wasser. Anders als in Kairo, wo so mancher Muslim es mit den Geboten seines Propheten nicht allzu genau nahm, hatte ich bei den Abnaa Al Salieb noch keinen Mann Wein trinken sehen.

Als ich Jussuf gegenüber eine entsprechende Bemerkung machte, fragte er: »Weißt du, warum der Prophet den Wein als Schändlichkeit Satans gebrandmarkt und seinen Genuß mit der Strafe der Auspeitschung bedroht hat?« Ich verneinte, und Jussuf erzählte: »Eines Tages wurde Mohammed in das Haus eines Freundes eingeladen, wo man ein großes Hochzeitsfest feierte. Die Menschen waren fröhlich und ausgelassen, sangen und tanzten in großer Harmonie. Der Prophet meinte, diese heitere Eintracht verdanke sich der befreienden Wirkung des Weins, den die Gäste reichlich genossen. Also segnete er, bevor er das Fest verließ, den Wein, weil dieser die Zuneigung zwischen den Menschen stärke. Am nächsten Tag aber kehrte er in das Haus zurück und sah überall Blut und sogar abgetrennte Glieder. Er erfuhr von einem Streit, der zwischen den vom Wein berauschten Gästen ausgebrochen war und zu einem Kampf geführt hatte. Mohammed änderte seine Ansicht, nahm seinen Segen zurück und verfluchte den Wein, dessen Genuß seinen Anhängern fortan verboten war.«

»Mit dem Wein ist es wie mit den meisten Dingen«, sagte ich. »In Maßen genossen tut er gut und kann dem, der ihn trinkt, sogar förderlich sein. Erst das Übermaß macht ihn heimtükkisch und gefährlich.«

»Der Prophet wird das gewußt haben, Musâfir, denn er war ein kluger Mann. Aber die Menschen neigen nun einmal zum Übermaß. Das hat er an jenem Morgen erkannt, und deshalb hat er den Wein verboten.«

»Wahrscheinlich hat er gut daran getan«, lenkte ich ein und hatte die schaurigen Bilder betrunkener Bauern und anderen Gesindels vor Augen, das wie ein Schwarm Heuschrecken über das Kloster St. Jacques hergefallen war, schon vor dem Tag der Räumung. Selten hatte ich Onkel Jean so verbittert gesehen wie damals, als die kostbaren Bände der Klosterbibliothek und die wertvollen Schnitzereien der Kirche in Flammen aufgingen. Sein Gesicht war eine steinerne Maske

gewesen, aber in seinen Augen hatten Abscheu und Zorn gefunkelt.
Nachdem wir süße Teigröllchen und nicht minder süßen Kaffee genossen hatten, stand Jussuf auf, bedankte sich bei seinen Stammesbrüdern für die Gastfreundschaft und bat mich, ihn zu begleiten. Wir gingen an anderen Zelten und Feuern vorbei, wo Männer zusammensaßen, aßen, Wasserpfeife rauchten, dem Gesang eines Mughani lauschten und einander Geschichten erzählten. Überall grüßte man Jussuf, und er grüßte höflich zurück.
»Die Abnaa Al Salieb brauchen keinen Wein«, sagte ich. »Ihre Heiterkeit kommt aus dem Herzen.«
Jussuf blieb stehen, legte die Hände auf meine Schultern und sah mich an. »Das hast du gut gesagt, Musâfir. Vor wenigen Tagen erst bist du als Fremder zu uns gekommen, jetzt bist du schon ein Freund, nicht nur für Rabja.«
»Ich habe das Gefühl, die Abnaa Al Salieb schon seit Ewigkeiten zu kennen.«
»Gefühle sind die Boten des Herzens, und das lügt nie.«
Er führte mich zu einem kleinen Feuer am Rande des Lagers, das von einem schmächtigen Jungen unterhalten wurde. Zwei Kissen lagen dort bereit. Daneben befand sich ein schmales Tablett mit zwei Trinkbechern, und auf einem flachen Stein stand eine große, dampfende Kanne.
»So eine Kaffeekanne«, sagte der Scheik, »ist eine gute Sache, hält sie den Kaffee doch lange warm. Und der Kaffee hält den Verstand wach.«
»Lobst du tatsächlich eine Erfindung der Franken?«
»Ihr Franken seid klug und erfinderisch. Noch mehr würde ich euch allerdings loben, wenn ihr euren Einfallsreichtum nicht so sehr auf kriegerische Dinge wie Kanonen und Gewehre richten würdet.«

»Nun, eine Kaffeekanne ist nichts Kriegerisches.«
»Wirklich nicht, Musâfir? Der wache Geist kann auch Schlachten planen. Stimmt es nicht, daß euer Anführer Bonaparte, wenn er im Feldlager ist, stets sieben Kannen Kaffee auf dem Feuer hat?«
»Das weiß ich nicht, ich bin kein Soldat. Du dagegen bist der Scheik eines Stammes von Kriegern und solltest Verständnis dafür haben, wenn ein Feldherr seinen Geist wachhält.«
»Die Krieger meines Stammes kämpfen nur zur Verteidigung, nicht, um zu erobern.«
»Und was verteidigen sie? Das Wahre Kreuz?«
»Wie kommst du auf diesen Gedanken?«
»Ihr nennt euch *Abnaa Al Salieb*, die Söhne des Kreuzes!«
Statt meine Frage zu beantworten, lud Jussuf mich ein, Platz zu nehmen. Der Junge, der neben dem Feuer gewartet hatte, füllte unsere kleinen Becher mit Kaffee und zog sich dann auf Geheiß seines Scheiks zurück. Ich hätte mir fast die Zunge verbrannt, denn der Kaffee war noch heißer, als er süß war.
Ich stellte den Becher zurück aufs Tablett. »Du hast meine Frage noch nicht beantwortet, Jussuf.«
Er breitete die Arme aus. »*Salieb-Yassou* – das Wahre Kreuz! Viele möchten es besitzen, und viele glauben oder behaupten, sie besäßen es. Aus all den vermeintlichen Kreuzen eures Propheten Isa, die es im Lauf der Zeit gegeben hat, könnte man eine Brücke bauen oder ein Haus. Reliquien sind fruchtbarer als jedes lebende Wesen. Auch Sultan Saladin gab nach der Schlacht bei Hattin vor, das Kreuz zu besitzen.«
»Dabei war ihm nur die Hülle in die Hände gefallen, oder?«
»Hör zu, Musâfir. Vier Jahre nach Hattin haben die Kreuzfahrer die Stadt Akkon belagert. Erst fehlte es Saladin an Verstärkung. Als die dann endlich eintraf, hatte das christliche Heer sich so gut veschanzt, daß alle Angriffe Saladins erfolg-

los blieben. Seine Lage wurde immer schwieriger. Er bot den Christen viel Geld und die Rückgabe des Wahren Kreuzes an, wenn sie im Gegenzug die Stadt verschonten. Aber das versprochene Kreuz hat er nie herausgegeben. Warum nicht?«

»Vielleicht hat ihn sein Versprechen gereut, als er daran dachte, welche Kraft die Kreuzfahrer dem Kreuz Jesu beimaßen«, überlegte ich laut. »Oder er hat es nicht herausgegeben, weil er es nicht besaß.«

»Warum hat er es dann versprochen?«

»Bin ich Saladin?« seufzte ich. »Möglicherweise hat er das Versprechen abgegeben und danach erst festgestellt, daß er bei Hattin gar nicht die Reliquie erobert hatte. Hätte er den Kreuzfahrern nur die Hülle übergeben, wäre das aufgeflogen und er hätte als Tölpel dagestanden.«

»Beides ist möglich. Vielleicht hat Saladin das Kreuz tatsächlich nicht herausgegeben, ohne zu ahnen, daß er gar nichts zum Herausgeben besaß.«

»Aber wer besaß es zu jener Zeit?« fragte ich. »Wem hat Ourida es gebracht?«

Jussuf goß uns neuen Kaffee ein, legte etwas Holz nach und blickte in die auflodernden Flammen. »Ourida hatte es nicht leicht. Sie wußte, daß ihr geliebter Mann gestorben war – für sie, für ihr gemeinsames Kind und für das Kreuz, das er im Auftrag Gottes behütet hatte. Sie wollte erfüllen, was Roland sich selbst und seinem Gott geschworen hatte, aber sie wußte, daß sie allein womöglich zu schwach dazu war. Eine schutzlose Frau, noch dazu mit einem Kind im Leib. Deshalb hat sie bei ihrem Stamm Hilfe gesucht.«

»Aber all ihre Angehörigen waren doch ermordet worden«, warf ich ein.

»Nur ihre engere Familie. Vergiß nicht, daß sie sich von ihrem Stamm getrennt hatten. Es dauerte einige Wochen, bis

Ourida ihre Leute, von denen sie seit Jahren nichts gehört hatte, fand. Anfangs behielt sie ihr Geheimnis für sich. Sie sagte nur, ihre Familie sei tot und sie suche Schutz für sich und ihr Kind. Als das Kind geboren war, ein Mädchen mit eigentümlichem Kupferhaar, wie man es sonst bei den Kindern der Wüste nicht findet, vertraute Ourida sich nach und nach einigen Weisen des Stammes an. Die Überlieferungen aus jener Zeit sind lückenhaft, aber wir wissen, daß ein Teil ihrer Leute sich auf ihre Seite stellte und einen neuen Stamm gründete.«

»Die *Abnaa Al Salieb,* die Söhne des Kreuzes!«

»Ja, Musâfir. Ourida hatte die Ihren von der Wichtigkeit ihrer Aufgabe überzeugt. Vielleicht spielte auch ihre Gabe dabei eine Rolle, wir wissen es nicht. Jedenfalls hatten die Abnaa Al Salieb die Bedeutung des Wahren Kreuzes erkannt – und die Gefahr, die drohte, wenn es in die falschen Hände geriet. Und sie schworen, es zu behüten und vor aller Augen zu verbergen.«

»Wenn das Kreuz so gefährlich ist, weshalb habt ihr es nicht einfach vernichtet?« Ich nahm einen der neben dem Feuer aufgeschichteten Äste und warf ihn in die Glut; sofort leckten knisternd Flammen an ihm und fraßen ihn auf. »Es ist doch so einfach. Ist niemand auf die Idee gekommen in all der Zeit?«

Meine Worte erschreckten Jussuf dermaßen, daß er unwillkürlich in seine eigene Sprache verfiel und rief: »*Schi makru!* – Das ist schändlich!« Er atmete tief durch und starrte mich an wie einen Dämon oder Schwerverbrecher. »Wie kannst du so etwas fragen? Wie kannst du das auch nur denken? Wir sollen ein Stück Holz von dem Wahren Kreuz vernichten, das Allâhs Atem gestreift hat?«

»Du verwirrst mich, Jussuf. Nach der Lehre des Korans ist Jesus oder Isa nicht Gottes Sohn.«

»Aber auch nach dem Koran hat Mariam ihn empfangen ohne das Zutun eines Mannes. Auch nach dem Koran ist Isa *Al-Masih*, der Messias, der Allâhs Botschaft verkündet, die Kranken geheilt und Lazarus zum Leben erweckt hat. Der Koran nennt ihn sogar *Ruhun min Allâh*, Geist Gottes!«
Ich schüttelte den Kopf. »Das mag sein, aber ich habe gelesen, daß nach der Lehre des Islam Jesus nicht am Kreuz gestorben ist.«
»Das ist wahr. Nicht Isa starb am Kreuz, sondern einer, der ihm ähnelte.«
»Wer?«
»Darüber streiten die Gelehrten. Einige meinen, der Gekreuzigte sei jener gewesen, der ihn für dreißig Silberlinge verraten hat. Andere sagen, es war ein Spion oder ein Mörder, der auf Isa angesetzt und dann versehentlich an seiner Stelle ergriffen worden war.«
»Also ist ein schlechter Mensch am Kreuz gestorben?«
»Vermutlich, ja.« Jussuf sah mich an wie ein Wild, das die Falle wittert. »Aber worauf willst du hinaus, Musâfir?«
»Wenn es ein schlechter Mensch war, der am Kreuz gestorben ist, ein Verräter oder Spion oder Mörder, warum scheut ihr dann so davor zurück, das Stück Holz zu vernichten?«
»Wir wissen nicht, was damals wirklich geschehen ist. Aus dem Koran geht es nicht eindeutig hervor. Eindeutig ist , daß Allâh seinen Gesandten Isa vom Tod am Kreuz errettet hat, nicht aber, unter welchen Umständen. Vielleicht ist Allâh selbst mit dem Kreuz in Berührung gekommen.«
»Trotzdem soll Mohammed, wenn ich mich recht erinnere, das Kreuz verabscheut haben. Heißt es nicht, er habe jeden Gegenstand mit einem Kreuz, der ihm unter die Augen kam, vernichtet?«

»Sein Abscheu galt dem Glaubenssymbol der Christen, nicht dem Wahren Kreuz.«

Ich leerte meinen Kaffeebecher in einem Zug und spürte augenblicklich, wie das heiße Getränk meinen müden Verstand belebte. Das war auch nötig, denn die Unterhaltung mit Jussuf strengte mich an. Verzweifelt bemühte ich mich zu verstehen, worauf er hinauswollte.

»Deine Worte mögen alle richtig sein, Jussuf, aber sie verwirren mich mehr, als daß sie meinen Geist erleuchten. Ich begreife einfach nicht, wieso euch Muslimen so viel am Kreuz Jesu liegt. Für die Christen ist es von so großem Wert, weil sie daran glauben, daß der Sohn Gottes daran sein Leben ausgehaucht hat. Und daß Gott ihn wieder zum Leben erweckt hat. Für sie ist das Kreuz ein Zeichen der Erlösung, des Triumphs über den Tod. Deshalb sind sie ihm bei den Hörnern von Hattin in die Schlacht gefolgt. Was aber bedeutet es euch?«

»Wenn es den Christen den Sieg zu bringen vermag, dann bringt es uns die Niederlage, vielleicht den Untergang. Welche Macht auch immer von ihm ausgeht, in den falschen Händen kann sie großes Unheil bewirken. Deshalb müssen wir es behüten!«

Wir schwiegen eine Weile, während der ich mich fragte, ob der Scheik mir wirklich alle Beweggründe der Abnaa Al Salieb offenbart hatte. Oder hatte das Wahre Kreuz die, die es behüteten, über die Jahrhunderte in einer Weise beeinflußt, die ihnen peinlich war? Hatten die Beduinen sich so stark mit dem christlichen Glauben befaßt, daß sie ihm insgeheim mehr zuneigten, als es mit der Lehre des Korans und ihres Propheten Mohammed vereinbar war?

»Wo ist das Wahre Kreuz jetzt?« fragte ich schließlich.

»Sei mir nicht gram, Musâfir, aber was du nicht weißt, kannst du auch nicht verraten.«

»Ich habe nicht vor, euch und das Wahre Kreuz zu verraten.«
»Es könnte aus Unachtsamkeit geschehen oder unter der Folter.«
»Wer sollte mich foltern?«
»Denk an die Ritter, die dich und deine Gefährten im Sandsturm angegriffen haben! Das war gewiß kein Zufall. Sie müssen, vielleicht durch Spione in Kairo, von deiner Verbindung zu Ourida wissen. Ich denke, sie wollten über dich an meine Nichte herankommen.«
»Ich hatte eher den Eindruck, daß sie mich töten wollten.«
»Auch das ist möglich. Vielleicht wollten sie sich dafür rächen, daß du ihnen Ourida entrissen hast. Vielleicht haben sie sich auch nur im Eifer des Gefechts hinreißen lassen.«
Kaum hatte Jussuf die Ritter erwähnt, fühlte ich, wie trotz des wärmenden Feuers etwas kalt über meinen Leib kroch. War es ein Wunder nach dem, was ich im Sandsturm und was Roland de Giraud vor sechshundert Jahren mit ihnen erlebt hatte?
»Daß es sie noch immer gibt!« sagte ich. »Nach so langer Zeit!«
Der Scheik breitete die Arme aus, als wollte er sein ganzes Lager umfassen. »Auch uns gibt es noch immer.«
»Aber die Ritter vom Verlorenen Kreuz kleiden sich noch genauso wie damals, wie im Mittelalter, und sie kämpfen mit den gleichen Waffen.«
»Die Abnaa Al Salieb doch auch. Bedenke, was ich dir über Feuerwaffen in der Wüste gesagt habe.«
»Wo haben die Ritter ihren Stützpunkt?«
»Leider wissen wir das nicht, sonst hätten wir eine Möglichkeit gefunden, sie vom Erdboden zu vertilgen! Sie sind eine Plage wie der Chamsin, der immer wiederkehrt und sich durch nichts in die Flucht schlagen läßt. Und wenn man nicht

vorbereitet ist, bringen sie wie er den Tod. Du hast es erst vor wenigen Tagen erlebt, hast es überlebt. Meine Brüder und Schwestern in der Zuflucht hatten nicht soviel Glück, mit Ausnahme von Ourida und Rabja.«

Bei dem Gedanken an das Blutbad, das die Ritter vom Verlorenen Kreuz in dem »Zuflucht« genannten Wüstentempel angerichtet hatten, verstand ich den Haß, der in Jussufs Ton mitschwang, nur zu gut. Und ich fühlte selbst Zorn in mir hochsteigen.

Als ich den Scheik anschaute, seine grimmige Haltung und Miene sah, schien es mir unvorstellbar, daß er jemals einem Ritter vom Verlorenen Kreuz gegenüber Gnade walten lassen würde, gleich, unter welchen Umständen. War dies derselbe Haß, der Saladin nach der Schlacht von Hattin dazu getrieben hatte, alle gefangenen Ordensritter zu töten?

Eine weitere Frage drängte sich mir auf: »Woher wissen die Ritter, daß die Abnaa Al Salieb die Hüter des Kreuzes sind?«

»Ich weiß nicht, wie sie es herausgefunden haben. Durch Spione oder durch Verräter. Sie haben es ja auch geschafft, Roland und Ourida in dem kleinen Fischerdorf aufzuspüren. Seit jener Nacht hatten Ourida und ihre Leute lange Ruhe vor Gilbert d'Alamar und seinem geheimen Orden. Ourida konnte zusehen, wie ihre Tochter heranwuchs. Aber dann kamen sie doch, eines Nachts, nach fünfzehn Jahren. Wie böse Geister der Nacht sind sie über das Lager der Abnaa Al Salieb hergefallen, und ein wütender Kampf entbrannte. Ourida und Gilbert haben ihn beide mit dem Leben bezahlt. Ein Teil der Wüstensöhne konnte entkommen. Sie nahmen das Wahre Kreuz mit sich – und Ouridas Tochter, die ebenfalls Ourida hieß. Sie wurde die neue *Hameyat Al Salieb!*«

»Die Hüterin des Kreuzes?«

»Ja, Musâfir. Es scheint Allâhs Wille zu sein, daß diese Würde von der Mutter auf die Tochter übergeht. Denn auch das erste Kind von Ouridas Tochter war ein Mädchen und erhielt den Namen Ourida. Das hat sich fortgesetzt bis in unsere Tage.«

»Dann ist die bislang letzte in der langen Kette jene Ourida, die wir im Wüstentempel gerettet haben«, folgerte ich. »Hat sie dort das Wahre Kreuz bewacht?«

»Ja.«

»Aber die Ritter haben es nicht gefunden.«

»Nein.«

»Warum wollten sie Ourida dann töten? Tot hätte sie ihnen nichts mehr sagen können.«

Jussuf sah mich verständnislos an. »Frag das unsere Feinde, falls du sie triffst; aber ich wünsche es dir nicht. Ich kann mir ihr Handeln nur so erklären, daß sie sich von jahrhundertealtem Zorn haben leiten lassen. Auch das Gemetzel, das sie in der Zuflucht angerichtet haben, deutet darauf hin.«

»Woher weißt du, daß die Ritter das Wahre Kreuz nicht gefunden haben?«

»Von Ourida. Ich habe dir doch gesagt, daß wir auch ohne Worte miteinander in Verbindung bleiben können.«

»Aber wie geht es ihr jetzt?«

»Das kann ich nicht sagen, dazu ist sie zu weit weg. Als sie im Geiste mit mir sprach, habe ich mich in der Nähe von Kairo aufgehalten.«

»Dann muß das Kreuz noch im Tempel sein«, sagte ich und sah ihn forschend an. »Es sei denn, du hast es inzwischen woanders versteckt.«

»Viele Fragen kann ich dir an diesem Abend beantworten, Musâfir, aber diese gehört nicht dazu.«

»Warum nicht? Weil du das Versteck nicht verraten willst? Ist es die zugemauerte Bibliothek?«

Jussuf legte die Stirn in Falten. »Wovon sprichst du?«
Ich lachte laut auf. »Mach mir nichts vor, Jussuf! Du willst doch nicht ernsthaft behaupten, daß du die Bibliothek nicht kennst! Die Bücher darin sind in einer seltsamen Schrift gehalten, Arabisch wohl, aber schwer zu entziffern.«
»Ich weiß nichts von einer Bibliothek«, sagte der Scheik ruhig.
»Wie soll ich das glauben? Der Raum befindet sich in eurer Zuflucht!«
»Wir haben die Anlage nicht erbaut. Es gab sie schon viele Jahrhunderte vor der Schlacht von Hattin.«
Das deckte sich immerhin mit dem, was Onkel Jean mir erzählt hatte, dennoch war ich nicht geneigt, das Feld so schnell zu räumen.
Ich erzählte, wie wir die Bibliothek entdeckt hatten. »Die Bücher dort sehen nicht so aus, als hätten die Erbauer des Tempels sie hingestellt. Ich nehme an, daß der Raum erst später als Bibliothek eingerichtet und dann zugemauert worden ist. Warum?«
»Frag das die, die dafür verantwortlich sind! Die Abnaa Al Salieb haben diesen Ort erst vor weniger als hundert Jahren entdeckt. Nach den Erbauern müssen andere ihn für ihre Zwecke genutzt haben. Vielleicht haben während der Kreuzzüge unsere Glaubensbrüder dort wertvolle Bücher vor den Christen versteckt. Die Christen hätten sie sonst geraubt oder einfach verbrannt.«
»Mag sein«, sagte ich und spürte plötzlich eine große Müdigkeit. »Es gibt so viele Fragen, und jede Antwort scheint neue aufzuwerfen.«
»Wissen ist wie heißer Kaffee«, sagte Jussuf und griff abermals zu der Kanne, um den restlichen Inhalt zwischen uns aufzuteilen. »Man kann nie genug davon kriegen.«

Ich trank einen Schluck und fragte: »Wieso war Ourida mit den anderen in der Zuflucht? Wäre das Wahre Kreuz hier im Lager nicht besser aufgehoben gewesen?«
»Die Hüterin des Kreuzes sucht die Zuflucht nur in Zeiten der Gefahr auf, immer in Begleitung einiger Männer, Frauen und Kinder unseres Stammes. Damit wir fortbestehen, falls den anderen etwas zustößt. Als wir vom Sultan des Feuers und seinem großen Feldzug hörten und befürchten mußten, daß der Krieg auch in dieses Tal getragen würde, haben wir beschlossen, Ourida und einige Ausgewählte in die Zuflucht zu schicken. Daß gerade dort das Verhängnis über sie kommen würde, konnte niemand ahnen. Hätte Rabjas Vater nicht Verrat geübt, wären sie dort sicher gewesen.« Nachdem wir die Becher geleert hatten, fügte er hinzu: »Weil es immer noch so viele Fragen und Antworten gibt, sollten wir unsere Unterhaltung morgen fortsetzen, Musâfir. Du bist müde, und ich bin es auch. Die Feuer sind niedergebrannt, die Kälte der Nacht erfüllt das Tal, und die Abnaa Al Salieb ziehen sich in ihre Zelte zurück. Morgen, wenn der Geist wieder frisch ist, lassen sich Fragen klarer stellen und Antworten leichter verstehen!«
Ich stimmte ihm zu, auch wenn ich es bedauerte, bis zum nächsten Tag warten zu müssen. So viel ging mir durch den Kopf! Wovon lebten die Ritter vom Verlorenen Kreuz? Wie hatten sie sich so lange halten können? Und was hatte ich mit jenem Roland zu tun, dessen Leben mir erschienen war wie mein eigenes?

Teil 3

29. KAPITEL

Tödlicher Donner

Donner riß mich aus dem Schlaf, so laut, daß ich mich mit einem Ruck aufsetzte. Es dauerte ein paar Sekunden, bis ich meine Umgebung erkannte.

Ich befand mich in Jussufs Zelt, hinter dem Vorhang, und erinnerte mich, wie ich mich nach dem langen Gespräch mit dem Scheik müde und aufgewühlt zugleich hingelegt hatte. Lange hatte ich mich hin und her gewälzt und über das nachgedacht, was ich von Jussuf erfahren hatte. Vielleicht hatte auch der überreichlich genossene Kaffee mich trotz meiner Erschöpfung so lange wach gehalten. Am Ende hatte ich doch geschlafen, tief und fest sogar.

Was war das für ein Lärm, der mich geweckt hatte? Nur ein Hauch von Helligkeit drang durch die Zeltwände. Es mußte noch früh am Morgen sein.

Wieder ertönte lauter Donner, mehrfach kurz hintereinander. Wo kam ein solches Unwetter her? Gewitterstürme kannte ich aus Frankreich, aber in Ägypten hatte ich noch keinen erlebt. Vielleicht zog ein Gewitter hier ebenso unerwartet auf wie der Sandsturm, der Leutnant Dumonts Husaren und mich auf unserem Ritt nach Kairo überfallen hatte.

Der Gedanke an den Chamsin erfüllte mich mit einer eigenartigen, ungewissen Furcht. Mit dem Sandsturm waren die Ritter vom Verlorenen Kreuz über uns gekommen. War auch

dieses Gewitter nur der Vorbote von etwas viel Gefährlicherem?
Schreie drangen an meine Ohren, undeutlich, und doch erfaßte ich die Panik darin. Die Furcht, das unerklärliche Gefühl, daß eine große Gefahr über das Tal der Abnaa Al Salieb hereingebrochen war, ergriff ganz und gar von mir Besitz. Ich sprang auf und wollte nach draußen laufen, um zu sehen, was dort vor sich ging.
Da erbebte der Boden unter meinen Füßen, so heftig, daß ich den Halt verlor und durch die Luft gewirbelt wurde. Ich fiel mit der linken Seite auf etwas Hartes und spürte einen stechenden Schmerz. Sand geriet mir in Augen, Nase und Mund. Ich hustete und spuckte, während Donnerschlag auf Donnerschlag über das Tal rollte. Da waren Stimmen, die einander übertönten: Schreie, Befehle, Schmerzenslaute. Aber mit all dem Sand in den Augen konnte ich nichts sehen.
Ich rieb mir die Augen, auch wenn es schmerzte und brannte; Tränen rannen mir über die Wangen, aber endlich lüfteten sich die Schleier. Was ich sah, war das, was ich hörte: ein einziges Chaos!
Scheik Jussufs großes Zelt, in dem ich eben noch gelegen hatte, stand nicht mehr. Es war nichts davon übrig als ein paar große Wollfetzen, die traurig an einigen Zeltstangen hingen. Ich lag in einer Kuhle unter freiem Himmel, unter mir ein Kochkessel, auf den ich gefallen war.
Verängstigte Beduinen irrten umher und suchten ihre Angehörigen. Viele waren, wie ich, aus dem Schlaf gerissen worden und nur unzureichend bekleidet, etliche waren verletzt. Eine Frau mit blutverschmiertem Gesicht wankte an mir vorüber. Die Wunde an ihrer Stirn schien sie nicht zu kümmern. Ihr Blick glitt suchend über das Lager, und immer wieder rief sie verzweifelt mehrere Namen, wohl die ihrer Kinder.

Wieder ertönte der unheimliche Donner, und jetzt sah ich auch die dazugehörigen Blitze: feurige Zungen, die über eine der schroffen Felswände leckten.
Jetzt wußte ich, was das für ein Donner war und weshalb er mir – ganz zu Recht – solche Furcht eingeflößt hatte. Ähnliches hatte ich gehört, als Bonapartes Artillerie in der Schlacht bei den Pyramiden ihre mächtige Stimme erhoben hatte.
Dort in den zerklüfteten Felsen, die den Beduinen Schutz vor Feinden hatten gewähren sollen, standen Kanonen, die Salve um Salve ins Tal schossen. Kugeln klatschten in den Boden und jagten Sandfontänen in die Luft. Granaten explodierten mit ohrenbetäubendem Krachen. Kartätschen zerplatzten ringsum und verspritzten ihre todbringende Ladung aus Blei- und Eisenstücken.
Hatten die Abnaa Al Salieb mit der Verlegung ihres Lagers zu lange gewartet? Offenbar, denn die Ritter vom Verlorenen Kreuz schienen sie aufgespürt zu haben. Aber wieso benutzten die plötzlich moderne Artillerie statt Schwert und Streitaxt? Und woher hatten sie die Kanonen?
Mein Blick fiel wieder auf die blutende Frau, die eins ihrer Kinder gefunden hatte, vor ihm auf die Knie fiel und es glücklich an sich drückte. Eine Granate pfiff heran, und mein Warnruf ging im Lärm der Kanonade unter. Ich warf mich zurück auf den Boden, drückte das Gesicht in den Dreck und bedeckte meinen Kopf mit beiden Armen. Die nahe Explosion wollte meine Ohren zerreißen. Als ich aufblickte, waren Mutter und Kind nur noch zerfetztes Fleisch.
Während ich mich noch übergab, dachte ich an ein anderes Kind, nach dem keine Mutter suchen würde. Ich spuckte, fuhr mit dem Handrücken über meinen Mund und schrie: »Raaabjaaa!«
Mein suchender Blick glitt über die kläglichen Reste von Jus-

sufs Zelt, doch ich sah weder den Scheik noch die alte Muna, noch Rabja.

Als ich mich aufrappelte, merkte ich, daß meine Beine zitterten. Roland de Giraud war ein Krieger gewesen, ein Soldat. Ich war es nicht. Als Dumonts Husaren und ich von den Rittern überfallen wurden, hatte es wenigstens einen Kampf Mann gegen Mann gegeben und damit eine Aussicht, den Feind zu überwinden. Aber wie sollte ich gegen den vielfachen Tod ankämpfen, den die Kanonen drüben im sicheren Schutz der Felsen ausspuckten? Ich hatte schreckliche Angst um Rabja, die mir so ans Herz gewachsen war.

Rechts von mir riß eine Rundkugel ein weiteres Zelt ein, und ein gutes Stück weiter links wirbelte eine explodierende Granate den Boden auf, während ich durch die Überreste von Jussufs Zelt taumelte und in den Trümmern verzweifelt nach einem Anzeichen von Leben Ausschau hielt.

Mein linker Fuß stieß gegen etwas Großes, Weiches, das unter einem Fetzen Kamelwolle lag, einem Teil des Zeltes. Ich riß das Tuch beiseite und starrte auf einen zusammengekrümmten Leib, der in einer Blutlache mehr schwamm als lag. Es war Muna, und sie war tot. Ihr runzliges Gesicht war im Schreck erstarrt. Die Granate, die das Zelt getroffen hatte, hatte ihr den halben Leib weggerissen. Ihre knotige Rechte zeigte mit ausgestreckten Fingern nach rechts, als hätte sie im Augenblick des Todes noch nach etwas greifen wollen.

Mein Blick ging in dieselbe Richtung und fiel auf einen Trümmerhaufen aus Kochutensilien, zerbrochenen Zeltstangen und Stücken des Zelttuches. Ich wühlte mich durch diesen Haufen – und fand Rabja!

Das Glücksgefühl des ersten Augenblicks verwandelte sich schlagartig in Bestürzung. Reglos lag sie vor mir, auf dem Bauch, das Gesicht zur Seite gedreht und die Augen geschlos-

sen. Nichts deutete darauf hin, daß noch Leben in ihr war. Am Hinterkopf war ihr Haar blutverschmiert. Vorsichtig tastete ich mit meinen schmutzigen Fingern darüber. Es kam mir nicht vor wie eine Wunde von Granatsplittern, eher so, als sei infolge der Explosion ein schwerer Gegenstand gegen ihren Kopf geschlagen.
Vorsichtig drehte ich sie herum, bemüht, dem kleinen, zerbrechlichen Körper nicht noch mehr Schaden zuzufügen. Weitere Wunden konnte ich nicht entdecken, aber ihr Kopf fiel wieder zur Seite, die Augen blieben geschlossen, und sie schien nicht zu atmen.
Ich fühlte ihren Puls und stockte. Hatte ich da nicht etwas gespürt? Doch, wahrhaftig, es war noch Leben in Rabja!
Sofort war ich von einem einzigen Gedanken erfüllt: Wie konnte ich sie von hier fortbringen, irgendwohin, wo sie vor dem unablässigen Beschuß sicher war und wo man sich um sie kümmern würde?
Hastig blickte ich mich um und hielt nach Hilfe Ausschau, doch ich sah nichts als verwundete oder erschüttert umherirrende Beduinen.
Wo war Jussuf? Wenn er sich zu Beginn des Angriffs im Zelt aufgehalten hatte, lag er vielleicht auch irgendwo hier unter den Trümmern. Möglicherweise brauchte er Hilfe.
Meine ganze Sorge aber galt Rabja. Vorsichtig hob ich sie hoch. Sie erschien mir federleicht – viel zu leicht und zu klein, um zu sterben.
Der Beschuß schien nur von einer der beiden Felswände zu kommen, von der im Nordosten. Also lief ich mit Rabja in die entgegengesetzte Richtung. Immer noch schlugen Geschosse ein, zerstörten das Beduinenlager, zerfleischten und töteten seine Bewohner. Doch ich ging unbeirrt weiter, über den aufgepflügten Boden, stieg über Schutt, Leichen und

jammernde Verwundete, das Kind auf meinen Armen, denn ich wußte: Ich konnte nichts anderes tun.
Von links hörte ich seltsame Geräusche, die lauter wurden und sich gegen den Geschützdonner durchzusetzen begannen: Trommelwirbel und den gleichmäßigen Tritt unzähliger Füße in festen Soldatenschuhen. Die Sonne kletterte über die Felsen und warf ihr rötliches Licht auf eine heranrückende Masse blau-weißer Uniformen, die aus der Morgendämmerung heraustrat wie eine Armee aus dem Jenseits.
Ich blieb stehen und kniff die Augen zusammen. Sah ich das wirklich? Oder erlagen mein erschöpfter Leib und meine überreizten Sinne einem Trugbild? Eine lebende Mauer aus Soldaten, die fast die ganze Breite des Tals ausfüllte, marschierte zum dröhnenden Klang der Trommeln direkt auf mich zu. Als ich die Fahne mit den Farben der Revolution – Blau, Weiß und Rot – über ihren Köpfen wehen sah, verflog der letzte Zweifel: Es waren Franzosen!
Sie trugen ihre Hüte mit den Spitzen zur Seite, *en bataille*, zur Schlacht bereit. In diesem ägyptischen Tal wirkte ihre präzise, auf Dutzenden europäischer Schlachtfelder erprobte Formation völlig fehl am Platz. Wenn nicht aus dem Jenseits, so kamen sie doch aus einer anderen Welt. Fassungslos fragte ich mich, was sie hierhergeführt hatte.
Während ich noch ungläubig dieses Bild in mich aufnahm, erkannte ich den berittenen Offizier in ihrer Mitte, der sie mit gezogenem Säbel ins Gefecht führte und auf dessen Hut der rot-weiße Federbusch eines französischen Brigadegenerals prangte. Vor meiner Abreise aus Kairo hatte ich zweimal mit ihm gesprochen: General Lannes.
Er rief etwas, das ich nicht verstand, und deutete mit dem Säbel nach vorn. Die Soldaten hielten an, und das vorderste Glied ging in die Knie, um den Ansturm einer berittenen Be-

duinenschar zur erwarten, die im vollen Galopp auf den vielfach überlegenen Gegner zuhielt. Die Krieger der Abnaa Al Salieb hatten sich offenbar von der Überraschung des Feuerüberfalls erholt und gingen zum Gegenangriff über, einhundert oder einhundertfünfzig Reiter, angeführt von Scheik Jussuf!

Erleichtert sah ich, daß er die Kanonade überlebt hatte. Er war wohl schon frühmorgens nach draußen gegangen, um sich mit seinen Kriegern im Kämpfen zu üben. Das hatte ihn und die meisten Männer vor dem schrecklichen Schicksal bewahrt, dem ihre Frauen, Kinder und Alten anheimgefallen waren.

Eine Salve der Franzosen riß Lücken in die Reihen der Beduinen, hielt ihren Ansturm aber nicht auf. Hastig luden die Infanteristen nach, während die Beduinen auf ihren schnellen Pferden näher und näher kamen. Es war ein Wettlauf um Leben oder Tod. Die Wüstensöhne stießen gellende Kriegslaute aus, bereit, ihre blanken Klingen in die Leiber der Franzosen zu stoßen.

Da erbebte der Boden unter den Abnaa Al Salieb, als Kanonenkugeln zwischen sie fuhren, Granaten sie von ihren Pferden sprengten und Kartätschen sie mit ihren Ladungen durchsiebten. Der Reiterangriff verwandelte sich in ein ungeordnetes Knäuel stürzender Pferde, Toter und Verwundeter.

Und schon hatte die Infanterie nachgeladen. General Lannes stieß den erhobenen Säbel in Richtung der Beduinen und gab erneut den Befehl zum Feuern. Die Salve, aus nächster Nähe abgegeben, traf einen Großteil jener Wüstenkrieger, die sich noch im Sattel hielten. Als ich die tapferen Abnaa Al Salieb reihenweise fallen sah, fühlte ich einen körperlichen Schmerz.

Ein weiterer Befehl Lannes', und das kniende vorderste Glied

erhob sich. Die Soldaten hielten sich nicht mit Nachladen auf. Alle drei Glieder gingen zum Bajonettangriff über und warfen sich unter lautem Geschrei auf die Beduinen.
Ich entdeckte den Scheik, der sich schwankend erhob und mit blankem Säbel dem Feind entgegenstürzte. Er rammte einem Infanteristen die Klinge in den Leib und brachte einem zweiten eine Wunde an der Schulter bei, ging dann aber, von einem Bajonett getroffen, auf die Knie. Sofort war eine Handvoll Soldaten über ihm, um mit Bajonetten und Gewehrkolben sein Leben auszulöschen.
Wie gelähmt hatte ich den Kampf verfolgt. Nun gab ich mir einen Ruck und wandte mich, Tränen in den Augen, ab, lief fort von dem Gemetzel, um wenigstens Rabja zu retten.
Ein Trupp Dragoner sprengte heran und schloß eine Lücke, die den Beduinen eine Rückzugsmöglichkeit gewährt hätte. So kamen die französischen Reiter in meine unmittelbare Nähe und waren plötzlich rings um mich her. Mit Rabja auf den Armen war es mir unmöglich, ihnen zu entkommen.
Einer hatte mich erblickt und ritt mit gezogenem Säbel auf mich zu. Ungläubig starrte ich ihn an und fragte mich, ob er mich wirklich töten würde. Erst dann begriff ich, daß er mich für einen Beduinen halten mußte. Für einen Wüstensohn, der sein Kind in den Armen hielt.
Rabja! Mein Tod würde auch den ihren bedeuten!
»Ich bin Franzose!« brüllte ich dem Dragoner entgegen. »Ich heiße Bastien Topart!«
Ich wiederholte den Namen, schrie ihn wieder und wieder hinaus in den blutigen Morgen.
Hatte der Dragoner mich verstanden? Er galoppierte an mir vorüber. Andere zügelten ihr Pferd, und aus ihren staub- und schweißbedeckten Gesichtern sprach Verwunderung. Irgendwann drängte ein Reiter, dessen blauer Rock unter den

grünen der Dragoner auffiel, seinen Rappen zwischen ihnen hindurch. Statt eines Helms trug er einen federgeschmückten Zweispitz. Auf meiner Höhe zügelte er sein Pferd und beugte sich zu mir herunter; plötzlich waren die markanten Züge von General Lannes zum Greifen nahe.
»Mein Gott, Sie sind's wirklich, Bürger Topart! In dem Aufzug hätte ich Sie kaum erkannt. Ihr Onkel wird sich freuen. Wir hatten wenig Hoffnung, Sie lebend zu finden. Sind Sie verletzt?«
Ich wußte es nicht, und es war mir auch nicht wichtig. Aber ich hielt das reglose Bündel hoch, das ich schon die ganze Zeit mit mir herumtrug.
»Helfen Sie ihr, bitte!«
»Wer ist das?«
»Rabja.«
»Rabja?«
»Ein Mädchen.«
»Europäerin?« fragte Lannes zweifelnd.
»Einfach ein Mädchen. Sie braucht dringend ärztliche Hilfe. Bitte!«
Der General richtete sich auf und bellte: »Einen Arzt, schnell!«
Vorsichtig ging ich in die Knie und legte Rabja auf den Boden. Noch immer hielt sie die Augen geschlossen, als wollte sie nicht ein zweites Mal mit ansehen, wie ihre Leute massakriert wurden. Um uns herum waren Dragoner und Husaren, die sich vergewisserten, ob die am Boden liegenden Beduinen auch wirklich tot waren. Wo das nicht der Fall war, halfen sie mit einem schnellen Säbelhieb nach.
»Die Beduinenkrieger …« brachte ich mit brüchiger Stimme heraus.
»… sind besiegt«, verkündete Lannes voller Stolz. »Der An-

griff ist ganz nach Plan verlaufen. Keine Sorge, Topart, Sie haben von den Entführern nichts mehr zu befürchten!«

»Entführer?«

Mehr konnte ich nicht sagen. Stumm schüttelte ich den Kopf angesichts des Elends um mich her.

Ein Arzt kam herangeritten, stieg von seinem Braunen und nahm verwundert zur Kenntnis, daß seine Patientin ein Beduinenmädchen war.

Entrüstet wandte er sich an Lannes: »Aber, Bürger General, dort hinten liegen mehrere Grenadiere, deren Wunden noch versorgt werden müssen!«

»Das kommt noch«, erwiderte Lannes mit unbewegter Stimme. »Jetzt kümmern Sie sich um das Mädchen, Doktor!«

Es war eindeutig, daß der General keinen Widerspruch duldete. Auch wenn ich meine letzte Begegnung mit ihm in unangenehmer Erinnerung hatte, in diesem Augenblick war ich ihm so dankbar, daß er alles von mir hätte verlangen können.

Der Militärarzt ließ sich neben Rabja nieder und untersuchte sie nur kurz, bevor er sich zu Lannes umwandte und sagte: »Ich kann dem Mädchen nicht mehr helfen, Bürger General. Es ist tot.«

Tot.

Das Wort traf mich schlimmer als ein Säbelhieb. Ich dachte daran, wie ich mit Rabja Ball gespielt und wie ich ihr die ersten französischen Worte beigebracht hatte. Ich dachte an ihr glucksendes Lachen, das in mir die Hoffnung erweckt hatte, sie würde über den schrecklichen Tod ihrer Eltern hinwegkommen.

Ich packte den Arzt am Kragen und schüttelte ihn. »Das kann nicht sein! Sie müssen sie gründlicher untersuchen. Eben habe ich noch ihren Puls gefühlt!«

Der Arzt löste sich von mir und trat einen Schritt zurück. »Es tut mir leid, Bürger, aber ich kann Ihnen nichts anderes sagen. Das Mädchen ist tot. Wenn eben noch Leben in ihr war, so war es ein letztes Aufflackern. Sie hat eine schwere Kopfverletzung. Ein Erwachsener hätte das vielleicht überstanden, aber so ein Kind ...« Er schüttelte den Kopf und stieg wieder aufs Pferd. »Bürger General, mit Ihrer Erlaubnis kümmere ich mich jetzt wieder um unsere Verwundeten.«

Lannes nickte knapp, und der Arzt trieb sein Pferd an.

Ich hockte mich neben Rabja und drückte ihr Gesicht an meine Brust. Meine Hände färbten sich rot von ihrem Blut. Tränen rannen mir übers Gesicht, und ich gab mir keine Mühe, es vor den Soldaten zu verbergen.

»Was immer dieses Kind Ihnen bedeutet haben mag, Bürger Topart«, sagte General Lannes, »seien Sie meines aufrichtigen Beileids versichert.«

»Darf ich Sie um etwas bitten, Bürger General?«

»Um was?«

»Ich möchte, daß Rabjas Leichnam auf ordentliche Weise bestattet wird, so, wie ihr Glaube es verlangt, mit dem Gesicht nach Mekka.«

Lannes wandte sich an den Dragoneroffizier neben ihm. »Leutnant, Sie werden sich darum kümmern. Außerdem brauche ich ein Pferd für den Bürger Topart.«

»Jawohl, General.«

Auf Befehl des Leutnants brachte ein Dragoner ein reiterloses Kavalleriepferd. Nur mit großer Anstrengung schaffte ich es in den Sattel. Ich fühlte mich am Ende meiner Kräfte. Lannes bat mich, ihn zu begleiten, und wir entfernten uns vom Ort der blutigen Auseinandersetzung.

Zwiespältige Gefühle begleiteten mich. Ich kam mir vor wie ein Verräter, weil ich Rabja, Jussuf und all die anderen hier

zurückließ. Um mich zu beruhigen, hämmerte ich mir förmlich ein, daß ich ihnen nicht mehr helfen konnte. Und ein Teil von mir war sogar froh, von dem Ort wegzukommen, an dem die Leichen all jener lagen, die am Abend zuvor noch so voller Lebensfreude gewesen waren.
Der morgendliche Donner hatte die Oase in eine Stätte des Todes verwandelt, über der bereits die hungrigen Wüstengeier kreisten. Während ich, an der Seite des Generals, auf die nordöstliche Felswand zuhielt, war mir, als spürte ich die anklagenden Blicke der Abnaa Al Salieb im Rücken.

30. KAPITEL

Das Tal des Todes

Auf unserem Ritt durch das Tal offenbarte sich mir das ganze Ausmaß der Zerstörung. Was die Artillerie verschont hatte, fiel jetzt den hemmungslos plündernden Truppen zum Opfer. Die Soldaten unserer jungen Republik, von den Zeitungen zu Hause für ihren tapferen Kampf gegen die Feinde des Volkes und der Republik mit Lobeshymnen überhäuft, benahmen sich wie Strauchdiebe und zankten sich um alles, was ihnen auch nur irgendwie wertvoll erschien. Wohin ich auch blickte, überall sah ich dasselbe entwürdigende Schauspiel.

Als ich das beklagte, erwiderte General Lannes: »So wie hier ist es zu allen Zeiten und an allen Orten gewesen. Es ist das Gesetz des Krieges. Ein Soldat nimmt große Anstrengungen in Kauf, marschiert sich die Füße wund, hungert und dürstet und wagt in der Schlacht sein Leben fürs Vaterland. Das alles tut er, ohne zu murren, aus Pflichtgefühl und auch aus Stolz. Wenn die Schlacht aber geschlagen ist, wenn Gefahr und Anspannung vorüber sind, giert er nach einer Belohnung, die ihm das Gefühl gibt, sein Leben nicht umsonst aufs Spiel gesetzt zu haben.«

»Sagten Sie nicht, er zieht aus Pflichtgefühl und Stolz in die Schlacht?«

»Das eine schließt das andere nicht aus. Eine Ehrung erfährt der Soldat in der Regel erst, wenn er heimgekehrt ist. Auf dem Schlachtfeld dagegen erwartet ihn die Belohnung sofort. Vergessen Sie nicht, daß die meisten Soldaten arme Schlucker sind, die sich zu Hause nur selten ein Stück Fleisch leisten können. Außerdem ist es nur gerecht, daß die Sieger die Beute unter sich aufteilen. Tun sie es nicht, fällt alles an die Leichenfledderer aus den umliegenden Städten und Dörfern, die nur darauf warten, daß der letzte Schuß verhallt.«

»Hier wohl kaum«, sagte ich. »Oder gibt es außerhalb des Tals Siedlungen?«

»Nein, da haben Sie recht. Das Tal liegt so abgeschieden, daß es auf keiner unserer Karten verzeichnet ist.«

»Und doch haben Sie es gefunden«, sagte ich freudlos.

»Sie hatten Glück im Unglück, Bürger Topart. Nur, weil wir in der Wüste ein Manöver für eine neue Spezialeinheit abgehalten haben, sind wir auf den Ort gestoßen, an dem dieses räuberische Beduinengesindel Sie und die Husaren überfallen hat. General Bonaparte will nämlich für den Wüstenkrieg ein Korps aus Kamelreitern aufstellen. Aber das wird wohl noch eine Weile dauern. Unsere Soldaten fühlen sich im Schlachtgetümmel wohler als auf dem Rücken eines schwankenden Wüstenschiffes.«

Ich zügelte mein Pferd. »Sie irren, Bürger General! Nicht die Beduinen haben uns überfallen, sondern die Ritter!« Ich biß mir auf die Zunge, hätte ich doch fast »Ritter vom Verlorenen Kreuz« gesagt, was ich dann hätte erklären müssen.

»Wer?«

»Jene mittelalterlichen Ritter, denen wir bereits im Wüstentempel begegnet sind. Die Beduinen sind uns zu Hilfe gekommen und haben die Ritter besiegt. Wären sie nicht gewesen, hätte wohl auch ich mein Leben verloren.«

»Das ist seltsam. Wir haben nur die Leichen Ihrer Begleiter

und die Kadaver der Husarenpferde gefunden, keine toten Beduinen und keine Ritter. Aber es gab Spuren, denen wir bis zu diesem Tal gefolgt sind.«

»Dann müssen andere Ritter gekommen sein, um die Toten zu bergen.«

Während ich das sagte, fragte ich mich, warum die Ritter nicht das Tal der Abnaa Al Salieb angegriffen hatten. Vielleicht waren die französischen Truppen ihnen schlichtweg zuvorgekommen.

Ich machte mir bittere Vorwürfe, weil die Lage der Oase durch meine Rettung bekannt geworden war. Ohne es zu wollen, hatte ich letztlich zum Untergang des ganzen Stammes beigetragen.

Wiederholte sich das Unheil nach sechshundert Jahren? Damals hatten Gilbert d'Alamar und seine Gefährten ein Beduinenlager ausgelöscht. Bei ihnen war Roland de Giraud gewesen. So wie er damals über Ouridas Familie hatte jetzt ich das Unglück über Ouridas Onkel und seinen Stamm gebracht.

Welches unselige Band gab es zwischen mir und dem Tempelritter Roland? Nun, da Jussuf tot war, würde ich es vielleicht nie erfahren.

Wir ritten weiter, und allmählich konnte ich den Verlauf der Schlacht nachvollziehen. An einem der engen Durchlässe lagen etliche Gefallene, vorwiegend Beduinen. Hier waren also die französischen Truppen durchgebrochen und ins Tal eingedrungen, vermutlich unterstützt durch die Artillerie. Wir befanden uns dicht vor dem Höhenzug, und jetzt erkannte ich die Geschütze zwischen den Felsen mit bloßem Auge.

»Wie sind die Kanonen da hinaufgekommen?« fragte ich.

»Wir haben die ganze Nacht dafür gebraucht. Zunächst mußten die Beduinenwachen unschädlich gemacht werden, ohne daß jemand im Tal etwas bemerkte. Damit waren nur Soldaten betraut, die aus den Bergen stammen, und sie durften keine Schußwaffen mitnehmen. Wie Sie sehen, Bürger Topart, haben sie die Aufgabe mit Bravour erledigt. Noch in der Nacht haben wir die Kanonen hochgekarrt und zwischen den Felsen in Stellung gebracht. Alles ganz nach Plan.«

»Ihr Schlachtplan, General Lannes, ist wirklich bewundernswert«, sagte ich voll Bitterkeit.

»Nicht mein Plan«, wehrte er ab. »Ihm gebührt der Ruhm!« Und er zeigte auf die Felsen, wo eine Gruppe von Offizieren und Grenadieren herabgestiegen kam. Der Mann, den Lannes gemeint hatte, trug eine staubige Uniform, die mehr grau als blau war. Erst auf den zweiten Blick war zu erkennen, daß es sich um die Uniform eines Generals handelte. Das Gesicht mit der scharfen Nase und den unablässig forschenden Augen erkannte ich sofort.

»General Bonaparte!« rief ich.

»Bürger Topart!« Bonaparte ahmte meinen Tonfall nach und lächelte. »Da sind wir wohl beide überrascht. Natürlich hatte ich gehofft, Sie würden noch unter den Lebenden weilen, nachdem wir zwar die Leichen meiner tapferen Husaren gefunden hatten, nicht aber die Ihre. Aber ob wir Sie wirklich würden retten können, schien ungewiß.« Er wandte sich seinem Freund Lannes zu. »Da hat sich unser Ausflug in die trostlose Wüste doch wahrhaftig gelohnt, Lannes. Was sagen Sie zu meiner Artillerie? Habe ich Ihnen nicht ganz wunderbar den Weg freigeschossen, als diese Wüstenkrieger auf Sie zustürmten?«

»Es war perfekt«, bestätigte Lannes.

»Gelernt ist gelernt, mein Lieber. Die großen Schlachten werden alle von der Artillerie gewonnen.« Bonaparte ließ seinen Blick über das Tal schweifen und lachte. »Und auch manche

kleine.« Unvermittelt fixierte er wieder mich. »Ich denke, wir bringen Sie jetzt zu Ihrem Onkel, damit er beruhigt ist.«
»Ist er denn hier?«
Bonaparte nickte. »Selbstverständlich. Er hat darauf bestanden, uns zu begleiten. Am liebsten wäre er mit in die Schlacht geritten, um seinen Neffen aus den Händen der räuberischen Beduinen zu retten.«
»Weder waren sie Räuber, noch haben sie Ihre Husaren auf dem Gewissen, Bürger General! Das Gegenteil ist wahr: Sie sind uns zu Hilfe gekommen, und ohne sie wäre auch ich nicht mehr am Leben!«
Lannes fügte hinzu: »Wie Bürger Topart mir sagte, haben diese ominösen Ritter unseren Husarentrupp überfallen.«
Bonaparte schien auch nicht eine Sekunde lang irritiert. »So? Da haben wir wohl die falschen angegriffen, wie? Sei's drum, es war eine wichtige Erfahrung für unsere Truppen. Wir haben gesehen, daß sie auch nach einem Marsch durch die Wüste tapfer in den Kampf gehen. Marschieren, schießen und mit der blanken Waffe angreifen, all das kann man üben, aber nur ein echtes Gefecht bietet Aufschluß über die Moral einer Truppe. Merken Sie sich das gut, Lannes, es wird Ihnen noch nützlich sein!«
Angesichts dieser Kaltherzigkeit krampfte sich mein Magen zusammen. Mir war speiübel, und gleichzeitig fühlte ich mich erbärmlich hilflos. Über das Tal verstreut lagen die Toten, und vor mir stand der Mörder und sprach über seine Bluttat wie über ein Stück aus dem Lehrbuch!
Mein Verlangen, irgend etwas gegen diesen Wahnsinn zu tun, wurde schier übermächtig, aber ich konnte weder das Morden ungeschehen machen noch Bonaparte zur Rechenschaft ziehen. Er war der Herr Ägyptens und hatte hier die alleinige Macht.

»Aber die Beduinen waren unschuldig!« protestierte ich mit vor Wut zitternder Stimme. »Ihre Soldaten haben sie für nichts und wieder nichts abgeschlachtet!«
Bonaparte runzelte die Stirn und erwiderte unwillig: »Haben Sie mich nicht verstanden, Topart? Meinen Soldaten hat dieses Unternehmen sehr wohl etwas gebracht. Worüber beklagen Sie sich? Über den Tod von ein paar hundert Halbwilden?«
Abrupt wandte er mir den Rücken zu und begann, einem der Offiziere Befehle zu erteilen. Es bestand kein Zweifel daran, daß er das Gespräch mit mir nicht fortzusetzen gedachte.
Lannes sagte: »Kommen Sie mit, ich bringe Sie zu Ihrem Onkel!«
Wir ritten zu dem Durchlaß, durch den die französischen Truppen ins Tal gekommen waren, vorbei an den Leichen der »Halbwilden«, wie Bonaparte die tapferen Wüstenkrieger genannt hatte.
Mein Begleiter sah meine finstere Miene. »Sie sollten nicht ungerecht sein. General Bonaparte hat dieses Wagnis auf sich genommen, um Sie zu retten. Dafür hat er das Leben seiner Soldaten aufs Spiel gesetzt.«
»Ach, wirklich? Ich dachte, es sei eine gute Übung für seine Truppen gewesen! Ich glaube nicht, daß es ihm um mich ging. Die Kanonade hätte mein Leben ebenso leicht auslöschen können wie das der Beduinen. Daß ich dabei nicht draufgegangen bin, ist pures Glück!«
»Weshalb sollten wir hier sein, wenn nicht Ihretwegen?«
»Um den Tod der Husaren zu rächen. Um an den Beduinen ein Exempel zu statuieren, das andere Stämme davon abhält, sich an französischen Truppen zu vergreifen. Um eine mögliche Gefahr für den Weg zwischen Kairo und dem Wüstentempel aus der Welt zu schaffen.«
An dem Aufblitzen in Lannes' Augen erkannte ich, daß ich

ins Schwarze getroffen hatte. Und er gab es sogar zu, indem er sagte: »Aber wir sind auch Ihretwegen hier, Bürger Topart.«

Ein Trupp Dragoner ritt uns entgegen, und zwischen den Soldaten entdeckte ich die große, kräftige Gestalt meines Onkels. Er lächelte freudig, als er mich erkannte. Laut rief er meinen Namen, und sobald wir abgestiegen waren, drückte er mich fest an sich. Es war ein gutes, beruhigendes Gefühl. Zum ersten Mal an diesem unheilvollen Morgen fühlte ich mich sicher, und für einen viel zu kurzen Augenblick fiel die Last des eben Erlebten von mir ab.

»Es geht dir gut, Junge, das ist wundervoll!« Onkel Jean strahlte über das ganze Gesicht, was er selten tat. »Die Beduinen haben dir also nichts getan?«

»Nicht die Beduinen haben uns überfallen«, erklärte ich zum dritten Mal. »Es waren die Ritter!«

»Die Ritter aus dem Wüstentempel?« fragte mein Onkel erstaunt. »Das ist interessant, fürwahr! Du mußt mir alles ganz genau erzählen, Bastien, jetzt brauchst du erst einmal Schonung. Du wirkst sehr mitgenommen.«

Wir ritten in ein Zeltlager, das die französischen Truppen gerade nahe der Felswand errichteten. Lannes wies Onkel Jean und mir ein Zelt zu, in dem ich mich wusch.

Ein Soldat, der mir vorher schon frische Kleider gebracht hatte, stellte ein großes Frühstückstablett auf den Tisch, doch ich verspürte nicht den geringsten Hunger. Deshalb stärkte nur mein Onkel sich mit Brot und Käse.

Ich setzte mich ihm gegenüber auf den zweiten Klappstuhl und starrte mit einem wehmütigen Gefühl durch den halboffenen Zelteingang auf das geschäftigte Treiben. Am Abend zuvor war dies noch das Tal der Abnaa Al Salieb gewesen, jetzt war es ein französisches Feldlager.

»Wieso läßt Bonaparte hier ein Lager aufschlagen?« fragte ich. »Seine Soldaten haben ihr blutiges Werk doch vollbracht.«

»Der Marsch hierher war sehr kräftezehrend. General Bonaparte will seiner Truppe einen Tag und eine Nacht Ruhe gönnen, bevor wir nach Kairo zurückmarschieren. Auch du wirkst, als könntest du etwas Ruhe vertragen, Bastien. Möchtest du dich hinlegen?«

Ich verneinte, denn ich hätte bestimmt keinen Schlaf gefunden. Noch vierundzwanzig Stunden an diesem Ort verbringen zu sollen, aus dem ein Tal des Todes geworden war, stellte eine grausame Aussicht dar. Jede Stunde, jede Minute würde mich an das Morden erinnern, an Jussuf und Rabja.

Mein Onkel erkannte, daß ich mich schlecht fühlte, und legte mir eine Hand auf die Schulter. »Willst du erzählen, was dir widerfahren ist, Bastien? Oder ist dazu nicht der rechte Augenblick?«

»Vielleicht tut es mir gut, darüber zu sprechen«, sagte ich und begann meinen Bericht mit dem Chamsin, der uns überrascht hatte, mit dem Überfall der Ritter und dem Eingreifen der Beduinen.

Ich erzählte, wie die Beduinen mich gepflegt hatten, und ich berichtete von der erbitterten Feindschaft zwischen den Beduinen und den Rittern. Aber ich sagte nichts von Roland de Giraud und dem Wahren Kreuz. Ich wollte Onkel Jean nicht einweihen, ohne vorher mit Ourida gesprochen zu haben. Schließlich war sie die Hameyat Al Salieb, die Hüterin des Kreuzes, und sie war die Frau, die ich liebte. Wenn ich mich auf etwas freute, dann darauf, sie in Kairo wiederzusehen.

»Was ist mit dieser Ourida?« fragte mein Onkel zu meinem Entsetzen just in dem Moment, als alle meine Gedanken um sie kreisten. »Steht sie in einer Verbindung zu den Beduinen hier?«

»Davon weiß ich nichts«, log ich und hoffte, daß Onkel Jean es nicht bemerkte.

In der Nacht träumte ich von Ourida, und anfangs war es ein schöner Traum. Sie lächelte mich an und nahm mich bei den Händen, damit ich ihr folgte. Ich aber konnte mich nicht rühren, meine Füße waren wie am Boden festgewachsen. Eine große Kraft, gleich einem Chamsin, riß Ourida von mir fort. Sie flog durch die Lüfte und wurde immer kleiner, bis sie schließlich in der Ferne verschwand. Das letzte, was ich von ihr sah, war ihr entsetztes Gesicht.

Ich erwachte mit pochendem Herzen, erfüllt von Panik, von Angst um Ourida. Ich lag auf einem zerwühlten Feldbett, und neben mir schlief ruhig mein Onkel.

Hatte mein schlechtes Gewissen ihm gegenüber mir den Alptraum beschert? Ich versuchte, mir das einzureden, aber es wollte mir nicht gelingen.

Bis zum Morgengrauen wälzte ich mich unruhig von einer Seite auf die andere, ohne rechten Schlaf zu finden. In mir hatte sich das beklemmende Gefühl festgesetzt, daß Ourida in großer Gefahr schwebte.

31. KAPITEL

Der Aufstand

Am dritten Tag nach dem Angriff auf das Tal der Beduinen bewegte sich unsere langgezogene Marschkolonne aus Soldaten, Pferden und Hunderten von Lastkamelen auf Kairo zu, das wir noch in den Vormittagsstunden zu erreichen hofften.

Wir hätten auch schon einen Tag eher ankommen können, hätte General Bonaparte nicht mit Rücksicht auf die von dem Wüstenmarsch erschöpften Soldaten ein frühes Abendlager befohlen. Er selbst ritt an der Spitze der Truppen auf einem hellen, fast weißen Kamel, als wolle er seinen Männern zeigen, wie hervorragend sich dieses Tier zur Durchquerung der Wüste eignete. Vermutlich beschäftigte sich sein stets planender Geist mit dem Kamelkorps, das er nach General Lannes' Worten aufstellen wollte.

Auch der Bonaparte treuergebene Lannes saß auf einem hellen Kamel. Alle anderen Offiziere sowie mein Onkel und ich bevorzugten den Pferderücken, der uns nicht so schwankend erschien wie der eines Kamels. Als vor uns eine kleine Staubwolke auftauchte, gab Bonaparte den Befehl zum Halten und blickte durch sein Fernrohr.

»Es ist Dommartin mit einer Dragonereskorte!« stellte er erstaunt fest. »Sie haben es eilig und kommen im Galopp auf uns zu.«

»Offenbar haben sie eine wichtige Botschaft für uns«, meinte Lannes.
Bonaparte nickte. »Eine sehr wichtige, wenn Dommartin persönlich den Kurier spielt.«
Ich kannte Dommartin nur vom Sehen. Der noch junge General – er mochte allenfalls Anfang Dreißig sein – war in Bonapartes Ägyptenarmee der Oberbefehlshaber der Artillerie; ein Posten, den er zuvor in der Rheinarmee bekleidet hatte. Es hieß, daß Bonaparte seit der Belagerung von Toulon große Stücke auf ihn hielt. Das mußte wohl so sein, denn Bonaparte, mit Leib und Seele Artillerist, hätte seine geliebten Kanonen niemandem überantwortet, der nicht sein vollstes Vertrauen genoß.
Bald konnte ich die Reiter mit bloßem Auge erkennen, an ihrer Spitze tatsächlich Dommartin. Das helle Haar quoll unter seinem Hut hervor und reichte ihm fast bis auf die Schultern.
Als seine Begleiter und er ihre Pferde vor uns zügelten, sah man Männern und Tieren die Erschöpfung an. Schaum troff den Pferden aus den Maulwinkeln, und die Reiter waren vor Schweiß so naß, als hätten sie ein Bad genommen.
»General Bonaparte, was für ein Glück!« keuchte Dommartin. »Eine Karawane hat Ihre Truppe gestern nachmittag gesichtet. Nur deshalb hatte ich Hoffnung, ein Gewaltritt könnte mich schnell zu Ihnen führen.«
Bonaparte beugte sich vor und reichte Dommartin seine Feldflasche. »Trinken Sie erst mal einen Schluck, aber nicht zu hastig bei der Hitze! Und dann erzählen Sie in Ruhe, was Sie herführt. Und ihr, Dragoner, gönnt euch und euren Pferden auch einen ordentlichen Schluck Wasser!«
Das ließen die Männer sich nicht zweimal sagen; eilig griffen sie zu ihren Flaschen.

»Etwas Entsetzliches ist geschehen«, berichtete Dommartin, nachdem er die Feldflasche abgesetzt und Bonaparte zurückgegeben hatte. »In Kairo ist ein Aufstand ausgebrochen. General Dupuy – er ist tot!«

Bestürzung trat auf die Gesichter unserer Offiziere. Dupuy war der Stadtkommandant von Kairo gewesen. Sein Tod bedeutete, daß der Aufstand, von dem Dommartin sprach, eine ernstzunehmende Angelegenheit war.

»Was ist mit ihm geschehen?« fragte Bonaparte.

»Die Stimmung in Kairo ist kritisch«, antwortete Dommartin. »Viele Einwohner beschweren sich über die ihnen auferlegten Steuern. Es geht das Gerücht, daß sich die türkische Armee, unterstützt von mehreren Beduinenstämmen, auf die Stadt zubewegt, um sie uns zu entreißen.«

»Das ist Unsinn!« bellte Bonaparte. »Die Türken haben uns den Krieg erklärt, das ist wahr, aber sie haben hier keine Truppen stehen, nirgends. Was die Beduinen betrifft, so mag es einzelne rebellische Stämme geben. Aber erst vor drei Tagen haben wir bewiesen, daß wir die nicht fürchten müssen. Also weiter, Dommartin, erzählen Sie!«

»Heute morgen sollte unter großer öffentlicher Anteilnahme eine Gerichtsverhandlung stattfinden, und …«

»Wer hat wen verklagt?« fragte Bonaparte, der immer alles genau wissen wollte, dazwischen.

»Einige Kaufmannsgilden haben den Großen Diwan verklagt, weil der ihnen einen Beitrag zum Unterhalt unserer Truppen auferlegt hat. Eine unüberschaubare Menschenmenge war zusammengekommen, um die Verhandlung zu verfolgen. Immer wieder wurden antifranzösische Parolen ausgerufen, und die Menge hat sie mit wachsender Begeisterung aufgenommen. Es war, als bräche jedweder Ärger, der sich in den Einheimischen aufgestaut hat, mit einer gewaltigen Explosion hervor. Es wurde über die Steuern geklagt und darüber, daß wir Häuser und Moscheen eingerissen haben, um die Verteidigungsanlagen zu verstärken.«

»Das alles war notwendig, um die Stadt gegen einen möglichen Angriff zu verteidigen!« schnaubte Bonaparte.

»Die Ägypter sehen das wohl ein wenig anders«, fuhr Dommartin fort. »Als Dupuy erkannte, wie gefährlich die Stimmung wurde, bat er den Kadi, die Verhandlung zu vertagen, und der Kadi war einverstanden. Aber zu spät. Ein Araber erschoß einen Dragoner aus Dupuys Begleitung, woraufhin es zu einem Kampf kam. Dupuy und seine Dragoner konnten die Lage unter Kontrolle bringen, doch als sie den Gerichtshof verließen, wurde Dupuy an einer Straßenecke von einem tödlichen Lanzenstich getroffen. In Kairo hat sich daraufhin das Gerücht verbreitet, nicht Dupuy sei tot, sondern Sie, General Bonaparte. Das haben die Muezzin zum Anlaß genommen, alle Gläubigen zum Kampf um Kairo aufzurufen, und jetzt herrscht in der Stadt das reine Chaos. Die Häuser von Europäern und von jenen Ägyptern, die mit uns sympathisieren, werden gestürmt, geplündert und auch in Brand gesteckt. Ich weiß nicht, wohin das führen soll, wenn nicht bald etwas geschieht. Sie müssen so schnell wie möglich nach Kairo kommen, Bürger General! Man hält Sie für tot. Wenn die Aufständischen Sie erblicken, kommen sie vielleicht zur Vernunft!«

»Sie haben recht, Dommartin«, erwiderte Bonaparte und wandte sich an seine Offiziere, um ihnen die notwendigen Befehle zu erteilen.

Er selbst wollte sich mit Kavallerie und Infanterie in einem Eilmarsch nach Kairo begeben, die schwerfällige Artillerie und der Kameltroß sollten folgen. Onkel Jean und ich lehnten das Angebot ab, beim Troß zu bleiben. Meinen Onkel

mochte die Furcht um unser Haus und seine wertvollen Bücher antreiben.
Bei mir war es die Sorge um Ourida. Der Alptraum, der mich in der letzten im Beduinental verbrachten Nacht heimgesucht hatte, beschäftigte mich. War er eine Warnung gewesen ähnlich der, die sechshundert Jahre zuvor die erste Ourida gespürt hatte, als Gilbert d'Alamar und seine Gefährten ihre Familie ermordet hatten? Kehrten wir, was Ourida betraf, zu spät nach Kairo zurück? Der Gedanke brachte mich fast um den Verstand.
Ich ritt neben Dommartin und fragte ihn, ob die Aufständischen auch Bonapartes Palast gestürmt hätten, aber darüber konnte er mir nichts sagen.

Schon von weitem sahen wir über den Dächern und vierhundert Minaretten Kairos Rauchwolken in den blauen Himmel steigen. An mehreren Stellen der Stadt mußten Feuer ausgebrochen sein. Erst hörten wir Geschützdonner, dann auch das Knattern von Musketen sowie einen seltsamen Singsang, melodisch und doch so schrill, daß er durch Mark und Bein ging. Ein Geräusch, wie ich es noch nie gehört hatte.
Aus den Vororten wälzte sich uns eine ungeordnete Menschenmenge entgegen. Bonaparte, der – ebenso wie Lannes – sein Kamel durch ein Pferd ersetzt hatte, betrachtete sie durch sein Fernrohr.
»Rebellen«, stellte er fest und befahl seinen Offizieren, die Infanterie in Stellung zu bringen.
Unter lautem Geschrei kamen die Aufständischen auf uns zu, und ich sah etliche blanke Klingen im Morgenlicht blitzen. Einige der Ägypter hatten Schußwaffen, aber sie waren nicht so kaltblütig wie unsere Soldaten. Viel zu früh feuerten sie ihre Waffen ab, und nicht ein einziges Stück Blei traf ins Ziel.

Die glücklosen Schützen konnten nicht anhalten, um ihre Musketen nachzuladen. Die Menge, die wie eine unkontrollierbare Flut in unsere Richtung drängte, riß sie einfach mit. Bonapartes Infanterie dagegen feuerte ihre Salven erst ab, als sie, den Feind klar vor Augen, den Befehl dazu erhielt. Reihenweise fielen die Aufständischen, und die übrigen zogen sich unter dem sich ausbreitenden Pulverqualm in die Vororte zurück.

»Ein erster Sieg!« jubelte Dommartin.

»Der noch nichts zu bedeuten hat«, erwiderte Bonaparte. »In der Stadt wird es erst richtig schwierig. Da können die Aufwiegler sich in jedem Haus, hinter jeder Mauer und auf jedem Dach verstecken. Aber es hilft nichts, meine Herren, wir müssen die Rebellion im Keim ersticken, wollen wir verhindern, daß sie sich über das ganze Land ausbreitet.«

Ich ritt zu Bonaparte, mit dem ich seit unserem Wortwechsel im Tal der Abnaa Al Salieb nicht mehr gesprochen hatte. Er blickte mir halb irritiert, halb unwillig entgegen.

»Was ist mit Ihrem Palast, Bürger General?«

»Wie soll ich das wissen?« erwiderte Bonaparte unwirsch. »Ich habe jetzt anderes im Kopf. Vielleicht wird auch mein Haus von den Plünderern …« Er stockte und faßte sich an die Stirn. »Ah, jetzt begreife ich! Sie sorgen sich um Ihre Wüstenrose, Bürger Topart!«

»Liegt nicht auch Ihnen daran, daß Ihr Palast nicht in feindliche Hände fällt? Sie haben gewiß wichtige Unterlagen dort, Bürger General.«

»Also gut«, sagte er mit einem vieldeutigen Lächeln. »Schlagen Sie sich meinethalben zum Esbekijehplatz durch. Ich gebe Ihnen eine Schwadron Dragoner mit, das muß genügen. Solange die Lage nicht unter Kontrolle ist, kann ich es mir nicht erlauben, meine Kräfte zu zersplittern.«

Mein Onkel zeigte sich wenig begeistert von dem Plan, ließ sich aber nicht davon abhalten, mich zu begleiten. »Ich habe dich nicht aus der Wüste zurückgeholt, damit du dir in Kairo von Aufständischen den Kopf einschlagen läßt. Also muß ich wohl oder übel auf dich aufpassen!«

Die Dragonerschwadron wurde von einem Oberleutnant Franval angeführt, der bei Rivoli sein linkes Auge verloren hatte. Die schwarze Augenklappe ließ sein kantiges Soldatengesicht noch martialischer erscheinen. Bevor wir aufbrachen, bestand er darauf, daß sowohl Onkel Jean als auch ich zwei Pistolen erhielten. Ich hoffte, ich würde die Dinger nicht benutzen müssen.

Franval zog seinen Säbel, rief ein Kommando, und die Schwadron trabte an; mein Onkel und ich mittendrin. Ich hatte noch nie einen Kavallerieangriff geritten, aber als ich das Trommeln der Hufe vernahm und Teil der vorwärtsstürmenden Horde wurde, spürte ich etwas von dem Rausch, der Soldaten im Gefecht ergreifen musste und es wohl erst ermöglichte, daß sie ihr Leben wagten.

Wir erreichten die ersten Häuser, und jetzt sah ich, woher der unablässige, schrille Singsang kam. Auf den Flachdächern standen Frauen und stießen die weithin hörbaren Laute aus. War es Jubelgeschrei, ein Anfeuern für die Kämpfenden oder eine Totenklage für die Gefallenen? Ich wußte es nicht, aber ich hätte viel dafür gegeben, daß die Frauen endlich schwiegen. Das Geheul erschreckte mich, erinnerte es mich doch daran, wie anders dieses Ägypten war, wie geheimnisvoll und gefährlich.

Als wir zwischen den Häusern entlanggaloppierten, wurde aus der Deckung heraus das Feuer auf uns eröffnet. Die meisten Kugeln verfehlten ihr Ziel, aber einige Dragoner wurden doch verwundet.

Franval achtete darauf, niemanden zurückzulassen. »Einen Franzosen hier allein zu lassen, inmitten der rebellierenden Meute, käme einem Todesurteil gleich«, rief der Oberleutnant seinen Männern zu. »Genausogut könnte man ihn einem Rudel hungriger Wölfe vorwerfen.«
Nicht mehr weit vom Esbekijehplatz entfernt, sahen wir uns plötzlich einer Barrikade gegenüber, aufgeschichtet aus Möbeln, die man wohl aus den Häusern der Europäer geraubt hatte. Dahinter erhoben sich Aufständische, um uns mit einem Geschoßhagel zu empfangen. Nur einige schossen mit Musketen oder Pistolen, die anderen warfen mit Steinen nach uns. Ein faustgroßer Stein traf meinen Onkel am Kopf. Er schwankte und verlor seinen Hut, hielt sich aber im Sattel. Ich brachte mein Pferd neben das seine, um ihn im Notfall zu stützen, doch das schien nicht nötig zu sein. Zwar lief Blut über seine Wange, aber seine robuste Natur gewann rasch die Oberhand.
»Ist es schlimm, Onkel?« fragte ich laut, um den allgemeinen Lärm zu übertönen.
Er lächelte tapfer. »Nicht so schlimm, wie es aussieht. Wäre das kein Stein gewesen, sondern eine Bleikugel, sähe es übler aus.«
Inzwischen hatten einige Dragoner ihr Pferd über die Barrikade springen lassen und hieben mit dem Säbel auf alles ein, was sich bewegte. Wer von den Verteidigern zu Boden ging, geriet unter die stampfenden Hufe der Soldatenpferde. Binnen weniger Minuten war auch der letzte Rebell getötet, und die Barrikade fiel. Angeführt von Franval, der eine leichte Schulterverletzung davongetragen hatte, setzten wir unseren Weg fort.
Sobald vor uns der Esbekijehplatz mit dem beeindruckenden Palast auftauchte, der ursprünglich Elfi Bey, dem Pascha von

Kairo, gehört und in dem nach der Eroberung der Stadt Bonaparte sein Hauptquartier aufgeschlagen hatte, schlug mein Herz höher. Ich war hin- und hergerissen zwischen der Freude darüber, daß ich Ourida bald wiedersehen würde, und der Furcht, mein Alptraum könnte sich bewahrheiten. Als ich die eingeschlagenen Fensterscheiben und dann vor dem Palast die reglos im Staub liegenden Soldaten sah, gewann die Furcht die Oberhand.

Wir hörten Schüsse irgendwo aus dem Palast, und Franval rief: »Sieht so aus, als kämen wir gerade noch rechtzeitig.«

»Oder wir kommen einen Augenblick zu spät«, erwiderte ich, von einer düsteren Vorahnung erfüllt.

Der Oberleutnant ließ seine Männer absitzen. Ein paar Dragoner bildeten draußen eine Abwehrstellung, die anderen drangen unter Franvals Führung in das Gebäude ein. Onkel Jean und ich schlossen uns der zweiten Gruppe an. Wir liefen über Treppen und durch endlose Gänge. Überall sah ich Spuren des Kampfes und der Verwüstung. Als wir um eine Ecke bogen, flogen uns Kugeln um die Ohren. Französische Grenadiere feuerten auf eine Horde Aufständischer, die sich am Ende des Ganges verschanzt hatten. Als die Karabiner der Dragoner hinzukamen, war es schnell entschieden. Die meisten Plünderer fielen, die anderen zogen sich eilig zurück.

Ein rothaariger Sergeant, der aus einer häßlichen Stirnwunde blutete, war der ranghöchste der Grenadiere. Wir fragten ihn, was sich ereignet hatte.

Er schüttelte den Kopf, als könne er es selbst nicht ganz begreifen. »Es ging alles so schnell. Wir dachten, die Verteidigungsgürtel rund um den Palast würden halten. Aber auf einmal waren sie da, die Rebellen, fielen von allen Seiten über uns her, als hätten sie sich abgesprochen. Durch sämtliche

Türen und Fenster strömten sie herein, unaufhaltsam, wie Wasser in ein leckes Schiff.«
Er hockte sich auf den Boden, lehnte den Rücken gegen die Wand und band ein schmutziges Tuch um seinen Kopf. Dann blickte er Franval an. »Wären Sie nicht gekommen, Oberleutnant, es wäre wohl aus gewesen!«
»Was ist mit Ourida?« Ich konnte nicht länger warten.
»Mit wem?«
»Das Beduinenmädchen«, erklärte mein Onkel. »Wo hält es sich auf?«
»Sie ist im rückwärtigen Teil des Palastes untergebracht. Soll ich Sie hinführen?«
»Ja, bitte, Sergeant!« sagte ich hastig.
Ächzend erhob er sich, und wir folgten ihm, Onkel Jean und ich, Franval und einige weitere Dragoner. Auch in dem Trakt, in den der Sergeant uns brachte, war gekämpft worden. Wir mußten über Tote und Verletzte steigen, um zu Ouridas Tür zu gelangen.
»Von innen verriegelt«, sagte der Sergeant, der versucht hatte, sie zu öffnen.
Ich klopfte gegen die Tür und rief laut nach Ourida, aber alles blieb still.
Franval gab seinen Dragonern einen Wink. »Aufbrechen, schnell!«
Drei-, viermal warfen sich die kräftigen Soldaten gegen die Tür, dann sprang sie auf. Wir stürmten ins Zimmer, aber Ourida war nicht da. Ein großes Fenster, das zum Garten hinausging, war eingeschlagen.
»Vielleicht ist sie in den Garten geflohen, als sie den Kampflärm hörte«, sagte der Oberleutnant.
Mein Onkel blieb vor den Scherben stehen und schüttelte den Kopf. »Nein, sehen Sie doch. Die Scherben liegen im

Zimmer, nicht draußen. Das Fenster ist also von außen eingeschlagen worden; da wollte jemand einsteigen. Ich fürchte, Ourida ist entführt worden.«
Ich dachte an den Vorfall in unserem Garten, als der Wachtposten auf einen Unbekannten geschossen hatte. Was wir damals nur angenommen hatten, schien jetzt tatsächlich geschehen zu sein.
Alles deutete darauf hin, daß Ourida in die Hände von Entführern gefallen war. In die Hände der Ritter vom Verlorenen Kreuz?
Wir stiegen durch das Fenster nach draußen, wo sich hinter dem malerischen Garten offenes Land erstreckte. Auch hier war gekämpft worden. Französische Soldaten und Aufständische lagen am Boden. Ein Grenadier hockte rücklings an eine Akazie gelehnt und verband seinen blutenden Oberschenkel. Wir fragten ihn, ob er Ourida gesehen hatte.
»Das Beduinenmädchen? Nein, aber ich bin auch erst vor zwei Minuten aufgewacht. So ein dreckiger Rebell hat mir mit dem Knüppel eins übergezogen.« Er faßte vorsichtig an seinen Kopf und stöhnte auf. »Das tut fast mehr weh als das Bein.«
Verzweifelt suchte ich das Gelände nach weiteren Verwundeten und Toten ab. Sollte ich hoffen oder fürchten, hier auf Ourida zu stoßen? Aber sie befand sich nicht unter ihnen.
Schließlich entdeckte ich am Ende des Gartens, versteckt zwischen ein paar Sonnenblumen, einen toten Ägypter, dessen seltsam geformtes Schwert meine Aufmerksamkeit erregte.
Es war keine orientalische Waffe, sondern eine europäische, geschmiedet wie im Mittelalter. Als ich sie aufnahm, sah ich die eingravierten Kreuze, eins auf jeder Seite des Griffes, ein helles und ein rötliches.

Mein Onkel kam zu mir. »Hast du etwas gefunden?«
Ich zeigte ihm das Schwert. Dann kniete ich mich hin und öffnete den Mund des Toten.
»Und?« fragte Onkel Jean.
»Keine Zunge.«

32. KAPITEL

Nacht über Kairo

Ourida blieb verschwunden, auch nachdem Franvals Dragoner Bonapartes Palast und das gesamte umliegende Gelände akribisch durchsucht hatten. Der Tote ohne Zunge war der einzige Hinweis auf das, was ihr widerfahren war.

Ob sie noch in Kairo war oder schon außerhalb der Stadt, konnte niemand sagen. Wir wußten nicht einmal, ob sie noch lebte.

Die Sorge um Ourida fraß mich fast auf, aber wo sollte ich Hilfe suchen? General Bonaparte und seine Truppen waren mit der Niederschlagung des Aufstands vollauf beschäftigt.

Noch während des ganzen Tages, der Nacht und des darauffolgenden Tages dauerte der Kampf an. Erbittert wurde um jeden Straßenzug gerungen, und die Schreiber der Kriegstagebücher verzeichneten manche glorreiche Tat. Bonapartes Generaladjutant Sulkowski, ein Pole von großen Fähigkeiten und Mitglied des Instituts von Ägypten, hielt mit zweihundert Reitern eine vielfache Übermacht rebellischer Beduinen davon ab, in die Stadt einzudringen und den hiesigen Aufständischen zu Hilfe zu kommen. Sulkowski selbst starb dabei, von zehn Lanzenstichen getroffen.

Am Morgen des zweiten Tages nahm General Dommartin mit einer Batterie die Al-Azhar-Moschee unter Feuer, wo sich viele Anführer des Aufstands verschanzt hatten, und wies einen Ausfall von sieben- oder achttausend Rebellen durch den Einsatz von Kavallerie und einen Infanterieangriff zurück. Darauf hatte Bonaparte nur gewartet. Jetzt führte er vier Infanteriekolonnen zum Gegenangriff und eroberte die Moschee. Das war der entscheidende Schlag. In den Abendstunden verebbten die letzten Kämpfe, und auch die vereinzelten Schüsse, die noch eine Zeitlang zu hören waren, erstarben.

Nur von zwei Dragonern begleitet, ritten Onkel Jean und ich durch verwüstete Straßen zu unserem Haus, im Flammenschein der Feuer, die in mehreren Stadtvierteln ausgebrochen waren. Ein Bote von General Lannes hatte uns mitgeteilt, daß wir unser Heim jetzt gefahrlos aufsuchen könnten. Es lag ebenso dunkel da wie auf der anderen Seite der Straße das Anwesen von Maruf ibn Saad.

Niemand, der uns empfangen hätte, kein Wachtposten und auch kein Diener. Hatten Malik, Zeineb und Nafi sich den Aufständischen angeschlossen? Das traute ich ihnen nicht zu. Eher hatten sie sich verkrochen aus Angst, als Diener von Franzosen dieselbe Behandlung zu erfahren wie ihre Herren.

Als wir näher kamen, mußte ich zugestehen, daß die Diener klug gehandelt hatten. Zerstörte Fenster und eine eingeschlagene Eingangstür waren Vorboten einer Verwüstung, deren ganzes Ausmaß sich erst im Innern zeigte. Möbel waren umgestürzt und mit Äxten zerlegt, die Wände mit Unrat beschmiert. Am schlimmsten hatten die Plünderer in der Bibliothek gewütet.

Schränke waren umgeworfen, etliche Bücher zerfleddert, einige gar verbrannt. Es sah aus, als hätten sie versucht, die ganze Bibliothek in Brand zu setzen. Daß das Feuer sich nicht weiter ausgebreitet hatte, war reines Glück. Einige der Bücher hatten wir aus Frankreich mitgebracht, der größere Teil stammte aus Häusern derjenigen Europäer, die vor Bonapartes Truppen geflohen waren. Ich erinnerte mich genau daran, mit welcher Sorgfalt Onkel Jean die Bände zusammengetragen hatte.

Während wir in der Tür zur Bibliothek standen und auf das Chaos blickten, merkte ich, wie mein Onkel am ganzen Leib zu zittern begann. Ich wußte, was er empfand. Der Anblick versetzte ihn zurück in die zerstörte Klosterbibliothek, nachdem der Mob St. Jacques gestürmt hatte. Damals wie an diesem Abend war es unfaßbar für ihn, wie Menschen sich an Büchern und Kunstschätzen vergreifen konnten, an dem, was, wie er einmal gesagt hatte, ihre Kultur und ihr Wesen ausmachte. Tröstend legte ich einen Arm um seine Schultern und brachte ihn mit sanftem Druck dazu, den Blick von dem elenden Bild abzuwenden.

In der Küche fanden wir zwischen all den zerschlagenen Weinflaschen eine, die heil geblieben war, dazu kaltes Fleisch und einen Brotlaib, was man unter den gegebenen Umständen als fürstliche Mahlzeit bezeichnen konnte. Einen Teil davon brachten wir unserer Eskorte: den beiden Dragonern, die uns für die Nacht auch als Wachtposten zugeteilt waren.

Der große Tisch im Salon stand nahezu unbeschadet an seinem gewohnten Platz, und auch zwei Stühle waren heil geblieben. Schweigend nahmen wir unsere Mahlzeit ein, und ich dachte an jenen Abend, an dem wir die Generäle Bonaparte, Berthier und Lannes hier bewirtet hatten und ich so ärgerlich gewesen war über Bonapartes Verhalten Ourida gegenüber. Wie gern hätte ich jetzt wieder alles so gehabt wie an jenem Abend, selbst Bonapartes Avancen eingeschlossen. Dann hätte ich doch wenigstens gewußt, daß Ourida am Leben war!

Unvermittelt sprang ich auf, so heftig, daß der Tisch erzitterte.
»Was ist mit dir?« fragte Onkel Jean. »Du siehst aus, als hättest du einen Geist erblickt!«
»Ich habe an Ourida gedacht, Onkel. Wissen Sie noch, wie wir sie schon einmal entführt glaubten? Und dabei hatte sie sich in meinem Zimmer verkrochen!«
»Wie könnte ich das vergessen? Schließlich haben wir alles nach ihr abgesucht und sogar …« Er schlug sich mit der flachen Hand gegen die Stirn, so laut, daß es ein klatschendes Geräusch gab. »Maria und Josef, jetzt verstehe ich! Du meinst, sie könnte sich hierher geflüchtet haben?«
»Ja! Vielleicht konnte sie entkommen.«
»Aber wenn sie hier wäre, müßte sie uns gehört haben.«
»Und wenn sie uns für Aufrührer hält oder für jene, die hinter ihr her sind?«
Nun erhob sich auch mein Onkel und nahm die Laterne hoch, die wir auf den Tisch gestellt hatten. »Laß uns als erstes in deinem Zimmer suchen!«
Dort mußten wir enttäuscht feststellen, daß wir uns geirrt hatten. Anschließend nahmen wir uns der Reihe nach alle Räume vor, in denen wir seit unserer Rückkehr noch nicht gewesen waren, doch wir fanden sie nicht. Wir liefen hinaus in den Garten und riefen mehrmals Ouridas Namen, aber nicht Ourida lockten wir damit an, sondern die beiden Wachtposten, die halfen, den Rest des Geländes und die Stallungen abzusuchen. Ourida blieb verschwunden.
»Verlier nicht den Mut!« sagte Onkel Jean, als wir wieder im Salon saßen. »Dein Einfall war gut. Und wer weiß, vielleicht kommt Ourida doch noch hierher.«
»Oder ich habe sie ganz verloren, wieder einmal.«
Mein Onkel stützte das Kinn auf die rechte Faust und mu-

sterte mich zweifelnd. »Wieder einmal? Was soll das heißen, Bastien?«
»Ach, nichts.«
Onkel Jean lächelte. »Du mußt mir nicht sagen, was du mir nicht sagen möchtest. Nein, nein, streite es nicht ab, mein Junge! Ich spüre schon seit geraumer Zeit, daß du etwas vor mir verheimlichst. Vergiß nicht, ich kenne dich von Kindheit an. Wenn du als Knabe im Kloster etwas ausgefressen hattest und es nicht zugeben wolltest, hattest du auch diesen verschleierten Blick, als wolltest du verhindern, daß dir jemand in die Seele schaut. Ich grolle dir nicht, Bastien. Ein erwachsener Mann soll seine Geheimnisse haben. Du sollst nur wissen, daß du dich mir anvertrauen kannst, wann immer du es möchtest.«
Diese Worte berührten mich tief, und sie beschämten mich. Onkel Jean war der einzige Mensch, dem ich seit meiner Kindheit bedingungslos vertrauen konnte, ich aber hatte mich vor ihm verschlossen.
Außerdem war er ein sehr kluger, gebildeter Mann, der sich in der Geschichte des Heiligen Landes hervorragend auskannte. Ich hatte niemanden sonst, mit dem ich über Ourida und über all das, was mir im Tal der Abnaa Al Salieb widerfahren war, hätte sprechen können. Vielleicht konnte mein Onkel, wenn er die Fakten kannte, daraus einen Schluß ziehen, der uns auf Ouridas Spur brachte.
Ich erhob mich und verließ den Salon, um das Schwert zu holen, das ich hinter Bonapartes Palast erbeutet hatte. Zurück im Salon, legte ich es vor meinem Onkel auf den Tisch.
»Sie haben recht wie immer, Onkel. Ich habe Ihnen etwas verschwiegen, und jetzt weiß ich, daß das ein Fehler war. Was ich eben gemeint habe, war, daß ich Ourida schon einmal verloren habe, vor sechshundert Jahren. Und wenn nicht ich,

dann jemand, mit dem ich auf unheimliche Weise über die Zeit hinweg verbunden bin. Seit damals werden Ouridas Töchter, die wie sie heißen, von diesen Rittern verfolgt.« Ich legte eine Hand auf das Schwert. »Von den Rittern vom Verlorenen Kreuz!«

Es war weit nach Mitternacht, als ich meine Erzählung beendet und Onkel Jean in alles eingeweiht hatte. Nur selten hatte er mich unterbrochen, und jetzt schwieg er, im Stuhl zurückgelehnt und die Beine ausgestreckt, eine ganze Weile und schien über das Gehörte nachzudenken.

»Das ist eine wilde Geschichte«, sagte er endlich. »Hätte ein anderer sie mir erzählt, ich hätte ihn ins Irrenhaus einweisen lassen.«

»Und mir glauben Sie, Onkel?«

»Ich habe gespürt, daß du mir etwas verheimlichst, und jetzt spüre ich, daß du die Wahrheit sagst.«

»Aber vielleicht glaube ich nur, daß es die Wahrheit ist. Ein Verrückter hält seine Wahnvorstellungen doch auch für wahr, oder? Dann hätte ich nicht gelogen, und doch wäre es nicht die Wahrheit.« Ich preßte die Hände gegen meine Schläfen. »Manchmal glaube ich wirklich, ich bin irre und bilde mir das alles nur ein. Vielleicht wache ich morgen früh in Frankreich auf und stelle fest, daß ich niemals in Ägypten gewesen bin.«

Mein Onkel betrachtete das Schwert auf dem Tisch. »Ich weiß, daß ich in Ägypten bin. Das Schwert hier ist real, ist handfestes, todbringendes Eisen, keine Einbildung. Und die Ritter habe ich in dem Wüstentempel ebenso gesehen wie du, Bastien. Wenn du also verrückt bist, bin ich es genauso.«

»Sollte mich das trösten?«

»Zu wissen, daß man nicht allein ist, sollte immer tröstlich sein.«

»Das ist wahr«, sagte ich aus tiefstem Herzen und sah Onkel Jean dankbar an. »Ich bin froh, daß ich Ihnen alles erzählt habe.«

»Ich ebenfalls, auch wenn ich zugeben muß, daß ich im Augenblick noch etwas verwirrt bin.«

»Damit sind Sie nicht allein, Onkel.«

Wir blickten einander in die Augen und lachten im selben Moment los, ein wahrhaft befreiendes Lachen. Zum ersten Mal seit dem Massaker an den Abnaa Al Salieb spürte ich, daß ich die heitere Seite meines Wesens nicht verloren hatte – daß ich noch ein ganzer Mensch war.

»Das Wahre Kreuz also«, murmelte Onkel Jean. »Es klingt unglaublich, und doch paßt es ins Bild.«

»In welches Bild?«

»Seit das Kreuz nach der Schlacht bei Hattin in Saladins Hände fiel, gilt es als verschollen. Kein Wunder, wenn Saladin nachträglich herausgefunden hat, daß er nur eine kostbare, aber dennoch leere Hülle besitzt. Hätte er das bekannt werden lassen, wäre der Glauben der Muslime an ihn und damit seine Machtposition erschüttert worden. Seinen Gegnern unter den eigenen Glaubensgenossen hätte das Auftrieb gegeben, und die Moral seiner Truppen wäre gesunken. Er konnte also gar nichts anderes tun, als den Mantel des Schweigens über die Angelegenheit zu breiten. Das Wahre Kreuz in Vergessenheit geraten zu lassen war seine einzige Möglichkeit, nicht bloßgestellt zu werden.«

»Aber hat er überhaupt gewußt, daß das vor Gold und Silber glänzende Kreuz, das er erbeutet hatte, nur die Hülle des Wahren Kreuzes war?«

»Davon müssen wir ausgehen. Sicher hat er das Beutestück

untersuchen lassen. Außerdem ist allgemein bekannt, daß das Kreuz Jesu nur aus Splittern besteht und nicht vollständig erhalten ist.«

»Wirklich?« fragte ich. »Da habe ich im Unterricht in St. Jacques wohl nicht richtig aufgepaßt.«

Onkel Jean beugte sich vor, teilte den Rest des Weins unter uns auf und sagte: »Die Legende des Wahren Kreuzes geht zurück auf Kaiserin Helena, die Mutter Konstantins des Großen. Wie du aus dem Unterricht sicher noch weißt, war sie eine sehr fromme Frau, die um das Jahr 325 eine Pilgerfahrt ins Heilige Land unternahm. Dort soll sie das Kreuz Christi, damals noch unversehrt, entdeckt haben. Über die genauen Umstände gibt es verschiedene Berichte, die aus wissenschaftlicher Sicht ebenso zweifelhaft sind wie die Frage, ob Helena wirklich das Kreuz Jesu fand.«

»Sie sind ein Mann der Kirche, Onkel«, sagte ich verblüfft. »Glauben Sie nicht an das Wahre Kreuz?«

»Doch. Aber ich bin auch ein Mann der Wissenschaft. Unstrittig ist, daß ein Kreuz gefunden wurde, das man für das Kreuz Jesu hält. Vielleicht war sogar tatsächlich Helena diejenige, die es gefunden hat. Das würde erklären, warum Teile des Kreuzes nach Konstantinopel, der Residenz Konstantins, gebracht worden sind.«

»Warum hat man es in Einzelteile zerlegt?«

»Auch darüber gibt es viele Legenden. Die Gläubigen waren damals – und sind es auch heute noch – stets auf der Suche nach Reliquien, die sie verehren können. Vielleicht ist das Kreuz Jesu aus der ganz praktischen Überlegung heraus geteilt worden, daß man dadurch mehr Reliquien zur Verfügung hatte. Möglicherweise war es aber auch, als es entdeckt wurde, schon so verrottet, daß es von selbst zerfiel.«

»Und ein Teil ist im Heiligen Land geblieben?«

»Ja, er wurde in der Grabkapelle ausgestellt und von allen Pilgern, die nach Jerusalem kamen, angebetet. Im siebten Jahrhundert wurde die Reliquie von den Persern geraubt, aber Kaiser Heraklios hat dafür gesorgt, daß sie wieder nach Jerusalem gebracht wurde.« Onkel Jean machte eine Pause, in der er seine Gedanken zu ordnen schien. »Überspringen wir die folgenden Jahrhunderte. Es gibt so viele Geschichten über das Wahre Kreuz und die Wunder, die es vollbracht haben soll, daß eine Nacht nicht reichen würde, um sie alle zu erzählen. Für uns ist wichtig, daß die Kreuzfahrer, als sie Jerusalem im Jahr 1099 einnahmen, das Kreuz fanden. In einigen Berichten wird es tatsächlich als mit Gold und Silber beschlagen dargestellt. Vielleicht befand sich das Holz des Wahren Kreuzes damals schon in jener Umhüllung. Der Rest der Geschichte ist dir bekannt.«

Onkel Jean war ganz in seinem Element und sprach mit einer Begeisterung, die sich auf mich übertrug.

»Eins verstehe ich nicht«, sagte ich nach kurzem Überlegen. »Wenn es verschiedene Teile des ursprünglichen Kreuzes Jesu gibt, die als Reliquien verehrt werden, wieso wird dann ausgerechnet jenem Teil, den die Kreuzritter in der Schlacht bei Hattin mit sich führten, solch großer Wert beigemessen, daß noch heute Menschen dafür ihr Leben lassen müssen?«

»Um das zu verstehen, Bastien, mußt du das Wesen einer Reliquie begreifen.«

»Sie haben es eben selbst gesagt. Eine Reliquie ist der Überrest eines Heiligen oder eines ihm gehörenden Gegenstands, den die Gläubigen verehren.«

»Aber warum verehren sie ihn?«

»Weil sie sich von ihm und damit von Gott Hilfe erhoffen, ein Wunder in großer Not vielleicht.«

Mein Onkel klatschte in die Hände. »Bravo, Bastien, du hast

es erfaßt! Die Bedeutung einer Reliquie liegt nicht darin, daß ihr tatsächlich eine wundertätige Kraft innewohnt, sondern darin, daß man sich diese Kraft von ihr erhofft. Je größer die Hoffnung, desto fester der Glaube an ein mögliches Wunder und desto größer die Bedeutung, die der Reliquie zukommt.«

»Dann liegt die Bedeutung des Wahren Kreuzes von Hattin also darin, daß Ritter und Soldaten sich von ihr Unbesiegbarkeit im Kampf erhofften?«

»Ja, und diese Hoffnung hat sich offenbar über die Jahrhunderte erhalten. Vielleicht glauben die Ritter vom Verlorenen Kreuz, sie könnten mit Hilfe des Kreuzes das Heilige Land für die Christen zurückerobern.«

»Wenn sie sich nicht beeilen, kommt Bonaparte ihnen zuvor.«

»Unterschätz diese Ritter nicht, Bastien, nur weil sie mit altertümlichen Waffen kämpfen. Sie haben ihre Gefährlichkeit mehr als einmal bewiesen. Noch gefährlicher als ihre Waffen sind vielleicht ihre Pläne, die wir nur erahnen können. Und jetzt, da Ourida in ihrer Gewalt ist, sind sie der Verwirklichung ihres Vorhabens womöglich ein Stück nähergerückt.«

»Sie glauben also tatsächlich, daß die Ritter Ourida haben?«

Onkel Jean sah mich mitfühlend an. »Ich wünschte, ich könnte dir etwas Beruhigenderes sagen, aber das Schwert, das du in Bonapartes Garten gefunden hast, laßt gar keinen anderen Schluß zu.«

»Ich habe es bei einem Muslim gefunden, einem stummen Muslim, wie auch der Mörder Abuls einer gewesen ist«, brachte ich ihm in Erinnerung. »Warum helfen die Anhänger Mohammeds den Kreuzrittern, die ihnen doch verhaßt sein sollten?«

»Wissen wir denn, ob sie Muslime sind? Wir schließen es aus ihrer Kleidung und der Farbe ihrer Haut, doch wir können uns auch täuschen.«
»Ich kann Ihnen nicht folgen, Onkel.«
»Warte einen Augenblick«, sagte er, nahm die Laterne vom Tisch und ging in die Bibliothek.
Während ich im Dunkeln saß und zuhörte, wie mein Onkel in den wild auf dem Boden verstreuten Büchern herumsuchte, dachte ich an Ourida. Und wie jedesmal in den vergangenen beiden Tagen schlich sich dabei Furcht in mein Herz. Bei unserer ersten Begegnung im Tempel hatten die Ritter sie töten wollen. Wenn wirklich sie hinter der Entführung steckten, konnte Ourida längst tot sein. Andererseits machte mir die Tatsache Hoffnung, daß die Entführer, wenn sie Ourida töten wollten, das gleich an Ort und Stelle hätten tun können.
Onkel Jean kehrte zurück, stellte die Laterne wieder auf den Tisch und legte ein schweres Buch daneben, in dem er zu blättern begann. Ich erkannte, daß es sich um eine Geschichte der Kreuzzüge handelte.
»Ah, ja, das ist die Stelle«, sagte er und setzte seine Brille auf. »Hör zu, Bastien: *Zur Vergrößerung ihrer militärischen Stärke und um sich den Gegebenheiten des Heiligen Landes anzupassen, warben die Templer eine leichte Reiterei aus Einheimischen an, Turkopolen genannt, weil jene ganz nach Art der türkischen Reiterei kämpfen sollten. Bedingung war, daß zumindest ein Elternteil eines jeden Turkopolen dem christlichen Glauben angehörte. Vermutlich wurde diese Regelung gelockert, als ein zunehmender Bedarf an Soldaten entstand. Ausrüstung, Bewaffnung und Kleidung der Turkopolen waren sehr nach orientalischer Art gehalten.*« Er klappte das Buch zu und nahm mit einer schwungvollen Bewegung die Brille von seiner Nase. »Was sagst du jetzt?«

»Ich verstehe noch nicht ganz, was …«
»Aber denk doch mal nach! Wenn die Templer damals schon Muslime anwarben – und nichts anderes meint der Verfasser mit der Lockerung der Regeln –, wieso sollten das nicht auch die heutigen Ritter vom Verlorenen Kreuz tun? In unserem Fall setzen sie sie nicht als Reitertruppe ein, sondern als Spione und Mörder. Die Ritter können sich schlecht unter Menschen bewegen, ohne aufzufallen. Vielleicht sind diese heutigen Turkopolen, wie wir sie mal nennen wollen, Christen oder die Nachfahren von Christen wie damals ihre Vorgänger. Vielleicht sind es aber auch Muslime, die ihren Propheten für Geld oder was auch immer verraten haben. Zumindest können wir nicht ausschließen, daß Kreuzritter sich muslimischer Helfer bedienen!«
»Wie haben Sie doch neulich zu Maruf ibn Saad gesagt? Der Zweck heiligt die Mittel.« Ich seufzte. »Aber selbst wenn wir davon ausgehen, daß Ourida in der Gewalt der Ritter vom Verlorenen Kreuz ist, wie finden wir sie?«
»Im Augenblick weiß ich darauf leider keine Antwort, Bastien. Aber ich werde darüber nachdenken, das vespreche ich dir. Für heute allerdings haben wir unsere Köpfe mehr als genug angestrengt. Laß uns schlafen gehen und Kräfte sammeln für das, was vor uns liegt!«
Ich dankte meinem Onkel für sein geduldiges Zuhören und die Unterstützung, die ich von ihm erfuhr. »Eine Bitte habe ich noch.«
»Ja?«
»Behalten Sie das, was ich Ihnen heute abend erzählt habe, für sich! Ich käme mir sonst Ourida und Jussuf gegenüber wie ein Verräter vor.«
»Du hast mein Wort darauf.«

Bevor ich in mein Zimmer ging, stand ich noch lange an der zerstörten Gartentür und starrte in den Nachthimmel über Kairo, der immer noch von einem Feuerschein überzogen war. Mit jedem Atemzug nahm ich den Brandgeruch in mich auf – und noch viel mehr: den Geruch von Zerstörung und Tod.

33. KAPITEL

»Hüte dich vor den Griechen und ihren Geschenken!«

Im Verlauf der beiden folgenden Tage normalisierten sich die Verhältnisse in Kairo bis zu einem gewissen Grad. Der Aufstand war zusammengebrochen, und die französischen Truppen durchkämmten die Stadt auf der Suche nach den Anführern. An allen wichtigen Straßen und Kreuzungen standen Posten, die jeden aufhielten, der auch nur entfernt nach einem Orientalen aussah. Sonderkommandos sammelten die über die ganze Stadt verteilten Leichen ein und räumten die vielen Barrikaden beiseite, die ein geregeltes Vorankommen ernsthaft behinderten. General Bonaparte zog die Zügel straffer und setzte den Großen Diwan, den er ursprünglich mit der Verwaltung der Stadt beauftragt hatte, ab, um in allen wichtigen Fragen selbst zu entscheiden.

An unserem zweiten Morgen in Kairo fand unsere Dienerschaft sich wieder ein und nahm ihre Arbeit auf, als sei weiter nichts vorgefallen. Mein Onkel entschloß sich, Malik, Zeineb und Nafi keine Vorhaltungen zu machen. Angesichts der Verwüstungen in unserem Haus mußten wir jede helfende Hand willkommen heißen.

Die Tage nach dem Aufstand waren vom Morgen bis zum Abend mit Arbeit angefüllt. Zerstörte Möbel, Türen und

Fenster mußten ausgebessert oder ersetzt werden. Da überall in Kairo die Häuser von Europäern und mit ihnen sympathisierenden Einheimischen ähnlich zugerichtet waren, gestaltete sich die Suche nach verfügbaren Handwerkern schwierig. Zu unserem Glück erwies sich der junge Nafi als sehr geschickt im Umgang mit Hammer und Säge, und ein von Onkel Jean in Aussicht gestelltes Goldstück spornte ihn zusätzlich an.

Mein Onkel selbst hielt sich vorwiegend in der Bibliothek auf, um die Bücher, die nicht der Zerstörungswut anheimgefallen waren, in die von Nafi ausgebesserten Regale einzusortieren. Wann immer ich nicht auf der Jagd nach Helfern das Handwerkerviertel durchstreifte, ging ich ihm zur Hand, wobei wir meistens über Ourida und das Wahre Kreuz sprachen.

Noch immer suchten wir nach einem Anhaltspunkt für ihren Aufenthaltsort.

»Leider sieht es so aus, als wären die Ritter vom Verlorenen Kreuz über die Jahrhunderte hinweg sehr darauf bedacht gewesen, im verborgenen zu wirken«, sagte Onkel Jean. »Ich sehe hier in jedes Buch, das die Kreuzzüge und Ritter behandelt, aber über diesen Orden habe ich noch nichts gefunden. Zumindest scheint er von der Kirche nie anerkannt worden zu sein.«

»Das wäre dem Wirken im geheimen auch eher abträglich gewesen.«

»Wie wahr. Gleichwohl mag es Aufzeichnungen über diese Ritter geben, wenn auch nicht in den offiziellen Chroniken der Kreuzzüge. Denk nur an den Reisebericht, aus dem Maruf ibn Saad uns vorgelesen hat. Wir sollten die Bibliothek des Ägyptischen Instituts daraufhin durchsehen, sobald sie wieder geöffnet wird.«

»Vielleicht gibt es noch eine andere Bibliothek, die uns Aufschluß geben kann«, sagte ich. »Die im Wüstentempel.«
Das Leuchten in Onkel Jeans Augen verriet, daß ihm meine Idee gefiel. »Aber ja, die Bücher dort könnten sehr aufschlußreich sein. Wir sollten Bonaparte unseren ursprünglichen Vorschlag unterbreiten, uns Professor Ladoux als Verstärkung zu schicken. Wenn einer die ungewöhnliche Schrift entziffern kann, dann er.«
»Gut, wann gehen wir zu Bonaparte?«
»Am besten sofort. Wichtige Angelegenheiten soll man nicht aufschieben. Einverstanden?«
Und ob ich das war! Alles, was mich zu Ourida brachte, war mir recht. Seit unserer Rückkehr nach Kairo hatte ich das Gefühl gehabt, auf der Stelle zu treten. Jetzt endlich ging es voran!

Als wir am vierten Tag nach unserer Rückkehr auf die Straße traten, lag sie, im Vergleich zu sonst, sehr ruhig unter der Vormittagssonne. Viele der alltäglichen Geschäfte waren infolge des Aufstands zum Erliegen gekommen. Nicht wenige Ägypter verbargen sich aus Angst vor Rache in ihren Häusern, und diese Angst war berechtigt.
Nicht nur französische Soldaten zogen plündernd durch die Wohnviertel der Muslime, auch die in Kairo lebenden Christen und Orthodoxen hielten sich auf niederträchtige Weise für während des Aufstands tatsachlich oder angeblich erlittenes Leid schadlos. All das erfüllte mich mit Besorgnis, konnte es doch kaum dazu beitragen, das Verhältnis zwischen Christen und Muslimen auf Dauer zum Besseren zu wenden.
Mein Blick fiel auf Maruf ibn Saads großes Anwesen. Es lag so ruhig und scheinbar verlassen da wie schon an den vergan-

genen Tagen. Nur hin und wieder sah man einen Dienstboten eilig das Haus verlassen oder dahin zurückkehren. Vermutlich war unser Nachbar so gescheit gewesen, sich während des Aufstands möglichst still zu verhalten. Als Muslim war er den Christen verdächtig und als Freund von Franken den Muslimen. Sich nicht zu rühren und von den Dienstboten nur das Nötigste erledigen zu lassen war das Klügste, was er tun konnte.

Als ich Onkel Jean darauf ansprach, sagte er: »Sobald wir etwas Zeit haben, suchen wir Maruf auf und fragen ihn, ob wir ihm in irgendeiner Weise behilflich sein können.«

Trotz der immer noch zahlreichen Straßenkontrollen kamen wir gut voran. Uns sah man schon von weitem an, daß wir Europäer waren, und viele der wachhabenden Offiziere und Unteroffiziere kannten meinen Onkel. Die Brände waren längst gelöscht, aber die Spuren der Kämpfe und die Verwüstung, sei es durch Artilleriebeschuß, sei es durch menschliche Zerstörungswut, waren allgegenwärtig. Die reiche Stadt am Nil hatte ihren morgenländischen Zauber verloren. Kairo wirkte ärmlich und schmutzig. Al-Kahira hieß es auf arabisch, die Siegreiche. Der Name paßte nicht mehr. Wir gingen durch eine besiegte und geschändete Stadt, die lange brauchen würde, um sich zu erholen.

Der Platz vor Bonapartes Hauptquartier wurde von einem dichten Kordon ausgesuchter Grenadiere abgeriegelt. Uns ließ der befehlshabende Offizier passieren, und wir betraten den schattigen Palast. Alle Spuren des Kampfes, der wenige Tage zuvor in diesen Gängen getobt hatte, waren getilgt. Vermutlich mochte Bonaparte nicht daran erinnert werden, daß die Rebellen bis in sein Haus vorgedrungen waren.

»Ob beim Angriff auf den Palast nachgeholfen worden ist?« fragte ich meinen Onkel. »Wenn wirklich die Ritter vom Verlorenen Kreuz Ourida entführt haben, konnten sie schwerlich abwarten, ob die Rebellen den Palast stürmen oder nicht.«

»Du meinst, sie haben die Menge dazu angestachelt?«

»Vielleicht nicht nur das«, spann ich den Faden weiter. »Vielleicht geht der ganze Aufstand auf ihre Rechnung. Sie könnten ihn, die Unzufriedenheit der Einheimischen ausnutzend, in Gang gebracht haben, um sich im Zuge des allgemeinen Aufruhrs Ouridas zu bemächtigen. Anders wäre es ihnen wohl kaum gelungen, in Bonapartes Hauptquartier vorzudringen.«

»Dann hätten eine Menge Menschen ihr Leben nur dafür gelassen.«

»Seit sechshundert Jahren nehmen die Ritter vom Verlorenen Kreuz es hin, daß Menschen ihretwegen ihr Leben lassen. Warum sollte sie das jetzt stören?«

»Deine Überlegung ist nicht von der Hand zu weisen, Bastien. Aber wenn es sich wirklich so verhält, sind die Ritter noch viel gefährlicher, als wir bislang dachten. Vielleicht sollten wir Bonaparte in alles einweihen.«

»Nicht, wenn es sich vermeiden läßt, Onkel. Denken Sie an Ihr Versprechen!«

Wir bogen um eine Ecke, und vor uns tauchte Bonapartes Vorzimmer auf. Mir war nicht wohl bei dem Gedanken, den Oberbefehlshaber einzuweihen. Gewiß konnten seine Macht und seine Soldaten bei der Suche nach Ourida nützlich sein. Aber mir stand das Bild des zerstörten Beduinenlagers noch zu deutlich vor Augen. Fast jede Nacht träumte ich davon. Seit dem Angriff auf das Tal der Abnaa Al Salieb wußte ich, daß der General im Zweifelsfall über Leichen ging. Ich wollte nicht, daß auch Ourida ihm zum Opfer fiel.

Wir mußten fast eine Stunde warten, bis wir vorgelassen wurden. Als es schließlich soweit war, kehrte Bonaparte uns den Rücken zu. Er stand mit den Generälen Berthier, Dommartin und Lannes vor einer großen Wandkarte Kairos und besprach mit ihnen neue Befestigungsmaßnahmen.

»Wir müssen die Forts so anlegen, daß alle wichtigen Punkte der Stadt von mindestens zwei Seiten unter Feuer genommen werden können«, sagte er. »Dann können wir, sollte es wieder zu einem Aufstand kommen, jede Zusammenrottung durch einen gezielten Beschuß schon im Keim ersticken.«

»Rechnen Sie mit weiteren Aufständen, Bürger General?« fragte Onkel Jean.

Irritiert wandte Bonaparte sich zu uns um. »Ah, Sie sind's, Cordelier. Nun, nach den Ereignissen der vergangenen Tage möchte ich auf alles vorbereitet sein. Für unsere Soldaten ist es die Hölle, sich in den engen Gassen der Stadt Haus für Haus vorwärtszukämpfen. Wenn es noch einmal zu einer Rebellion kommt, werden unsere Geschütze so aufgestellt sein, daß sie den betreffenden Stadtteil in Schutt und Asche legen können. Aber Sie sind sicher nicht gekommen, um militärische Belange mit mir zu erörtern.«

»Nein«, bestätigte mein Onkel und trug ihm unser Anliegen vor.

Bonaparte setzte eine abweisende Miene auf. »Sie wollen mit Professor Ladoux wieder zu dem Tempel, ausgerechnet jetzt? Wir mögen Kairo unter Kontrolle haben, aber für die angrenzenden Gebiete kann ich nicht garantieren. Wir müssen mit marodierenden Beduinenbanden rechnen. Ja, wir wissen derzeit nicht einmal, ob die Soldaten am Tempel noch leben. Ich müßte Ihnen also eine große Eskorte mitgeben, wenn ich nicht Gefahr laufen will, zwei so hervorragende Wissenschaftler wie Sie, Professor, und Ihren Kollegen Ladoux zu verlieren. Zur Zeit brauche ich meine Soldaten aber hier in

Kairo. Ich fürchte daher, Sie müssen die Expedition verschieben.«
Enttäuscht ergriff ich das Wort: »Gerade weil die Lage in der Wüste so unsicher ist, sollten Sie mehr Truppen zum Tempel schicken, Bürger General. Die Bücher in der Geheimbibliothek könnten von unschätzbarem Wert sein.«
Ein Hauch von Zweifel trat in Bonapartes Züge, während er seinen Blick auf mich richtete. »Was hat es mit dieser Bibliothek auf sich?«
Ich erzählte, wie wir die unterirdische Bibliothek gefunden hatten, und bemerkte sein wachsendes Interesse. Während ich noch sprach, hörten wir von draußen laute Stimmen und Schüsse. Wir eilten an die Fenster und sahen eine große Menschenmenge, die sich vor dem Palast versammelt hatte. Männer und Frauen in Landestracht drängten sich dort und wurden, wie es aussah, nur von den Bajonetten der Grenadiere davon abgehalten, in den Palast einzudringen.
»Ein neuer Aufstand?« entfuhr es General Berthier.
»Das werden wir gleich wissen«, sagte Bonaparte und wandte sich an einen Adjutanten. »Leutnant, gehen Sie, und fragen Sie den Wachhabenden, was der Lärm soll!«
Während der junge Offizier hinauseilte, beobachteten wir den Vorplatz weiter.
»Wie ein Aufstand sieht mir das nicht aus«, meinte Onkel Jean. »Die Gesichter sind nicht zornig, sondern eher verängstigt. Wahrscheinlich wegen der Schüsse eben.«
»Hoffentlich haben Sie recht, Professor«, brummte Berthier.
Wenig später kam der Adjutant zurück und meldete: »Bürger General, die Menschen dort wollen Ihnen Geschenke überbringen.«
»Geschenke? Mir? Warum?«
»Um Sie ihrer Treue zu versichern.«

»Und wer hat auf sie geschossen?«
»Die Wachen. Sie haben sich von den Leuten bedrängt gefühlt.«
»Idioten!« schnappte Bonaparte und fixierte den Adjutanten. »Geschenke also, hm?«
»Ja, Bürger General. Die Menschen kommen aus allen Stadtteilen. Es sind zumeist einfache Leute. Jeder einzelne bringt ein Geschenk für Sie. Sie wollen sich mit Ihnen versöhnen.«
»Ausgezeichnet«, befand Bonaparte. »Wenn das in Kairo die Runde macht – und wir werden dafür sorgen, daß es das tut –, wird den Aufrührern der Wind aus den Segeln genommen. Gut gemacht, Leutnant. Gehen Sie wieder hinunter, und sagen Sie den Leuten, daß ich gleich bei ihnen sein werde.«
Als der Adjutant gegangen war, wandte Lannes sich mit besorgter Miene an Bonaparte: »Sie sollten nicht da rausgehen! Es ist viel zu gefährlich. Da können sich leicht Aufständische unter die Menge gemischt haben.«
Berthier sekundierte ihm: »Hüte dich vor den Griechen und ihren Geschenken!«
Bonaparte lächelte. »Ich weiß, wie gebildet Sie sind, Berthier. Aber Sie vergessen, daß wir nicht in Troja sind und daß da draußen keine Griechen auf uns warten. Und Sie, mein guter Freund Lannes, sind stets um mich besorgt, das weiß ich auch. Aber mir ist um meine Sicherheit nicht bange. Die Grenadiere da unten sind mit der Waffe schnell bei der Hand, das haben sie eben gezeigt. Diese einzigartige Gelegenheit, ein Zeichen der Versöhnung zwischen uns und den Ägyptern zu setzen, dürfen wir nicht ungenutzt verstreichen lassen. Außerdem ist da noch ein Punkt.«
»Ja?« fragte Lannes.
Aus Bonapartes Lächeln wurde ein breites Grinsen. »Ich liebe Überraschungsgeschenke.«

Mein Onkel und ich begleiteten Bonaparte, seine Generäle und Adjutanten, einen Schreiber und den Bürger Venture, der fließend Arabisch und Türkisch sprach und Bonaparte als Übersetzer diente, auf den Vorplatz. Dort war es dem Adjutanten gelungen, die Menge zu beruhigen, und erwartungsvolle Gesichter starrten uns an.

Bonaparte begann zu sprechen, und Venture übersetzte Stück für Stück: »Bürger Kairos, ihr seid heute zu mir gekommen, um euch mit mir und allen Franzosen zu versöhnen. Ich empfinde tiefe Dankbarkeit für diese großmütige Geste, und ich empfinde Freude, denn ihr tut das Richtige. Man mag euch eingeredet haben, wir seien in euer Land gekommen, um euch euren Glauben streitig zu machen und euch auszubeuten. Das ist nicht wahr! Sagt jenen, die euch belügen und verführen, daß ich zu euch gekommen bin, um eure Rechte zu wahren und euch von jenen zu befreien, die euch seit Jahrhunderten unterdrücken. Jene, die Mamelucken, geben vor, nach dem Koran zu leben, und doch behandeln sie euch, ihre Glaubensgenossen, wie niedere Wesen. Ich lebe mehr nach den Gesetzen des Korans als jene. Ich gewähre euch Freiheiten, sorge für Sauberkeit und Sicherheit und glaube daran, daß alle Menschen gleich sind im Angesicht Gottes, den ihr Allâh nennt. Nicht der Glaube unterscheidet die Menschen, nicht die Farbe ihrer Haut, sondern allein ihr Verstand, ihr Wissen und ihre Fähigkeiten. Wenn Ägypter und Franzosen das stets beachten, und dafür will ich eintreten, werden wir künftig wie Brüder und Schwestern in Eintracht miteinander leben!«

Als Venture mit der Übersetzung geendet hatte, brach ein ohrenbetäubender Jubel los. Die Menschen waren wohl einfach erleichtert zu hören, daß Bonaparte keine Sanktionen gegen sie plante, sondern sie als Brüder und Schwestern be-

zeichnete. Daß seine Worte wenig Neues enthielten, spielte da keine Rolle. Nach der Einnahme Alexandrias hatte Bonaparte eine Proklamation an die in seiner Marschrichtung liegenden Ortschaften gesandt, um deren Einwohner zu beruhigen, und fast alles, was er soeben verkündet hette, erinnerte mich an Passagen aus jenem Schreiben.
Als der Jubel nach langen Minuten verebbte, trat ein alter, bärtiger Ägypter, der einen bronzebeschlagenen Kasten in den Händen hielt, vor und sagte: »Mächtiger Sultan des Feuers, wir, die Einwohner Kairos, danken dir für deine weisen und guten Worte. Schatten sind auf unsere Stadt und unsere Seelen gefallen, weil einige von uns den Frieden gebrochen und die Waffen gegen unsere Freunde aus dem Frankenland erhoben haben. Jetzt wissen wir, daß du kein zorniger, sondern ein gütiger Sultan bist. Wir sind hier, um dich unserer unverbrüchlichen Treue zu versichern und dir unsere Geschenke zu überreichen, wie sie nach unserem Brauch der Gast dem Gastgeber überreicht. Das soll dir zeigen, daß wir dich als Herrn über uns, unsere Stadt und unser Land anerkennen. Es sind nur kleine Gaben, denn wir sind nicht die wohlhabenden, sondern die einfachen Einwohner Kairos. Aber es sind Gaben, die jedem von uns etwas bedeuten und somit hoffentlich auch dir. In diesem Kasten liegt ein Rosenkranz mit hundert Perlen, um Allâhs Namen und seine neunundneunzig Beinamen aufzuzählen. Er befindet sich seit Generationen im Besitz meiner Ahnen, und man erzählt sich, der Prophet selbst hätte ihn einmal berührt. Dieser Rosenkranz soll über die Kraft verfügen, Krankheiten zu heilen und das Böse fernzuhalten. Ich lege ihn dir zu Füßen!«
Während Venture noch übersetzte und der Alte vor Bonaparte trat und niederkniete, um sein Geschenk vor ihm auf den Boden zu stellen, mußte ich an das Gespräch denken, das ich

mit meinem Onkel über die Bedeutung von Reliquien geführt hatte. Offenbar sehnte sich jeder Gläubige nach etwas, das greifbarer war als das paradiesische Jenseits. Bei den einen mochte es das Wahre Kreuz sein, bei den anderen ein Rosenkranz, der angeblich schon durch die Hände des Propheten Mohammed gegangen war. Ich meinte, irgendwo gelesen zu haben, daß Mohammed nie einen Rosenkranz benutzt hatte. Vielleicht täuschte ich mich, vielleicht war das für den alten Ägypter auch nicht wichtig. Hauptsache, er hatte einen Gegenstand, an dem er seinen Glauben festmachen konnte.

Als der Alte sich erhob, ergriff Bonaparte seine Schultern, drückte ihn an sich und küßte ihn brüderlich auf beide Wangen, was den beabsichtigten Eindruck nicht verfehlte. Ein Raunen ging durch die Menge, begleitet von Rufen, die den Sultan des Feuers hochleben ließen.

Einer nach dem anderen trat jetzt vor, um Bonaparte seine Gabe zu Füßen zu legen. Venture übersetzte gewissenhaft, um was es sich handelte, und der Schreiber trug ebenso gewissenhaft jeden einzelnen Gegenstand in eine Liste ein. Vermutlich nicht nur, damit der Beschenkte den Überblick behielt, sondern auch, um damit in einer Erklärung an die Bevölkerung Kairos aufzutrumpfen, die Bonaparte gewiß herausgeben würde.

Als die meisten Gaben schon überreicht waren, trat eine verschleierte Frau vor und murmelte etwas von einer wertvollen Kette, die sie dem Sultan des Feuers schenken wolle. Sie hielt einen länglichen, schmucklosen Holzkasten in Händen, den sie aber Bonaparte nicht zu Füßen legte. Statt dessen öffnete sie ihn, als wolle sie dem General das Geschenk zeigen. Sie griff mit der Rechten in den Kasten, und gleichzeitig verrutschte ihr Schleier.

»Aflah!« rief ich überrascht.

Als Maruf ibn Saads Tochter ihren Namen hörte, zögerte sie eine Sekunde. Ich sah den Dolch in ihrer Hand; die Spitze war auf Bonaparte gerichtet.
Daß ich mich auf sie warf und sie mit mir zu Boden riß, geschah nicht des Generals wegen, sondern um sie zu retten. Hätte sie ihr Vorhaben ausgeführt, wäre sie von den Soldaten, die Bonaparte verehrten, bei lebendigem Leib in Stücke gerissen worden. Ich hielt sie am Boden nieder und entwand ihrer Hand den Dolch.
Von allen Seiten stürzten Grenadiere herbei, und dicht vor Aflahs Gesicht funkelten die Bajonette.
»Nicht zustoßen!« schrie ich. »Es besteht keine Gefahr mehr!«
Binnen weniger Sekunden hatte sich die eben noch so feierliche Versammlung auf dem Esbekijehplatz in ein Tollhaus verwandelt. Menschen schrien durcheinander, die Masse geriet in Wallung, und die Grenadiere rückten mit gefällten Bajonetten vor, um ihren Oberbefehlshaber zu schützen. Aber kein Schuß fiel, und kein Bajonett fuhr in Aflahs Leib.
Während ich noch auf ihr hockte und sie festhielt, hörte ich General Bonaparte sprechen, und ich konnte nicht anders, als ihn für seine Kaltblütigkeit zu bewundern. Und für die Fähigkeit, sich blitzschnell auf eine neue Lage einzustellen.
Er hielt den Rosenkranz, den der alte Ägypter ihm geschenkt hatte, über seinen Kopf und sagte mit lauter, fester Stimme: »Meine Freunde, mir ist nichts geschehen! Seht diesen Rosenkranz, den schon der Prophet Mohammed berührte! Er hat mich vor dem Bösen beschützt und verhindert, daß das Band zwischen euch und mir zerschnitten wird. Allâh hält eine schützende Hand über mich!«
Die Menge beruhigte sich wieder, und die Menschen starrten mit großen Augen den Rosenkranz an in dem festen Glau-

ben, Zeugen eines Wunders oder zumindest göttlichen Eingreifens geworden zu sein. Der Sultan des Feuers stand unter Allâhs Schutz!
Diesen Satz und ähnliche hörte ich von allen Seiten. Und so verstand Bonaparte es, aus dem Anschlag noch Kapital zu schlagen.
An eine Fortsetzung der Geschenkübergabe schien niemand zu denken. Ohnehin hatten die meisten Ägypter ihre Gaben überreicht, und so trafen die Grenadiere auf keinen Widerstand, als sie den Platz mit sanftem Druck räumten.
Ich sah in Aflahs Gesicht. Tränen standen in ihren Augen, und ihre Züge waren von Trauer, Wut und Haß gezeichnet, einem Haß, der mir ebenso zu gelten schien wie dem Mann, den sie hatte töten wollen.

34. KAPITEL

Die Unglückliche

Die Grenadiere brachten Aflah, deren Hände mit Stricken gefesselt wurden, in den Kartenraum, in dem mein Onkel und ich zuvor mit General Bonaparte gesprochen hatten. Auch wir gingen wieder mit hinein, und niemand hinderte uns.

Aflah wich meinem Blick beharrlich aus und starrte die meiste Zeit auf den Boden. Die Soldaten sprangen sehr rauh mit ihr um. Am liebsten hätte ich sie zur Ordnung gerufen, aber ich wollte sie nicht noch mehr gegen die Gefangene aufbringen.

Schließlich trat, eskortiert von den anderen Generälen, Bonaparte ein, in einer Hand den Rosenkranz, in der anderen den Dolch, mit dem Aflah ihn hatte töten wollen. Die Waffe hatte eine beidseitig geschliffene Klinge und einen schmalen Griff, der für schlanke Frauenhände besonders geeignet war.

»Eine tödliche Waffe«, sagte Bonaparte. »Vorausgesetzt, man stößt schnell genug zu.«

Während er noch sprach, machte er einen Satz in Aflahs Richtung und ließ den Dolch auf ihren Hals zufahren. Aflah wollte zurückweichen, doch die Grenadiere hielten sie eisern fest. Die Klinge ritzte ihre Haut, und ein dünner Blutfaden rann über ihren Hals.

»Pardon, Mademoiselle, ich hätte mich beinahe vergessen«,

sagte Bonaparte und wischte die blutige Klinge an Aflahs Gewand ab. »Schließlich haben Sie mir auch nichts getan. Allerdings ist das nicht Ihr Verdienst.« Er hielt den Rosenkranz hoch und lachte. »Allâh und sein Prophet Mohammed haben mich gerettet. Eigentlich müßte ich Ihnen für den Anschlag sogar dankbar sein. Jetzt hält man mich für unverwundbar und wird es nicht so schnell noch einmal wagen, gegen mich aufzubegehren. Jede Wette, daß die Geschichte bereits in Kairo die Runde macht. Besser hätte ich selbst es nicht arrangieren können!«
Die Generäle und dann auch die Grenadiere fielen in sein Lachen ein, Onkel Jean und ich aber blieben ernst. Die Sorge um Aflah wog für uns schwerer als Bonapartes Triumph. Aflah vergaß ihre Zurückhaltung und spuckte Bonaparte ins Gesicht.
»Das sind unfeine Manieren«, sagte dieser, während er sich mit einem Ärmel über das Gesicht wischte. »Einer jungen Dame unwürdig, möchte ich meinen, allerdings kenne ich mich in Mörderkreisen nicht so gut aus.« Unvermittelt drehte er sich zu mir um. »Mangelt es unserer Gefangenen etwa an einer guten Kinderstube, Bürger Topart?«
»Wieso fragen Sie das mich, Bürger General?«
»Sie scheinen die Frau zu kennen. Immerhin haben Sie sie beim Namen genannt!«
»Ihren Vater kenne ich besser. Sie kennen ihn übrigens auch. Es ist Maruf ibn Saad.«
Ich hielt es für richtig, ihn darüber aufzuklären, wer Aflahs Vater war. Vielleicht brachte das große Ansehen, das der Ägypter genoß, auch und gerade bei Bonaparte, ihr Vorteile bei der weiteren Behandlung.
»Der Gelehrte?« staunte Bonaparte. »Als ich ihn in der Bibliothek des Instituts kennenlernte, hielt ich ihn für einen

Mann, der uns Europäern aufgeschlossen gegenübersteht. Sollte ich mich so getäuscht haben?«

»Nicht im geringsten«, meldete sich mein Onkel zu Wort. »Aber seine Tochter hat einen Grund, die Europäer zu hassen.« Er berichtete vom Tod des jungen Dieners, der Aflah offenbar so getroffen hatte, daß sich ihre Abneigung gegen die Franzosen in tödlichen Haß verwandelte.

»Ich habe diesen Diener nicht getötet, und ich habe auch nicht den Befehl dazu gegeben«, entrüstete sich Bonaparte. »Warum will sie sich an mir rächen? Das ist, als würde ich Rußland angreifen, weil England mir den Krieg erklärt hat. Vollkommener Unsinn, wie?« Er sah seine Generäle an und grinste. »Wer würde schon ins kalte Rußland einmarschieren, wenn er den sonnenbeschienenen Orient erobern kann?«

»Nur ein Narr würde ins weite Rußland einfallen und sich den Gefahren des dortigen Winters aussetzen«, bestätigte Berthier.

»Ebendrum«, sagte Bonaparte und wandte sich wieder der Gefangenen zu. »Maruf ibn Saads Tochter oder nicht, ich denke, wir müssen an ihr ein Exempel statuieren. Nur das wird andere davon abhalten, ihre Waffe gegen mich zu erheben.«

Aflah zeigte keinerlei Regung. Vermutlich hatte sie mit ihrem Leben bereits abgeschlossen, als sie zu Bonapartes Palast aufgebrochen war. Sie konnte nicht ernsthaft erwartet haben, nach dem Anschlag lebend davonzukommen.

Ich aber war zutiefst erschüttert und bat Bonaparte um Gnade für Aflah.

Er musterte mich kritisch. »Sie haben ein zu weiches Herz, Bürger Topart, das habe ich schon in jenem Tal bei den Beduinen bemerkt. Sie sind kein Soldat und können sich das vielleicht leisten. Ich aber trage die Verantwortung für meine

Armee und für Frankreich. Ein erfolgreicher Anschlag auf mich könnte leicht der Auslöser einer neuen Revolte sein und viele gute Soldaten das Leben kosten. Das gilt es mit allen Mitteln zu verhindern. Und eine bessere Abschreckung für mögliche Nachahmer als eine öffentliche Hinrichtung kann ich mir nicht vorstellen. Deshalb muß ich Ihre Bitte abschlagen, Topart, so leid mir das auch tut. Wünschen Sie sich etwas anderes von mir! Immerhin habe ich Ihnen mein Leben zu verdanken.«

Als ich hilflos schwieg, ergriff Onkel Jean das Wort: »Bürger General, ich spreche sicher auch für meinen Neffen, wenn ich Sie bitte, uns die Expedition zum Wüstentempel zu genehmigen.«

»Nun gut, meinetwegen, wenn es Sie so in die Wüste zieht! Sie kriegen Ihre Expedition und auch Ihren Kollegen Ladoux. Ich hoffe nur, er läßt sich ebenso freudig auf dieses Abenteuer ein wie Sie, Cordelier.« Und dann wandte Bonaparte sich übergangslos an die Grenadiere. »Bringt die Gefangene hinaus, und sperrt sie ein! Ich werde später darüber entscheiden, wann und unter welchen Umständen sie hingerichet wird.«

Onkel Jean und ich gingen nach Hause, weil er für die Expedition einige Vorkehrungen treffen wollte.

Ich dagegen konnte keinen klaren Gedanken fassen. Immer wieder tauchte Aflahs Gesicht vor mir auf. Wie sie uns im Haus ihres Vaters den Kaffee serviert hatte. Bei unserer kurzen Begegnung, als ich sie zum ersten Mal mit dem Schleier gesehen hatte. Und wie sie an diesem Tag als haßerfüllte Attentäterin vor uns gestanden hatte. Im Rückblick erschien das als folgerichtige Entwicklung, und ich warf mir vor, es nicht erkannt und verhindert zu haben.

Als ich meinem Onkel davon erzählte, sagte er: »Quäl dich

nicht mit solchen Gedanken, Bastien! Sie sind unnütz, weil du nichts mehr ändern kannst. Zudem sind sie falsch. Wie oft hast du Aflah gesehen, dreimal? Was hättest du ausrichten können, wenn nicht einmal ihr Vater imstande war, die Tat zu verhindern? Der arme Maruf, es wird ihn schwer treffen!«
Wie schwer, das sollten wir erfahren, sobald wir unser Haus betraten. Malik berichtete eilfertig von einem Besucher, der sich nicht habe abweisen lassen und nun im Salon auf uns warte. Es war niemand anderer als Aflahs Vater, und er sah aus wie ein Gespenst. Er schien um Jahre gealtert, die Schultern waren nach vorn gesunken, und sein Gesicht wirkte trotz orientalischer Bräune aschfahl.
Er stand mitten im Raum und fragte ohne ein Wort der Begrüßung: »Ist meine Tochter noch am Leben?«
»Sie lebt, aber General Bonaparte will sie hinrichten lassen«, antwortete mein Onkel. »Wie haben Sie so schnell davon erfahren?«
»Es geht schneller von Haus zu Haus, als der Wind bläst. Ein Junge kam vorbei und hat sich mit der bösen Nachricht auch noch ein Trinkgeld verdient. Wie geht es Aflah?«
»Sie scheint sehr gefaßt. Aber sie hat kein Wort gesagt, und so wissen wir nicht, wie es in ihrem Inneren aussieht.«
»Sie hat schon lange nur noch das Nötigste gesagt. Ihre Gedanken lagen ebenso hinter dem Schleier verborgen wie ihr Gesicht. Seit Hassans Tod hat sie sich verändert. Ich habe mir Sorgen um sie gemacht, große Sorgen, aber ich hätte niemals gedacht, daß sie so weit gehen würde. Aflah, die Glückliche, habe ich sie genannt, weil das Glück ihr immer lächeln sollte. Jetzt könnte ich mir keinen unpassenderen Namen vorstellen. Die Unglückliche müßte sie heißen!«
»Können wir irgend etwas für Sie tun, Maruf ibn Saad?« fragte ich.

»Für mich? Nein, nicht für mich, aber für meine Tochter. Bewahren Sie Aflah vor dem Tod, ich bitte Sie!«
»Mein Neffe hat es versucht«, erklärte Onkel Jean. »Vergebens. Bonaparte ist fest entschlossen, an ihr ein Exempel zu statuieren. Das sind seine Worte.«
»Sie müssen ihn umstimmen!« flehte Maruf. »Ich weiß, daß Sie das können!«
Mein Onkel schüttelte den Kopf. »Da überschätzen Sie unseren Einfluß, mein Freund.«
»Tun Sie es!« sagte der verzweifelte Vater, jetzt mit einer Schärfe, die mich überraschte. »Retten Sie Aflah, und ich helfe Ihnen, das Beduinenmädchen zu finden!«
»Wovon sprechen Sie?« fragte mein Onkel.
»Von der Beduinin, die hier gewohnt hat, bevor Bonaparte sie in seinen Palast holte. Von der Frau, die seit dem Angriff auf den Palast verschwunden ist und nach der Sie suchen.«
»Sie wissen davon?«
»Ich lebe seit Jahrzehnten in Kairo und habe gute Bekannte, die mir zutragen, was in der Stadt vor sich geht. Ihr Europäer haltet Dinge für geheim, die die Einheimischen einander lachend beim Abendkaffee erzählen. Ja, ich weiß von der Frau und ihrer Entführung. Sie meinen, daß die Ritter mit dem doppelten Kreuz dahinterstecken, nicht wahr? Ich weiß nämlich auch, daß Sie ein Schwert mit diesem Zeichen im Garten von Bonapartes Palast gefunden haben. Und ich weiß noch mehr. Ich kann Ihnen sagen, wo Sie die Ritter finden!«
Ich trat auf ihn zu, bis ich dicht vor ihm stand. »Woher wissen Sie das?«
Maruf wich keinen Schritt zurück. »Das erfahren Sie, wenn es soweit ist. Erst will ich meine Tochter sehen und die Gewißheit haben, daß sie am Leben bleibt!«

»Was gibt uns die Sicherheit, daß Sie uns nicht hintergehen?« fragte ich.
»Meine Ehre und mein Ruf.«
Onkel Jean faßte mich am Arm und zog mich von Maruf weg. »Also gut, wir versuchen noch einmal unser Glück bei Bonaparte«, sagte er. »Ich werde ihn sogleich aufsuchen.«
»Danke«, erwiderte Maruf und schickte sich an, den Salon zu verlassen. In der Tür drehte er sich noch einmal um. »Verzeihen Sie, daß ich uneingeladen in Ihr Haus gekommen bin. Das gehört sich nicht für einen Mann von Ehre, aber ich war verzweifelt. Seien Sie versichert, daß es nicht wieder vorkommen wird.«
Als er gegangen war, griff ich nach der Wasserkaraffe auf dem Tisch, goß eins der daneben aufgereihten Gläser randvoll und leerte es in einem Zug.
»Das ist ein Tag voller Überraschungen. Glauben Sie, Onkel, daß er es ehrlich mit uns meint?«
»Davon bin ich überzeugt.«
»Dann müssen wir Bonaparte umstimmen!«
»Nicht wir, sondern ich, Bastien. Deine Gegenwart scheint ihn, jedenfalls ist das mein Eindruck, etwas zu enervieren. Nein, keine Widerrede. Außerdem solltest du dich ein paar Minuten hinlegen, du wirkst sehr mitgenommen.«
»Aber wie wollen Sie Bonaparte überzeugen, Onkel?«
»Ich denke, wir müssen ihn einweihen.«
»Sie wollen ihm von dem Wahren Kreuz erzählen? Aber das wäre ein Verrat an Ourida!«
»Was ist dir wichtiger, Bastien? Willst du ihr Geheimnis bewahren? Oder willst du sie aus den Fängen der Ritter vom Verlorenen Kreuz, die ihr ja wohl nach dem Leben trachten, befreien?«
Ich setzte mich hin und stützte meinen schweren Kopf in die

Hände. »Sie haben natürlich recht, Onkel, wie immer. Also gut, wenn es nötig ist, weihen Sie Bonaparte ein!«

Ich befolgte Onkel Jeans Ratschlag, legte mich auf mein Bett und schloß die Augen, um etwas Ruhe zu finden. Doch mir ging zu vieles im Kopf herum, und ich wälzte mich von einer Seite auf die andere.

Hauptsächlich beschäftigte mich Marufs Eröffnung, er könne uns den Aufenthaltsort der Ritter verraten. Wenn das stimmte, war Ouridas Rettung in greifbare Nähe gerückt! Vergebens zermarterte ich mir den Kopf darüber, was er wissen und woher er sein Wissen haben mochte. Es half alles nichts, ich mußte mich gedulden.

Rastlos schwang ich mich schließlich vom Bett und suchte die Bibliothek auf, wo ein großer Brandfleck auf dem Boden von den Verwüstungen zeugte. Um mich abzulenken, wollte ich meinem Onkel helfen, seine Bücher einzuordnen. Auf dem Lesetisch und dem Fußboden türmten sich mehrere Stapel, die darauf warteten, in die neu errichteten Regale gestellt zu werden. Ich kannte Onkels Jeans System, die Bücher wurden nach Wissensgebieten und dem Jahr der Erstveröffentlichung sortiert.

Bei einem schon recht abgewetzten braunen Lederband machte mich der Titel stutzig: Über die Legende und Geschichte christlicher Reliquien. Eine Stelle in dem 1789 erschienenen Buch war mit einem Lesezeichen markiert, einem Ausriß aus einer Zeitung. Neugierig geworden, schlug ich die betreffende Seite auf. Tatsächlich, es ging um das Wahre Kreuz! Ich begann zu lesen:

Der Verbleib des Wahren Kreuzes nach der Schlacht bei Hattin ist umstritten. Die meisten Historiker behaupten, es sei dem Sultan Saladin in die Hände gefallen, der es als Zeichen seines Sieges gut verwahrt habe. Ab diesem Zeitpunkt jedoch gehen die Berichte stark auseinander. Wohl soll Saladin dem französischen König Phillipp II. und dem englischen König Richard Löwenherz anläßlich des dritten Kreuzzugs eine Rückgabe des Kreuzes zugesichert haben, aber nach Überprüfung der überwiegenden und verläßlichsten Quellen läßt sich feststellen, daß die Rückgabe unterblieben ist. Überwiegend wird behauptet, das Wahre Kreuz sei seitdem verschollen. Es gibt aber eine Legende in der arabischen Literatur, wonach Saladin nicht das Kreuz Jesu erbeutet hat, sondern eine Fälschung. Das Wahre Kreuz sei ein paar ausgesuchten Rittern mit dem Auftrag übergeben worden, es vor den Truppen Saladins zu retten. Diese Ritter sollen in der Wüste Aufnahme bei einem Beduinenstamm gefunden haben, bei dem, so die Legende, das Kreuz noch heute in Verwahrung ist.

Verwirrt hielt ich inne und ließ mich auf einen der von Nafi reparierten Stühle sinken. Was ich eben gelesen hatte, enthielt nichts, was mir neu gewesen wäre. Mich irritierte der Umstand, daß es überhaupt dort niedergeschrieben war. Bislang hatte ich das Schicksal des Wahren Kreuzes für ein Geheimnis gehalten, und jetzt fand ich es in einem französischen Buch niedergeschrieben, nur vage zwar, aber insgesamt doch im Einklang mit dem, was ich in den vergangenen Tagen erfahren hatte. Hatte Onkel Jean die Stelle erst kürzlich entdeckt und nur noch keine Zeit gefunden, mit mir darüber zu sprechen?

Ich betrachtete den Zeitungsausriß, der als Lesezeichen diente. Es war ein Fetzen aus einer französischen Zeitung. Der Tag war nicht mehr zu erkennen, aber Monat und Jahr konnte ich lesen: September 1797. Ungläubig starrte ich auf das Datum und las es zehn- oder zwölfmal. September 1797!

Demnach mußte mein Onkel die Geschichte über die Rettung des Wahren Kreuzes längst gekannt haben, als ich sie ihm drei Nächte zuvor erzählte. Das erschien mir unglaublich – es ergab keinen Sinn!

Natürlich, da fiel es mir ein: Die Zeitung war schon alt gewesen, als Onkel Jean die Stelle markierte. Nach unserem nächtlichen Gespräch selbstverständlich.

Aber als ich erneut in das Buch sah, bemerkte ich einen fetten schwarzen Fleck genau dort, wo der Ausriß gelegen hatte. Die Druckerschwärze mußte ihn hinterlassen haben; darum war der Tag auf dem Ausriß verwischt. Die Zeitung war also druckfrisch gewesen, als mein Onkel die Buchseite markierte.

Sosehr ich mich auch dagegen sträubte, ich mußte doch schlucken, daß Onkel Jean schon viel länger wußte als ich, daß das Wahre Kreuz bei einem Beduinenstamm zu suchen war!

Ich legte den Ausriß wieder in das Buch und das Buch zurück auf den Stapel. Anschließend nahm ich alle Bände, die ich einsortiert hatte, wieder aus den Regalen und legte auch sie zurück auf Tisch und Boden. Das tat ich ganz mechanisch, und hätte man mich nach einer Erklärung gefragt, wäre ich die Antwort schuldig geblieben.

Mein Onkel sollte nicht merken, daß ich hinter sein Geheimnis gekommen war, sicher, aber warum nicht? Ich wußte es nicht. Er mochte gute Gründe für sein Schweigen haben, so wie ich gute Gründe gehabt hatte, ihm erst spät von dem zu berichten, was ich im Tal der Abnaa Al Salieb erfahren hatte. Obwohl auch ich nicht immer offen zu ihm gewesen war, konnte ich das Gefühl nicht abschütteln, betrogen worden zu sein. Von dem einzigen Menschen, dem ich seit meiner Kindheit vertraute.

Ich lief hinaus in den Garten, hatte aber kein Auge für die Schönheit der Natur. Ruhelos wanderte ich umher und wäre um ein Haar auf einen Igel getreten, der träge mitten auf dem Weg hockte.

Meine Gedanken kreisten um das eben Gelesene: *Das Wahre Kreuz sei ein paar ausgesuchten Rittern mit dem Auftrag übergeben worden, es vor den Truppen Saladins zu retten. Diese Ritter sollen in der Wüste Aufnahme bei einem Beduinenstamm gefunden haben, bei dem, so die Legende, das Kreuz noch heute in Verwahrung ist.*

Das waren die Kernsätze, die das Geheimnis des Wahren Kreuzes – Ouridas Geheimnis – beinhalteten. Hatte Onkel Jean es schlichtweg vergessen?

Nein, er verfügte über ein ausgezeichnetes Gedächtnis und wußte noch nach Jahren, was in welchem Buch stand. Es war ungefähr ein Jahr her, daß er diese Textstelle gelesen und eigens markiert hatte. Sie mußte ihm also etwas bedeutet haben.

Soviel ich auch hin und her überlegte, eine Frage drängte sich immer wieder in den Vordergrund: Hatte Onkel Jean schon nach dem Wahren Kreuz gesucht, lange bevor wir in Ägypten an Land gingen?

Pferdegetrappel und das Rattern eines Wagens rissen mich aus meinen Gedanken, die sich fruchtlos im Kreis drehten. Ich lief zur Straße und sah eine geschlossene Kutsche vor Maruf ibn Saads Haus halten, begleitet von sechs oder sieben Dragonern. Auch der Mann auf dem Kutschbock trug die französische Uniform. Einer der Dragoner stieg ab und öffnete den Verschlag. Mein Onkel stieg aus und dann eine verschleierte Frau. Es konnte niemand anderes sein als Aflah.

Ich straffte mich, ordnete mein zerwühltes Haar und beschloß, mir nichts von meiner Verwirrung anmerken zu lassen. Ich ging zu den beiden hinüber.
»Wie ich sehe, sind Sie erfolgreich gewesen, Onkel«, rief ich schon von weitem.
Er lächelte gequält. »Es war nicht einfach. Bonaparte stand kurz vor einem Tobsuchtsanfall, aber dann ließ er sich doch dazu bewegen, Aflah in die Obhut ihres Vaters zu entlassen. Das ist mehr, als ich erwartet hatte.«
»Also sieht er von einer Hinrichtung ab?«
Onkel Jean nickte.
»Zu welchem Preis?«
»Ich mußte ihn in alles einweihen. Es ließ sich nicht umgehen. Daß er sich in Kairo noch unbeliebter machen würde, wenn er die Tochter des allseits geachteten Maruf ibn Saad hinrichten ließe, hat er zwar eingesehen, aber sein Drang nach Vergeltung war übermächtig.«
So leise, daß nur mein Onkel es verstand, fragte ich: »Will Bonaparte das Wahre Kreuz haben? Immerhin hält die Republik nichts von der Kirche und ihren Reliquien.«
Onkel Jean zuckte mit den Schultern. »Laß uns erst einmal Aflah zu ihrem Vater bringen!«
Während die Kutsche und die Dragoner umkehrten, gingen wir mit Aflah zu dem großen, noch immer wie verlassen daliegenden Haus. Mir war, als trüge das ganze Anwesen Trauer.
Der Hausherr selbst öffnete uns, sobald wir den überdachten Eingang erreichten. Offenbar hatte er uns bereits kommen sehen. Hinter ihm standen zwei ältere Dienerinnen. Falls ich ein rührendes Wiedersehen erwartet hatte, wurde ich enttäuscht. Keine Regung in Marufs Gesicht ließ erkennen, was er empfand.

Aflah nahm ihren Schleier ab und sah ihren Vater an. Die geröteten Wangen verrieten, daß sie geweint hatte.
»Verzeih mir, Vater!« bat sie mit zitternder Stimme.
»*Uskut!* – Schweig!« erwiderte er. »Wenn ich etwas von dir hören will, werde ich dich fragen. Du wirst jetzt mit Miluda und Sebha gehen und tun, was sie dir sagen!«
Die beiden Dienerinnen nahmen Aflah in ihre Mitte. Bevor die drei im rückwärtigen Teil des Hauses verschwanden, sah Aflah sich noch einmal zu mir um. In ihrem Blick lag kein Haß mehr, sondern etwas anderes, die Bitte um Verständnis. Ich hätte ihr gern etwas Verbindliches gesagt, aber da entfernten sich die Dienerinnen schon mit ihr. Bedauern erfüllte mich, als hätte ich da schon gewußt, daß ich Aflah nicht wiedersehen würde.
»Was geschieht mit ihr?« fragte ich Maruf ibn Saad, auch wenn diese Neugier ungehörig sein mochte.
»Ich werde sie zu Verwandten nach Alexandria bringen, die es mit den Geboten des Korans genauer nehmen als ich. Dort wird sie lernen, wie eine Frau sich zu benehmen hat. Meine Erziehung war falsch. Aflah wird ein anderer Mensch werden und lernen, ihrem Vater zu gehorchen. Nur dann wird sie eines Tages vielleicht auch einen Mann finden.«
»Und wenn sie es nicht lernt?«
»Dann wird sie nie wieder einen Fuß vor die Tür setzen!«
Maruf ibn Saads Einstellung zu seiner Tochter schien sich von Grund auf gewandelt zu haben. Wie stolz war er auf sie gewesen, als wir zum ersten Mal in seinem Haus waren! Stolz und voller Liebe. Jetzt wirkte er kalt. Bestrafte er am Ende sich selbst mehr als Aflah, um seine Tochter vor größerem Unheil zu bewahren?
»Ich habe Ihnen eine Belohnung versprochen«, sagte er. »Folgen Sie mir, bitte!«

Er führte uns in den großen Salon, in dem er uns schon bei unserem ersten Besuch empfangen hatte.
Als wir auf den Sitzkissen Platz genommen hatten, fragte er: »Verzichten wir auf alle Höflichkeiten und kommen gleich zum Wesentlichen?«
»Das wäre mir lieb«, antwortete Onkel Jean.
»Gut. Nach unserem letzten Gespräch habe ich aus Forscherdrang die Bibliotheken und Buchhandlungen Kairos nach Informationen über jenen Ritterorden durchforstet. Dabei habe ich etwas gefunden, von dem ich damals noch nicht ahnen konnte, daß das Leben meiner Tochter davon abhängt.«
Maruf öffnete einen schmalen Holzkasten und entnahm ihm eine zusammengerollte Karte, die er vor uns auf dem Boden ausbreitete. Es war eine mit arabischen Schriftzeichen versehene Landkarte Ägyptens. Außer den Städten waren noch andere Punkte markiert, und zwar jeweils durch einen Turm. Einige dieser Türme waren schwarz ausgemalt, andere schraffiert.
»Sehen Sie die vielen Türme?« fragte Maruf.
»Ja«, sagte mein Onkel. »Was bedeuten sie?«
Bevor Maruf noch antworten konnte, rief ich: »Festungen! Auf der Karte sind Festungen eingezeichnet!«
»Richtig«, bestätigte Maruf. »Es handelt sich um eine militärische Karte aus dem zwölften Jahrhundert. In dieser Zeit wurden, wie die Karte zeigt, in Ägypten verstärkt Befestigungsanlagen gebaut. Wahrscheinlich, weil man befürchtete, die Kreuzfahrer könnten vom Heiligen Land aus nach Westen vordringen. Die bereits fertiggestellten Festungen sind schwarz ausgemalt, die noch im Bau befindlichen schraffiert.«
Er nahm eine zweite Karte aus dem Kasten und legte sie neben die erste. »Diese Karte ist hundert bis hundertfünfzig

Jahre später entstanden. Auch hier sind alle Festungen eingezeichnet, und zwar als Gebäude mit gekreuzten Schwertern. Fällt Ihnen, wenn Sie die Karten miteinander vergleichen, etwas auf?«

Onkel Jean und ich sahen genau hin. Die zweite Karte war in einem größeren Maßstab gezeichnet, aber trotzdem ließen sich beide gut miteinander vergleichen.

»Auf der zweiten Karte sind alle Festungen als vollendet dargestellt«, sagte mein Onkel schließlich. »Ist es das, was Sie meinen, Maruf ibn Saad?«

»Nein.«

Onkel Jean klopfte mir auf die Schulter. »Bastien, du hast doch ein Auge für graphische Darstellungen. Was ist das Geheimnis der zweiten Karte?«

Ich ließ mir Zeit, um die Karten Stück für Stück miteinander zu vergleichen, und dann sah ich es: »Das Geheimnis ist nicht das, was auf der zweiten Karte verzeichnet ist, sondern das, was fehlt. Diese Festung!« Ich zeigte auf eine der schraffierten, also noch im Bau befindlichen Festungen auf der ersten Karte, südwestlich von Kairo. »Sie kommt auf der zweiten Karte nicht vor.«

»Dann ist der Bau wohl nicht vollendet worden«, meinte Onkel Jean.

Unser Gastgeber klatschte in die Hände wie ein zufriedener Lehrer. »Sie haben es herausgefunden! Auch ich habe einige Zeit gebraucht, um dahinterzukommen.«

»Na schön«, brummte Onkel Jean. »Aber was hat eine unvollendete arabische Festung mit den Kreuzrittern zu tun?«

»Sie wäre ein perfekter Unterschlupf«, sagte Maruf. »Ich habe keine andere Karte gefunden, auf der sie verzeichnet ist. Eine vergessene Festung, von Kairo vielleicht zwei Tagesritte entfernt. Und nach allem, was Sie mir erzählt haben, müßte die

Entfernung von dieser Festung zu dem geheimnisvollen Wüstentempel ungefähr ebenso groß sein. Einen geeigneteren Ausgangspunkt für ihre Unternehmungen hätten die Kreuzritter kaum finden können. Dies muß ihr Versteck sein!«

Mein Onkel beugte sich noch einmal über die Karten und sah dann den Ägypter an. »Je länger ich darüber nachdenke, desto mehr neige ich dazu, Ihnen recht zu geben.«

»Heißt das, ich habe meine Schuld beglichen?«

»Das haben Sie, Maruf ibn Saad.«

Maruf schien erleichtert, aber nur für einen Augenblick. Als er die Karten zusammenrollte und zurück in den Kasten legte, trug er wieder eine unbewegte Miene zur Schau.

Er reichte uns den Kasten mit den Worten: »Mein Abschiedsgeschenk!«

Ich nahm den Kasten entgegen. »Wieso Abschied? Wir sind Nachbarn und sehen uns bestimmt noch häufig.«

»Nehmen Sie es nicht persönlich und schon gar nicht als Beleidigung, aber nach allem, was geschehen ist, möchte ich von nun an keine Europäer mehr in meinem Haus haben!«

Er begleitete uns noch zur Tür, und ich sagte: »Viel Glück bei allem, was Sie vorhaben, Maruf ibn Saad!«

Leise erwiderte er: »Das Glück hat mein Haus verlassen.«

35. KAPITEL

Durch die Wüste

Inzwischen war es Nachmittag geworden, und seit dem Frühstück hatten Onkel Jean und ich noch nichts gegessen. Zeineb kochte eine Gemüsesuppe, von der ich mit großem Appetit aß, obwohl mir soviel im Kopf herumging. Während des Essens fragte ich meinen Onkel: »Werden Sie zu Bonaparte gehen und ihm von der Festung erzählen?«

»Heute hat das keinen Sinn mehr. Er wollte nach unserer Unterredung Kairo verlassen, um die außerhalb der Stadt stationierten Truppen zu inspizieren, und wird, wie er sagte, erst spät am Abend zurückkehren. Aber gleich morgen nach dem Frühstück gehe ich mit Marufs Landkarten zum Hauptquartier. Bis dahin mußt du dich gedulden, auch wenn die Sorge um Ourida dich quält.«

»Ich werde mich gedulden«, sagte ich und verschwieg, daß mir diese Verzögerung nur recht war; denn ich hatte meinen eigenen Plan geschmiedet. »Mir ist nicht ganz klar, was Bonaparte mit dem Wahren Kreuz anfangen will.«

»Detailliert hat er sich darüber nicht ausgelassen. Er hat gesagt, es sei ein wertvolles Symbol der Unbesiegbarkeit, das ihm von großem Nutzen sein könne.«

»Also will er es auf seinem weiteren Feldzug benutzen, so wie das Kreuzritterheer bei Hattin durch das Wahre Kreuz ermutigt wurde. Aber wie soll das gehen? Die Revolution hat alles getan, um die Lehre der Kirche und den Glauben an Gott in Zweifel zu ziehen. Wie soll da ein christliches Symbol unsere Armee stärken?«

»Es kann unsere Armee nicht stärken, aber es kann die feindliche schwächen. Für die Türken, die uns den Krieg erklärt haben, ist das Wahre Kreuz ein Zeichen abendländischer Überlegenheit. Wenn sie das Kreuz bei uns erblicken, wird das ihre Moral erschüttern. Ich denke, das ist so ungefähr das, was Bonaparte im Sinn hat.«

»Wenn es so kommt, war alles, was Ourida und ihre Vorfahrinnen über die Jahrhunderte auf sich genommen haben, vergebens«, sagte ich bitter. »Dann ist das Kreuz wieder ein Symbol des Krieges und des Tötens!«

Onkel Jean seufzte und sah mich mitfühlend an. »Wir können daran nichts ändern, Bastien. Denk lieber daran, daß du deine Ourida bald wiedersehen wirst!«

Das tat ich, und deshalb verließ ich eine Stunde nach Mitternacht heimlich das Haus. In der Küche hatte ich Vorräte zusammengepackt. Die Wasserschläuche hatte ich bereits am Nachmittag gefüllt und im Pferdestall versteckt. Dort standen noch die beiden Tiere, auf denen mein Onkel und ich zurück nach Kairo geritten waren. Ich sattelte das kräftigere Pferd, einen Braunen, schnallte die beiden Wasserschläuche, den Verpflegungs- und einen Hafersack hinter dem Sattel fest und umwickelte die Hufe mit dicken Lappen, um den Hufschlag zu dämpfen. Dann führte ich das Tier, so leise es eben möglich war, hinaus auf die Straße.

Jetzt mußte ich noch unbemerkt aus Kairo hinauskommen. Angesichts der zahlreichen Posten, die nach dem Aufstand aufgestellt worden waren, kein leichtes Unterfangen. Während ich in den vergangenen Tagen auf der Suche nach Handwerkern und neuen Einrichtungsgegenständen umhergewan-

dert war, hatte ich zumindest in unserem Stadtteil einen guten Überblick über die Wachtposten gewonnen. Und bevor ich aufbrach, hatte ich meinen Weg aus der Stadt im Geiste genau festgelegt, Straße für Straße, Platz für Platz.
Mehrmals verließ ich die öffentlichen Straßen und führte den Braunen über private Anwesen, weil es nur auf diese Art möglich war, bestimmte Posten an heiklen Punkten zu umgehen. Ich baute auf die späte Stunde und die Müdigkeit, die um diese Zeit auch Wachsoldaten befiel. Zweimal schlugen in meiner Nähe Hunde an, aber niemand schien sich um uns zu kümmern, und endlich, endlich ließ ich die letzten Häuser hinter mir.
Noch ein ganzes Stück führte ich den Braunen am Zügel, dann entfernte ich die Tücher von den Hufen und stieg in den Sattel. Ich ritt nach Südwesten, immer tiefer in die Wüste hinein.

Mein Ziel war die alte Araberfestung, die nur auf einer der beiden Landkarten verzeichnet war. Die betreffende Karte lag nicht mehr in dem Holzkasten, sondern steckte in einer meiner Rocktaschen. Nur sie und ein Kompaß sollten mir helfen, die Festung zu finden.
Gewiß würde Bonaparte mich verfolgen lassen. Mein Onkel kannte die ungefähre Lage der Festung und damit auch die Richtung, in die ich ritt. Ich mußte schneller sein. Deshalb versuchte ich, noch in der Nacht einen möglichst großen Abstand zwischen Kairo und mir zu schaffen. Ich wollte die Festung erreichen, bevor Bonaparte dort mit seiner Armee eintraf!
Den ganzen Nachmittag über und auch jetzt, während meines langen, einsamen Rittes, sah ich Bilder von Tod und Zerstörung vor mir: das Lager der Abnaa Al Salieb. Wieder und

wieder durchlebte ich den Angriff der Franzosen, sah vor mir die Sterbenden, Verwundeten, Verzweifelten. Nur durch ein Wunder war ich mit dem Leben davongekommen.
Ich mußte verhindern, daß so etwas noch einmal geschah. Wenn Bonaparte die Wüstenfestung angriff, würde er kaum Rücksicht auf Ourida nehmen.
Ich wollte sie nicht sterben sehen, so wie ich Jussuf hatte sterben sehen. Und Rabja. Bei diesem Gedanken krampfte sich mein Herz zusammen.
Natürlich war es vermessen, ganz allein zu der Festung zu reiten. Ich trug noch die beiden Pistolen bei mir, die mir am ersten Tag des Aufstands ausgehändigt worden waren. Eine lächerliche Ausrüstung, auch wenn die Ritter vom Verlorenen Kreuz nur mit mittelalterlichen Waffen kämpften. Wie gefährlich sie waren, hatten sie mehr als einmal bewiesen, und ihre Überzahl war gewiß erdrückend. Ich war mir sicher, daß ich mit Gewalt nichts erreichen würde. Aber vielleicht ließen die Ritter mit sich reden, wenn ich sie vor Bonapartes Angriff warnte.
Möglicherweise konnte ich ihnen auch einen Tausch vorschlagen: Ourida gegen das Wahre Kreuz. Gewissensbisse plagten mich bei diesem Gedanken. Wäre das nicht Verrat an allem, was Roland de Giraud, die erste Ourida und ihre Nachkommen auf sich genommen hatten? Außerdem war fraglich, ob die heutige Ourida sich überhaupt darauf einließ. Nach Jussufs Tod war sie vermutlich die einzige, die wußte, wo die Reliquie versteckt war.
Ich drehte und wendete jede Überlegung, bis ich selbst an allem zweifelte, aber ich ritt weiter, die Nacht hindurch und auch am Morgen. Als die Sonne höherkletterte, stieg ich aus dem Sattel und führte den Braunen am Zügel, um ihn zu schonen. Zur Mittagszeit fand ich einen geeigneten Lager-

platz unter einem schattenspendenden Felsvorsprung. Hier wartete ich, bis die größte Hitze vorüber war.
Hin und wieder spähte ich durch das Fernrohr meines Onkels, das ich mitgenommen hatte, nach Nordosten und hielt Ausschau nach Verfolgern. Einmal glaubte ich, eine Staubwolke zu sehen, aber im nächsten Augenblick war sie verschwunden. Ich legte das Fernglas beiseite, und fünf Sekunden später war ich eingeschlafen.
Als die Sonne schon tief im Westen stand, setzte ich meinen Weg fort. Der Kompaß zeigte mir, zumindest ungefähr, die Richtung an.
Kurz nach Einbruch der Dunkelheit kam ich durch ein stark geröllhaltiges Gebiet und mußte fürchten, daß der Braune zu Fall kam. Daher stieg ich ab und führte ihn abermals am Zügel. Obwohl ich in den Mittagsstunden geschlafen hatte, spürte ich eine große Erschöpfung. Ich dachte an unsere Soldaten, denen man nachsagte, daß sie während des Marschierens schliefen. Mir war das nicht gegeben, und es wäre auch zu gefährlich gewesen: Ich wäre unweigerlich von meinem Südwestkurs abgekommen. Also ging ich weiter und erzählte, um wach zu bleiben, dem Braunen meine Lebensgeschichte.
So überstand ich die Nacht und auch den nächsten Tag, an dem ich mittags in einer Senke lagerte und sogar länger schlief als am Vortag. Trotzdem machte mir die Mischung aus übergroßer Müdigkeit und innerer Anspannung immer mehr zu schaffen. Die Hitze tat ein übriges. Ich trank regelmäßig, aber nur in kleinen Mengen, und auch mein treues Pferd erhielt seine Rationen. Dennoch merkte ich, wie die Sonne mich ausdörrte. Ich konnte kaum noch einen klaren Gedanken fassen.
Dankbar begrüßte ich die Nacht, die eine anfangs willkom-

mene Abkühlung mit sich brachte. Bis es so kalt wurde, daß ich meinen Mantel überziehen mußte. Als ich weiterritt, erzählte ich dem Braunen alles, was er sich schon in der vergangenen Nacht hatte anhören müssen, noch einmal, aber irgendwann war ich selbst dazu zu müde.

Ein harter Schlag ließ mich zusammenfahren. Der Schmerz brannte in meiner rechten Seite, auf der ich lag. Ich blickte in den sternengesprenkelten Nachthimmel und in die Augen meines Pferdes, das mich neugierig ansah. Allmählich begriff ich: Ich war im Sattel eingeschlafen und vom Pferd gefallen. Fluchend erhob ich mich, konnte aber erleichtert feststellen, daß meine Knochen noch heil waren. Der Schmerz in der Seite ging vermutlich auf leichtere Prellungen zurück.
Vorwurfsvoll sagte ich zu dem Braunen: »Du hättest ruhig ein Wort sagen können! Läßt mich einfach eindösen! Warst wohl froh, daß ich dich nicht länger mit meinen Geschichten gelangweilt habe, was?«
Der Braune verzog das Maul, und für mich sah es aus wie ein Grinsen.
Wie lange hatte ich wohl im Sattel geschlafen? Möglicherweise war ich schon geraume Zeit in eine falsche Richtung geritten?
Ich zog den Kompaß aus der Rocktasche und klappte den Deckel hoch. Mein Herz blieb fast stehen, als ich das Unheil sah: Der Kompaß war zerstört, die Nadel abgebrochen. Das mußte bei meinem Sturz passiert sein.
Ärgerlich ließ ich den Kompaß einfach fallen. Er konnte mir nichts mehr nutzen.
Wenn meine Berechnungen stimmten, war ich nicht mehr weit von der alten Araberfestung entfernt. Ich hatte gehofft, sie noch in dieser Nacht zu erreichen, aber jetzt, ohne den

Kompaß, sah ich keine Möglichkeit, die richtige Richtung zu finden. Ich mußte bis zum Morgen warten, dann konnte ich mich am Stand der Sonne wenigstens grob orientieren. Etwas Ruhe würde dem Braunen und mir zweifellos guttun, aber ich verlor dadurch wertvolle Zeit, vielleicht gar meinen gesamten Vorsprung.

Das Gebiet, in dem ich mich aufhielt, war hügelig und deshalb schwer zu überblicken; es erschien mir wie ein von Riesenhand erbauter, steinerner Irrgarten. Mein Blick glitt über die felsige Landschaft, und ich dachte an Ourida, die ich dort irgendwo vermutete. Aber wo genau war sie?

Mich fror. Ich fühlte mich allein und vom Schicksal ungerecht behandelt. Vor sechshundert Jahren hatte Roland de Giraud in der Wüste sein Leben geopfert, um seine Ourida zu retten. Ich sollte, wie es aussah, nicht einmal die Gelegenheit dazu erhalten.

Als die Verzweiflung mich zu übermannen drohte, bemerkte ich einen seltsamen Stern am Himmel, der mir vorher nicht aufgefallen war und doch größer und heller zu sein schien als die anderen. Wollte er mir den Weg weisen?

Natürlich war das ein verrückter Gedanke, aber ich faßte neuen Mut. Wenn ich bis Tagesanbruch hier wartete, würden die Stunden ungenutzt verrinnen. Also stieg ich wieder in den Sattel und ritt auf den Stern zu. Möglicherweise hatte der lange, einsame Wüstenritt meine Gedanken verwirrt, aber dem leuchtenden Stern zu folgen erschien mir nicht weniger vernünftig als alles andere.

Stunde um Stunde verging, während ich meinem Stern entgegenritt. Das Gebiet wurde schroffer und unzugänglicher, und schon seit geraumer Zeit ging es bergan, bis sich vor mir ein langgestrecktes Tal auftat. In dessen Mitte ragte ein einzelner Hügel mit seltsamen Gebäuden auf: runde Türme, die nicht im mindesten arabisch aussahen. Dank Onkel Jean verstand ich genug von alter Architektur, um die römische Bauweise zu erkennen.

Allmählich begriff ich, daß der schraffierte Turm auf Marufs Landkarte nicht für den begonnenen Neubau einer Festung stand, sondern für eine alte römische Befestigung, deren Instandsetzung in Erwägung gezogen worden war. Für mich gab es keinen Zweifel: Ich hatte gefunden, was ich suchte.

36. KAPITEL

Die Festung

Je näher ich der Festung kam, desto unsicherer wurde ich und desto öfter fragte ich mich, ob ich mich vielleicht doch getäuscht hatte. Am Himmel über den alten Mauern stand der leuchtende Stern, aber das Bauwerk selbst lag dunkel und still vor mir. Nicht ein einziges Licht brannte, und kein Laut zeugte von möglichen Bewohnern. Standen keine Wachen auf den Mauern? Das Bollwerk wirkte wie seit den Tagen der Römer verlassen, die es vermutlich erbaut hatten, um eine durch das Tal führende Karawanen- oder Heerstraße zu schützen. Aus der Nähe sah ich, daß die Festung in Teilen nur noch eine Ruine war. Einige Mauern waren eingestürzt, so daß mögliche Angreifer leichtes Spiel gehabt hätten. Ich fühlte mich wie der Prinz im Märchen, der das verwunschene Schloß aufsucht, um die von einer bösen Fee verzauberte Prinzessin zu erlösen.

Stück für Stück folgte ich einem gewundenen Weg den Hügel hinauf zu einem großen Tor, das so baufällig war, daß man es nicht mehr schließen konnte. Noch immer sah und hörte ich nichts. Langsam ritt ich durch das Tor, und mein Blick glitt über die dunklen Fassaden der jahrhundertealten Gebäude. Hier sollten tatsächlich die Ritter vom Verlorenen Kreuz ihren Sützpunkt haben? Die Vorstellung erschien mir jetzt vollkommen absurd.

Als ich den Braunen zurückriß, weil ich vor uns einen Schutthaufen erblickt hatte, über den er wohl gestolpert wäre, stieß er ein empörtes Wiehern aus. Sekunden später ertönte ein weiteres Wiehern, aber es kam nicht von meinem Pferd. Das andere Tier mußte sich in der Nähe befinden, irgendwo hier auf der Burg.

Also doch, dachte ich. Wo es Pferde gibt, gibt es meist auch Menschen.

Ich hörte Schritte, die lauter wurden. Aus den Schatten der Gebäude löste sich eine Gestalt, die auf mich zukam. Unwillkürlich wollte ich nach den Pistolen greifen, die in den Futteralen am Sattel steckten, aber ich zögerte, wollte ich doch Ouridas Leben nicht durch eine unbedachte Handlung gefährden.

Der Mann, dessen Gesicht endlich im Mondlicht auftauchte, war weder Ritter noch Europäer. Vor mir stand ein hagerer Orientale, dessen Alter ich auf fünfzig oder fünfundfünfzig Jahre schätzte. Er trug ein weißes Gewand und einen weißen Turban. Waffen konnte ich nicht entdecken, wenngleich er welche in den weiten Falten des Gewands versteckt haben mochte.

Ich grüßte ihn auf französisch und dann auf arabisch. Er sagte nichts, machte aber eine Drehbewegung mit der rechten Hand, die mir geläufig war. Das Handzeichen war die Aufforderung mitzukommen.

Also stieg ich vom Pferd und folgte dem Unbekannten, den Braunen mit mir führend, zu den Gebäuden, von denen her er gekommen war.

Dort wiederholte er seine Geste, was ich als Aufforderung auffaßte, ihn ins Innere zu begleiten. Ich sah mich nach einer Möglichkeit um, den Braunen anzubinden. Da erschien ein weiterer Mann, fünfzehn oder zwanzig Jahre jünger als der

andere, aber ähnlich gekleidet, und streckte die Hand nach den Zügeln aus.
Zögernd überließ ich ihm das Tier und damit auch die beiden Pistolen. Mir war nicht ganz wohl dabei. Ich fragte mich, ob die Ägypter nicht mit mir sprachen, weil sie es nicht konnten. Fehlte ihnen die Zunge, wie sie Abuls Mörder und dem Toten, der aller Wahrscheinlichkeit nach zu Ouridas Entführern gehörte, gefehlt hatte?
Ich unterdrückte die in mir aufsteigende Furcht und den Drang, doch noch nach den Pistolen zu greifen. Ziemlich sicher stand ich hier auf feindlichem Gebiet, und die Bewohner der Festung waren mir wohl zahlenmäßig deutlich überlegen. Solange die Ägypter sich nicht offen feindselig verhielten, wollte ich keinen Unmut erregen.
Der ältere Mann führte mich nach drinnen, durch unbeleuchtete Gänge und über dunkle Treppen, so verfallen, daß ihre Benutzung schon bei ausreichendem Licht lebensgefährlich gewesen wäre. Wurde ich gerade in einen Hinterhalt geführt? Ich wäre nicht überrascht gewesen, hätte sich plötzlich eine Falltür unter mir aufgetan.
Aber mein Führer brachte mich wohlbehalten in einen großen, schmucklosen Raum mit langgestreckten Tischen und Sitzbänken. Ein Speisesaal offenbar. Durch Zeichen gab er mir zu verstehen, daß er gehen, aber zurückkehren würde. Ich nickte ihm zu, und er ließ mich allein. Ich blieb mit gemischten Gefühlen zurück.
Bis jetzt hatte ich noch nichts über dieses Gemäuer oder Ouridas Verbleib herausgefunden, aber ich war auch noch nicht vom Schwert oder der Lanze eines Kreuzritters aufgespießt worden.
Durch die offenen Fenster blies der kalte Nachtwind herein und ließ mich frösteln. Im nachhinein erschien es mir wie ein

Wunder, daß ich in der unwirtlichen Felswüste da draußen den Weg bis hierher gefunden hatte.
Der Ägypter kehrte mit einer großen Kerze zurück, deren Licht im Durchzug flackerte. Er stellte sie auf einen der Tische und entfernte sich abermals. Als er ein paar Minuten später zurückkam, brachte er eine dampfende Schale, in der ein Löffel steckte. Er stellte sie neben die Kerze auf den Tisch und bedeutete mir, Platz zu nehmen und zu essen.
Ich hatte wirklich Hunger, und der heiße Brei in der Schüssel versprach, gegen die Kälte zu helfen. Daher setzte ich mich und führte den Löffel zum Mund. Der Brei schmeckte leicht süßlich. Ein sehr einfaches Essen, aber ich vertilgte es mit großem Appetit, schaufelte es förmlich in mich hinein.
Mein stummer Gesellschafter schüttelte den Kopf, drehte die rechte Hand mit der Fläche nach oben und rieb die Fingerspitzen aneinander. Das hieß, ich sollte langsam essen.
Ich konnte nicht anders, als laut zu lachen. Mehr als achtundvierzig Stunden war ich durch die Wüste geritten und hatte erwartet, in dieser Festung auf die Ritter vom Verlorenen Kreuz zu treffen, die nichts anderes wollten, als mir Gewalt anzutun. Statt dessen wurde ich von einem Ägypter freundlich bewirtet, ja, geradezu bemuttert. Ich konnte gar nicht mehr aufhören zu lachen, auch nicht, als der Orientale mich befremdet ansah und mit der noch immer nach oben zeigenden Hand wackelte, womit er sich nach dem Grund für meinen Heiterkeitsausbruch erkundigte.
Aber ich war nicht wirklich heiter gestimmt. In meinem Gelächter löste sich lediglich etwas von der tagelangen Anspannung.

»Es freut uns, wenn es unseren Gästen gutgeht«, sagte hinter mir eine rauhe Stimme in altertümlich klingendem Französ-

sisch. »Ein solches Lachen haben diese Mauern lange nicht mehr gehört.«
Mein Kopf fuhr herum, und ich sah sie im Eingang zum Speisesaal stehen: die Ritter vom Verlorenen Kreuz!
Fünf, nein, sechs von ihnen standen dort, bewaffnet, aber ohne Rüstung und Waffenrock; sie trugen nur das Ordensgewand. Es war, wie die Waffenröcke, in Schwarz und Weiß gehalten, aber die aufgestickten Kreuze waren hier viel kleiner.
Der Mann, der gesprochen hatte, stand vor den anderen, und sein Anblick ließ mich erstarren. Sein Gesicht war eine einzige Narbe aus rotem, verworfenem Fleisch, in dem Augen, Nase und Mund wie Fremdkörper wirkten.
»Der Anblick ist nicht leicht zu ertragen, was?« sagte er mit einem seltsam lauernden Unterton. »Fast kann ich froh sein, daß ich der Entstellte bin und mir nicht selbst ins Gesicht sehen muß. Wären da nicht die Schmerzen, tagein, tagaus, die mich auch nachts peinigen und kaum zur Ruhe kommen lassen. Gefällt dir nicht, was du angerichtet hast?«
Was ich angerichtet hatte? Zunächst verstand ich das nicht, doch dann wußte ich, wovon er sprach. Ich dachte an meine erste Begegnung mit den Kreuzrittern, an den Kampf im unterirdischen Tempel. Vor mir stand der Mann, dem ich eine brennende Fackel ins Gesicht gerammt hatte!
»Jetzt erinnerst du dich, ich sehe es dir an.« Der Kreuzritter trat an den Tisch, nahm die Kerze hoch und hielt sie so dicht vor mein Gesicht, daß die Hitze auf meinen Wangen brannte. »Das ist nichts im Vergleich zu dem Brennen in dem, was einmal mein Gesicht gewesen ist!«
Ein anderer Ritter, der trotz seines ergrauten Haares noch kräftig wirkte, trat neben ihn. »Laß es gut sein, Bruder Roger! Dein Schmerz ist verständlich, aber Rache ist keine

christliche Tugend.« Während der Verunstaltete die Kerze zurück auf den Tisch stellte, richtete der andere seinen Blick auf mich. »Ich bin Thibaut du Lac, der Großmeister des Ordens vom Verlorenen Kreuz.« Mit einem traurigen Blick in die Runde fügte er hinzu. »Oder dessen, was davon übrig ist.«

Was er da andeutete, erschien mir unglaublich. »Sie wollen doch nicht sagen, daß es nur Sie sechs gibt?«

Im Gesicht des Großmeisters spiegelte sich Wehmut wider. »Früher waren wir mehr, viel mehr, aber da hatten wir auch viel Unterstützung. Andere Ordensgemeinschaften und große Abteien haben uns mit Geld gefördert, und mancher neue Bruder ist aus ihren Reihen zu uns gekommen, um das Kreuz Jesu für die Christenheit wiederzufinden. All das geschah im geheimen, um unsere Mission nicht zu gefährden, und deshalb gibt es keine offiziellen Aufzeichnungen darüber. Aber die Jahrhunderte flossen dahin, und immer weniger fanden sich bereit, für unsere Sache einzutreten. Schon seit Jahren sind wir auf uns allein gestellt, und mit jedem Gefecht, in das wir ziehen, nimmt unsere Zahl ab. Als der Sandsturm über das Land zog und die Beduinen dir zu Hilfe gekommen sind, haben wir den größten Teil der uns noch verbliebenen Brüder verloren. Jetzt sind wir sechs an der Zahl, genauso viele wie damals, als die Väter unseres Ordens den Auftrag erhielten, das Wahre Kreuz zu retten. Aber dann hat einer namens Roland de Giraud die anderen verraten, und sie waren nur noch zu fünft.«

Was ich da zu hören bekam, erschien mir unglaublich. War der von den Abnaa Al Salieb so gefürchtete Orden wirklich nur noch ein Schatten seiner selbst?

Andererseits, warum sollte der Großmeister mich belügen? Und zu dem, was er sagte, paßte auch der Zustand der Festung. Die Kreuzritter stellten aus einem ganz einfachen Grund keine Wachen auf: Sie hatten keine Männer dafür übrig.

Der Großmeister nannte die Namen seiner Brüder, aber ich war von ihrem plötzlichen Erscheinen noch so verwirrt, daß ich mir nur einprägte, wie der Entstellte hieß: Roger de Montjean.

»Sie sind sehr höflich zu mir«, sagte ich, nicht ganz ohne Sarkasmus. »Als Ihre Brüder meine Begleiter und mich in der Wüste angriffen, wollten sie mich töten. Heben Sie sich das jetzt für später auf?«

Du Lac hob beschwichtigend die Hände. »Sie sollten nicht getötet werden, aber ein Kampf hat seine eigenen Gesetze. Der Blutrausch ist manchmal stärker als die Vernunft, auch wenn es eine Sünde ist.«

»Der Blutrausch? Der war wohl auch im Tempel stärker, als Ihre Brüder die Beduinen abgeschlachtet haben!«

»Ihr Urteil ist sehr einseitig«, erwiderte der Großmeister, der trotz meiner Vorwürfe ruhig blieb. »Wir kämpfen seit Jahrhunderten gegen die Abnaa Al Salieb. Glauben Sie mir, hätten die Beduinen uns überrascht, sie hätten uns auch nicht geschont! Wir sollten in Ruhe miteinander sprechen, alles andere führt zu nichts.«

»Wie Sie wünschen«, sagte ich kühl und wußte doch, daß mir nichts anderes übrigblieb, wollte ich Ourida finden.

Die Kreuzritter setzten sich zu mir an den Tisch, und du Lac sagte zu dem Ägypter: »Ibrahim, bring uns Wasser und Wein!«

Ich sah Ibrahim nach, als er den Saal verließ, und fragte: »Warum spricht er nicht? Hat er auch keine Zunge wie die anderen?«

»Sie haben es erraten«, antwortete der Großmeister. »Auch

Ibrahim und die Seinen waren einmal viele, und jetzt lebt nur noch eine Handvoll von ihnen hier mit uns.«

»Sind sie Muslime oder Christen?«

»Sie sind zu unserem Glauben übergetreten, weil unser Gott ein Gott der Gnade ist. Wollen Sie wissen, warum die Stummen auf unserer Seite stehen? Sie haben gegen die Mamelukkenherrschaft aufbegehrt. Nein, sie waren keine Verschwörer. Sie haben es nur gewagt, lauthals das anzuprangern, was an den Gesetzen der Mamelucken ungerecht und bloße Willkür war. Aber das hat genügt, sie mitsamt ihren Familien in die Verbannung zu schicken. Und vorher ist allen Männern die Zunge herausgeschnitten worden, damit sie ihre Stimme nicht noch einmal gegen die Mamelucken erheben konnten. Ohne Wasser und Verpflegung wurden sie in die Wüste geschickt, wo ihre kleinen Kinder starben und wo auch alle anderen elend zugrunde gegangen wären, hätten wir sie nicht gefunden. Seitdem dienen sie uns mit einer Treue, die ihresgleichen sucht.«

»Das kann man wohl sagen«, schnaubte ich. »Auch vor Entführung und Mord schrecken sie nicht zurück. Ourida ist doch hier, oder?«

Gespannt wartete ich auf die Antwort des Großmeisters, aber der ließ sich Zeit, bis Ibrahim ein Tablett mit zwei Karaffen und sieben Bechern auf den Tisch gestellt hatte.

Dann endlich sagte er: »Ja, die Frau, die Sie suchen, ist hier. Und es geht ihr den Umstanden entsprechend gut.«

Ich war erleichtert und beunruhigt zugleich. »Was heißt das, den Umständen entsprechend?«

Statt des Großmeisters antwortete de Montjean: »Wir haben sie nicht gerade wie Porzellan behandelt. Schließlich ist sie eine vom Stamm der Kreuzräuber!«

»Sie nennen sich Abnaa al Salieb, die *Söhne* des Kreuzes!«

»Sie mögen sich nennen, wie sie wollen«, schnarrte de Montjean. »Das ändert nichts an dem, was sie sind. Sie haben der Christenheit das Wahre Kreuz geraubt!«
»Es ist alles eine Frage des Standpunktes«, griff der Großmeister mäßigend ein. »Für uns sind die Beduinen Räuber, für unseren Gast hier sind unsere stummen Verbündeten Entführer und Mörder.«
»Aber so ist es doch auch«, sagte ich. »Haben sie nicht in Ihrem Auftrag Ourida entführt und den alten Abul ermordet?«
»Abul?« fragte du Lac.
»Den Führer, der uns den Wüstentempel gezeigt hat. Oder, wie die Abnaa Al Salieb den Ort nennen, die Zuflucht.«
Der Großmeister trank einen Schluck Wein. »Der Mann war ein Verräter und hatte den Tod verdient. Bis vor kurzem hatte er in unseren Diensten gestanden wie auch andere, ähnlich den Stummen. Er war zum christlichen Glauben übergetreten, aber das war nur eine Geste. Innerlich blieb er eine habgierige Kreatur und bestahl seine Brüder. Dafür sollte er bestraft werden, aber vorher floh er mit seinem Weib nach Kairo. Wir hatten gerade durch einen abtrünnigen Beduinen von der Zuflucht erfahren, und Abul hatte es mitbekommen. Nachdem er den Ort für Geld an euch verraten hatte, mußten wir befürchten, daß er auch andere Geheimnisse unseres Ordens verkaufen würde. Deshalb haben wir Jamal, Ibrahims Sohn, entsandt mit dem Auftrag, ihn für immer zum Schweigen zu bringen. Jamal ist nie zu uns zurückgekehrt. Wissen Sie, was mit ihm geschehen ist?«
Ich spürte Ibrahims fragenden Blick und sagte leise: »Nach seiner Tat wurde auch er getötet.«
Daß ich ihn gerichtet hatte, verschwieg ich wohlweislich.
Ibrahims Züge verhärteten sich, und ich sah ihn einen Mo-

ment lang am ganzen Leib zittern, als das zur Gewißheit wurde, was er wohl schon längst vermutet hatte. Meine Worte hatten den letzten Rest Hoffnung auf eine Rückkehr seines Sohns zerstört.

Bevor Fragen zu den genaueren Umständen von Jamals Tod gestellt werden konnten, wechselte ich schnell das Thema: »Ist der Orden auch für den Aufstand von Kairo verantwortlich?«

»Lassen Sie mich es so sagen«, leitete der Großmeister seine Antwort ein. »Wir haben die ohnehin erregte Stimmung noch ein wenig geschürt und dafür gesorgt, daß der Zorn der Menge sich auch gegen Bonapartes Palast richtete.«

Ich dachte an die verwüstete Stadt, die Brände und Plünderungen, an all die toten Araber und Franzosen. »Ist es mit den christlichen Tugenden vereinbar, einen Aufstand anzuzetteln, bei dem es Hunderte von Toten gibt, darunter viele Christen?«

»Alle Menschen sind Sünder, das gilt auch für meine Brüder und mich. Aber was wir tun, tun wir für einen höheren Zweck, und deshalb werden uns unsere Sünden vergeben werden.«

»Greueltaten bleiben Greueltaten, ganz gleich, warum sie begangen werden«, erwiderte ich, aufgebracht angesichts eines solchen Maßes an menschenverachtender Frömmelei. »Wenn es ein Fegefeuer gibt, du Lac, werden Sie und Ihre Brüder lange darin schmoren!«

De Montjean schlug mit der Faust auf den Tisch. »Müssen wir uns von dem da beleidigen lassen? Wir sollten ihn …«

Ich erfuhr nicht, welchen unschönen Vorschlag der entstellte Kreuzritter in bezug auf meine Person machen wollte, denn plötzlich drang der harte Schlag von Pferdehufen auf Stein an unsere Ohren und ließ ihn verstummen.

Als die Ordensritter sich erhoben und zu den Fenstern gingen, folgte ich ihnen und blickte auf den Burghof hinaus. Ich sah einen Reiter, allein, wie auch ich es gewesen war. Aber es war zu dunkel, um ihn zu erkennen.

37. KAPITEL

Ein doppeltes Spiel

Ibrahim ging hinaus, um den Reiter in Empfang zu nehmen. Offenbar waren die Kreuzritter nicht weniger überrascht als ich, und gebannt lauschten wir den Schritten Ibrahims und des Neuankömmlings auf der Treppe. Und zu meinem größten Erstaunen sah ich hinter dem Araber Onkel Jean den Speisesaal betreten. Mit offenem Mund starrte ich ihn an, unfähig, auch nur ein Wort herauszubringen.

Er sah müde und abgekämpft aus, schmutzig und unrasiert, mit einem Wort: Er war in einer ähnlichen Verfassung wie ich. Was nicht verwunderlich war, hatte er doch dieselben Strapazen hinter sich. Eine andere Erklärung gab es nicht.

»Das ist der andere Mann aus der Zuflucht!« rief Roger de Montjean. »Auch er hat gegen unsere Brüder und mich gekämpft!« Er drehte sich zu mir, die narbige Fratze dicht vor meinem Gesicht. »Hast du ihn mitgebracht?«

Mein Onkel übernahm es zu antworten: »Das hat er, aber unwissentlich. Als er sich aus dem Haus stahl – drei Nächte ist das her – und in die Wüste ritt, bin ich ihm ebenso heimlich gefolgt. Mein Neffe dachte, er könnte seinen Gemütszustand vor mir verbergen, aber er hat vergessen, wie lange ich ihn kenne.«

Ich erinnerte mich an die Staubwolke, die ich für einen Augenblick durchs Fernrohr gesehen hatte und die dann verschwunden war. Ich hatte an eine Sinnestäuschung geglaubt – fälschlicherweise.

»Was willst du hier?« fuhr de Montjean meinen Onkel an. »Suchst du das Beduinenmädchen oder das Wahre Kreuz?«

Onkel Jean lächelte. »Ich bin zu alt für junge Mädchen, und außerdem bin ich, wie ihr auch, ein Mann des Glaubens, der sich der Liebe zu Gott und seinem Sohn Jesus Christus verschrieben hat.«

De Montjean sah meinen Onkel ungläubig an. »Ein Mann des Glaubens, du?«

»In Frankreich war ich der Abt eines großen Klosters, St. Jacques bei Pontoise, bevor die Revolution ausbrach und mit ihr die Barbarei der Ungläubigen und Unwissenden. Sie haben das Kloster gestürmt, seine Kunstschätze zerstört und die Bücher verbrannt.«

Thibaut du Lac sah ihn verständnisvoll an. »Was sich in Frankreich abgespielt hat, ist beschämend. Wir haben noch lange Unterstützung von einigen Klöstern und Vereinigungen dort erhalten, aber seit der Revolution ist auch diese Quelle versiegt. Es scheint, als habe Gott sich von den Menschen abgewandt.«

»Wir hegen ähnliche Gedanken, und aus ähnlichen Gründen suchen wir nach dem Kreuz Jesu«, fuhr Onkel Jean fort. »Auch ich will mit seiner Hilfe dem Glauben zum Sieg verhelfen. In Frankreich gibt es noch viele, die so denken wie wir, verschiedene Gruppen, die für die Wiedereinsetzung von Kirche und Königtum eintreten, allgemein Royalisten genannt. Wenn sie das Wahre Kreuz sehen, wird das ihren Glauben und ihre Entschlossenheit stärken. Dann wird es uns gelingen, die Revolutionäre aus dem Land zu jagen!«

Mein Onkel hatte mit wachsendem Enthusiasmus gesprochen, und einige der Ordensritter nickten zustimmend.

Ich dagegen war verwirrt. Zwar hatte ich stets gespürt, wie sehr ihn der Verlust des Klosters schmerzte, auch noch Jahre danach, doch hatte ich angenommen, er habe sich mit den neuen Verhältnissen und seinem Leben als Archäologe arrangiert. Immerhin begleitete er Bonaparte, eine Galionsfigur der jungen Republik, auf dessen Orientexpedition. Hatte Onkel Jean all die Jahre hindurch eine Maske getragen, von der sogar ich getäuscht worden war? Er mußte ein guter Schauspieler sein, daß er seine wahren Empfindungen so lange so gut vor mir hatte verbergen können.

»An Ihren Worten ist viel Wahres«, sagte der Großmeister. »Vor Jahrhunderten sind wir ins Heilige Land gezogen, um es den Ungläubigen zu entreißen. Jetzt aber haben sich Ungläubige in unserer Heimat breitgemacht, haben die Macht an sich gerissen und tun alles, um den Glauben an Gott zu erschüttern. Vielleicht ist die Zeit für einen neuen Kreuzzug gekommen, einen, der uns zurück in die Heimat führt.«

»Wir sollten uns verbünden«, sagte Onkel Jean. »Zunächst muß das Abendland vom Unglauben befreit werden; erst dann können wir hoffen, daß eines Tages auch im Morgenland das Kreuz Christi angebetet wird!«

Zweifelnd sah ich meinen Onkel an. Meinte er wirklich, was er da sagte? Wenn dies seine wahren Absichten waren, dann mußte er zutiefst verbittert sein, vielleicht gar von Haß zernagt.

Der Großmeister holte tief Luft. »Das alles will reiflich überlegt sein. Ich werde mich mit meinen Brüdern und mit Gott beraten.«

Zum ersten Mal seit seinem Eintreten bemerkte ich einen Anflug von Unsicherheit auf Onkel Jeans Gesicht. »Überlegt nicht zu lange, sonst könnte es zu spät sein! Bonaparte und seine Armee werden bald vor dieser Festung auftauchen.«

De Montjean trat auf ihn zu. »Woher weißt du das? Hast du uns verraten?«
Mein Onkel schüttelte den Kopf und wandte sich an mich. »Hast du die Landkarte, Bastien?«
Ich zog sie aus meinem Rock und gab sie ihm. Onkel Jean breitete sie auf dem Tisch aus und erklärte den Ordensrittern ihre Bedeutung.
»So haben Sie uns also gefunden«, stellte du Lac fest. »Hat Bonaparte auch so eine Karte?«
»Nein«, sagte mein Onkel. »Aber er weiß von dem Mann, der uns die Karte gegeben hat. Vermutlich wird er ihn zum Reden bringen, und sei es mit Gewalt.«
»Gegen seine Armee können wir niemals siegen«, seufzte der Großmeister. »Das könnten wir selbst dann nicht, wenn wir zahlreicher wären. Trotzdem dürfen wir keine übereilten Entschlüsse fassen. Morgen reden wir in Ruhe über alles. Bis dahin muß ich Sie, zu unserer Sicherheit, leider einsperren.«
Was ich in der vergangenen Stunde erfahren hatte, besonders von meinem Onkel, hätte mich unter anderen Umständen wohl aus der Fassung gebracht. Jetzt aber war ich merkwürdig ruhig, vielleicht weil ich wußte, daß mir die Hände gebunden waren.
Mich beschäftigte nur eine Frage: »Kann ich Ourida sehen?«
»Einverstanden«, entschied du Lac. »Wir bringen Sie zu ihr.«
Die Ritter führten uns über mehrere Treppen in ein unterirdisches Verlies und öffneten eine schwere Tür, die mit einem gewaltigen Riegel verschlossen war. Der fensterlose Raum dahinter wurde von einer flackernden Kerze erhellt.
Vor einem Lager aus Stroh und Decken stand Ourida und starrte uns entgegen.

Sie sah mitgenommen aus, mit tiefen Ringen unter den Augen. Ihre linke Wange war angeschwollen; offenbar hatte man sie geschlagen. Aber sie lebte und schien nicht ernsthaft verwundet zu sein – das wog alles andere auf!
Ibrahim kam mit ein paar zusätzlichen Decken, aus denen er zwei weitere Nachtlager herrichtete. Als er die Zelle verlassen hatte, schlossen die Kreuzritter die Tür und wir hörten das Schaben des schweren Riegels.

»Ihr könnt euch gern in die Arme fallen«, sagte Onkel Jean. »Oder soll ich mich abwenden?«
Ich trat auf Ourida zu und legte meine Arme um sie, ganz vorsichtig, weil ich ihr keine Schmerzen zufügen wollte. Möglicherweise hatte sie Verletzungen davongetragen, die ich nicht sah. Als aber unsere Körper einander berührten, verflog alle Zurückhaltung. Ich klammerte mich an sie wie ein Ertrinkender an seine Retterin, und ihr erging es genauso. Wie lange wir so dastanden, ist schwer zu sagen; es müssen etliche Minuten gewesen sein. Was immer ich gegen meinen Onkel vorbringen konnte, ich mußte ihm anrechnen, daß er uns nicht störte.
Irgendwann brachte ich heraus: »Dein Onkel Jussuf, Ourida, er ist tot.«
»Ich weiß. Ich habe es gesehen, obwohl ich nicht dabei war. Es war schrecklich. Aber ich bin froh, daß du lebst!«
Jetzt meldete sich Onkel Jean doch zu Wort: »Sieh an, sie kann sprechen, und dann auch noch französisch. Kompliment für Ihre Schauspielkunst, Mademoiselle.«
Da Ourida schwieg, erwiderte ich: »Sie sind ein noch viel besserer Schauspieler, Onkel! Was haben Sie mir nicht alles vorgespielt. In Kairo haben Sie vor ein paar Tagen erst so getan, als hörten Sie zum ersten Mal, daß das Wahre Kreuz von

Beduinen versteckt wird. Dabei hatten Sie das längst in einem Buch gelesen.«

Onkel Jean schaute mich betreten an. »Ja, das Buch. Ich hatte es gut im Regal versteckt, aber mit dem Vandalismus des aufgestachelten Mobs habe ich nicht gerechnet. Dumm, daß es dir in die Hände gefallen ist. Oder auch nicht, denn sonst wären wir jetzt vielleicht nicht hier. Kompliment übrigens, wie du die Festung gefunden hast. Als ich den zerstörten Kompaß entdeckte, habe ich mir ernsthafte Sorgen gemacht. Wie hast du den Rest des Weges so zielsicher zurücklegen können?«

»Ich bin einfach dem Stern gefolgt.«

»Welchem Stern?«

»Dem, der besonders hell leuchtete und direkt über der Festung stand.«

»Tut mir leid, aber einen solchen Stern habe ich nicht bemerkt.«

»Aber er war da!«

Ourida drückte meine rechte Hand. »Vielleicht hat er nur für dich geleuchtet, Liebster. Vielleicht kam das Licht aus dir selbst. Das Schicksal hat dich zu mir geführt.«

»Mag sein. Wichtig ist doch nur, daß ich bei dir bin«, sagte ich und wandte mich wieder an Onkel Jean. »Hören Sie endlich auf zu heucheln! Sie wollen sich Sorgen um mich gemacht haben? Daß ich nicht lache! Als Bonaparte das Lager der Abnaa Al Salieb beschossen hat und ich mittendrin war, haben Sie nichts unternommen!«

»Das konnte ich nicht, Bastien! Bonaparte hat mich hintergangen. Es war gegen unsere Abmachung, das mußt du mir glauben! Er hatte mir zugesagt, dich zu befreien, bevor er einen Großangriff befiehlt, aber als er seine Truppen und Kanonen in Stellung gebracht hatte, hat er den Plan geändert.

Er meinte, die Gelegenheit sei zu günstig, um nicht anzugreifen; wenn er erst versuche, dich herauszuholen, könnten die Beduinen gewarnt werden. Ich beschwor ihn, sich trotzdem zuerst um dich zu kümmern, aber er ließ sich von seinem Entschluß nicht abbringen. Genauso ist es gewesen, glaub mir!«

Er mochte recht haben. Aber das änderte nichts an der Tatsache, daß mein Onkel mich hintergangen und gemeinsame Sache mit General Bonaparte gemacht hatte. Ich fühlte mich ausgenutzt, und Zorn kochte in mir hoch. Unwillkürlich ballte ich die Fäuste und stand kurz davor, auf meinen Onkel einzuschlagen. Aber er war auch der Mann, dem ich mein Leben verdankte. Dieses Wissen und die Erinnerung an alles, was er für mich getan hatte, hielten mich zurück.

»Was ist das für eine Abmachung zwischen Bonaparte und Ihnen?« herrschte ich ihn an. »Wie ist es dazu gekommen?«

»Wie du weißt, wurde Bonaparte vor einigen Monaten in die Akademie der Wissenschaften aufgenommen, der auch ich angehöre. Wir haben uns bei der Aufnahmefeier kennengelernt, und ich habe ihm von meinen Forschungen über das Wahre Kreuz erzählt, denn ich wollte nach Ägypten mitgenommen werden. Bonaparte hat mir eine Zusage gemacht. Er hatte schnell erfaßt, daß das Kreuz ihm bei seinem Orientfeldzug von unschätzbarem Nutzen sein kann.«

»Aber was haben Sie davon, wenn Sie das Kreuz Bonaparte überlassen?«

»Er hat mir versprochen, im Gegenzug die Rechte der Kirche zu stärken, wenn wir nach Frankreich zurückkehren. St. Jacques soll wieder Kloster werden und alle Ländereien zurückerhalten. Und Bonaparte will mich wieder als Abt einsetzen.«

»Kann er das überhaupt? Im Direktorium wird es kaum eine Mehrheit für eine Stärkung der Kirche geben.«

»Wenn Bonaparte diesen Feldzug gewinnt, wird er als gefeierter Held heimkehren. Seine Ambitionen sind groß, kein Direktorium wird ihn dann noch aufhalten können.«

»Sie spielen ein doppeltes Spiel, Onkel«, sagte ich nach einigem Überlegen. »Sie haben das Wahre Kreuz erst Bonaparte und jetzt den Rittern vom Verlorenen Kreuz versprochen. Welches Versprechen werden Sie halten?«

»Das hängt davon ab, wie die Dinge sich entwickeln. Es ist besser, zwei Eisen im Feuer zu haben als keins.«

Ich sah ihm tief in die Augen. »Was bin ich für Sie? Auch ein Eisen, das Sie schmieden, solange es heiß ist?«

»Ich verstehe nicht.«

»Sie wollen nicht verstehen, denke ich. Daß zwischen dem Wahren Kreuz und mir eine Verbindung besteht, ist wohl kaum ein Zufall, oder? Geben Sie zu, daß Sie davon gewußt haben, schon in Frankreich!«

Er zögerte erst, nickte dann aber. »Das gebe ich zu.«

»Und seit wann wissen Sie es?«

»Seit der Zeit in St. Jacques.«

»So lange?« staunte ich.

»Du bist schlafgewandelt und hast erstaunliche Dinge erzählt über die Kreuzzüge, die Schlacht von Hattin und das Wahre Kreuz. Die anderen Jungen im Schlafsaal haben es nicht verstanden und sich geängstigt. Ich habe mir damals so manche Nacht mit dir um die Ohren geschlagen, und du hast mir vieles erzählt, woran du dich am nächsten Tag nicht mehr erinnern konntest. Es war wie ein zweites Leben, das in dir schlief und nachts in deinen Träumen erwachte. Dann warst du ein anderer, der Kreuzfahrer Roland de Giraud. Ich habe ein ganzes Notizbuch mit deinen Erzählungen gefüllt. Seitdem habe ich gewußt, daß du mich eines Tages zum Wahren Kreuz führen würdest.«

»Ich erinnere mich an nichts.«
»Irgendwann war es vorüber. Du hattest dir alles von der Seele geredet und schienst befreit zu sein.«
Meine Enttäuschung über den Mann, den ich als meinen Onkel, als zweiten Vater gar, betrachtet hatte, wuchs ins Unermeßliche.
Ich spürte einen dicken Kloß im Hals und sagte mit erstickter Stimme: »All die Jahre haben Sie mich also belogen; haben Sie so getan, als hätten Sie mich gern. Entweder bin ich sehr einfältig, oder Sie sind der beste Schauspieler der Welt!«
Meine Worte schienen ihn sehr getroffen zu haben. »Aber das stimmt nicht, Bastien! Vom ersten Tag an warst du wie ein Sohn für mich. Warum sonst hätte ich damals die Nächte durchwachen sollen? Dein Wohlergehen hat mir immer am Herzen gelegen!«
»So wie das Wahre Kreuz«, sagte ich gallig. »So sehr, daß Sie mich mit nach Ägypten genommen haben, ohne mir den Grund zu verraten.«
»Du wirfst mir Verrat vor? Ich bin ein Mann der Kirche, bin auch ihr verpflichtet. Vielleicht weiß die Kirche, warum sie ihren Priestern und Ordensangehörigen Ehe und Familie untersagt. Es gibt Momente, da kann man nicht beides unter einen Hut bringen. Ich habe es versucht und scheine gescheitert zu sein. Vielleicht hast du recht, und ich hätte dich viel eher einweihen sollen. Aber ich wollte, daß du unbelastet bist. Wärest du ins Morgenland gekommen, um krampfhaft nach deinem anderen Leben zu suchen, hättest du es vielleicht gerade nicht gefunden.«
Noch immer ruhte mein Blick auf ihm. Er wirkte ehrlich bekümmert, aber vielleicht war auch das gut gespielt.
»Ich weiß nicht, was ich glauben soll«, sagte ich schließlich.

»Mein Herz will Ihnen Glauben schenken, Onkel, mein Verstand aber zweifelt.«
Wir ließen uns auf die Lager nieder, waren jedoch zu aufgewühlt, um uns zum Schlafen hinzulegen. Ich saß neben Ourida und hielt sie im Arm, was uns beiden guttat.
Onkel Jean starrte die gegenüberliegende Wand an, aber mit einem Ausdruck, als blicke er eigentlich tief in sein eigenes Inneres. Meine Vorhaltungen schienen ihn wirklich getroffen zu haben. Doch ich hatte gerade erst erfahren, daß ich ihn nicht wirklich kannte, und so hätte ich auch in diesem Moment nicht sagen können, was ihn tatsächlich bewegte.
Plötzlicher Lärm ließ uns aufhorchen: Pferdehufe, Schreie, das Klirren von Waffen. Es gab keinen Zweifel, draußen auf dem Burghof wurde gekämpft!

38. KAPITEL

Die letzten Krieger

Ist das Bonaparte?« fragte ich meinen Onkel, während wir dem Kampflärm lauschten. »Ist er Ihnen gefolgt?«

»Unmöglich. Du hast mich nicht bemerkt, weil ich allein war. Ein ganzer Trupp französischer Soldaten könnte niemals unbemerkt einem Mann zwei Tage lang durch die einsame Wüste folgen. Außerdem höre ich keine Kanonen, nicht einmal Musketen.«

Das war mir noch gar nicht aufgefallen, aber er hatte recht. Es war nur das Klirren von blanken Waffen zu hören, als hätten die Zeiten sich überschnitten und König Guidos Gefolgsleute kämpften gegen Saladins Truppen.

»Eure Soldaten sind zu laut, zu bunt und zu ungeschickt, um in der Wüste unsichtbar zu sein«, sagte Ourida. »Andere aber, die Söhne der Wüste, haben von Kindheit an gelernt, mit ihr zu verschmelzen.«

»Was heißt das?« fragte ich nach. »Weißt du, wer dort oben kämpft?«

»Ich habe nur eine Ahnung, und ich hoffe, sie ist richtig!«

Eilige Schritte näherten sich unserer Zelle, und in der Hoffnung auf baldige Befreiung standen wir auf. Der Riegel knarrte, als er zurückgeschoben wurde, und die Tür ging auf.

Vor uns stand ein Mann im schwarz-weißen Habit der Ordensritter, ein Mann mit gräßlich verunstaltetem Gesicht:

Roger de Montjean. In der Rechten hielt er ein Schwert, dessen Klinge noch feucht war von Blut.
»Ihr seid Verräter und habt unsere Erzfeinde zu uns geführt!« brüllte er. »Aber dafür werdet ihr büßen, alle drei! Auch du, Beduinenhexe! Dich wollte ich schon in deinem unterirdischen Versteck töten, weil ich weiß, wie gefährlich du bist. Wäre der Großmeister nicht dafür eingetreten, dich am Leben zu lassen, hättest du hier keinen Tag überlebt. Aber jetzt ist deine Zeit abgelaufen. Dein Allâh hat dich verlassen!«
Mit erhobenem Schwert sprang er auf Ourida zu. Ich stieß sie zur Seite und warf mich ihm in den Weg, um den Hieb mit meinem Körper abzufangen. Aber bevor er uns erreichte, stürzte de Montjean mit einem Aufstöhnen zu Boden. In seinem Rücken steckte eine Streitaxt.
Es war noch Leben in ihm. Er wollte sich auf die Knie erheben, umklammerte das Schwert mit beiden Händen.
Da stürmte der Mann herein, der wohl die Axt geschleudert hatte, der Kleidung nach ein Beduine, und zog die Klinge seines Krummsäbels durch den Hals des Kreuzritters. Ich starrte in de Montjeans weit aufgerissene Augen, die selbst im Sterben noch haßerfüllt waren. Schließlich kippte er zur Seite und blieb reglos in seinem Blut liegen.
Dann heftete ich meinen Blick auf den Beduinen, der uns gerettet hatte, denn ich ahnte, daß ich sein Gesicht kannte. Ich erinnerte mich an den Morgen, an dem Scheik Jussuf mich durch das Tal der Abnaa Al Salieb geführt hatte und ich Zeuge der Waffenübungen geworden war. Einem Beduinen war dabei das linke Ohr abgeschlagen worden. Je länger ich unseren Retter ansah, desto sicherer wurde ich mir, daß unter seinem Kopftuch das linke Ohr fehlte. Ich versuchte, mich an seinen Namen zu erinnern.

»Murad!« sagte Ourida, und es klang wie ein Aufatmen. »Hat sich meine Hoffnung doch erfüllt! Also sind nicht alle Abnaa Al Salieb tot!«
»Nein, Ourida. Ein paar von uns konnten sich retten, Krieger, Frauen und Kinder, nicht mehr als fünfzig an der Zahl. Wir Krieger wollten kämpfen, aber der alte Abdelmajid hielt uns zurück. Er sagte, wir könnten das Blatt nicht wenden. Die Ehre, im Kampf zu fallen, sei groß, aber die Aufgabe, die Letzten unseres Stammes zu beschützen, sei wichtiger.«
»Abdelmajid ist ein weiser Mann, und ihr wart klug beraten, auf ihn zu hören. Zuweilen erfordert es mehr Mut, nicht in den Kampf zu reiten. Sind die Unsrigen in Sicherheit?«
»Sie lagern, bewacht von fünf Kriegern, an einer Wasserstelle, die nur uns bekannt ist. Wir anderen zwölf Krieger haben Kairo beobachtet und zu Allâh gebetet, er möge uns auf deine Spur führen, Ourida.« Murad sah meinen Onkel und mich an. »Als wir vor drei Nächten Musâfir und den anderen Mann wegreiten sahen, wußten wir, daß Allâh unsere Gebete erhört hatte. Wir sind ihren Spuren gefolgt und haben die Burg unserer Feinde gefunden.«
Weitere Abnaa Al Salieb kamen in den Kerker und verkündeten den Sieg über die Kreuzritter. Die meisten Beduinen waren verletzt, und drei hatten ihr Leben gelassen. Wir verließen den Keller und gingen hinaus auf den Burghof, wo wir gierig die frische Luft einsaugten. Der leuchtende Sonnenball stieg über die umliegenden Hügel und tauchte die bizarre Landschaft in ein unwirkliches orangefarbenes Licht. Die Männer, die auf dem Burghof lagen, erlebten den Sonnenaufgang nicht mehr.
Die meisten Kreuzritter und ihre stummen Helfer waren regelrecht zerstückelt worden. Es war ein abstoßender Anblick, aber in Anbetracht des Gemetzels, das de Montjean und seine

Brüder im Wüstentempel angerichtet hatten, verstand ich den Rachedurst der Abnaa Al Salieb. Ibrahim war ebenso unter den Toten wie der Großmeister des Ordens, Thibaut du Lac. Keiner der letzten sechs Ritter vom Verlorenen Kreuz hatte den Kampf überlebt. Der geheime Orden, der seit mehr als sechshundert Jahren auf der Suche nach dem Wahren Kreuz gewesen war, hatte aufgehört zu existieren.

Ich hätte Erleichterung empfinden müssen, konnte es aber nicht. Zu viele Menschen waren während der vergangenen Wochen gestorben, als daß ich den Tod weiterer hätte gutheißen können, ganz gleich, wieviel Leid und Unglück sie über andere gebracht hatten. Ich war müde, spürte eine Müdigkeit, die nicht nur dem Schlafmangel geschuldet war, sondern auch dem, was ich hinter mir hatte. Wenn ich bedachte, wie viele Menschen auf der Jagd nach dem Wahren Kreuz ihr Leben gelassen hatten, schien mir, es wäre lieber in der Schlacht von Hattin tatsächlich in Saladins Hände gefallen.

Vor der Festung bestatteten die Beduinen ihre Toten. Der Boden war zu hart, um auf die Schnelle Gräber auszuheben. Deshalb wurden einfach Steinhaufen über den drei Gefallenen errichtet, die man so bettete, daß sie gen Mekka blickten. Die anderen Toten legten wir in einen Stall, wo Onkel Jean ein Gebet für sie sprach. Wenn Bonapartes Soldaten hier auftauchten, und das würden sie mit hoher Wahrscheinlichkeit, konnten sie sich um die Leichen kümmern.

Nachdem alles erledigt war, sagte Ourida: »Wir sollten aufbrechen, solange der Morgen noch jung ist und die Luft kühl. Das Wahre Kreuz ist in seinem Versteck nicht mehr sicher. Wir müssen es an uns nehmen und an einen anderen Ort bringen.«

Ich warf einen Blick auf meinen Onkel und fragte Ourida: »Was soll mit ihm geschehen?«

»Das fragst du mich? Er ist *dein* Onkel, das mußt du entscheiden.«
Onkel Jean, der unser Gespräch mit angehört hatte, sagte: »Wenn ich euch von Nutzen sein kann, möchte ich gern mit euch kommen!«
»Du könntest uns wirklich helfen«, erwiderte Ourida.
»Vielleicht will er nur mit uns kommen, um das Wahre Kreuz doch noch an sich zu nehmen«, gab ich zu bedenken. »Warum sollte er uns helfen wollen?«
Mein Onkel kam auf mich zu und streckte die Hände nach mir aus, wie um mich zu berühren.
Doch er tat es nicht und sagte statt dessen: »Ich wollte dir kein Leid zufügen, Bastien, und schon gar nicht wollte ich dich in Gefahr bringen. Vielmehr glaubte ich dich in Gefahr, als du im Lager der Abnaa Al Salieb warst. Ich wußte doch nicht, daß sie dich vor den Ordensrittern gerettet hatten. Ich dachte, sie hätten dich entführt. Und was ich dir vorhin gesagt habe, ist wahr: Bonaparte hat das Lager entgegen unserer Absprache angegriffen. Du warst für mich stets der Sohn, den ich nie haben durfte. Und ich wollte, du wärst es noch!«
»Und Sie wären bereit, das Kreuz Jesu bei seinen Hütern zu lassen?« fragte ich zweifelnd.
»Ich gebe zu, das Wahre Kreuz in den Händen von Muslimen zu wissen ist für einen gläubigen Christen wie mich eine befremdliche Vorstellung. Aber nach allem, was ich gesehen und gehört habe, halte ich es für möglich, daß das die beste Lösung ist. Ich hatte mit dem Kreuz letztlich nichts anderes vor als damals die Kreuzritter bei Hattin. Ich wollte es für meine Zwecke benutzen, wollte mit seiner Hilfe einen Sturm der Gegenrevolution entfachen.« Sein Blick fiel auf den Stall, in dem die Toten lagen, und er seufzte schwer. »Jetzt sehe ich ein, daß ich verblendet gewesen bin. Es muß einen anderen

Weg geben, der französischen Kirche wieder zu ihren angestammten Rechten zu verhelfen. Einen, auf dem keine Menschenleben aufs Spiel gesetzt werden.«

Ich hatte ihm aufmerksam zugehört, und ich sah den bittenden Ausdruck auf seinem Gesicht. Er schien es ehrlich zu meinen, und doch fragte ich mich, ob ich ihm trauen konnte.

Ourida spürte meine Gewissensqual und sagte: »Hör auf dein Herz, Bastien, nicht auf deinen Verstand! Wenn die Menschen nicht mehr auf ihr Herz hören, dann hat Allâh sich wirklich von ihnen abgewandt.«

Ich dachte an meine Kindheit und sah mich wieder auf dem Hof des Bauern; sah, wie er mit seinen kräftigen Händen auf mich eindrosch, als wollte er mir das Leben aus dem Leib prügeln. Ich spürte wieder die Todesangst – und die unendliche Erleichterung, die beim Erscheinen von Abbé Jean an ihre Stelle trat. Zum ersten Mal seit dem Tod meiner Eltern war jemand für mich eingetreten, hatte sich um mich gesorgt, mich wie einen Menschen behandelt, mehr noch, wie einen geliebten Menschen.

Erinnerungen an die Zeit im Kloster kehrten zurück, an die Gemeinschaft, in der ich mich geborgen gefühlt, in der ich Freunde gefunden und viel über die Welt gelernt hatte. Immer war Abbé Jean für mich dagewesen, hatte ein wachsames, aber gütiges Auge auf mich gehabt. Nach dem Verlust des Klosters war aus dem Abbé mein Onkel geworden, meine Familie. Er hatte weiterhin für mich gesorgt, mir das Studieren ermöglicht und mein zeichnerisches Talent gefördert. All das nur, um eines Tages über mich an das Wahre Kreuz zu gelangen? Mein Verstand hielt das für möglich, aber mein Herz sagte entschieden nein.

Ich reichte ihm meine rechte Hand, und er schlug ein.

»Ich bin sehr froh, dich nicht verloren zu haben, Bastien!«

»Das bin ich auch«, sagte ich und sah Ourida an. »Wieso kann mein Onkel uns nützlich sein?«

»Weil das Versteck des Wahren Kreuzes von französischen Soldaten bewacht wird. Sein Wort gilt doch einiges bei ihnen.«

»Ja«, sagte ich verwirrt. »Aber was ist das für ein Versteck, das Bonapartes Soldaten bewachen?«

»Du kennst es gut«, sagte Ourida.

Mir dämmerte es, und ich rief: »Also doch der Tempel!«

»Ja, die Zuflucht. Da liegt das Kreuz verborgen.«

»Ich habe diese Vermutung schon Scheik Jussuf gegenüber geäußert, aber er wollte darauf nichts sagen.«

Ourida lächelte hintergründig. »Er wußte nicht, wie weit er dir trauen konnte. Jahrhunderte der Gefahr schüren das Mißtrauen.«

39. KAPITEL

Der Todesengel

Als das orangerote Licht der Morgensonne verblaßte und zusehends in ein milchiges Blau überging, setzten wir uns in Bewegung: neun Krieger der Abnaa Al Salieb, Ourida, Onkel Jean und ich.

Wir führten einige Pack- und Ersatzpferde mit uns und waren allgemein gut ausgerüstet. In der Burg gab es einen Brunnen, dem wir pralle Wasserschläuche verdankten. Wahrscheinlich war die Wasserquelle der Grund gewesen, aus dem die Römer einst ihre Festung an dieser Stelle errichtet hatten. Auch unsere Essens- und Futtervorräte hatten wir aus denen der Ordensritter ergänzt. Die schlechteren Pferde der Ritter sowie einige Ziegen und Hühner ließen wir in den Ställen zurück. Bonapartes Soldaten würden sich über eine unerwartete Fleischration freuen, und für Pferde hatte die Armee immer Verwendung.

Anfangs kamen wir wegen des felsigen Geländes nur mühsam voran, aber je länger wir unterwegs waren, desto leichter ging es. Ein enger Einschnitt zwischen zwei Felswänden bot uns in der Mittagszeit einen schattigen Rastplatz. Wir versorgten die Pferde und stärkten uns dann selbst.

Mein Onkel spürte, daß mein Blick auf ihm ruhte. »Beschäftigt dich etwas, Bastien?«

»Ich frage mich die ganze Zeit, wie Sie mir aus Kairo heraus folgen konnten, ohne daß ich oder die Wachtposten Sie bemerkt hätten. Schon ich mußte höllisch aufpassen, nicht gesehen zu werden.«

»Das mußte ich nicht. Ich konnte die Posten dank dieses Schreibens ganz offen passieren. Bonaparte hat es für mich ausgestellt, damit ich meinen Forschungen nachgehen kann, ohne jeden örtlichen Kommandanten um Erlaubnis fragen zu müssen.«

Er zog ein zusammengefaltetes Papier aus einer Rocktasche und reichte es mir. Ich faltete es auseinander und las:

Dem Inhaber dieses Schreibens, dem Bürger Jean Cordelier, Mitglied des Instituts von Ägypten, ist es gestattet, sich jederzeit frei und ungehindert zu bewegen. Das gilt auch für Zeiten einer möglichen Ausgangssperre. Des weiteren sind alle französischen Truppenteile und Verwaltungsorgane sowie alle Truppenteile und Verwaltungsorgane mit Frankreich verbündeter Nationen ersucht, dem Bürger Cordelier auf Verlangen behilflich zu sein.

– Bonaparte.

Ich reichte Onkel Jean das Papier zurück. »Das hat Ihnen die Sache erleichtert, aber dadurch wird Bonaparte auch wissen, daß Sie Kairo verlassen haben.«

»Er hätte es ohnehin herausgefunden.« Er faltete das Schreiben sorgfältig zusammen, glättete es auf einem Stein und steckte es wieder ein. »Am Wüstentempel wird es uns vielleicht noch gute Dienste leisten.«

»Es sei denn, Bonaparte ist vor uns da.«

»Das glaube ich nicht. Er wird den armen Maruf ibn Saad in die Mangel nehmen und uns, sobald er von der Festung er-

fahren hat, dahin folgen. Hoffentlich bekommt Maruf nicht zu große Scherereien.«
Ich wandte mich an Ourida. »Ist es überhaupt notwendig, daß wir das Kreuz aus dem Versteck holen? Bisher hat es doch niemand entdeckt.«
»Der Sultan des Feuers ist nicht dumm. Wenn er merkt, daß dein Onkel ihn hintergangen hat, wird er auf eigene Faust nach dem Wahren Kreuz suchen. Dann wird er auch die Zuflucht genau untersuchen lassen. Das Versteck ist zwar gut, aber es besteht bei einer gezielten Suche doch die Gefahr der Entdeckung. Wir dürfen uns nicht auf das Glück verlassen!«
Ich dachte an Bonaparte und fragte meinen Onkel, ob er dem General gegenüber kein schlechtes Gewissen habe.
»Vielleicht sollte ich das. Aber nachdem er im Tal der Beduinen als erster wortbrüchig geworden ist, habe ich da wenig Hemmungen.«
»Eine Sünde ist es gleichwohl«, sagte ich belustigt und dachte daran, wie oft mein Onkel mir die Beichte abgenommen hatte.
»Ich habe einiges zu beichten, das ist wohl wahr. Aber würde Bonaparte all seine Sünden beichten, käme er auf Jahre nicht mehr aus dem Beichtstuhl heraus.«

Am Nachmittag ritten wir weiter, und unser Nachtlager schlugen wir erst lange nach Sonnenuntergang auf. Nach dem Essen hatte ich endlich Gelegenheit, mit Ourida allein zu sein. Sie hatte sich von der Gruppe abgesondert, und ich folgte ihr. Sie stand auf einem flachen Felsen, von dem aus sie in die Wüste hineinblickte, in die Richtung, wo in weiter Ferne das Tal der Abnaa Al Salieb lag.
»Störe ich?« fragte ich, als ich neben sie trat.
»Der Mann, den ich liebe, stört mich niemals.«

Ich legte die Arme um sie und zog sie an mich. »Denkst du an die, die ihr Leben hingegeben haben?«

»Ja, sie haben es verdient, daß man ihrer gedenkt.«

»Der Gedanke, daß sie für mich gestorben sind, ist schwer zu ertragen.«

Ourida drehte sich zu mir um. »Warum für dich?«

»Sie haben mich vor den Kreuzrittern gerettet und in ihr Lager gebracht, um mich zu pflegen. Nur deshalb konnten die Soldaten ihren Spuren folgen.«

»Du hast es nicht gewollt, hast es nicht veranlaßt, hast es nicht einmal ahnen können. Dich trifft keine Schuld. Du solltest nicht dich selbst anklagen, sondern jene, die den Tod über meinen Stamm gebracht haben!«

»Und doch«, seufzte ich. »Ohne mich wäre es nicht dazu gekommen!«

»Das Schicksal entscheidet über das, was geschieht. Wir sollten uns nicht anmaßen, seine Wege durchschauen zu wollen.« Sie strich mir sanft übers Haar und verfiel in ihre Muttersprache: »*Ma scha Allâh kan, wa ma lam jascha Allâh lam jekun!* – Was Gott will, geschieht, und was Gott nicht will, geschieht nicht!«

»Du hast recht, wir sollten es nicht hinterfragen. Das Böse anzuzweifeln hieße, auch das Gute in Frage zu stellen. Ich aber möchte einfach nur glücklich sein darüber, daß wir uns nach so vielen Menschenaltern wiedergefunden haben. Auch wenn mein Verstand es nicht fassen kann.«

»Warum? Wenn das Schicksal es so wollte! Ich bin eine Nachfahrin der ersten Hüterin des Kreuzes, und du bist der, aus dessen Lenden meine Linie stammt.«

»Aber ich bin doch nicht dein Vater oder dein Urahn!« wandte ich empört ein.

»Der Mann, dessen Kupferhaar ich geerbt habe, war mein

Vater. Du bist nicht er, bist ein anderer Leib, aber du bist seine Seele. Das mag der Grund dafür sein, daß du sofort Einlaß in mein Herz gefunden hast.«

»Dann glaubst du an die Seelenwanderung? Ich dachte, der Koran kennt sie nicht.«

»Ebensowenig wie die Bibel, wenn ich das richtig behalten habe.«

»Aber du glaubst daran?«

»Weißt du eine andere Erklärung für das, was in dir ist, für deine Erinnerungen und Empfindungen?« Sie legte eine kleine Pause ein und sagte dann: »In meinem Stamm gibt es eine Legende über Malaku'l-Maut, den Todesengel. Meine Mutter hat sie mir kurz vor ihrem Tod erzählt. Stirbt ein Mensch, trennt Malaku'l-Maut die Seele des Sterbenden vom Körper. Drei Sorten von Seelen gibt es nach unserem Glauben: Die Seelen der Propheten finden gleich nach dem Tod Einlaß ins Paradies; die Seelen der Märtyrer warten in den Kröpfen grüner Vögel, die sich von den Früchten des Paradieses ernähren, auf ihre Auferstehung; die Seelen der übrigen Gläubigen verwandeln sich in weiße Vögel und harren zu Allâhs Füßen der Auferstehung. Nach der Legende, die ich von meiner Mutter gehört habe, gibt es aber noch eine vierte Art von Seelen. Sie gehören den Menschen, die auf Erden eine wichtige Aufgabe zu erfüllen haben, durch den Tod aber daran gehindert werden. Diese Seelen werden vom Todesengel in einem goldenen Gefäß gesammelt und erhalten von ihm ein neues Leben und einen neuen Körper, wenn die Zeit gekommen ist, daß sie ihre Aufgabe beenden können.«

»Also hältst du mich für eine Seele aus dem goldenen Gefäß des Todesengels?«

Ourida atmete tief durch und sah in den sternenfunkelnden Nachthimmel. »Malaku'l-Maut weiß es.«

»Und warum hat er meine Seele gerade jetzt zurückgeschickt?«
»Vielleicht weil jetzt, wie vor Jahrhunderten schon einmal, die Christen ins Morgenland einfallen.«
»Wenn es wirklich so ist, dann bin ich Malaku'l-Maut zutiefst dankbar. Nicht nur, weil ich vollenden kann, was Roland de Giraud einst begann. Sondern auch und genauso sehr, weil ich dadurch dich gefunden habe!«
Wir umarmten uns, hielten einander fest, und ich wünschte, es möge für die Ewigkeit sein.

40. KAPITEL

Das Versteck

Im wilden Galopp, weit über den Hals seines Rappen gebeugt, kehrte der Beduine, der als Späher vorausgeritten war, zu uns zurück.

Es war der zweite Nachmittag, seit wir die alte Römerfestung verlassen hatten, und wir rechneten damit, bald den Wüstentempel zu erreichen, das Versteck des Wahren Kreuzes. Bislang waren wir ohne jeden Zwischenfall vorangekommen, aber jetzt ließen die Eile und die angespannte Miene des Spähers das Schlimmste befürchten.

Belkassim zügelte sein Pferd erst im letzten Augenblick und deutete aufgeregt nach Nordosten. Dort lag Kairo.

»Viele Soldaten kommen von dort, Frankensoldaten!«

Wir blickten in die Richtung, in die er zeigte, konnten aber nichts erkennen, weil sich parallel zu unserer Marschrichtung eine Kette hoher Sanddünen erstreckte. Murad, auf dessen Wort die letzten Krieger der Abnaa Al Salieb hörten, Ourida, Onkel Jean und ich trieben unsere Pferde an und ritten auf die Dünen zu.

Bevor wir den höchsten Punkt erreicht hatten, stiegen wir ab und rammten die Holzpflöcke in den Boden, an denen wir die Pferde festbanden; eigens zu diesem Zweck hatte jeder Reiter einen solchen Pflock dabei. Auf allen vieren krochen wir zur Kuppe der Sanddüne, spähten nach Nordosten und

erblickten eine langgezogene Kette von Soldaten und Packtieren.
»Das ist eine kleine Armee«, sagte mein Onkel.
Ich zog das Fernrohr hervor und blickte hindurch. An der Spitze der Kolonne ritt auf einem Schimmel ein drahtiger, kleiner Mann in einer vom langen Marsch verschmutzten Generalsuniform.
»Bonaparte selbst führt die Truppe an!« rief ich. »Was will er mit den vielen Soldaten beim Tempel? Ich dachte, er würde auf direktem Weg zum Unterschlupf der Kreuzritter eilen.«
Auch Onkel Jean schaute durch das Fernrohr. »Ich sehe nur Infanterie und ein paar leichte Geschütze; bis auf einige Husaren für die Vorhut und die Flankensicherung keine Kavallerie. Vermutlich hat er, nachdem er Maruf ibn Saad zum Sprechen gebracht hat, die schnellere Kavallerie zu der alten Burg geschickt und ist selbst mit diesen Truppen zum Tempel aufgebrochen.«
»Aber warum?« fragte ich noch einmal.
»Darüber können wir nur spekulieren. General Bonaparte ist bekannt für seine Intuition. Vielleicht ist er ihr gefolgt, als er sich entschloß, mit einem größeren Trupp zum Tempel aufzubrechen. Vielleicht hat er auch etwas in Erfahrung gebracht, von dem wir nichts wissen. Sei's drum, jedenfalls ist er hier! Zwar bewegen sich seine Soldaten langsamer als wir, aber selbst wenn wir uns beeilen, sind wir allenfalls eine halbe Stunde vor ihm beim Tempel. Es konnte knapp werden, besonders wenn er auf die Idee kommt, ein paar Husaren vorauszuschicken.«
Er reichte das Fernrohr an Ourida und Murad weiter, und Ourida sagte: »Wir müßten die Soldaten ablenken und sie dadurch von der Zuflucht fernhalten.«
»Das übernehmen meine Krieger und ich«, schlug Murad

vor. »Die Frankensoldaten sollen sehen, daß die Abnaa Al Salieb noch nicht besiegt sind!«
Ourida warf ihm einen strengen, aber auch besorgten Blick zu. »Ihr dürft euer Leben nicht opfern! Die Letzten unseres Stammes brauchen dich und die anderen Krieger, Murad!«
Ein grimmiger Ausdruck trat auf Murads Gesicht. »Diesmal überraschen wir sie und kämpfen nach unseren Regeln. Wir lassen es nicht zum offenen Gefecht kommen. Auf unseren Pferden sind wir schneller als die Fußsoldaten, und sie haben nur wenige Reiter. Die werden wir von den anderen fortlokken. Dann werden die Fußsoldaten anhalten und sich auf den Kampf vorbereiten, weil sie nicht wissen, daß wir so wenige sind. So solltest du, Hüterin des Kreuzes, mit deinen Begleitern genügend Zeit haben.«
Der Plan wurde allseits befürwortet. Als Treffpunkt vereinbarten Ourida und Murad einen markanten Felsen südlich des Tempels, der Al-Himar – Esel – genannt wurde. Dorthin sollten alle so rasch wie möglich kommen. Der jüngste Beduinenkrieger erhielt den Auftrag, die Packpferde geradewegs zum Eselsfelsen zu bringen. Er sträubte sich erst, denn er wäre lieber mit in den Kampf gezogen, aber schließlich fügte er sich.
Ourida, mein Onkel und ich blieben auf der Sanddüne zurück und beobachteten, wie die französischen Soldaten sich nicht eben schnell, aber beharrlich weiter in Richtung des Tempels bewegten. Murad und seine sieben Begleiter verschwanden hinter einer der sanft geschwungenen Dünen und tauchten einige Minuten später an Bonapartes rechter Flanke wieder auf. Die Zahl der französischen Soldaten betrug weit über tausend, vielleicht auch zweitausend. Es war ein atemberaubender Anblick, als sich nur acht Beduinen ihnen entgegenwarfen.

Die Abnaa Al Salieb stießen gellende Kriegsschreie aus, um die Aufmerksamkeit ihrer Feinde zu wecken. Durch das Fernrohr sah ich deutlich, wie Bonaparte sich im Sattel umdrehte und seinen Offizieren Befehle zurief. Hörner und Trommeln gaben die Alarmsignale weiter. Die Marschkolonne hielt an, und die Soldaten formierten sich zur Gegenwehr. Noch immer galoppierten Murad und seine Begleiter auf den Feind zu, und ich sah, wie besorgt Ourida das Schauspiel verfolgte. Würden die Krieger sich von ihrem Haß auf die Franzosen, die Schlächter ihres Stammes, überwältigen lassen und einen tödlichen Angriff reiten?

Die Husaren auf der rechten Flanke, ungefähr fünfzehn Mann, hatten ihre Pferde herumgerissen und bereiteten sich auf einen Gegenangriff vor. Pfeile, von den Beduinen im Galopp abgeschossen, rissen zwei von ihnen aus dem Sattel. Jetzt drehten die Beduinen zu unserer Erleichterung nach links ab und ritten, von Husaren verfolgt, wieder in die Dünen hinein.

»Es verläuft nach Plan!« rief ich freudig. »Wir sollten jetzt aufbrechen!«

»Du hast recht«, sagte mein Onkel. »Bonaparte ist kein Dummkopf. Sobald er dahinterkommt, daß da nur eine Handvoll Reiter mit ihm ›Fang mich‹ spielt, wird er den Marsch zum Tempel fortsetzen.«

Wir krochen zurück zu den Pferden, führten sie zur Sicherheit noch ein Stück die Düne hinunter und stiegen dann auf, um im Galopp zu dem Ort zu reiten, an dem das Wahre Kreuz versteckt war.

Auf der letzten Erhebung vor dem Wüstentempel machten wir halt, um uns einen Eindruck von der Lage zu verschaffen.

Ein seltsames Gefühl beschlich mich, als ich den Felsen mit dem Eingang zur Zuflucht der Abnaa Al Salieb erblickte, eine Mischung aus gespannter innerer Erwartung und Ungewißheit, ob wir das Richtige taten und ob wir mit heiler Haut davonkommen würden.
Trotz der enormen Hitze, die der glühende Sonnenball über der Sahara verströmte, rieselte es mir kalt den Rücken hinunter. Ich dachte an die Legende vom Todesengel und fragte mich, was mit den Seelen aus dem goldenen Gefäß geschah, wenn sie ihren Auftrag erfüllt hatten. Blieben sie in dem Körper, in den Malaku'l-Maut sie gesandt hatte, und lebten fort? Oder rief er sie sogleich wieder zu sich?
Ourida mußte meine Anspannung bemerkt haben. Sie faßte mich bei der Hand und lächelte mir aufmunternd zu. Ich bewunderte sie für die Ruhe, die sie ausstrahlte. Wieviel Kraft und Zuversicht sie hatte!
Meine Anspannug ließ etwas nach, und ich empfand einen Hauch von Wehmut. Ich erinnerte mich, wie ich zum ersten Mal vor dem steinernen Untier, halb Löwe und halb Adler, gestanden und mich gefragt hatte, welche Geheimnisse es bewachen mochte. Damals hatte ich an die Geheimnisse vergangener Zeit gedacht und mir nicht Dinge vorgestellt, die bis ins Heute hineinreichten.
Der Kampf um das Wahre Kreuz hatte vielen Menschen das Leben gekostet, in den vergangenen Jahrhunderten, aber auch in der kurzen Zeit, seit ich mit dem Geheimnis der Reliquie in Berührung gekommen war. Wie gern hätte ich die Toten wieder zum Leben erweckt! Aber das konnte ich nicht, ich konnte nur das beenden, was Roland de Giraud sechshundert Jahre zuvor begonnen hatte.
Mit Tüchern wischten wir den Pferden den Schweiß ab, damit man ihnen nicht ansah, was für ein Gewaltritt hinter uns

lag. Dann stiegen wir wieder in die Sättel und ritten eher gemächlich und scheinbar ohne Hast auf das französische Militärlager zu.

Den Befehl über die Grenadierkompanie hatte ein Hauptmann Laforce inne. Der kam uns mit einigen seiner Soldaten entgegen. In seinem Gefolge entdeckte ich auch Sergeant Kalfan, der uns freudig zuwinkte.

Laforce, dessen längliches Gesicht von einer Säbelnarbe auf der linken Wange gezeichnet war, begrüßte uns, nachdem wir abgestiegen waren, höflich und sagte zu meinem Onkel: »Schön, daß Sie wieder bei uns sind, Professor. Wollen Sie Ihre Arbeit im Tempel fortsetzen, sobald General Bonaparte eingetroffen ist?«

Also hatte Bonaparte sein Kommen bereits angekündigt; er mußte einen Kurier gesandt haben. Mein Onkel ließ sich dadurch nicht aus der Ruhe bringen.

»So ist es, Hauptmann«, sagte er. »Allerdings ist Bonaparte aufgehalten worden und wird erst später hier eintreffen. Er hat uns vorausgeschickt mit dem Auftrag, etwas aus dem Tempel zu holen.«

»Das ist seltsam«, brummte Laforce stirnrunzelnd. »Ich habe von ihm den ausdrücklichen Befehl erhalten, niemanden in den Tempel zu lassen, bis er selbst hier ist.«

Onkel Jean lächelte. »Das gilt selbstversändlich nicht für uns. Schließlich leite ich die Arbeiten hier!«

Laforce schüttelte leicht den Kopf. »Bedauere, aber der Befehl des Generals ist eindeutig. *Niemand* darf in den Tempel. So ist der Wortlaut.«

Mein Onkel zog die Ermächtigung hervor, die Bonaparte ihm ausgestellt hatte, und reichte sie dem Hauptmann. »Lesen Sie das, bitte! Der Wortlaut ist wohl auch eindeutig, oder? *Dem Inhaber dieses Schreibens, dem Bürger Jean Cordelier,*

Mitglied des Instituts von Ägypten, ist es gestattet, sich jederzeit frei und ungehindert zu bewegen.«
»Ja, schon«, bestätigte Laforce, nachdem er das Papier studiert hatte. »Aber der Befehl, niemanden in den Tempel zu lassen, ist jüngeren Datums.«
Onkel Jean ließ sich das Dokument zurückgeben und sagte: »Dieses Schreiben, von Bonaparte unterzeichnet, ist damit aber nicht aufgehoben. Er selbst hat mich schließlich vor kurzem erst hergesandt. Hören Sie, Hauptmann, es geht um eine sehr wichtige Angelegenheit, die wir im Tempel für den General erledigen sollen. Wenn Sie uns daran hindern, wird ihm das gar nicht gefallen!«
Schweißtropfen traten auf Laforce' hohe Stirn, und er nestelte an seinem Uniformkragen herum, als sei der ihm plötzlich zu eng geworden. »Sie bringen mich da in eine verflucht schwierige Lage, Bürger Cordelier! Zwei einander widersprechende Befehle, das hat schon manchen Offizier die Laufbahn gekostet!«
Sergeant Kalfan strich über seinen martialischen Schnurrbart und sagte mit dröhnender Stimme: »Ich kann mir beim besten Willen nicht vorstellen, daß der Professor nicht in den Tempel darf. Schließlich ist er Mitglied des Instituts von Ägypten, genauso wie General Bonaparte.«
»Schön, also gut«, rang der Hauptmann sich endlich durch. »Dann gehen Sie meinethalben hinein, Bürger Cordelier, aber nur Sie allein!«
»Das geht nicht«, entgegnete mein Onkel. »Mein Neffe muß mir zur Hand gehen, und die Wüstenrose hier muß uns bei den Büchern in der Bibliothek helfen. Sie kennt nämlich die Schrift, in der sie verfaßt sind.«
Wieder runzelte Laforce die Stirn. »Ich dachte, sie kann nicht sprechen!«

»Sie ist sehr gerissen und hat uns etwas vorgemacht, aber inzwischen ist sie bereit, mit uns zusammenzuarbeiten. Wir haben ein bisschen nachgeholfen, Sie verstehen?«

Laforce musterte Ouridas geschwollene Wange. »Na, dann gehen Sie eben alle drei. Oder brauchen Sie auch noch Unterstützung von meinen Männern?«

»Nicht nötig, Hauptmann, wir kommen zurecht. Und vielen Dank, das war die richtige Entscheidung. Ich bin sicher, General Bonaparte wird Ihrer weiteren Laufbahn besondere Aufmerksamkeit widmen.«

Ich trug die Fackel und ging voran, als wir tief in das alte Bauwerk hinabstiegen. Wer es errichtet hatte und welchen Göttern hier gehuldigt worden war, bevor die Abnaa Al Salieb es zu ihrer Zuflucht erkoren, war uns nicht bekannt und würde vielleicht erst in ferner Zukunft erforscht werden, wenn es gelang, die seltsamen Zeichen überall an den Wänden zu lesen.

»Wohin gehen wir?« fragte ich, als wir unten angekommen waren.

»In die Bibliothek«, antwortete Ourida.

»Von der Jussuf angeblich nichts wußte!« sagte ich.

Onkel Jean sah Ourida fragend an. »Also braucht man wirklich die Bücher, um das Geheimnis zu lüften?«

Aber Ourida lächelte nur still in sich hinein.

Wir setzten unseren Weg fort und blickten schließlich durch den Mauerdurchbruch in die geheime Bibliothek mit ihren drei Wänden voller Bücher. Hier schien alles unverändert.

»Ich kann die Schrift übrigens wirklich lesen«, sagte Ourida. »Sie ist heute kaum noch gebräuchlich, aber unser Stamm pflegt alte Traditionen. Wir haben diese Bücher über viele Generationen zusammengetragen, und das Wissen, das sie bergen, ist von unschätzbarem Wert. Es ist sehr bedauerlich, daß wir sie nicht mitnehmen können.«

»Wir sind in der Tat nicht hier, um die Bücher zu retten«, sagte mein Onkel. »Uns geht es um das Geheimnis, das in ihnen verborgen ist.«

»In den Büchern steckt kein Geheimnis«, erwiderte Ourida zu unserer Verblüffung. »Sie haben nichts mit dem Wahren Kreuz zu tun.«

Mein Onkel hob die Hände, wie um sich die Haare zu raufen. »Warum sind wir dann hier?«

»Das Wahre Kreuz ist hier, aber es steht in keinem Zusammenhang mit den Büchern. Wir haben dieses Versteck gewählt, um ein Geheimnis durch das andere zu schützen.«

Onkel Jeans Gesicht hellte sich auf. »Ah, ich verstehe! Wer die Bibliothek entdeckt, glaubt, der Raum sei zugemauert worden, damit niemand die Bücher findet. Er würde nicht auf die Idee kommen, daß hier ein ganz anderes Geheimnis verborgen ist.«

»Zumindest ein oberflächlicher Mensch würde so denken«, pflichtete Ourida ihm bei. »Aber wenn der Sultan des Feuers den Raum genau untersucht, kommt er vielleicht doch dahinter. Deshalb sind wir hier.«

Sie kniete sich hin und drückte die ausgestreckte rechte Hand an verschiedenen Stellen auf den Boden. Es sah aus, als folge sie einem bestimmten Muster.

Und dann, ganz unerwartet, öffnete sich mit einem knarrenden Geräusch der Boden. Wie von Geisterhand bewegt glitt ein Stück Fels zur Seite.

»Ein komplizierter Mechanismus«, sagte Ourida überflüssigerweise. »Mein Urgroßvater Harith hat ihn ersonnen.«

Sie holte einen länglichen Holzkasten aus der Öffnung und nahm den Deckel ab. Ich senkte die Fackel, um besser sehen zu können, was in dem Kasten lag: eine orientalische Streitaxt mit doppelter Klinge.

»Das ist die Axt, die der Bischof von Lydda einst Roland de Giraud zu treuen Händen übergeben hat«, sagte ich andächtig. Es war keine Frage, denn ich erkannte die Waffe wieder.

Mein Onkel deutete auf den Schaft. »Und der Splitter vom Kreuz Jesu ist da drin?«

Statt zu antworten, nahm Ourida den Verschluß ab und zog ein samtenes Tuch heraus, das sie auf den Boden legte und sorgsam auseinanderschlug. Darin befand sich ein Holzstück von Unterarmlänge, in meinen Augen – wie in denen Roland de Girauds damals – absolut unscheinbar.

»Enttäuscht?« fragte Ourida. »Was habt ihr erwartet? Daß ihr Allâhs Stimme vernehmt, sobald ihr das Holz seht? Allâh allein entscheidet, wann er zu den Menschen spricht.«

Sie wickelte das Holzstück wieder ein, schob es in den Schaft der Axt und legte die Axt zurück in den Kasten. Erneut drückte sie auf bestimmte Stellen des Bodens, und die Öffnung schloß sich wieder. Sosehr ich meine Augen auch anstrengte, im flackernden Schein der Fackel war das Versteck nicht mehr zu erkennen.

Ourida erhob sich und hielt mir den Kasten hin. »Trag du es! Vor langer Zeit wurde das Wahre Kreuz dem, der du warst, anvertraut.«

Ich reichte die Fackel meinem Onkel und nahm zögernd den Kasten an mich. Auch jetzt merkte ich keine Veränderung, spürte nicht, daß etwas anderes als ein gewöhnliches Stück Holz in der Axt steckte.

»Verlassen wir diesen Ort!« seufzte Ourida. »Einst lebte ich hier mit einigen Brüdern und Schwestern, um das Wahre Kreuz in diesen unruhigen Zeiten zu behüten. Jetzt sind sie alle tot, und dies ist keine Zuflucht mehr, sondern ein Ort, der an ein grausames Gemetzel erinnert.«

Als wir ans Tageslicht zurückkehrten, übergab Onkel Jean die Fackel einem Grenadier.
Hauptmann Laforce warf einen neugierigen Blick auf den mit Schnitzereien verzierten Holzkasten in meinen Händen. »Sie haben gefunden, was Sie suchten?«
Onkel Jean nickte. »General Bonaparte wird sehr zufrieden sein. Wir reiten gleich zu ihm und bringen ihm unseren Fund.«
Laforce sah nach Westen, wo die Sonne schon knapp über dem Horizont stand. »Aber es wird bald Nacht, Bürger Cordelier. Wollen Sie nicht lieber hier im Lager bleiben und morgen früh, ausgeruht und gestärkt, den Ritt durch die Wüste wagen?«
»Bonapartes Lager ist nicht allzu weit von hier entfernt. Der General wird es uns danken, wenn wir ihm dies schon heute übergeben.« Onkel Jean zeigte auf den Kasten.
»Wie Sie meinen«, sagte der Hauptmann. »Darf man fragen, was da drin ist?«
»Sie dürfen fragen, aber ich darf nicht darauf antworten.« Mein Onkel setzte eine entschuldigende Miene auf. »So lautet der Befehl des Generals.«
Laforce ließ unsere Pferde bringen, die inzwischen versorgt worden waren, und wünschte uns einen guten Ritt. Besonders herzlich verabschiedete ich mich von dem treuen Kalfan, den ich wohl nicht wiedersehen würde.
Wir ritten in die Richtung von Bonapartes Marschkolonne – jedenfalls so lange, wie man uns vom Lager aus sehen konnte. Dann wollten wir umschwenken, das Lager in einem weiten Bogen umgehen und nach Süden reiten, zum Eselsfelsen.

Doch Onkel Jean stieg plötzlich vom Pferd und verlangte nach meinem Klappmesser.

»Was ist?« fragte ich. »Hat Ihr Pferd einen Stein im Huf?«

»Nein. Leihst du mir jetzt dein Messer?«

Ich gab es ihm und sah verwundert zu, wie er von dem Holzpfahl, an dem er zuvor auf der Sanddüne sein Pferd angebunden hatte, einen langen Splitter abtrennte. Danach klappte er das Messer zusammen und gab es mir zurück.

»Und jetzt den Kasten, bitte!«

Verwirrt blickte ich auf den Holzkasten, den ich hinter mir auf dem Pferd festgeschnallt hatte.

»Wozu?«

»Mach schon, Junge, die Zeit drängt!«

Ich stieg ebenfalls ab, löste die Gurte und gab ihm den Kasten.

Er öffnete ihn und zog das Tuch mit dem heiligen Stück Holz aus der Axt. Nach kurzem Zögern reichte er es mir.

»Paß gut darauf auf, Bastien!« Dann schob er den Splitter, den er eben von dem Pferdepflock gelöst hatte, in den Schaft der Axt und sagte erleichert: »Es paßt!«

»Aha«, sagte ich nur, leicht verstimmt. »Und wozu das Ganze?«

»Ist das nicht offensichtlich? Ich will Bonaparte ablenken. Wenn der General zum Tempel kommt und von Laforce hört, was sich ereignet hat, wird er Himmel und Hölle in Bewegung setzen, um uns aufzuspüren. Vielleicht sogar mit Erfolg. Deshalb werde ich zu ihm reiten und ihm dieses nicht ganz so Wahre Kreuz übergeben.«

Kopfschüttelnd sagte ich: »Er wird den Splitter untersuchen lassen und bald herausfinden, daß Sie ihn betrogen haben.«

»Möglich. Aber dann werdet ihr, Ourida und du, mit dem Kreuz Jesu längst in Sicherheit sein.«

Ich spürte einen Kloß in meinem Hals. »Und was wird aus Ihnen, Onkel?«
Er lächelte. »Das wird sich finden. Ich kann immer noch vorgeben, selbst betrogen worden zu sein. Von euch beiden. Ihr habt versucht, euch mit dem Kreuz abzusetzen, ich aber konnte es euch entreißen und bin mit meiner Beute auf dem schnellsten Weg zu Bonaparte geritten. Das ist die Geschichte, die ich ihm erzählen werde.«
Angst um Onkel Jean bemächtigte sich meiner. Ich wollte etwas sagen, ihn umstimmen, aber meine Gedanken waren wirr, und kein vernünftiger Satz kam mir über die Lippen. Ich atmete heftig und schien doch keine Luft zu kriegen. Hilflos starrte ich auf das Tuch mit dem heiligen Holz in meinen Händen, und plötzlich überkam mich ein tiefes Gefühl der Ruhe und Zuversicht. Ich konnte wieder durchatmen. Mir war, als sage mir eine sanfte, volltönende Stimme in meinem Kopf, daß der Plan meines Onkels genau richtig sei. Und dann dachte ich: Hat das Kreuz Jesu nicht auch vor Jahrhunderten Roland den rechten Weg gewiesen?
Ourida stieg ab und trat neben mich. »Er tut es aus Liebe zu dir, Bastien. Das ist es, was ein Vater für seinen Sohn tut. Du mußt es annehmen, denn es ist der rechte Weg!«
Ich reichte ihr das Wahre Kreuz und umarmte meinen Onkel, drückte ihn fest an mich. Tränen rannen mir übers Gesicht, auch dann noch, als er schon auf dem Pferd saß, den Kasten mit der Streitaxt hinter sich, und hinter der Kuppe einer Sanddüne verschwand. Unsere Wege, die seit meiner Kindheit gemeinsame gewesen waren, hatten sich getrennt. Wohl für immer.
Vor mir lag ein neuer Weg, der in ein neues Leben führte, ein Leben mit Ourida. Der Weg würde steinig sein, denn die Hüter des Kreuzes waren, wie die Geschichte zeigte, stets

von Verfolgung und Gefahr bedroht. Aber zumindest gab es die Ritter vom Verlorenen Kreuz nicht mehr, und die Bedrohung durch Bonaparte würden wir ebenfalls meistern.
Ich war voller Zuversicht, denn mit mir würde die beste Frau den Weg beschreiten, die ich mir wünschen konnte. Als ein Fremder war ich in dieses Land gekommen und als einer, der keine klare Vorstellung von seinem Lebensziel hatte. Nun aber, als ich an Ouridas Seite nach Süden ritt, wußte ich, daß ich zu ihr gehörte. Wir würden ein Heim für uns finden und eine neue Stätte für das Wahre Kreuz.

Epilog

Weder habe ich meinen Onkel jemals wiedergesehen, noch habe ich etwas von ihm gehört. Ich kann nur rätseln, ob ein wütender General Bonaparte ihn gerichtet hat oder ob es ihm gelungen ist, sich abzusetzen und vielleicht unter falschem Namen unterzutauchen. Aber ich denke jeden Tag an ihn, und das stets mit der Liebe eines Sohnes zu seinem Vater.

Auch weiß ich nicht, was aus Maruf ibn Saad und seiner Tochter Aflah geworden ist. Ich bin nie wieder nach Kairo und auch nicht nach Alexandria gekommen, wo ich mich nach ihnen hätte erkundigen können. Sind sie Bonapartes Vergeltung entgangen? Ich wünsche es ihnen und hoffe, daß aus Aflah doch noch eine glückliche Frau geworden ist.

Ourida und ich stießen am Eselsfelsen auf den jungen Beduinen mit den Packpferden, und spät in der Nacht trafen auch Murad und die sieben anderen Krieger dort ein, allesamt erschöpft, aber unverletzt. Sie hatten die französischen Soldaten auf eine Weise an der Nase herumgeführt, wie es nur die Söhne der Wüste vermögen. Gemeinsam zogen wir zu der geheimen Wasserstelle, wo der traurige Rest des einst stolzen Stammes der Abnaa Al Salieb wartete.

Heute, da ich dies niederschreibe, zehn Jahre nach den geschilderten Ereignissen, leben wir alle friedlich in einer

kleinen Oase, die wir mit unserer Hände Arbeit bewirtschaften und deren Früchte uns reichlich ernähren. Ich mache wohlweislich keine genaueren Ortsangaben, damit nicht jene, die dem Wahren Kreuz nachjagen, den Frieden stören. Und ich bete zu Gott, daß die Zeit der Prüfungen für die Abnaa Al Salieb vorbei sein möge.
Bonaparte hat es auch ohne das Wahre Kreuz geschafft, ein mächtiger Mann zu werden. Kaiser der Franzosen nennt er sich jetzt, und halb Europa liegt ihm zu Füßen, die andere Hälfte aber haßt ihn abgrundtief. Dieser Haß, so denke ich, wird ihm eines Tages zum Verhängnis werden.
Aus Ägypten mußte er sich schon vor Jahren zurückziehen, und nie hat er die Vormachtstellung der Engländer im Nahen Osten gefährden können. Ob er mehr Erfolg gehabt hätte, hätte er das Wahre Kreuz bei sich getragen? Ich weiß es nicht, und jetzt, nach all der Zeit, erscheint es mir auch nicht mehr wichtig.
Wichtig sind der Friede in unserer Oase und das Lächeln auf dem Gesicht meiner Gemahlin Ourida, wenn wir abends vor unserem Haus stehen und unseren Töchtern beim Spielen zusehen: Ourida, der älteren, und ihrer Schwester Rabja.

Zeittafel 1

Die Zeit der Kreuzzüge

1095
Papst Urban II. ruft in Clermont zum 1. Kreuzzug auf.

1096-1099
1. Kreuzzug.

1099
Eroberung Jerusalems durch die Kreuzfahrer und Auffindung des Wahren Kreuzes in der Grabeskirche.
Gründung des christlichen Königreiches Jerusalem.
Gründung des Johanniterordens.

1120
Gründung des Templerordens.

1147-1149
2. Kreuzzug, der für die Kreuzfahrer unrühmlich verläuft.

1171
Saladin, Sultan von Ägypten und Syrien, gelangt an die Macht.

1186
Guido von Lusignon wird König von Jerusalem.

1187
Das islamische Heer unter Saladin erringt bei Hattin einen vernichtenden Sieg über das christliche Heer unter Guido.
Verlust des Wahren Kreuzes an Saladin.
Saladin erobert Jerusalem.

1189-1192
3. Kreuzzug unter der Führung des englischen Königs Richard Löwenherz und des französischen Königs Philipp II.

1191
Die Belagerung Akkons durch die Kreuzfahrer führt zu Verhandlungen.
Saladin bietet im Gegenzug für die Verschonung der Stadt unter anderem die Rückgabe des Wahren Kreuzes an, hält aber nicht Wort.

1192
Nach erfolglosen Versuchen, Jerusalem zurückzuerobern, wird ein Waffenstillstand auf fünf Jahre geschlossen.
Richard Löwenherz verläßt das Heilige Land.

1193
Tod Saladins.
In den Folgejahren zerfällt sein Reich.

1201-1291
Vier weitere Kreuzzüge enden mit einem Rückzug der Christen aus dem Heiligen Land.

Zeittafel 2

Die Zeit Napoleons

1769
Napoleon wird auf Korsika geboren, das erst im Jahr zuvor französisch geworden ist.

1789
Ausbruch der Französischen Revolution.

1792-1797
1. Koalitionskrieg der europäischen Mächte gegen Frankreich.

1793
Napoleon zeichnet sich bei der Belagerung Toulons als Befehlshaber der Artillerie aus und wird zum Brigadegeneral befördert.

1795
Das aus fünf Direktoren bestehende Direktorium wird aufgrund der Verfassung von 1795 oberste Regierungsbehörde Frankreichs.
Napoleon ist maßgeblich an der Niederschlagung des Royalistenaufstands in Paris beteiligt und wird kommandierender General der Heimatarmee.

1796
Napoleon erhält den Oberbefehl über die Italienarmee und heiratet Joséphine de Beauharnais.

1797
Ende des Italienfeldzugs und Friedensvertrag von Campo Formio.
Napoleon kehrt nach Paris zurück.

1798
Aufnahme Napoleons in die Akademie der Wissenschaften.
Im März billigt das Direktorium Napoleons Ägyptenfeldzug.
Im Mai sticht Napoleon mit 38 000 Soldaten sowie 167 Wissenschaftlern und Künstlern in See.
Im Juni erobert Napoleon Malta.
Im Juli erobert Napoleon Alexandria, schlägt das Mamelukkenheer bei den Pyramiden und zieht in Kairo ein.
Im August vernichtet der englische Admiral Nelson die französische Flotte bei Abukir. Napoleon beschließt die Gründung des »Instituts von Ägypten«.
Im Oktober schlägt Napoleon den Aufstand in Kairo nieder.

1799-1801/02
2. Koalitionskrieg.

1799
Im März erobert Napoleon Jaffa und belagert Akkon.
Im Mai zieht Napoleon sich nach erfolgloser Belagerung Akkons – seine erste Niederlage – zurück.

Im Juli besiegt Napoleon ein türkisches Heer, das unter englischem Flottenschutz bei Abukir an Land gegangen ist.
Im August schifft Napoleon sich heimlich nach Frankreich ein und läßt seine Armee in Ägypten zurück.
Im November stürzt Napoleon das Direktorium und errichtet das Konsulat; er selbst wird Erster Konsul mit der Gewalt über Heer, Flotte, Außenpolitik und Finanzen.

1800
General Kléber und die französische Ägyptenarmee schlagen im März ein türkisches Heer bei Heliopolis.
Im Juni wird Kléber in Kairo von einem Muslim ermordet.

1801
Der englische General Abercromby landet im März mit einem Heer bei Abukir und beendet in den Monaten darauf die französische Herrschaft in Ägypten.

1802
Napoleon wird durch eine Volksabstimmung Konsul auf Lebenszeit.

1804
Napoleon krönt sich selbst zum Kaiser der Franzosen.

1805
3. Koalitionskrieg.
Im Oktober besiegt Admiral Nelson die französisch-spanische Flotte bei Trafalgar.
Im Dezember besiegt Napoleon die Österreicher und Russen bei Austerlitz.

1812
Napoleons Rußlandfeldzug endet mit dem Verlust seiner Grande Armée.

1813-1814
In den Befreiungskriegen wenden sich die Völker Europas gegen Napoleon.

1814
Die Alliierten ziehen in Paris ein.
Napoleon dankt ab und geht auf die Insel Elba ins Exil.

1815
Napoleon übernimmt erneut die Macht in Frankreich, wird aber im Juni bei Waterloo von den Engländern und Preußen geschlagen.
Napoleon dankt erneut ab und wird auf die Atlantikinsel St. Helena verbannt.

1821
Napoleon stirbt auf St. Helena.

Nachwort des Autors

Napoleon in Ägypten

Was sucht ein ehrgeiziger General im Wüstensand?

So betitelte vor einigen Jahren ein Geschichtsmagazin seine Story über Napoleon Bonapartes Ägyptenfeldzug und stellte damit eine sehr berechtigte Frage, die die Historiker seit über zweihundert Jahren beschäftigt. Die Antwort ist, wie bei fast allen großen historischen Fragen, vielschichtig. Die Motive, die zu Bonapartes großem Orientfeldzug geführt haben, können genannt werden, aber wie sie von Bonaparte selbst und seinen Zeitgenossen gewichtet wurden, ist weitaus schwieriger zu beurteilen. Ein abschließendes Wort darüber könnten nur die damals Handelnden selbst sprechen.

Natürlich ging es, außenpolitisch und militärisch betrachtet, darum, den Erzfeind England empfindlich zu treffen. Im sogenannten 1. Koalitionskrieg hatte sich das revolutionäre Frankreich gegen die Koalition der europäischen Monarchien zu deren Entsetzen behauptet und unerwartete militärische Erfolge erzielt. Erfolge, an denen der junge General Bonaparte einen entscheidenden Anteil hatte. 1797 waren die Konflikte durch den Frieden von Campo Formio beendet worden.

Nur die Engländer, die ihre weltweiten Handelsinteressen durch die revolutionäre Erschütterung des bisherigen Machtgefüges bedroht sahen, boten Frankreich weiterhin die Stirn und saßen, beschützt durch ihre scheinbar unbesiegbare Flotte, trotzig auf ihrer Insel. Der französische Plan, einen irischen Aufstand gegen England zu unterstützen, war gescheitert, und auch eine direkte Invasion Englands erwies sich als undurchführbar, solange die englische Flotte ungeschlagen war.

So sah es auch Napoleon Bonaparte, der im Dezember 1797 zum Oberbefehlshaber über die zur Durchführung der Invasion vorgesehene Englandarmee ernannt wurde. Er unterbreitete dem Direktorium den Vorschlag, Ägypten zu besetzen, Englands Landweg nach Indien. Auf diese Weise würde man den Feind von seinen indischen Kolonien abschneiden und ihm einen schweren wirtschaftlichen Schaden zufügen. Die eigentliche Idee zu diesem Plan geht allerdings auf den französischen Außenminister Talleyrand zurück, und der wiederum ließ sich wohl von dem Philosophen Gottfried Wilhelm Leibniz inspirieren, der schon 1671 dem französischen König Ludwig XIV. eine Eroberung Ägyptens vorgeschlagen hatte.

Für das Direktorium selbst, das den Plan absegnete, gab es dafür neben dem Ziel, die Ideale der Französischen Revolution auch auf den afrikanischen Kontinent zu tragen, einen wohl gewichtigeren innenpolitischen Grund. Als man Bonaparte das Kommando über die Italienarmee übertrug, war die militärische Lage verzweifelt gewesen. Durch seinen Siegeszug war zwar Frankreich militärisch gerettet worden, aber auch der siegreiche General selbst hatte daraus seinen Nutzen gezogen. Seine Popularität wuchs in ungeahnte Höhen, und er selbst sah sich zu Größerem berufen, erkannte in sich nicht nur militärische, sondern auch diplomatische und politische Fähigkeiten. Dem Direktorium war in ihm plötzlich ein ernsthafter Konkurrent um die Macht erwachsen, und diesen

Mann im fernen Ägypten zu wissen hatte für die Direktoren etwas Beruhigendes.

Übrigens hatte Napoleon wenige Jahre zuvor, als seine militärische Karriere in Frankreich stagnierte, mit dem Gedanken gespielt, seine Dienste dem türkischen Sultan anzubieten. Welchen Gang hätte die Weltgeschichte dann wohl genommen? Ein hochinteressantes Gedankenspiel für alle, die sich gern mit alternativen Geschichtsverläufen beschäftigen.

Jetzt aber sah der in ärmlichen Verhältnissen aufgewachsene Beutefranzose Bonaparte (seine Heimatinsel Korsika wurde nur ein Jahr vor seiner Geburt von Genua an Frankreich verkauft) seine Zukunft in Frankreich. Als gelernter Militär kannte er nur den Weg des militärischen Erfolgs, um seinen Einfluß zu vergrößern. Als Oberbefehlshaber einer Englandarmee, die wegen mangelnder Seeunterstützung niemals zum Einsatz kommen würde, würde er wenig Ruhm gewinnen. In Ägypten aber warteten Schlachten und Siege gegen ein mit veralteten Mitteln kämpfendes Mameluckenheer. Nach einem glanzvollen Sieg auf dem orientalischen Kriegsschauplatz wollte er – das war von vornherein sein Plan – nach Frankreich zurückkehren und den Kampf in Europa fortsetzen, den gegen England auch, aber nicht weniger den um die Macht im eigenen Land.

Jahre später übrigens, als er bereits Kaiser der Franzosen war, sah er sich vor eine ähnliche Wahl gestellt. 1805 hatte er in Boulogne ein 150 000 Mann starkes Heer zur Invasion Englands aufgestellt. Als aber die französisch-spanische Flotte, die Englands Flotte ablenken sollte, bei Trafalgar von Lord Nelson geschlagen wurde, erschien die Invasion erneut als ein sehr riskantes Unternehmen. Da kam es Napoleon nur gelegen, daß England die Länder Rußland, Österreich, Schweden und Neapel zur Bildung einer dritten Koalition gegen

Frankreich gebracht hatte. Er ließ das Lager bei Boulogne abbrechen und führte seine Armee in Eilmärschen erst nach Süddeutschland, wo er den österreichischen General Mack in Ulm zur Kapitulation zwang, und dann nach Mähren, wo er in der Dreikaiserschlacht von Austerlitz einen grandiosen Sieg – wohl den größten seiner Laufbahn – über das vereinigte österreichisch-russische Heer errang. Wieder einmal hatte sich der indirekte Weg im Kampf gegen England – in diesem Fall der Kampf gegen seine Verbündeten – als erfolgreich erwiesen.

Erfolgreich verlief, zunächst, auch Bonapartes ägyptischer Feldzug. Auf dem Seeweg nach Ägypten wurde – quasi im Vorübersegeln – die Insel Malta erobert und der Herrschaft des machtlosen Johanniterordens entrissen. Als Bonaparte dann endlich in Alexandria an Land ging, kam er offiziell, um die Bevölkerung von der Schreckensherrschaft der Mameluken zu befreien. Auch er wußte schon, daß ein Krieg gegen den Terror sich propagandistisch besser vermarkten läßt als ein Eroberungsfeldzug. Zugutehalten muß man ihm, daß er tatsächlich einiges unternahm, um die Lebensumstände der Bevölkerung zu verbessern. Schon auf Malta ließ er Schulen gründen und verfügte eine Gleichstellung der Juden mit den Christen, ordnete sogar den Bau einer Synagoge an. Nachdem er Alexandria und nach der siegreichen Schlacht bei den Pyramiden auch Kairo eingenommen hatte, behandelte er auch hier die Bevölkerung mit Respekt; ebenso respektierte er ihren Glauben. Im Gegensatz zu den Kreuzfahrern im Mittelalter machte er den Menschen ihren islamischen Glauben nicht streitig und verfügte in einer Proklamation an das ägyptische Volk, daß Gottesdienste und Gebete wie gewohnt stattfinden sollten.

Der Sieg über das Mameluckenheer bei den Pyramiden und

der Einzug in Kairo bilden aber auch schon den Höhepunkt von Bonapartes Orientabenteuer. Kurz darauf überraschte die englische Flotte unter Nelson die bei Abukir ankernde französische und versenkte elf der dreizehn französischen Linienschiffe. Damit war das Expeditionsheer von Frankreich abgeschnitten, sein Kampf auf lange Sicht einer auf verlorenem Posten. Ungeachtet einiger weiterer militärischer Siege erkannte das auch Bonaparte, spätestens, als er sich im Mai 1799 nach zweimonatiger Belagerung von Akkon zurückziehen mußte. Es war die erste militärische Niederlage seiner Laufbahn. Die Türken hatten nicht, wie erhofft, gemeinsam mit den Franzosen Front gegen die englischen Kolonien gemacht, sondern Frankreich den Krieg erklärt. Bei Akkon beendeten sie mit englischer Unterstützung Bonapartes Marsch nach Syrien.

Im Juli erfocht Bonaparte einen Sieg über ein mit englischer Flottenunterstützung bei Abukir gelandetes türkisches Heer, und kurz darauf schiffte er sich in einer Nacht-und-Nebel-Aktion nach Frankreich ein. Dort konnte er sich dank des letzten Sieges als Rächer der ein Jahr zuvor bei Abukir versenkten Flotte feiern lassen. Noch galt der Orientfeldzug als Erfolg, und seine Popularität ebnete Bonaparte den Weg zum Rang des Ersten Konsuls von Frankreich. Das zurückgelassene, vom Nachschub abgeschnittene Expeditionsheer hielt sich noch zwei Jahre lang, mußte aber nach der Landung eines englischen Heeres im August 1801 kapitulieren.

War der Orientfeldzug also ein Erfolg oder ein Fehlschlag? Für Frankeich war er außenpolitisch und militärisch ein Fehlschlag, da er trotz vieler gewonnener Schlachten den englischen Überseehandel zu keinem Zeitpunkt gefährdet hatte. Für das Direktorium war er aus innenpolitischer Sicht ein Fehlschlag, da es zwar gelungen war, Bonaparte zeitweilig abzuschieben, seine Rückkehr als siegreicher Eroberer Ägyptens aber letztlich zum Sturz des Direktoriums führte. Womit feststeht, daß das Unternehmen für Bonaparte selbst aus karrierestrategischer Sicht ein voller Erfolg gewesen ist. Seinem Aufstieg zum Ersten Konsul folgte die Krönung zum Kaiser der Franzosen; beides hätte – vielleicht – ohne den Ägyptenfeldzug nicht stattgefunden.

Den größten Erfolg aber konnte die Wissenschaft vermelden. Napoleon gab der Expedition von vornherein einen wissenschaftlichen und kulturorientierten Beigeschmack, indem er 167 (nach anderen Angaben 175) Wissenschaftler und Künstler der verschiedensten Disziplinen mitnahm. Verstärkt wurde der wissenschaftliche Aspekt der Unternehmung durch die Gründung des Instituts von Ägypten, das die Erforschung des Landes und den Fortschritt vorantreiben sollte. Unter den zweiten Punkt fielen so praktische Dinge wie die Verbesserung der Ernährung durch modernere Öfen, die Errichtung von Mühlen und die Reinigung des Nilwassers. Auch der 1869 eröffnete Suezkanal fußt auf Vermessungen, die während des Ägyptenfeldzugs vorgenommen wurden.

Bonapartes Abenteuer im Wüstensand hat keine bleibende Kolonie begründet, wohl aber eine allgemeine Ägyptenbegeisterung und die moderne Ägyptologie. So fanden die Franzosen bei Rosette eine Granitplatte, die, wie viele der wissenschaftlichen Funde, ein Beutestück der Engländer wurde. Der sogenannte Stein von Rosette wurde im Britischen Museum ausgestellt, aber in Frankreich verbliebene Kopien seiner Inschrift ermöglichten es zwanzig Jahre später dem Gelehrten Jean François Champollion, die Hieroglyphen zu entziffern.

Und der Schauplatz all dieser Ereignisse, Ägypten? Die jahrhundertelange Mameluckenherrschaft war gebrochen und konnte trotz mehrfacher Versuche in den Jahren nach dem französischen Rückzug nicht wiedererrichtet werden. In dieser Zeit kämpften verschiedene Gruppen um die Herrschaft im Land. Als Sieger ging aus diesen Kämpfen letztlich Muhammad Ali Pascha hervor, der Ägypten als türkischer Statthalter verwaltete, es aber, ähnlich den Mamelucken, fast im Alleingang regierte. Er versuchte sich an einer Industrialisierung des Landes nach europäischem Muster und stellte eine schlagkräftige Armee nach französischem Vorbild auf, mit der er sich schließlich sogar gegen den türkischen Sultan wandte. Die europäischen Großmächte dämpften seinen Eroberungsdrang und zwangen Muhammad Ali, Ägypten der europäischen Wirtschaft zu öffnen. Im Gegenzug mußten die Osmanen ihn als erblichen Vizekönig von Ägypten anerkennen, womit die ägyptische Königsdynastie begründet wurde.

Jörg Kastner
www.kastners-welten.de

JÖRG KASTNER

Die Farbe Blau

ROMAN

Amsterdam im Jahr 1669, es ist die Epoche Rembrandts. In der Stadt herrscht große Aufregung: Zwei angesehene Bürger haben bestialische Morde begangen. Und beide Male war ein Gemälde im Spiel – ein harmloses Familienbild wie von Rembrandts Hand, dabei aber von einem intensiven Blau dominiert. Als das »Todesbild« auf rätselhafte Weise verschwindet, schwört sich Cornelis Suythof, ein junger Maler und großer Bewunderer des Meisters, dem Rätsel auf die Spur zu kommen – war doch einer der vermeintlichen Mörder sein bester Freund …

»Ein deutscher Spannungsautor,
der Lust auf mehr macht.«
Bild am Sonntag

Knaur Taschenbuch Verlag

... denn das Zeichen des Tieres ist 666

JÖRG KASTNER

Teufelszahl

THRILLER

Hals über Kopf begibt sich der junge Jesuitenbruder Paul Kadrell nach Rom. Ein Alptraum hat sich bewahrheitet: Sein alter Lehrer, Pater Sorelli, wurde ermordet und grausam zugerichtet. Auf seiner Stirn prangt die blutig eingeritzte Zahl des Teufels – 666. Als noch weitere Opfer mit dem Zeichen des Bösen gefunden werden, nimmt Kadrell zusammen mit der römischen Kommissarin Claudia Bianchi die Ermittlungen auf. Die beiden stoßen auf ein Manuskript, das den Tod nach sich zieht. Auf ein uraltes, von den Jesuiten gehütetes Geheimnis. Und auf Pauls wahre Identität ...

Knaur Taschenbuch Verlag